副刊文丛 一

主编 李辉 王刘纯

心香一瓣 1980—1989

虞金星 编

中原出版传媒集团
大地传媒
大象出版社
·郑州·

图书在版编目(CIP)数据

心香一瓣：全三册 / 虞金星编.— 郑州：大象出
版社，2017. 1
（副刊文丛 / 李辉，王刘纯主编）
ISBN 978-7-5347-9091-1

Ⅰ. ①心… Ⅱ. ①虞… Ⅲ. ①散文集—中国—当代
Ⅳ. ①I267

中国版本图书馆 CIP 数据核字(2016)第 313855 号

心香一瓣(全三册)

虞金星 编

出 版 人 王刘纯
项目统筹 李光洁 成 艳
责任编辑 管 昕
责任校对 李婧慧 裴红燕 牛志远
书籍设计 段 旭

出版发行 大象出版社(郑州市开元路 16 号 邮政编码 450044)
发行科 0371-63863551 总编室 0371-65597936
网 址 www.daxiang.cn
印 刷 北京汇林印务有限公司
经 销 各地新华书店经销
开 本 787mm×1092mm 1/32
印 张 27.125
版 次 2017 年 1 月第 1 版 2017 年 1 月第 1 次印刷
定 价 78.00 元(全三册)

“副刊文丛”总序

李　辉

设想编一套“副刊文丛”的念头由来已久。

中文报纸副刊历史可谓悠久，迄今已有百年行程。副刊为中文报纸的一大特色。自近代中国报纸诞生之后，几乎所有报纸都有不同类型、不同风格的副刊。在出版业尚不发达之际，精彩纷呈的副刊版面，几乎成为作者与读者之间最为便利的交流平台。百年间，副刊上发表过多少重要作品，培养过多少作家，若要认真统计，颇为不易。

“五四新文学”兴起，报纸副刊一时间成为重要作家与重要作品率先亮相的舞台，从鲁迅的小说《阿Q正传》、郭沫若的诗歌《女神》，到巴金的小说《家》等均是在北京、上海的报纸副刊上发表，从而产生广泛影响的。随着各类出版社雨后春笋般出现，杂志、书籍与报纸副刊渐次形成三足鼎立的局面，但是，不同区域或大小城市，都有不同类型的报纸副刊，因而形成不同层面的读者群，在与读者建立直接和广泛的联系方面，多年来报纸副刊一直占据优势。近些年，随着电视、网络等新兴媒体的崛起，报纸副刊的优势以及影响力开始减弱，长期以来副刊作为阵地培养作家的方式，也随之隐退，风光不再。

尽管如此，就报纸而言，副刊依旧具有稳定性，所刊文章更注重深度而非时效性。在电台、电视、网络、微信等新闻爆炸性滚动播出的当下，报纸的所谓新闻效应早已滞后，无法与昔日同日而语。在我看来，唯有副刊之类的版面，侧重于独家深度文章，侧重于作者不同角度的发现，才能与其他媒体相抗衡。或者说，只有副刊版面发表的不太注重新闻时效的文章，才足以让读者静下心，选择合适时间品茗细读，与之达到心领神会的交融。这或许才是一份报纸在新闻之外能够带给读者的最佳阅读体验。

1982年自复旦大学毕业，我进入报社，先是编辑《北京晚报》副刊《五色土》，后是编辑《人民日报》副刊《大地》，长达三十四年的光阴，几乎都是在编辑副刊。除了编辑副刊，我还在《中国青年报》《新民晚报》《南方周末》等的副刊上，开设了多年个人专栏。副刊与我，可谓不离不弃。编辑副刊三十余年，有幸与不少前辈文人交往，而他们中间的不少人，都曾编辑过副刊，如夏衍、沈从文、萧乾、刘北汜、吴祖光、郁风、柯灵、黄裳、袁鹰、姜德明等。在不同时期的这些前辈编辑那里，我感受着百年之间中国报纸副刊的斑斓景象与编辑情怀。

行将退休，编辑一套“副刊文丛”的想法愈加强烈。尽管面临互联网等新媒体方式的挑战，不少报纸副刊如今仍以其稳定性、原创性、丰富性等特点，坚守着文化品位和文化传承。一大批副刊编辑，不急不躁，沉着坚韧，以各自的才华和眼光，既编辑好不同精品专栏，又笔耕不辍，佳作迭出。鉴于此，我觉得有必要将中国各地报纸副刊的作品，以不同编辑方式予以整合，集中呈现，使纸媒副刊作品，在与新媒体的博弈中，以出版物的形式，留存历史，留存文化。这样，便于日后人们可以借这套丛书，领略中文报纸副刊（包括海外）曾经拥有过的丰富景象。

“副刊文丛”设想以两种类型出版，每年大约出版二十种。

第一类：精品栏目荟萃。约请各地中文报纸副刊，挑选精品专栏若干编选，涵盖文化、人物、历史、美术、收藏等领域。

第二类：个人作品精选。副刊编辑、在副刊开设个人专栏的作者，人才济济，各有专长，可从中挑选若干，编辑个人作品集。

初步计划先从20世纪80年代开始编选，然后，再往前延伸，直到“五四新文学”时期。如能坚持多年，相信能大致呈现中国报纸副刊的重要成果。

将这一想法与大象出版社社长王刘纯兄沟通，得到王兄的大力支持。如此大规模的一套“副刊文丛”，只有得到大象出版社各位同人的鼎力相助，构想才有一个落地的坚实平台。与大象出版社合作二十年，友情笃深，感谢历届社长和编辑们对我的支持，一直感觉自己仿佛早已是他们中间的一员。

在开始编选“副刊文丛”过程中，得到不少前辈与友人的支持。感谢王刘纯兄应允与我一起担任丛书主编，感谢袁鹰、姜德明两位副刊前辈同意出任“副刊文丛”的顾问，感谢姜德明先生为我编选的《副刊面面观》一书写序……

特别感谢所有来自海内外参与这套丛书的作者与朋友，没有你们的大力支持，构想不可能落地。

期待“副刊文丛”能够得到副刊编辑和读者的认可。期待更多朋友参与其中。期待“副刊文丛”能够坚持下去，真正成为一套文化积累的丛书，延续中文报纸副刊的历史脉络。

我们一起共同努力吧！

2016年7月10日，写于北京酷热中

目　录

人间俯仰成古今（代序）

虞金星

“心香一瓣”，或许是《人民日报》副刊《大地》诸多栏目里最沉甸甸的。

一方面是因为它“资历深”。《人民日报》的综合性文学副刊定名为“大地”是在1983年，但“心香一瓣”栏目至迟在1980年就已经开设，而且至今仍在。

另一方面，更重要的是，因为，死生之事大。

这一点，古人在《兰亭集序》里说得最清楚：“人之相与，俯仰一世”，“向之所欣，俯仰之间，已为陈迹，犹不能不以之兴怀。况修短随化，终期于尽。古人云：‘死生亦大矣！’岂不痛哉！”这是讲时间，讲人与人之间的交往，讲对“终期于尽”的态度。

无论如何，回忆逝者，并不是件容易的事。感情上的沉重是一回事，在理智上，要围绕一段已经告终的生命旅程发言，分量也是沉重的。

作为副刊栏目，“心香一瓣”的悼亡怀人之作，并不担负面面俱到的使命。在我看来，这些文章应该就和《兰亭集序》里说的那样，一方面是表达作者对逝者的怀念之情，显示生者对“终期于尽”持怎样的态度，另一方面，则是记录人与人的交往，补充那些让逝者依然鲜活在记忆里的细节、故事、神韵。

悼亡怀人，在我们的文学传统里，是有渊源可溯的。无数流传的文章让我们相信，生死间有至文。

人间最难将息，本就是生离与死别。而天涯相隔的生离或许还有挽回的机会，阴阳相错的死别，就只能靠追忆了。所以有苏轼的“十年生死两茫茫，不思量，自难忘”，夜来幽梦，“相顾无言，惟有泪千行”。

我印象更深刻的，还有明代归有光的名篇《项脊轩志》里那句“今已亭亭如盖矣”——留有共同记忆的枇杷树尚在长，生的树愈发生机勃勃，逝的人就越惹他追念。

所谓悼亡之作，在古典文学里多指的是像苏轼的“十年生死两茫茫”那样追念妻子的篇章。除这个类别外，古代追怀逝者的名篇里，袁枚的《祭妹文》也堪称绝唱。幼年相伴的欢乐情状，遽然逝去的无限哀痛，在袁枚的笔下，情真意切：

> 凡此琐琐，虽为陈迹，然我一日未死，则一日不能忘。旧事填膺，思之凄梗，如影历历，逼取便逝。悔当时不将婴婗情状，罗缕纪存。然而汝已不在人间，则虽年光倒流，儿时可再，而亦无与为证印者矣。

旧日琐事，像影子一样，似乎十分清晰，真想细究回忆，又似乎已无处追寻。而斯人已逝，再无可以印证之人。这挽留不及的，不正是最幽微的人间心绪吗？

而当代的追忆名篇中，最易于想起的，大概是鲁迅的《记念刘和珍君》。这一篇又与那些朝夕相处、悲伤不尽的悼亡篇章不同，多的是“沉默呵，沉默呵！不在沉默中爆发，就在沉默中灭亡”与“真的猛士，敢于直面惨淡的人生，敢于正视淋漓的鲜血”的痛感、激愤。与之类似的，倒让人想起明代崇祯年间文人张溥所赞颂的“激昂大义，蹈死不顾”（《五人墓碑记》）。

整理阅读“心香一瓣”栏目这三十多年间（1980—2015）的五百多篇文章时，我心头不时映出的，是这无数曾读过的名篇。

过去的名篇，和今天的“心香”，在无形中连成了一条滔滔的河流。

怀人，本就是散文里的大宗。追怀逝者的作品，往往能让人看到人之一生、人之身后复杂的社会风景，又蕴含着生死别离的无尽感触。

跨度几十年的文章重读下来，又比单篇多一种“人事有代谢，往来成古今”的感慨。许多曾经写文章怀念人的人，也在后面的文章里被人怀念。而许多文章里的个人回忆，联结在一起，又恍惚勾勒出了集体的记忆。时代的辗转变化，隐约其中。

这些文章，有的是亲人怀念，朝夕相处，满溢情感；有的是友人追忆，可能是君子之交，却总有令人难忘的细节……从五百多篇文章中选出一百多篇文章结集的过程，实在也是个舍不得的过程。最后只能勉强定下两个原则：一是在有多篇文章怀念同一位逝者时，只保留一篇，以便能使文章范围尽可能广；二是希望每篇文章无论风格如何，都能有动人心肠处。即便如此，也难保未有遗珠之憾。

生死离别与往来古今，个人心绪与历史记忆，希望这些文章值得大家一道去读，去借以追忆。

2016 年 8 月 3 日

比我淋更多的雨

——悼念雪峰同志

李又然

1979年11月17日，文代大会闭幕后一天，开冯雪峰同志追悼大会——他被迫害已经死去三年。

雪峰同志我经常见到，但实际接触只一次，这一次留给我极其深刻的印象，我总感动着，怎么也不能忘记。

一天，程砚秋唱他的拿手戏：《锁麟囊》和《荒山泪》。他送丁玲三张票。丁玲说："找雪峰去。"于是我俩一起到北京饭店，她上楼，我在门外等着。长安大戏院散戏的时候，天微微下雨，只有一辆三轮车，我们让丁玲先坐上回去。我从西朝东步行，雪峰陪着我。到了北京饭店门口，我请他回去，他还是陪着我。又走了很长一段路，才又找到一辆三轮车，我坐上了，他才独自回去。这时候，雨大起来，他淋湿了；到饭店后，该已湿透了吧。他比我淋更多的雨。——他是自我牺牲的人，倘若落下来的不是雨，是危险，他也一定陪着我，保护我；要去牺牲呢，他也先去牺牲。这是一定的。他就是这样的人！他待部下极好，个个都深深地怀念他、尊敬他。在干校，他满桶满桶地挑粪。别人叫他不要再挑了，他不听。

他哪年入党的呢？1927年，"四一二"事变，共产党被杀得最多最惨的时候，"宁可错杀一千，不要放过一个"的时候！这是怎样的为共产主义而献身的精神啊！从此以后，他几十年如一日，忠心耿耿为党工作，直到最后。

他晚年是很惨的：被错划为右派分子；他没有别的要求，一心希望回到党里来！他这愿望，终于实现了。

他的一生是战斗的，光荣的，刚正、正直、感人至深的！

雪峰同志死了，但我仍旧看见他。像他那样的共产党员是不死的。他永生着！

（1980 年 1 月 11 日）

说与做

——记闻一多先生言行片段

臧克家

“人家说了再做；我是做了再说。”

“人家说了也不一定做；我是做了也不一定说。”

作为学者和诗人的闻一多先生，在20世纪30年代国立青岛大学的两年时间里，我对他是有着深刻印象的。那时候，他已经诗兴不作而研究志趣正浓。他正向古代典籍钻探，有如向地壳寻求宝藏。仰之弥高，越高攀得越起劲，钻之弥坚，越坚钻得越锲而不舍。他想吃尽、消化尽我们中华民族几千年来的文化史，炯炯目光，一直远射到有史以前。他要给我们衰微的民族，开一剂救济的文化药方。1930年到1932年，“望闻问切”也还只是在“望”的初级阶段。他从唐诗下手，目不窥园，足不下楼，兀兀穷年，沥尽心血。杜甫晚年，疏懒得“一月不梳头”，闻先生也总是头发零乱，他是无暇及此。闻一多先生的书桌，任它凌乱不堪，众物腾怨，闻先生心不在焉，抱歉地道一声：“秩序不在我的范围以内。”饭，几乎忘记了吃，他贪的是精神食粮；夜间睡得很少，为了研究，他惜寸阴、分阴。“红锡包”香烟，成为不离手的腻友，因它能为他思考问题助兴，深宵灯火是他的伴侣，因它大开光明之路，“漂白了四壁”。

不动不响，无声无闻。一个又一个大的四方竹纸本子密麻小楷，如群蚁排衙。几年苦历，凝结而成《唐诗杂论》的硕果。

他并没有先“说”，但他“做”了。做出了卓越的成绩。

“做”了，他自己也没有“说”。他又由唐诗转到楚辞。十年艰辛，一部“校补”赫然而出。别人在赞美、在惊叹，而闻一多先生个人呢，也没有“说”。他又向“古典新义”迈进了。他潜心贯注，心会神凝，成了“可以一下楼”的主人。

“做”了再“说”，“做”了不“说”，这仅是闻一多先生的一个方面——作为学术家、思想家的方面。

闻一多先生还有另外一个方面——作为政治家、革命家的方面。

这个方面，情况就迥乎不同，而且一反既往了。

作为争取民主的战士，青年运动的领导人，闻一多先生，“说”了。起先，小声说，只有昆明的青年听得到，后来声音越来越大，他向全国人民呼喊，叫人民起来，反对独裁，争取民主！

他在给我的信上说：“此身别无长处，既然有一颗心，有一张嘴，讲话定要讲个痛快！”

他“说”了，跟着的是“做”。这不再是“做了再说”

或“做了也不一定说”。现在，他“说”了就“做”。言论与行动完全一致，这是人格的写照，而且是以生身作为代价。

1934年10月12日，他给了我一封信，最后一行说：“另面寄上油印物二张，代表我最近的工作之一，请传观。”

这是为争取民主，反对独裁，他起稿的一张政治传单！

在李公朴同志被害之后，警报迭起，形势紧张，闻先生明知凶多吉少，仍然大无畏地在群众大会上，大骂特务，慷慨淋漓，并指着这群败类说：你们站出来！你们站出来！

他“说”了。说得真痛快，动人心，鼓壮志，气冲斗牛，声震天地！

他“说”了：“我们要准备像李先生一样，前脚跨出大门，后脚就不准备再跨进大门。”

他“做”了，在情况紧急的生死关头，他走到游行示威队伍的前头，昂首挺胸，长须飘飘。他终于以宝贵的生命，实证了他的“言”与“行”。

闻一多先生，是卓越的学者，大勇的革命烈士，热情澎湃的优秀诗人。

他，是口的巨人。他，是行的高标。

（1980 年 2 月 12 日）

他奋斗了一生

——深切悼念我的爸爸蔡楚生

蔡晓云

在1949年全国第一次“文代”大会期间，毛主席曾给我的爸爸蔡楚生写了“奋斗”的题词。这两个字概括了爸爸毕生的实践。他为人民的电影事业兢兢业业地奋斗了四十多年！

爸爸自小好学。十二岁离开广东省潮阳县农村，到汕头市一家小杂货铺当学徒时，他就以包货的旧报纸当课本，以广告画、商标纸为美术老师，刻苦地学习文化知识。后来爸爸到了上海，在几家电影公司做事。从此，电影工作成了他终身的职业。

在共产党的指引下，他的思想和创作不断地变化，逐渐把注意力集中到中国贫穷的下层社会，把刀和剑指向腐朽黑暗的统治阶级。1933年以后编导的《都会的早晨》《渔光曲》《新女性》等影片，揭露和控诉了旧社会的罪恶，讴歌了劳动人民的勤劳、勇敢、正直的高尚品质和他们的觉醒。

抗日战争爆发以后，爸爸投入到抗日民主救亡运动，并以电影为武器，在十分困难的条件下，创作了《孤岛天堂》《前程万里》等影片，歌颂了人民群众的抗日爱国斗争。在香港的几年里，他曾在渔区住过一段时间，目睹了渔民在日寇铁蹄下的悲惨生活，把渔民在怒涛汹涌的海洋上和敌人作殊死斗争的事迹，写成了《南海风云》的剧本。当时没有拍成电影。但它为后来的《南海潮》准备了基本的素材。

抗战胜利后不久，爸爸按照周总理的指示，回到上海。在党的领导下，和阳翰笙、史东山、司徒慧敏等同志一起组织了昆仑影片公司，创作了《一江春水向东流》。国民党统治下的上海，政治上根本无自由可言，物质上更是十分困难。那时，爸爸患有严重的肺病，不时咯血，但他还是日夜工作，有时因病不能到拍摄现场，他就把郑君里、朱今明等同志请到家里来研究摄制方案。在《一江春水向东流》第一次试映时，爸爸和观众坐在一起，当人们为影片中素芬的遭遇而泣不成声时，爸爸也涕泪俱下。他为自己的作品能够感动观众而感到自慰。

新中国成立前夕，爸爸怀着喜悦的心情，来到了解放后的北京城，投入到新中国电影事业的创建工作中，为人民的电影事业倾尽了自己全部心力。平日工作繁忙自不必说，即使在病中，他也不放弃思考，有什么想法或意见，就随手记在床头预备好的本子上。爸爸特别关心电影剧本的创作，凡是送给他审阅的剧本，他都是认真地阅读、思考，提出自己的看法。一部国产影片上映，爸爸总是问我们看不看得懂。他常说，一部影片，首先是让人看得懂，然后才能起到教育作用。

1956 年爸爸入党了。他激动地说：“我奋斗了大半生，今天才真正找到了归宿。”此后，爸爸更勤奋了，他体弱多病，经常离不开药，但精神总是那样乐观坚定，对将来充满信心。除坚持繁杂的行政工作外，1958 年以后爸爸又深入南海渔村，和王为一、陈残云同志一起编导了影片《南海潮》。

1966 年初，爸爸六十岁生日的时候，曾以“六十要当十六过”这样的诗句，抒发了他的壮志豪情。那时他正在疗养，尽管身体还有病，但是他仍然雄心勃勃地计划深入广西农村体验生活，搜集创作素材。正在这时，一场政治风暴席卷中国，文艺界首当其冲，爸爸被召回北京“集中学习”。从此工作、创作的权利被剥夺了，生活脱离了常轨。

长期残酷的折磨，使他的病情一天天恶化。敬爱的周总理得知爸爸病重，指示马上住院治疗，爸爸这才得以被送进医院。但是，爸爸进了医院，却住不了病房，更得不到应有的治疗，就这样含恨死在医院的走廊上！这是1968年7月15日。临终前，他留给我们最后的一句话是：“你们要跟着党革命到底！”

爸爸是个勤勉细心的人，在几十年的艺术生涯中，他搜集了许多珍贵的历史资料，积累了丰富的创作经验。他已经着手进行整理和总结。没想到，一场浩劫，这些手稿、资料，竟片纸无存！

今天可以告慰爸爸：你所热爱的电影事业，经过了严冬的摧残，现在已经复苏了！她在新老电影工作者的心血浇灌下，必将新枝竞发，开出鲜艳的花朵。

（1980年3月17日）

记司徒乔二三事

马国亮

司徒乔遗作又在北京、广州展出了。我想起他的画，又不禁想起他这个人。司徒乔性格爽朗、直率、敦厚、善良，生活简朴。他对旧社会的不平感到愤慨。他对穷苦受压的人无限同情。他以他的画笔向一切不合理的现象宣战。远在他的绘画技巧成熟之前，他就认识到一支画笔的使命。他要成为苦难人民的代言人。

1933年2月的一个下午，司徒乔兴冲冲地跑来看我，要我马上到他的住处，看看他前一天刚画好的两幅画。他那种迫切的、有时带着孩子般天真的坦率，即使你在百忙中，也往往难以推却。这已经不是第一次了。为了急于要你看到他的新作，他会给你打个电话，或干脆把他在郊外或街上刚完成的作品直接带到你眼前。他要有人和他共享收获的喜悦。

当时我在上海良友公司工作。我的办公桌上摊满了照片和文稿，正在编选下一期《良友画报》的稿件。我匆匆收拾一下，随他到了他的寓所。在一间他自己称为既是画室又是会客室也是卧室的房间里，他让我看了两幅油画，画幅都不大。一幅是两个穿着戏服的女人。另一幅是个半身的男孩，头上戴一顶破旧的红帽子，面上是一个涂得很拙劣的花脸；淡淡的眉毛下面藏着两只神色迷惘的小眼睛。这是他昨天在马路上见到的几个卖艺者，特意带回家里画出来的。街上的穷苦卖艺人、乞丐，或守在路边等待出卖劳动力的苦力，经常成为他的描绘对象，这都是朋友们所熟知的了。鲁迅和沈从文都说过，正当别人忙于写漂亮的模特儿的时候，司徒乔却爱贫民窟的车夫、街头苦丐和黄沙迷漫的原野。

乔给我看这两幅作品，像往常一样，他并不要求你对他的诸如构图、设色等方面提意见。如果他说："你看怎么样？"那是问你对他画的内容有什么意见。此刻他连这话也没说，我忽然发觉，一刹那间他像忘记了面前的是一幅画。他凝神注视着画中的孩子，轻摇着头，带点感伤的语调说："可怜的孩子，他自己也不知道将来的前途是怎样的吧。"

这是四十多年前的事了。遗憾的是，我在这次展览会的编目上没发现这两幅画。可能也是在1937年日机空袭南京时毁了。

我和司徒乔认识，是我开始参与《良友画报》编务的时候，良友公司的创办人是在广州岭南大学念过书的。因此凡是岭南的校友，到了上海，都无例外地会到良友走动。其中有冼星海，也有司徒乔。由于这种关系，早在1926年画报问世没多久，就在第八期上介绍过他。说他"描写生活，尤其画下层阶级人物。二月前在北京中央公园展览……”这里说的展览，就是鲁迅买下了他的《五个警察一个〇》和《馒头店门前》两幅画的那一次。两年以后，在第二十五期上面，又刊登了他为鲁迅画的速写像，同时刊登了当时画报主编梁得所写的鲁迅访问记。这是良友公司和鲁迅的第一次交往，从中介绍的就是司徒乔。其后还多次介绍他的作品。当时徐悲鸿对他有过这样的评语：“司徒先生对色调之感觉，为当代最敏感之人，又有灵动之笔，供其纵横驰骋。”

1931年8月，司徒乔和冯伊湄结婚。冯伊湄对于乔来说，是他一生中有极大关系的人物。不只是因为冯是个诗人，能写一手好散文，还会画画，更重要的是她对乔无微不至的爱护。她一直守在乔的身边，在艰苦的岁月中，失意时给他慰藉，困难时给他帮助，生病时给他护理。她是乔最少不了的伴侣，乔的创作成果，是和她分不开的。他们婚后从广州到苏州蜜月旅行。旅途中她曾以“秋子”的笔名，记下了那次活动。她提到他们游拙政园的时候，乔要画一张水彩风景。

但因久不作水彩，很不顺利。易稿多次都不能满意。后来换了个地方，终于完成了一幅《古木》，乔快活到唱起歌来。关于这事，冯伊湄还说，从这画开始，乔已显露出他的不同的作风。即不限于悲天悯人，对着贫穷哀愁叹息，而着手于“尽量表现人间的美与爱，宇宙蕴藏的热与光，唤起人间的实现这些宏壮的力”了。

乔热爱艺术，热爱创作，热爱人民。他经常忘我劳动，忽视他患了二十多年的肺病，是导致他早逝的原因。他还有待他完成的画稿，还有许多未见于笔墨的构思……

冯伊湄曾记下乔的一段话，这段话对逝者和我们，都应是一点安慰吧：“你以为一切的过去，真的已成过去了吗？所有的过去，都不是存在于现今的我里，并且还暗示着创造着我们的未来吗？它何尝消失。它岂不是生存在我们此刻与将来的每一举动或思索里，又何必常为已成陈迹而惋惜呢？”司徒乔认为人生是不朽的。是的，在我们心中，他并未消失。

（1980 年 3 月 25 日）

悼田家英

杨 述

忧患与君识，

重燃稚子心，

聚时常赌气，

别后自伤神。

吵争谁伴我，

讽诵孰为邻，

何当同窗日，

不语自成春。

这首诗是我在延安马列学院时写的，记录田家英和我的友谊。所说的争吵赌气，都是我们在马列学院的学习生活。争吵的内容，都是有关马列主义理论的问题。谈来谈去，意见不同就吵起来了，一会儿又好了，像小孩似的。这时候的田家英是一个到延安来追求真理的青年，天真烂漫，才气纵横，我记得那时他常诵读辛弃疾的词："我见青山多妩媚，料青山见我应如是………不恨古人吾不见，恨古人不见吾狂耳。"

后来，他分配到杨家岭中央办公厅工作，时常可以见到毛主席。记得在胡宗南进攻，他随毛主席撤离延安时，曾写一首诗表示对于敬爱的领袖，愿尽全力爱戴保护的意思。这首诗他曾写给我。可惜在"文化大革命"中被抄家抄丢了。另外，还有他告别延安的诗，我还记得两句是："回首嘉岭山上塔，俯视行人若有情。"还有一首词，头两句是："如此时局，当慷慨悲歌以死"，末句是："弃毛锥荷枪卫边区，去去去"。可以想见他当时爱党、爱延安、爱毛主席的心情。

1948 年党中央到了平山之后，他被调到毛主席身边担任秘书(解放后任中央办公厅副主任)。初担任秘书时，他曾悄悄地郑重地告诉我，觉得任务重，只怕自己做不好。他对毛主席是忠心耿耿的，在毛主席身边工作，毛主席的片纸只字，他都细心收集保存，而且用宣纸裱成册页。有一次他来我家，看我保存着的毛主席给新华社写的原稿手迹，见我没有裱，他还说了我两句。有时连毛主席自己都记不得的旧作，由他抄存得以传出。如“钟山风雨起苍黄”一诗，在解放初期他曾抄给我看。后来《毛主席诗词》三十七首本在 1963 年出版时，他把这首诗送给毛主席，毛主席说忘了还有这一首，就由他取出抄本，经过核对，毛主席重写了一遍。

他对我说过：在抗美援朝期间，那时毛主席工作十分紧张，吃饭只顾吃跟前的菜，远一点的菜，都想不到吃。他注意到这一点，一方面是更加尊敬毛主席，另一方面是怕毛主席的身体受损，很忧心。

所有这些，都说明了他是用整个的心在爱戴毛主席的。

他也感到，毛主席爱护他，如待子侄。解放初期，他曾说过，毛主席教他用游学的方法，到全国各地去“游学”。后来，在庐山会议上，据说有个“军事俱乐部”的组织，毛主席曾怀疑这个组织和他有些牵缠，后来还派一位领导同志进行调查，调查的结果是没有牵缠，毛主席也相信了。他当然是十分感激这位实事求是的领导同志的。但是没有料到，“文化大革命”初期，一群以戚本禹为首的造反派，却从田家英身上开刀，竟说他和那位领导同志有“反党”的联系，又说他是反毛主席的。这实在太冤枉了，完全把事实颠倒了。这个有志气有才华又不甘委屈的人，终于未能慷慨悲歌以死，却是负屈含冤而死，死于这伙小人之手。我不知道他临死时，回首平生，曾作何感想？

他死了已经十几年，我没有可能写一个字来追悼他。但是他的案子实在是极大的冤枉，极大的颠倒黑白。现在改正了！让我们在哀悼他的同时，大声控诉那些冤枉他的“四人帮”分子及其他坏人吧！

（1980 年 4 月 1 日）

“田汉”欢迎田汉

——记南国社到晓庄师范演出

戴自俺

到今年 7 月 24 日，我国杰出的教育家、民主战士陶行知先生去世三十四周年了。今天，缅怀无数革命先行者业绩的时候，我的脑际常常出现两个高大的形象，就是陶行知和田汉同志。

那是 1929 年年初，田汉同志率领南国社到南京演出，演出的剧目有：《苏州夜话》《一致》《南归》《卖花女》《湖上的悲哀》《古潭的声音》等。南国社的演出，轰动了整个石头城。当时，陶行知先生所创办的晓庄师范学校已经名震中外。晓庄师生及农友等也很想看到南国社的演出。师生及农友们推出了代表持陶校长的亲笔信去拜谒南国社社长田汉同志。信中说："……自从诸先生来到首都，城里的民众唤不醒，乡下的民众睡不着。唤不醒，连夜看戏，早上爬不起来也；睡不着，想看戏，路远，无钱也。诸先生以艺术天才，专攻白话剧，必能为中国戏剧开一新纪元。……欢迎诸先生下乡现身说法，以慰渴望。此地有千仞岗，可以振衣；有万里流，可以洗脚。下乡一游，亦别有乐趣……"

没有几天，田汉同志率领南国社全体同志下乡到晓庄给全校师生和晓庄附近农友演出，又一次轰动了北固乡及石头城。在首次演出时，晓庄师生及农友举行盛大的欢迎会。陶先生致欢迎词说："今天我是以'田汉'的资格欢迎田汉。晓庄是为农民而办的学校。农民是晓庄师生的好朋友。我们的教育是为种田汉而办的教育。

我们犁宫（即大礼堂）前的一副对联，说明我们办学的态度：‘和马牛羊鸡犬豕做朋友；对稻粱菽麦黍稷下功夫’。所以我是以一个‘种田汉’代表的资格在这儿欢迎田汉……”田汉同志在简短的答词中说：“……陶先生说，他是以‘田汉’的资格欢迎田汉，实不敢当！我是一个‘假田汉’，陶先生是个‘真田汉’，我这个‘假田汉’能够受到陶先生这个‘真田汉’以及在座的许多‘真田汉’（指农民）的欢迎，实在感到荣幸！我们一定要向‘真田汉’学习！……”最后，在陶先生的“让革命的教育和革命的艺术携手”结束词的号召下，开始看南国社精湛的演出，晓庄师生和农友受到了很大的教育。

南国社第一次下乡，轰动了北固乡及石头城，革命的教育和革命的艺术结了婚，后来，就产生了晓庄剧社。

（1980 年 7 月 25 日）

忆立波

吴黎平

周立波同志逝世一周年了。一年来，立波同志的形象常常萦绕在脑际。我和立波同志在一起的时间虽不多，但这是何等值得纪念的时间啊！在上海的监牢里，在延安，在抗日战争胜利后的紧张斗争的东北！在这些值得纪念的时间里，我有机会和立波晤面、畅谈，因此，印象特别深刻。

我和立波同志是于1932年初，在上海西牢里认识的。西牢的政治犯（共产党人及其同情者）原本与刑事犯关在一起，在1930年中期，政治犯举行罢饭斗争之后，帝国主义的监狱管理者就把他们同一般犯人分开，单独关在新监牢最高一层的四十个号子里。每个号子宽约一米多，长约两米，三面是钢筋水泥，一面是铁栅栏，向着走廊。巡捕就在这走廊巡回。每个号子，有关一个人的，有关三个人的。我和立波同志曾关在比邻的号子内，也曾短时间关在一个号子内，因此，我得知他简单的身世。

立波同志出身于湖南农村的一个中农家庭，靠祠堂的资助，得以在长沙读了初中。他为了寻求发展来到上海；之后，参加了革命活动。他在生活无着的情况下，曾考入当时公费的劳动大学，解决了食宿问题，并获得学习条件，但由于入学后积极参加进步学生反抗学校反动当局的活动，被校方开除。他后来到神州国光社当校对，仍积极参与当时党的外围组织互济会所组织的一些革命活动。在党领导的罢工斗争中，他在张贴罢工宣言时，被工头告密而被捕入狱。

西牢有英国巡捕、印度巡捕和中国巡捕，对犯人戒备森严。但我们政治犯中，仍有革命的组织，并通过收买个别中国巡捕与外面的互济会组织取得联系，从而能在困苦的环境中听到党的信息。我们在狱内自然不能举行会议，只有在夜晚，在巡捕不多巡回的时候，通过一间房一间房挨次传话（那时叫“打电话”）的方式进行宣传教育活动。我曾以这种方式向大家讲过唯物史观。立波同志积极参与党组织的一切活动，他后来所写的题为“铁门里”的集子所收的五篇小说，就是反映狱中斗争活动的。当时，立波同志除参加政治学习外，还坚持自学英语，他常常向我们背诵一些古诗，如李白、杜甫的一些名诗。那时西牢外面的朋友张庆孚同志设法给我送进来一部《资治通鉴》，立波同志就贪婪地反复阅读起来。

最使我不能忘怀的是立波同志的善良和无私。我们在牢里每天三餐，是装在洋铁罐里的一点点饭菜，牢里人都吃不饱，挨着饿，大家常常以谈论吃东西作精神会餐，甚至睡觉都做吃东西的梦。我们同号住的一个工人同志食量大，饿得难忍。而同样饿着肚子的立波同志，却宁可自己多挨些饿，好几次把自己那一点点饭再分一半给那位工人同志。

当时还不是党员的立波同志，通过狱内的斗争和考验，政治觉悟更高了，革命意志更坚定了。他不仅不像某些人由于被捕的打击而陷于消沉与悲观，甚至离开革命，而是正相反，他更加积极地和朝气蓬勃地投身革命。他就是在出狱后，参加左联党团的工作和参加党组织的。

立波同志出狱后，从1934年底到1937年上半年，由于工作的需要，曾在当时进步的报刊上，写了不少论文、杂文，并翻译了文学名著普希金的《杜布罗夫斯基》、肖洛霍夫的《被开垦的处女地》，以及基希的《秘密的中国》等，对当时广大青年，起了积极的革命的影响。抗日战争爆发后，他的足迹遍及华北前线，写了大量报道共产党八路军在敌后坚持抗战的文章，扩大了我党我军的影响，鼓舞了全国人民争取抗战胜利的信心。1939年他到延安，任教于鲁迅艺术学院。这期间他亲自聆听了毛主席《在延安文艺座谈会上的讲话》，坚决认真地贯彻执行毛主席指出的文艺为工农兵服务，文艺工作者与工农兵相结合这个根本的方针。1944年他跟随王震、王首道同志所率领的部队南下，在艰苦卓绝、行程万余里的南征北返中间，又一次经受了考验。日本投降后，他到了东北，立即响应东北局发动广大干部下乡的号召，到黑龙江省的尚志县和五常县去参加土地改革和建立根据地的工作。

在写作《暴风骤雨》之前，在哈尔滨，立波同志曾和我谈起过他下乡的感受。他深深为群众生活的丰富、农民语言的生动，以及土地改革斗争的复杂性和深刻性所感动。他说，只有在深入工农兵群众的生活之后，才能真正理解毛主席《在延安文艺座谈会上的讲话》的正确性。他对我说，他要写一本关于土改运动的小说，问我书名叫“暴风骤雨”好不好？我说，这很好。对于这本小说的写作，立波同志是花了很大的力气的。新中国成立后，党的工作重心移到城市和工业建设上来；大批干部也转到工业战线上来。这时，立波同志到石景山钢铁厂体验生活，写了反映三年恢复时期工厂重建的小说《铁水奔流》。他把稿子送给我看，要我提意见。我对他说，你最擅长的还是写自己所熟悉的农村题材。后来他在全国的农业合作化运动中回到故乡湖南，参加了农村的社会主义革命，写了反映这一革命的小说《山乡巨变》及反映农村新人新貌的许多短篇。

纵观立波同志从20世纪30年代直到“文化大革命”前的经历，可以看出，在各个历史时期，他都是投身到斗争的前线。新中国成立前，他经受了白区地下斗争的考验，经受了战场上枪林弹雨的考验；新中国成立后，他积极参与工厂和农村的社会主义革命和建设工作。他不是作为作家而写作的，他是作为共产党员，作为战士，以笔为武器来进行战斗的。他是一个纯正的人，是一个纯正的共产党员，是一个纯正的朋友。

(1980年8月4日)

《钱毅的书》纪事

钱小惠

《钱毅的书》出版了！

当我看到哥哥写的这本有着火红色封面的书时，心里是多激动啊，无数往事一下又涌到了眼前，我想起了哥哥光辉、短促的一生，想起父亲最后几年抱着重病整理这部遗著的艰难情景，想起为出这本书所付出的几十年的劳动和辛勤的汗水。

1947 年 3 月 2 日，哥哥在江苏淮安壮烈牺牲，当时才二十三岁。我随父亲阿英同志远在山东前线。一天，父亲有事翻山越岭去找曾山同志，听曾山、方毅同志说，延安广播了哥哥英勇牺牲的消息。陈毅同志在军务倥偬中，听到这个消息，也很沉痛，勉慰我父亲说："死得很可惜，你要好好地搜集他的遗文，替他编个集子纪念他。"由于大量遗稿、资料不在手边，父亲只能忍着悲痛，将手边仅有的一部遗稿，为哥哥编了一本《怎样写》，由山东新华书店出版。后来，父亲到大连，又由光华书店将哥哥生前出过的《庄稼活》重新再版，随后，哈尔滨也作了翻印。但较完整地编个集子的愿望，在当时，还根本不可能实现。

1949年，姐姐钱瓔将哥哥的全部遗稿、遗物，托一位战友——严学优同志送到天津，交给当时在天津工作的父亲。由于国家处在百废待兴的恢复时期，大量工作应接不暇，父亲一直没有时间来整理这些东西。

1961年，魏巍同志与我合作写文学传记《邓中夏》，我被从厂里借调出来，在父亲处住了一个时期。我看到父亲日夜繁忙，无暇顾及，决定自己先着手作准备，便抽空把哥哥的遗著、遗稿、遗信等，全部作了登记，并粗粗浏览了一遍，决定先从他最重要也是工作量最大的日记动手，因为日记记载了抗日根据地和解放区的许多有意义的工作、生活、斗争，有近百万字，是非常可贵的革命文献。

由于哥哥当时处在农村游击环境，条件艰苦，连练习本都难买到，因此，日记本都是哥哥自己动手做的。他从布摊上和店里买来布和油光纸，把布糊在厚纸板上做封面，将纸裁好，用锥子打眼，用针线装订。写时，为了整齐，把有横道格子的纸衬在油光纸下，一行行地照着写。战争年代要移动、行军，什么都要自己背，因此，为了便于携带，他的字写得很小。

哥哥牺牲后，父亲怀着悲痛的心情打电报给远在苏北的姐夫、姐姐，要他们保存好哥哥的遗稿、遗物。姐夫、姐姐冒着危险，背着这些东西，越过敌人重重封锁线，解放区的老乡们像亲人般费了很大苦心，千方百计地保护了这批东西。后来，这批东西几经转移，又迁到当地干部严学优同志家里，严学优同志和家里人就把这些装箱的稿件（其中包括父亲的大量文稿、书籍、报刊杂志），藏在隔墙里，有的埋在田里，然后在上边种了庄稼。半年以后，扫荡过去了，庄稼收割了，东西安全保存下来了，但是由于埋藏过久，纸张受潮，不少钢笔字的笔迹褪色了。姐夫、姐姐又忙着取出来，在阳光下暴晒和整理，总算把这部分东西抢救出来了。

1962 年，我开始进行抄写时，由于自己在厂里担负着繁重的工作，每天回家很晚，只能利用晚饭后，睡觉前的少量时间和假日来进行。父亲得癌症后，我为了抢时间早日完成，常常半夜三四点钟起来，为不影响家人睡觉，独自在门外过道里，开灯抄写。

由于字迹褪色，有时辨认一个字要费很多的时间，我曾试验过用放大镜，但已经模糊的字，放大后更加模糊。后来，利用灯光或阳光的斜射（因太亮也不行），找好适当的角度、光度，一个字一个字地辨认。有的字，部分笔画墨水颜色褪光了，靠纸上一二道凹下的笔印，认了出来。当时，我曾担心过长此下去会弄坏了眼，但一想到哥哥的牺牲，我决心就是瞎了眼，也要拼命把它认出来。哥哥已经不在了，但哥哥的珍贵的历史记载，记下的可歌可泣的革命斗争，决不能就此埋没，一定要让它保存下来，多认出一个字，就好比多抢救出一条命。我就是怀着这种强烈的思想感情，用了一二十年时间，完成了日记的辨认、抄写工作。

“十年浩劫”，父亲和我们全家都受到残酷迫害，哥哥遗稿存在父亲那里，全被抄家抢走。运动后期，这批东西像垃圾一样乱七八糟地被退回来，损失了不少，最痛心的是解放初郭老为哥哥题的那张墓碑字也丢失了。二三十年来，父亲一心忙于革命事业，一直未能去哥哥牺牲的地方料理后事，做梦也没想到，二三十年后，连纪念他的墓碑题字也给毁了。看到退回的残存遗件，我们感到说不出的痛心和难受。

父亲生命的最后三年多的时间里，住在被撵出来后住的一间潮湿、阴暗、终年不见阳光的屋子里，吃力地一字字、一页页地阅看和整理这些抄好的日记，由于年已七十多岁，又加上患了不治之症，每天只能间断地进行两三个小时，他一手拿着放大镜，一手拿着红铅笔，手腕哆嗦，有时甚至画到稿纸格外去。就是在这样困难的条件下，他把哥哥遗留下的九十多万字的日记，亲手按年、月，分别装订成几十个本子，先后阅看、整理了三遍。

这本书，也是父亲一生最后编辑、整理的一本书。

父亲去世后，姐夫、姐姐、弟弟和三联书店陈允豪等同志，为编辑、出版这本书，都出了不少力。哥哥的老战友秦加林、陈登科同志也曾经阅看，热心地提出了不少宝贵的意见。

当年哥哥牺牲后，为担心年迈多病的母亲受刺激太大，我们曾将这件事隐瞒了整整十五年。直到 1962 年 12 月的一个晚上，在母亲再三寻问下，才不得不告诉她这件痛心的事。虽然已经事隔多年，母亲仍然忍着巨大悲痛，颤抖着手，听完了这段悲壮的往事。

《钱毅的书》出版后，人民出版社编辑部给母亲写了一封热情的来信："敬爱的钱老太太：我们出版社把您爱子钱毅烈士的遗文编辑出版了，书名就叫《钱毅的书》。出版这本书，对于广大读者，特别对青年人是有教育意义的。同时也是对钱毅烈士的纪念。”

母亲捧着终于出版的哥哥的遗著，不禁老泪纵横。人民深情地纪念自己的好儿子，也是对老母的最大安慰了。

(1980 年 10 月 14 日)

蜡炬成灰

——痛悼杨述

韦君宜

杨述已经去世了，寂寞地死了。他想做的工作没有做成，他想写的东西也无力写出，就此结束了他难以瞑目的一生。使生者心里的缺憾永远无法填补。

三十九年天天在一起的人忽然没有了，这是很难使人接受的。我翻他的抽屉，翻出他亲手包得好好的一包一包的笔记本：政治学习笔记、日记、抄古人的诗、抄天安门的和流传的反“四人帮”的诗。我想整理整理，为他写一点东西。但是千头万绪塞在我胸口，再也无法用三两千字把它说出来。

我第一句要说的是他是一个真正的共产党员。入党四十三年，以能做一个党员为生平第一要事。除了为党工作，他再没有什么别的要求，也没有业余嗜好（除了写点旧诗）。为了服从党的需要，他献出了自己的一切。包括自己的家庭、母亲、哥哥和知识分子通常最珍视的个人成就（他原是搞历史的，有过写中国社会发展史的计划）。他放弃了自己的研究计划（那是在抗战最困难的时候，反共高潮已经开始），并为此写过两句诗：“已悔名山不朽业，意坚志决报邦家。”邦家指的是党，意思是为了党，愿意放弃自己的“名山事业”。他把自己的家庭也献给了党，从中学时代开始，他就用自己刚刚懂得的革命道理去影响寡母和兄弟，至诚所到，金石为开。在抗战开始时他竟把全家老幼都从家乡江苏淮安动员出来，从老母到兄嫂妹侄儿全体参加了革命，全部家产拿出来作了党的经费。老母最后穷困难以生活，哥哥被国民党捉去，英勇牺牲。这一切，他都视为当然。

在“四人帮”肆虐的那个年代，大家稀里糊涂被停止了党籍。有的同志气愤之极，就宣布：“看开了！由他们搞去吧。”有的同志受不了侮辱冤屈，自己结束了自己的生命。也有的同志找点闲活干，打发那难熬的岁月。杨述则是另外一样。

他一开始挨了毒打，下了干校，病中仍从事劳动。可是他并没有被关进监狱，而且从1973年起已经发还了他的冻结存款，恢复了工资，生活并没有困难。只有一条，不给他做结论，恢复党籍。他为此整日整月整年地忧愁，终于导致一场大病。在做结论以前，脑血栓已发作过四次之多。他不能忍受的是他心目中最要紧的党不承认他是党员。

1973年以后，他天天东奔西走，去了解组织上对他们这伙人到底是从宽还是从严。一会儿听说开这个会议有这么一种“杠杠”，一会儿又听说定出了另一种

“杠杠”，他把那些一概当作党的意图看待。听见就记，见了就抄。一见那种“开除党籍给以生活出路”的“杠杠”，他就气得发抖，说：“我要那生活出路干什么？”他说：“只要能恢复党籍，咱们就宁可全家搬到女儿插队的云南边疆去，全家老小去插队。”

最初我也劝过他：“急也无用。找点事情做做，静以待时吧。”但是他偏不，就是急。看着他每天咄咄书空，我也心中不忍，只得帮同奔跑，算是聊以分忧。到现在数一数，申诉书足写了五十多份。就这么苦苦熬了十二年。身体拖垮了，脑子弄坏了，有人劝他：实在没有必要这样认真，白搞垮了自己。有人说：对这种世态，只有玩世不恭才是办法。他却无法接受。他总觉得党是个最神圣的徽号，代表着人类的希望和理想。对于能否在党内这个问题，决不能不认真，怎么样也得认真对待。他这种无效的认真努力常使人觉得可怜。当然，也会有人觉得可敬。

好容易到1978年11月，才算解决问题，他的组织生活得以恢复。他高兴得写了一首诗道：“十一月里风光好，岁月蹉跎人未老。回首夜来风雨声，名花沦落知多少？”他在高兴自己的问题终得解决，还能为党工作。同时惋惜那些未能熬过这场劫难的同志。我记得他当时的那个样子，天天打电话给这个给那个，邀请人家来吃饭，家里简直像开了流水席。然后他离京休养了一趟，回来就要求工作。可是实际上，他的一部分脑神经已经被血栓压得坏死，开会都没法发表多少意见，已经很难工作了。

不能工作，他自己却不肯承认。还总说：“我要工作，我能工作，有这样的好形势我怎能不工作？”于是又开始了第二度的奔走，为工作而奔走。他去找人，拄着拐棍去爬楼，那样子引起别人的同情，也有人觉得真奇怪，人已病成这样，问题又已经解决，职位也算有了，还不歇歇，是为什么呢？但是他不。别的他什么也不要，孩子考大学，由他们自己考去，房子还住着原分配给的房子，在死前一年半，人已经走不动之后，还由孩子扶着去听报告，自己写悼念战友的文章。到脑血栓发作第五次之后，他到青年运动座谈会上去作过一次长篇发言，那是他一生的主张——对中国的知识分子和中国的青年运动在革命史中的作用，应该充分重视。中国产业工人队伍在革命的早期觉悟不足，革命知识分子的启蒙作用应当在党史中写够。为了这篇发言，他在家里先断断续续讲了一遍，录下音来，然后叫女儿整理成稿，他再拿着稿到会上去正式发言。他常常在家都说不出几句话，这次竟讲了一个多小时。回来又自己把手稿抄写改正。当我看见他的手稿的时候，见每行字都一溜歪斜从左向右歪下去。——他已经写不成横行了，但是还在努力写着。这光景使人看了落泪。这种干法是医生所不允许的。第五次脑血栓发作住院时，他在病房里看《青春漫语》的校样，医生就来禁止过。可是，只有这样做事情他才高兴，禁止他做他就发火、发急。而发了火也会加重病况，只好让他干。这个矛盾贯穿着他最后这一年半的生涯。

他死前三个月，还发出一本稿子《一二·九漫语》。这原是他的旧作，我看他实在无力整理，便由我代为整理，但是他仍不放心，一定要自己看，然后自己又加一段："鲁迅与一二·九"，还跟我说："这段材料过去很少人知道，你也不知道。非加不可。"

直到他去世前一个月，已经是一天说不出两三句话，呼叫人都以"喂"代替了，但是还天天看报，写日记。他写的最后一行日记是："五届政协第三次会开，邓小平致词。"到最后一次发病的当天还在说："我的病能好。"还在椅子上做手脚锻炼。我完全想不到他的生命即将停止，出去替他请针灸医生，回来跨进门已经看见他倒下了——从此永远不能再起来了。千呼万唤，他已再也不能言语。在家护理他的保姆告诉我：他在我出门后是一直坐在桌子跟前，打开抽屉翻笔记本的，不知想整理什么东西，忽然头一歪，就倒在了藤椅上。他的一生啊，就这样在自己没有准备的状况下结束了。他是一根蜡烛，有一点点烛心就要燃烧，一直燃烧到完全成为蜡泪为止。

我一直觉得他的案子太冤枉，他这个人又实在太迂。现在，当我已经失去了这个人，我才感觉到了他的珍贵，好像他日日夜夜仍在我身边。过去，他睡得早，我睡得晚，经常是我坐在写字台前，他睡在我背后的床上，一会儿就叫我一声。现在我又坐在写字台前，好像他仍然在我背后，看我在干什么。但是，这是幻影。我默默咀嚼着自己的苦痛，只能希望在幻影中间他那认真的目光能够帮助我生活下去。

(1980 年 10 月 31 日)

忆斯诺

马国亮

今年是斯诺诞辰七十六周年。新版的《西行漫记》封底有一张斯诺的照片，这正是四十多年前我见到他时的模样。

1939 年 4 月 12 日，恰巧是蒋介石背叛革命十二年后的同一天，金仲华先生对我说，《西行漫记》的作者刚从菲律宾到了香港，问我是否有兴趣和他见面。金仲华当时是香港《星岛日报》的总编辑。我也正在香港编辑一个画报。

依照金仲华的安排，第二天我在“现代中国漫画预展会”门口，迎来了他和同来的客人。客人拣起毛笔，在签名簿上写了两个中国字：“施乐”。显然这是他给自己起的中国名字，而且是一个很有意义的、隐寓“乐善好施”之意的名字。可惜《西行漫记》的第一个译本出来时，译者不知道有这一名字，从此“施乐”让位给“斯诺”。斯诺当年只有三十四岁。个子不高，一头棕色头发，面容清秀，不像他晚年时的丰腴。那天他身穿一套剪裁合度的白麻布西装，整齐修洁，举止温文，谈吐儒雅。他对当时以抗日题材为主的漫画展品看得仔细、问得仔细。

两天之后，我们又在一个饭馆里碰头。这是看完画展之后约定的。参加的还有叶浅予、张光宇、陈烟桥、丁聪和黎冰鸿，都是画展作品的作者。丁聪和黎冰鸿还是我们画报的合作伙伴。他们还给斯诺留了速写像。

原先我们的计划，是要请他谈谈他在西北苏区的感受。可是，当时世界战云正浓，谈话一开始便扯到战争这题目上去了。他认为中、苏、英、美应该共同合作对付德、意、日轴心。在中国抗战问题上，他表示了特别的关切。现在我们都知道，斯诺临终时最后的一句话是“我热爱中国”。其实他早已如此。当他提到当时日本已动员了全国人力进行侵略战争，而中国只有军人和少数知识分子参加抗战时，他痛心而又严肃地说：“你不认为中国动员太慢了吗？”当议论到汪精卫主张向日本全面投降的“艳电”时，斯诺忧心忡忡地问我：“你以为中国应该和日本合作吗？”他觉得，中日合作，恐怕要在很久之后才能实现。

谈话临近结束，才转到《西行漫记》。这书在国内销行之广，使他很感意外。原来他以为人们对政治方面的书是不会感兴趣的。当我表示对他竟能在苏区耽上几个月也感到意外时，他笑了。他坦率地承认，最初他并没有久留的计划。他说：“原先我打算到里面兜个圈子，看看情况便回来。一耽就几个月是没想到的。”

谈话持续了三个多小时。分手的时候，他谦逊地说，他的见解是很肤浅的。他谈到一件事情：他的一个朋友在中国旅行，一次在车上听见同车的一老一少在对话。老的说："中国飞行员比外国飞行员更可靠，你知道吗？"青年人表示不解。老的便说："瞧那外国人的大鼻子。这大鼻子一定挡住了面前的部分视线，不像中国人那样畅观无阻。"

说完故事，斯诺风趣地说："我的意见，只是一个外国人在他的大鼻子后面所能看到的有限视野，从而作出的一些很不全面的观感而已。"

今天看来，斯诺这话也不全是谦词。没有任何人能百分之百地明察秋毫。这个很有政治头脑、对中国革命历史相当熟悉的作家兼记者，对我们过去的一场浩劫的看法，便确实曾给一些什么挡住了。在浩劫的年月中，正是最热爱中国的海外人士，往往最易在扑朔迷离的局面中受骗。不过，没有大鼻子的我们中的一些人，不也有过同样的错觉吗？遗憾的是他过早地离开我们，没有看到真相大白，没有能够像他赞颂过去的长征一样，再一次为我们写出新长征的史诗。

（1981 年 1 月 23 日）

春蚕丝未尽

赵清阁

3 月 22 日清晨，从梦中我被一份“茅公病重”的电报惊醒，心跳得自己都听见了！

前些天小曼来信告诉我：茅公宿疾复发，已住院；病情沉重，不时昏迷作呓语，终日靠输氧、输液维持生命。但我估计不足，我觉得茅公主要是肺气肿病，没有危险；这是老年人常见病，我也一样，每冬难过关，春节后我还并发过冠心病。2 月 13 日茅公还写信给我

（这是他给我的最后一信），劝我当心患肺炎，叮咛我少出门受凉，说他“今年冬天未大发气管炎，但一想起过去患了一次肺炎，至今谈虎变色”。可以想见，一个月前他还是健康的，怎么会就一病不起呢？只是我也为他的高龄担忧，为了期望再看看老人，再听听这位良师益友的教诲，我决定立即首途北上。

23日中午到京，下午就与棣华一同去北京医院探望茅公。和1979年的冬天一样，他依然住在楼下的病房里。他仰卧于病床上，鼻孔里插着氧气管，一只手吊着输液瓶。他虽然更清瘦了，但精神很好，两眼炯炯有光，神志十分清醒，不像病情危殆的样子，我不禁松了口气。棣华问了护理人员一些有关茅公病的情况，知道这两天比较稳定，我感到无比的欣慰。茅公看见远方前来探病的我，也很高兴，却又有点意外，因为我没有先通知他。我们还像过去，见面就谈文学。我提起他最近送我的他的旧作《世界名著杂谈》，我说这本书正确地评介了一些世界名著及其作者，对我在青年时代涉猎欧美文学名著，起了很大的指导作用，我相信对今天的青年人也会给予读书学习的良好教益。他听罢谦逊地笑道：“那是我从前为着糊口赚稿费写的，不成东西。不过，我也是想给年青人一点帮助。原来你早就看了。”他还告诉我：解放后这本书没有收进他的“文集”，也没有重印过。我认为这次的重印是值得欢迎的。接着我问到他的“回忆录”的进展。记得去年他曾写信要我帮他回忆一下20世纪30年代及40年代几个历史时期，我们同客一地的某些文艺活动情况；他记不清了，我也印象模糊，而我被他的严谨认真、一丝不苟的负责态度而感动，就代他从旁了解，力求准确符实，然后提供给他参考。我不知他已写到哪里了，他很急躁，又带点遗憾情绪，喘着说：“写得太慢，20世纪30年代才开始写。眼睛不行了，还总是闹病！”我连忙劝慰他安心养病要紧，等健康恢复再写不迟。他用疑虑的目光瞪着我，喟然叹了口气。我明白他的心情，他像春蚕，还没有吐完他最后的一根丝，因此他惴惴不安！这时我的两眶湿润了，我避开他趋向窗前，我眺望着窗外泛青的树枝，眺望着云天；

我默默地为他祈祷，祈祷苍穹给这位辛勤耕耘了一生的老作家以健康，让我们的伟大文豪长寿！

然而我的祈祷没有感动残酷的死神！

26日的上午，我觉得茅公的病情在恶化，但神志是清醒的。他招呼我却无力讲话。他喘得厉害了，呼吸困难；他呻吟着不住地瞪视那只输液吊瓶，烦躁地要求护士快拿开。我劝他安静，耐心接受治疗。他却摇摇头连声说："没办法，没办法！"我目睹他那痛苦的神情，我体会这痛苦！我多么希望能够解除他的痛苦啊，可是我束手无策！我向护士了解到输液内用的药为"氨茶碱"，这也是我发病时常用的一种普通药。我暗暗诧异，难道我们就没有更好的平喘特效药吗？我在心中不禁呼吁，向医院、大夫呼吁：应该有特效药，救救肺心病患者，救救茅公吧！

我焦虑地徜徉于病房，眼泪涔涔而下！泪水迷茫中，我仿佛看见茅公起来了，还是那样神采奕奕，和悦可亲——像1979年的暮春，我们经过"十年动乱"，又重逢于交道口他的寓所；我们庆幸地欢叙劫后余生。他告诉我,在“文化大革命”中听说我死了,他曾为我掉过泪。我说我是几死一生!他鼓励我继续为社会主义文艺服务,我答应他再拿起笔来。此后,我在上海一度情绪欠佳,不愿出席第四次文代会;他殷殷督促我,要我一定参加,他在信上写道:他将作一首“祝文艺春天”的《沁园春》词为我书好,等我去时面赠。也像解放前,他历次指导和支持过我的诗文创作和编辑工作,他总是这样不但孜孜不倦于自己的著述,而且时时关注、团结一些作家朋友们,以及热心培养作家新秀,为的是壮大祖国的作家队伍!他就是这样一位胸襟宽敞、目光深远、正直不阿、坦荡无私的文学大师;他是“五四”以来与鲁迅、郭沫若一起为祖国革命文学事业做出卓越贡献的奠基者!

忽然茅公叫我一声,也许他发现了我正啜泣,他似乎是要制止我。我急忙拭泪转身,坐到他的床前看着他吃饭。使我惊讶的是他的食欲很好,护理人员喂他吃了一小碗粥,半碗牛奶鸡蛋羹,还吃了一只香蕉和半个桔子。为此我又产生了乐观信念,我感到只要胃纳不坏,他是能够化险为夷的。我等他吃完了饭，便向他告辞，我说明天再来看他。他和我紧紧握手，眼神显得宁静了，我丝毫没有意识到这就是他和我最后的一次握手，我再也想不到从此我们永诀了！

第二天清晨，小曼电话告诉我茅公在5时55分与世长辞，祖国文坛陨落了一颗灿烂的明星！

我和棣华赶到医院病房，茅公的遗体正准备往外送；我看见他安详地熟睡了一般，额上湿漉漉的还有汗渍。哀哉！茅公终于未能战胜病魔！我沉痛地呼叫着“茅公”，想到前一天中午他吃饭的情景，我不信他果真已经长此离开了人间，离开了亲友、同志们！

(1981年6月5日)

怀念林淡秋同志

姜椿芳

从杭州传来噩耗，林淡秋同志因病逝世。这个消息对于多年和他一起战斗过、共事过的我来说，心情是很悲痛的。

林淡秋同志1906年出生在浙江省宁海县，终年七十五岁。他本来患有白内障，决心要到北京来请唐由之大夫针拨，他不愿为自己的病专程来北京，准备等待文联全国理事会开会之便，住院动手术。已经和医院联系好，但因文联的会一再推迟，他也就把治眼病的事一再推迟。屡次推迟，已经延续一年多了，从这一点，也可以看出他的为人来：他以工作为重，不愿以私事影响大事，即使是眼疾这样紧急的私事，也不例外。今冬文联理事会，他总以为可来开了，却不幸就在此时因别的病去世了！

林淡秋同志七十五年的生命历程，充满了革命斗争。1927 年当他还是二十一岁的青年时，就在他的家乡，进入中共宁海县委领导的、革命作家柔石负责的宁海中学任教。不久，他转到革命文艺中心的上海活动。1928 年柔石到上海从事写作工作，林淡秋同志作为柔石的小同乡和旧同事，两人时相往来，淡秋同志并一度住到柔石所租的闸北景云里的房子里（原为鲁迅旧居）。这时期，淡秋同志也和柔石一样，从事革命文艺的写作和翻译。不过条件很困难，他们的生活都很艰苦。1929 年秋，左翼作家联盟开始筹备，淡秋同志也常跟随柔石等同志，在冯雪峰同志的领导下做了一些工作。左联于 1930 年 3 月正式成立，柔石担任相当重要的职务。1931年1月17日，柔石被捕，当夜淡秋同志就被通知，设法营救。18日，柔石和其他被捕的二十二人在租界上的中国法院受审，淡秋同志被派到法院去旁听，了解审讯情况。

柔石同志等二十三人于2月7日晚惨遭杀害。其后，淡秋同志继续在上海从事革命文艺工作，他把他所译的多篇丹麦作家的短篇小说，和柔石在差不多时间所译并在上海若干刊物上发表过的几篇，收在一起，于1937年在商务印书馆出版。书名叫《丹麦短篇小说集》，下署“金桥、淡秋合译”。金桥是柔石的另一笔名（都是取意于宁海家乡一座石桥上的题字：“金桥柔石”）。淡秋同志和柔石过从甚密，后来写有《忆柔石》一文。1936年春，左联解散后，淡秋同志正式入党，从这时到1937年抗战发生，淡秋同志在张执一、唐守愚等同志的领导下，参加过《改造》《新东方》等刊物的编辑工作，从事文艺界救亡协会的工作。1937年抗战发生，中国军队退出上海地区后，淡秋同志留在上海租界“孤岛”上工作。这个时期，他和梅益等同志参加了复社出版斯诺写的《西行漫记》翻译工作，和梅益等同志一起采编了《上海一日》大型报告文学集。在这个集子出版后，又以《上海一日》的成百上千的青年写作者为基础，和戴平万、钟望阳等同志从事“青年文艺通讯员”的群众性文艺工作。这时期，淡秋同志还和蒋天佐、蒋锡金等同志主编了《新中国文艺丛刊》《奔流文艺丛刊》和其他一些刊物。他还和王任叔、梅益同志做了一些与上层文学家（如王统照等）的联络工作。他自己除写一些文章外，还译了英国记者贝特兰的《华北前线》一书。这时他常用林服膺、应服群的笔名写作和翻译。

1941 年 12 月 8 日，日军占领租界后，淡秋同志曾两度到新四军解放区工作。1945 年 8 月，日本投降后，党派淡秋同志回上海。9 月，梅益同志把淡秋同志介绍给我，担任《时代日报》第一版的编辑，直到 1948 年该报被封。

1936 年我从东北到上海，很快就和林淡秋同志相识，以后在“孤岛”和沦陷期间，也经常和他有往还。对他进一步熟悉是在 1945 年开始的《时代日报》共事时期。《时代日报》是用“苏商”名义出版的，本身就是半公开的党报。我虽担任总编辑，因要照顾“苏商”时代出版社的其他刊物，不能每天熬夜编报，这个任务就交给了林淡秋同志。他每周编报六夜，休息一天，这一天就由我编报，平时则和他商量整个版面的发稿问题。1945—1946年，国民党军队进攻解放区，解放区军民起而自卫，延安经常播送重要新闻和声明，我们报馆里抄收了新华社延安广播，上海各报都不能发表。我报是否发表？我们常常在深夜拿着抄收来的电讯，重复阅读，再三考虑，有时在编辑室里来回踱步，一再犹豫。最后决定：“这样的消息不发，枉办报纸，枉受党的重托。发，发，发！准备明天报纸被查封，自己被逮捕！”这样的事情，不是一次两次，而是多次，虽然电头用“旧金山广播”，还是骗不了国民党当局，我这个总编辑有一回被国民党市政府叫去训话，受警告之后，只好不再登“旧金山广播”。幸而美联社等外国通讯社每天深夜也抄收一些延安广播转作自己的通讯转发，我们就用它们的消息，加上“军事述评”向读者报道解放战争的真实情况，尤其在《文汇报》《联合晚报》等报纸被封后，《时代日报》在特殊情况下，巧妙地依靠“苏商”这块牌子维持了一个时期，起了良好的宣传报道作用，而主编要闻版的就是不避危难、坚持到底的林淡秋同志。

1949年上海解放后，这位“报人”林淡秋同志便担任了《解放日报》的副总编辑，翌年又调到北京，任《人民日报》的副总编辑。他在这两个报纸的编辑部，都是负责文化艺术方面的工作。1958年去杭州，省委把他留在浙江工作，先后担任过省委宣传部副部长，兼任省文联主席、杭州大学副校长。

在“文化大革命”期间，林淡秋同志被打成“党内走资派”和“黑线人物”受到冲击。

林淡秋同志做报纸宣传工作，只是后一个时期，他基本上是一个文艺工作者。他是作家、翻译家。早期有光明书局出版的《黑暗与光明》，民光书店和黄河出版社先后出版的《雪》等小说集和散文。在上海“孤岛”时期，他翻译出版了《列宁在1918》电影剧本和其他作品。解放后，有1955年人民文学出版社出版的

《散荒》，1958年新文艺出版社出版的《业余漫笔》。

许多老战友、老朋友都说，林淡秋是一个好同志，扎实肯干，党分配的工作，他总是一声不响地长年埋头干下去。《时代日报》的工作就是一个例子。有人要崭露头角，要出名，出风头，他在《时代日报》为党工作，不能"出名"，他就绝不用林淡秋的名字发表什么作品，而是隐姓埋名地把党要他做的工作坚持下来。这时期（及其他一些时期），他本来可以写不少小说和文章，但他没有这样做，他是一位真正的不求名、不求利的党的作家。他数十年如一日地坚守在分派他的岗位上。他平易近人，热心帮助人，解决同事们的思想问题和生活问题。他为人老实忠厚，有些梗直。有时坚持自己认为正确的意见，不肯苟同，因此也颇"吃亏"，但他决不在原则上迁就。为此，凡是和他同过事的党员和群众，都很喜爱他、怀念他，在他去世的消息传来时，大家就更为深切地悼念他了。

(1981年12月22日)

悼念李健吾同志

戈宝权

万万想不到，李健吾同志，会这样突然离我们（11月24日下午）而去！

我和健吾同志是多年的老朋友，在中国社会科学院的文学研究所和外国文学研究所先后工作时，我们是多年的老同事，在机关宿舍里我们又是多年的老邻居。

记得11月初我从福州、厦门经杭州和上海回来，健吾同志也在11月13日从西安和成都回到北京，我当天就去看了他。23日上午，外国文学研究所召开所务会议扩大会议，传达不久前中国社会科学院院务会议的文件和精神。我们几个老人，罗念生、李健吾、卞之琳都一齐到所里去。健吾同志虽然已经七十六岁高龄，近日又患了感冒，走路时显得有些老态龙钟，但谁能料想到，他在第二天下午竟会突然病故呢。

早在20世纪30年代，我就很熟悉健吾同志的名字和他常用的刘西渭的笔名，而且知道他早年曾经演过戏，组织过剧社，从那时起他就以戏剧家闻名。健吾同志从1926年起在清华大学西洋文学系学习过四年法语，1931年到法国去留学，专门研究法国作家福楼拜。1935年他应郑振铎的邀请到上海暨南大学文学院任教，从那时起我知道更多的，却是作为法国文学研究家和翻译家的李健吾了。记得1936年我还在国外时，陈西禾兄曾把健吾同志著的《福楼拜评传》寄了一本给我，我当即怀着极大的兴趣读完了这本书。后来我又读了他翻译的不少福楼拜的作品，如《包法利夫人》《情感教育》《圣·安东的诱惑》和《三故事》等书，为他在福楼拜研究与翻译方面的造诣所感动。他也曾把他的译著签名送给我，我一直保存到现在。

我和健吾同志初次见面，那是1946年抗战胜利后我从重庆回到上海的事，当时他正和郑振铎共同编辑《文艺复兴》。记得他当时住在西摩路（现陕西北路）的华光大楼，我曾去看过他几次。前不久，他为《新文学史料》撰写《关于〈文艺复兴〉》一文时，他曾问起我怎样为《文艺复兴》写稿的。我把他和郑振铎当年向我约稿的几封信拿给他看，如他在信中说："文章希望早日改下，以便能早日发排，盼能帮助"，他这才恍然大悟。在当时要编辑出版这样一本大型的文艺刊物，确不容易，因此朋友们都极力支持他们。现在我们翻阅当年的《文艺复兴》，看到封面上选用的是欧洲文艺复兴时期的名画，据健吾同志告诉我：第一卷选用了意大利艺术大师米开朗琪罗的《黎明》，表示人民胜利了，觉醒了，事业更有前途了。第二卷选用了同一画家的《愤怒》，表示在国民党统治下人民怨声载道，愤怒之声上达天庭。第三卷选用了西班牙名画家戈雅的《真理睡眠，妖异出世》，表示国民党统治地区还一片黑暗，妖孽出现，民不聊生。在当时，健吾同志选用了这些名画作封面，确是别具匠心的。

从那时起直到新中国成立初，健吾同志仍然在写作剧本和翻译外国剧本。全国解放后他又担任了上海戏剧学校戏剧文学系的主任。健吾同志先后翻译出版了不少外国名作家的剧本，其中即有《高尔基戏剧集》七册，《契诃夫独幕剧集》一册，《莫里哀喜剧集》八册，《托尔斯泰戏剧集》四册，《屠格涅夫戏剧集》四册。在这里还应该提到的，就是他在1938年还曾译过罗曼·罗兰的剧本《爱与死的搏斗》，当上海处于“孤岛”时期就由上海剧艺社上演过，引起了观众的热烈反应。从1954年起，健吾专心研究司汤达、福楼拜和巴尔扎克等法国作家，先后写成了《司汤达研究》《莫里哀的喜剧》《〈人间喜剧〉的革命辩证法》《巴尔扎克的世界观问题》等著作和论文。他还负责编辑研究所的《外国古典文艺理论译丛》。

健吾同志的英、法文的修养都很深，文史知识也很渊博。在工作上我们时常相互切磋。记得他在编辑《论巴尔扎克》一书时，曾请我重译了高尔基的《论巴尔扎克》的文字；我在研究有关罗曼·罗兰的资料时，也常向他请教。健吾同志永远是好学不倦，博览群书，勤于钻研，尽管他从20世纪60年代起就患了心脏病，而且有一段时期身体很坏，但我每次去看他时，都可以看到他的写字台上摆满了外文书籍和辞书，稿纸上有他写的文章或是译文。健吾同志也是平易近人而又好客和健谈的，每次去看他一谈就是很久。你向他请教什么问题，他都设法帮助解决。记得在审阅《郭沫若全集》第一卷的注释时，发现《无烟煤》一诗中引用了司汤达的一句话："轮船要烧煤，我的脑筋中每天至少要三四立方尺的新思潮"，这句话的出处就是经他查出来的。他的藏书也很丰富，我们曾共同用过一个小书房藏书。每次向他借书，他不顾年老，都亲自冒着酷暑和严寒，跑进小书房，爬上凳子寻找。

"十年浩劫"期间，我们同蹲在一间"牛棚"里，我们一同参加劳动，我们又一同去了干校养过猪，在生活中我们始终是互相关切。“四人帮”粉碎以后，健吾同志的精神为之焕发，他曾把他写的有关戏剧的论文，编成一本《戏剧新天》，由上海文艺出版社出版。他原想再写些剧本，同我谈了剧情，征询我的意见，可惜他后来没有写成。近一两年，他又经常到各地访问。去年秋天8、9月间，他到了长沙；从12月到今年年初，他去了太原，还回到了他山西的老家运城；今年4月到了甘肃的兰州和宁夏的银川；不久前又去了西安和成都。他翻译的共包括二十七个剧本的《莫里哀戏剧集》，已交给湖南人民出版社，今年4月出版了第一集。他还准备为四川人民出版社编辑他自己的著作合集。此外，他又编辑了《论巴尔扎克》和《巴尔扎克论文学》等书。

那一天，健吾同志吃过中午饭后并没有休息，就伏案写稿。在他的写字台上还放着他写的两篇稿子：一篇是他在11月2日写成的《朝阳普照的古老西安》，回忆他几次访问西安的情景。另一篇刚开了一个头，看来是应《成都日报》文艺版11月17日来信之请写的，开头的句子是：“从来没有去过四川，这次在西安开会，我和老伴决心到四川去一趟。”这篇文章只写了一页，圆珠笔还放在稿子上，看来这就是他的绝笔了。听说他在两点钟以后才坐在沙发上休息，从此就溘然长逝！

健吾同志离开我们而去了，同他相处过多年的老友都深为沉痛！看到他留在写字台上的遗稿和其他稿件，想到他业已编成还没有出版的译作，还有他准备编辑自己的著作合集的计划，都有待他的子女和朋友们的帮助来完成了，这也就是他的遗愿！把健吾同志的遗著保留下来，让健吾同志的名字和他的文学遗产长久地活在朋友们和广大读者的心中，这才是对他的最好的纪念！

(1982年12月9日)

父亲回来了

冼妮娜

1 月 25 日上午，我和大家肃立在首都机场的大厅里，迎接刚刚从苏联接回来的父亲冼星海的大理石骨灰盒，看到吕骥伯伯将一面鲜红的中国共产党党旗覆盖在它的上面，看着父亲那幅充满无限深情的遗像，我止不住泪水滚滚而下。

我要对着九天之上我父亲的英灵大声呼唤：亲爱的爸爸！女儿日夜思念着您，祖国和人民怀念着您啊！

我们盼啊！想啊！等了整整三十七年，今天，您终于回来了，回到了您终生为之奋斗、为之讴歌、为之献身的中华民族的怀抱，您终于了却了使您一直不能瞑目的夙愿，可以永久地躺在这美丽的伟大祖国母亲的土地上安睡了。

我是父亲唯一的女儿。父亲和我分别时，我只有九个月，对他我是没有任何记忆了。听妈妈告诉我 1945 年 10 月，我六岁那年，在延安枣园里一个联欢会上，毛主席曾抱着我说："妮娜，你爸爸就要回国了，再过不久，你就可以见到你的爸爸了！"我那幼小的心灵是多么急切地期望着立刻能见到亲爱而又陌生的爸爸，期望着我也能像所有的孩子一样，让我爸爸抱抱我，亲亲我啊！

万万没有想到，没过多久，就传来父亲病故的消息。这个突如其来的噩耗，使"鲁艺"哭声动地，使整个延安沉浸在哀痛之中。党和人民为父亲举行了隆重的追悼仪式，毛主席亲笔为他题词——"为人民的音乐家冼星海同志致哀！"……那时候对于这一切我都还无法理解。我只知道，我从此，永远、永远失去了我的最最亲爱的爸爸！

祖国解放了，我也长大了。从音乐课上，团队活动里，从收音机里，从舞台上，从那一次又一次为父亲举行的纪念音乐会上，我听熟了、背会了父亲创作的许多歌曲，我常常是流着热泪去聆听那部震撼人心的《黄河大合唱》。我渐渐地懂得了，理解了，我的父亲是这样一位伟大的民族的歌手，人民是这样热爱他、怀念他。

后来，我又读过了父亲的许多遗著，从他遗留的信件中，从他的战友、学生的回忆中，也从妈妈长年不断的思念的叙述中，我更多地懂得了父亲。他是个贫苦渔民的儿子，从小酷爱音乐，他几乎是在死亡线上挣扎着奋斗、求学，他曾以优异的成绩毕业于法国巴黎音乐学院，等待他的是一条用鲜花和金钱铺成的大道。但他却义无反顾，不远万里，回到了自己贫苦的多难的祖国，满腔热血，投入了党领导下的抗日民族解放战争。他紧紧站立在劳苦大众之中，用他卓越的创作，去鼓舞人民战斗，周副主席赠给他的题词，说他是“为抗战发出怒吼，为大众谱出呼声”！受党的派遣，他远离祖国和亲人到了苏联，在严酷的战争环境里，离别的愁苦，多种病痛的折磨，都不曾使他放下那支不知疲倦的笔，直到他生命的最后一息！

父亲是一位有着坦荡的胸怀、赤诚的心地，深沉而炽烈感情的人。许多熟悉他的长辈都告诉我，父亲对学生是热忱的诲人不倦的师长，对同志是最诚恳、忠诚的朋友，对大众是最谦逊、尊敬的学生！而他对自己的亲人，对他的母亲、妻子和女儿的爱又是多么的执着和热烈啊！我从父亲遗留的信件中看到，他是那样惦念延安的一切，嘱咐妈妈要赡养我的奶奶——一位慈爱的孤苦的劳动妇女；父亲几乎在每一封信里，都鼓励妈妈要多多学习马列主义，追求进步，为儿童创作。每一封信都格外思念他的小妮娜。他记得我要过一周岁生日了，在那样艰苦的条件下，他省吃俭用地从西安捎给我玩具和食品，他嘱咐妈妈要多给我喝开水，晒太阳，注意营养，要妈妈多让我接近音乐、美术和戏剧。他对女儿的爱是那样深切、细致。他在信中说："听说妮娜长大一倍了，我听了多么高兴，替我吻吻她吧！妈妈要爱护她，小孩子是我们将来的主人……"爸爸在信中还说："我不时想念你和妮娜，也有时感到少许寂寞。"但是"在这大时代里，我们要把自己所能的贡献给民族，一切贡献给党，不要时常挂怀着自己的幸福，因为我们的幸福是以解放民族、解放人类为目的"。爸爸，我亲爱的爸爸，您是一位多么慈爱、多么无私而又伟大的父亲啊！

在那"十年动乱"的岁月里，我父亲的作品也曾遭到林彪、江青一伙的篡改和压制，甚至连《黄河大合唱》也不许唱了。在广大革命群众愤怒的呼声里，在革命同志热忱的支持、帮助下，1975 年 9 月，我的妈妈代表我向党中央揭露了"四人帮"文化专制主义的罪恶，请求在父亲逝世三十周年的日子里，为人民音乐家聂耳、冼星海举行纪念音乐会，并正式向党中央提出把父亲的骨灰移回祖国的希望。我们的请求，受到了党中央支持。1975 年 10 月，聂耳、冼星海那战斗的歌声重又响彻了中国大地。敬爱的邓副总理，当时正面临横遭围剿的风雨之中，却还亲自指示要在适当的时候，争取移回留在苏联的冼星海的骨灰。

今天，我们的愿望终于实现了，感谢党中央，感谢苏联人民，感谢一切热爱冼星海，在最危难的时候帮助过我的父亲的朋友们，感谢为他治病的苏联医务工作者。

冼星海是属于祖国的，是属于中华民族的。现在我国已成立了聂耳、星海学会，研究他们对中国无产阶级音乐发展所做的贡献。过去，由于历史的原因，我没有能实践父亲生前的愿望，从事音乐工作，但我有责任、有义务，为收集、整理、保存、研究冼星海的全部遗作贡献我的一份力量。我要永远以父亲为榜样，“为党工作”。

我亲爱的父亲，您的女儿再一次向九天之上您的英灵呼唤：您是祖国的儿子，是中华民族的儿子，您的音乐将永远和祖国前进的步伐一起跳荡！

（1983 年 2 月 8 日）

潘汉年夫妇最后的日子

钟叔河

潘汉年同志夫妇是1975年夏天被送到“湖南省第三劳动改造管教队”洣江茶场的。其时，我已在这个队度过五年刑期了。

劳改犯人被禁止打听任何非劳改队干部宣布的讯息。我们只知道又来了两个“特殊犯人”，被安顿在场部废弃了的澡堂子里。老太婆白发垂耳，形容略显凄清而颇矜持。老头躯体微伛，面目清癯，却显出一种安详的神态。和老头同时运来的有许多书籍、几支钓竿和一台电视机（到茶场后很快就拿去“维修”了），显示犯人原来的待遇比到这里来要好，这就足够引起大家暗中的兴趣和猜测了。

据说政府发给这两个“特殊犯人”的生活费用并不少，而老两口自理生活的能力却非常差。日子渐久，有时干部和工人不免在犯人面前谈起关于这两个老怪物的新闻：

“老家伙拿了个鸡，左割右割。鸡没有割死，鸡血倒抹了一脸。那么大的反革命，却杀不死一只鸡。”

“老太婆把一条鱼囫囵放在锅里煮。鱼肉、鱼肠、鱼粪、鱼胆煮成一锅汤，全都倒掉了。”

不久便听说，为了照顾他们年老体弱、生活不能自理，场部派了一位干部家属去帮他们“管生活”，当然也兼管按月发下的生活费。随后又听说，某某干部家属“发洋财”，被没有沾边的干部检举揭发，“管生活”的差事又轮给另一位干部家属了……

一直到郭老高歌的“大快人心事”发生以后，我才知道这两个“特殊犯人”是谁。有位“队长”在向我进行“形势、政策、前途教育”时，引经据典，不厌其详：

“……什么样的人不杀呢？胡风、潘汉年这样的人不杀，你钟叔河更不会杀。不杀你们，不是没有可杀之罪，而是杀了不利。潘汉年嘛，陈毅的二把手嘛，就是住在场部澡堂子里的那个老头嘛！……”

从这以后，我一有可能，就特别注意观察潘汉年同志。1976 年的冬天，他的精神显得比 1975 年好。有好几次，我遇见他到六队（我所属的工业队）来拾柴火，穿一套灰布中山装，提一个不大的竹篮子，面目还是那样清癯，神态也还是那样安详……

有一次，唯一的一次，我得到了和他接近的机会。那天我正在木工间检查一个模型的尺寸，他又来拾柴火，走过我身旁时不小心把一篮子碎木头倒在地上了。我连忙上去帮他收拾，趁此轻轻地问他道：“您是潘汉年同志吗？”

他把脸转向了我，没有回答。

“我原来在报社工作，是右派，攻击‘文化大革命’，判了十年。”我只想问问他是从什么地方来茶场的，说出嘴的却是这样几句话。

仍然没有回答，而且也不再回头，只是默默地收拾柴火。收拾好以后，才对我微微一笑：

“谢谢你，同志。”在车间的喧闹中，他的声音轻轻地、清晰地送进了我的耳朵。提篮起步时，他又轻轻地说了一句：“相信人民。”

是的，同志！我们要相信人民，相信革命，相信革命决不会吞食自己的儿女……

冬天刚刚过去，潘汉年同志便在1977年春天病倒了。他再不能提着竹篮来拾柴火，我也不能再看见他了。大约在春夏之交，有一天，场部的北京吉普忽然开到六队，让冷作间加上一套弹簧垫。做冷作的犯人偷偷告诉我：“场部关的老头快死了，省里叫送到长沙去抢救。”

抢救？是为了留下活口，还是准备纠正把革命的儿女当作反革命的错误？我无法答复这个自己向自己提出的问题，只希望厚垫快点装好，把病人快些送走；一面又埋怨：“既要抢救，难道就不能从长沙开来救护车？”

几天以后，终于传来噩耗。据说，当送到医院时，人早已昏迷。医院和火葬场，都不知道送来的是潘汉年。他被取了一个叫“胡 × 保”的“化名”（告诉我的人没有记住中间那个字）。

董慧同志的健康本来比潘更坏。潘死后，董的病情迅速恶化了。但是却不见采取什么抢救措施，只是让她在茶场医院住院。这个主要为犯人治病的医院，设备条件充其量只等于一个公社卫生院。董慧同志就在这个医院出出进进。她的贴身伴侣是一只丝绒玩具狗，听说是她的兄弟从海外来探监时带给她的。每次住院，小狗都陪伴着她，一直到她 1979 年 3 月撒手西归的时候。

据说，董慧同志死后，遗体戴着的手表也被掉换了，结果又因为被没有沾边的人检举揭发而追回。只有那只丝绒小狗，却安然无恙，如今恐怕还在由茶场保管着。

在董慧同志去世的那个月里，我也离开了茶场，回到长沙来领取改正通知。一转眼就快四年，死者骨灰早已归尘土，但他们的名字总算又可以流传在口上毫端。回念前尘，百感交集。虽然我与潘汉年同志只有一两句话的缘分，与董慧同志则连一句话也未曾说过，但他们那备受摧残而保持着信心，寂寞至死而能不失常态的大智大勇的形象，却永远留在我心间。我想，它将比一切豪华的画册留存得更久、更远……

(1983年3月7日)

她不该被遗忘

——忆关露

萧　阳

她走了，在这个寒冷的冬天的早晨。

她的身边没有亲人。唯有那个从玩具店买来的大塑料娃娃，在她的枕边陪伴她，目送她悄然离去，为她唱着无言的歌。

她的名字——关露，似乎被流逝的岁月逐渐湮没了。

如今的青年也许只有很少的人知道这位当年驰骋文坛的女作家了。

她是一个诗人。她曾经在严寒的日子里为我们歌唱过春天。你听过那“春天里来百花香，朗里格朗里格朗里格朗”的歌声，那正是关露为电影《十字街头》写的一首主题歌，由贺绿汀谱曲。歌词的初稿比现在流行的这首歌词更为激烈一些，国民党的检查官通不过，只得作了一些删改。《十字街头》上映以后，这首主题歌立刻成为家喻户晓、最受群众欢迎的流行歌曲。经历了半个世纪漫长的岁月，它的艺术生命至今没有衰朽。

她是一个忠诚的战士。当革命需要的时候，她毅然放下手中的笔，抛弃了个人的名誉地位，接受党的派遣，冒着生命危险，深入虎穴，在潘汉年领导下，做党的秘密工作。

她是有才华的作家。早在20世纪30年代，她的诗集《太平洋上的歌声》和自传体小说《新旧时代》就受到当时文艺界和广大读者的赞赏。《新旧时代》原是她计划写作的三部自传体小说的第一部。后来，由于上述的原因，她没有能再写下去。抗日战争胜利以后，周恩来同志怕国民党会加害于她，要上海的党组织把她送到新四军中去，征求她的意见时，她很高兴地说："好！"到了新四军里，当时的华中局组织部长曾山对她说："现在你到了解放区了，又可以做文学工作了，仍旧做一个左翼文人吧，你看党多么需要你！"她高兴得笑了。可是，当时的新四军也受"左"的思想影响，在整风运动中，她被拘留审查，一直到潘汉年到新四军去，为她做了证明，陈毅为她写了批示，才重新获得自由。后来，她随苏北建设大学迁到东北大连。在大连街头，她遇见一个流浪儿，她将这个孤儿送进了学校。这个流浪儿后来成为劳动竞赛中的模范。新中国成立以后，她以这个流浪儿为模特儿，创作了中篇小说《苹果园》。到1955年，她就受潘汉年案件的牵连，被关进了监狱。她写了一首题为《祖国》的词表明心迹。

1957年出狱后，她对党没有一句怨言。她回到原单位。电影局没有给她分配具体工作，却动员她退休。

她想，她还不到五十岁，还应该为党工作，不该退休。但是，她又觉得，怎能不听从组织？于是，她听话地办了退休手续，在北京郊区香山租了几间房子住下来，那一年她刚满五十。在香山，她花了十年时间，创作了长篇传记小说《党的女儿刘丽珊》。这部小说还没有出版，1967年，她又因潘汉年案件牵连再次被捕入狱，在狱中又度过了八年漫长的岁月。在监狱里，她仍旧念念不忘创作。后来发表在《野草》诗辑上的十一首《秦城诗钞》，就是在狱中创作的。在牢房里，既没有纸，又没有笔，她只能用脑子去想，然后在心里反复默诵想出来的诗句，直到能背诵为止，出狱以后再把这些诗句写到纸上。她写诗明志："云沉日落雁声哀，疑有惊风暴雨来。换得江山春色好，丹心不怯断头台。"有一次，狱室的自来水管坏了，彻夜滴滴答答漏水，声声如哭诉，她触景生情，写了一首诗："铁门紧锁冬无尽，雪压坚贞一片心。钢管无情持正义，为人申诉到天明。"听说外面正在斗"走资派"，她写了《感慨》一诗："罪衣幽室夕阳迟，玉洁金真只自知。锦绣江山谁是主？战场悲彻马声嘶！”她在诗中表达了对文学事业的热爱：“戎马从来喜战场，驰驱不为世留芳。文章兴祸成冤狱，犹恋风流纸墨香。”在狱中，她也曾经绝望过，曾经想用打碎的玻璃片割断手腕上的动脉，但是最终战胜了自己的软弱，她要活下去，活着出去，还要继续为党工作，为青年写作。1975年，她终于盼到了恢复自由的这一天。她又回到香山的住处，整理旧稿，长篇传记小说《党的女儿刘丽珊》的原稿抄家时被抄丢了。她重起炉灶，改写成诗剧。这部诗剧稿件不幸又在一次旅途中丢失。如果不是由于1980年脑血栓症夺去了她的健康，她一定还会不折不挠地写下去的，一直到她生命的最后一息。

患脑血栓症以后，为了治病，她离开香山住到城里的机关宿舍。三张单人床挨个儿放在一间十平方米的小屋里（同室的一个是照料她生活的保姆，另一个是帮助她记录整理文稿的朋友），挤得满满的，再也放不下一张书桌了。在中国的当代作家中，也许她是唯一的连一张书桌也没有的作家吧。她就在这间窄小的屋子里度过了最后几年孤独而寂寞的岁月。熟知她的人都说，她的性格本来是乐观开朗的，但是生活的重压扭曲了她的性格，使她内心充满了痛苦和绝望。她的心灵是负了伤的。

左联时期，她为了维持生活，一面写诗，一面在上海启秀女中教书，同时在上海第二中华职业夜校讲授文艺学。在她的影响下，许多青年走上了革命的道路。她住在香山的时候，青年文学爱好者经常去找她，称她为可敬可爱的老师。她的诲人不倦的品质成为他们宝贵的精神财富，她的事迹激励他们为祖国做出更多的贡献。

(1983 年 5 月 23 日)

冬天的回忆

——记美学家吕荧之死

姜葆琛

4月初的一场蒙蒙细雨，把柳梢催出了新绿，芳草青青，四野碧翠。春天，姗姗来迟了。

品味着春天的喜悦，又禁不住回忆起冬天的冷峭；也回忆起我的战友、难友，美学家吕荧是怎样死于严冬的肃杀。

吕荧同志含冤去世，到今年3月已有十四年了，在他那短促而又苦难的一生中，特别是最后十年，他蒙受了残酷的折磨和迫害，一代蜚声文坛的诗人、学者、战士就这样湮没无闻，默默地离开人世了。直到今天，关于吕荧的死，也没有披露，还有不少误传，实在令人感到痛心。在吕荧最后那布满荆棘和血泪的三年里，我曾与他朝夕相处，患难与共，风雨同舟。为了纪念已故去的死难战友，我理应写下一点回忆的文字。

我们的相遇和相知，是在令人齿冷的“文化大革命”年代。那是1966年夏天，臭名昭著的社论《横扫一切牛鬼蛇神》发表不久，被戴上“老牌反革命分子”“胡风骨干分子”等罪名的吕荧，就在这时和我相遇于囹圄之中了。

吕荧平素沉默寡言，根本不和“队长”对话，只有在领饭时说声：“谢谢！”对其他人的问话一律答应说：“不晓得。”只能是小会揪大会批，低头挨斗的靶子而已！

吕荧只有一个箱子，箱子不大但却很沉，搬到外边后，他打开来，取出了一包包的蜡烛和一架旧的英文打字机，其他什么都没有了。后来我们相处久了，互相取得了信任，吕荧说他带点蜡烛准备夜间写文章。他甚至还肯于告诉我，箱子的夹层里藏着他的美学著作和尚未刊印的莎士比亚十四行诗集的译稿。

吕荧很少讲到自己的过去，是谦逊也是避祸。然而，他是热爱新中国的。他只有回忆起 1949 年离开台湾经香港北上的情景，才流露出少有的喜悦。他激动地说："我们大家不都是为新中国的胜利而奋斗吗？大家干革命嘛！是不应计较什么的！更不应该搞什么派别的，都是……"

吕荧在农场被宣布为"疯子"，从"队长"到歹徒都拿他寻开心，凌辱、谩骂，甚至殴打，几乎天天发生。有些小流氓听说他带来很多蜡烛，便别出心裁地与他交换。吕荧粮食定量最低，食堂又克扣少给，经常吃不饱，小流氓们便用一个馒头换他一支蜡烛；后来贬值到一个馒头换一包蜡烛。扒手又把他的夹鼻眼镜偷走。"队长"也打吕荧的算盘，居然把他的打字机"存"起来。

所以，吕荧带来写作工具，想要继续为人民写作的愿望也终于成为泡影了。

不久，我和吕荧一同受到严加管制，再次相系于一室。他的身体更为虚弱，神色也更为凝重。记得我们的囚室门前是一块苗圃和稻田。田畦上有株盛开白花的茨菰，他的任务是看苗，他就绕着那白花转，一转就是几小时，微风吹拂着他那零散的衣衫，他拄着一根柳条，有时和花讲话，不断地称赞着："真美啊！真美！"实际上，吕荧并不疯，很清醒。没人注意的时候，他用极低微的声音对我说过："……要坚持信念，人民是必胜的！"说罢，又围绕白茨菰转圈去了。

吕荧虽然身陷囹圄之中，备尝非人的待遇，但他心地纯洁善良，关心同志朋友。庄子所谓涸辙之鲋，"相濡以沫，不若相忘于江湖"。他时时怀念着不能相忘于旧日的同志，雪峰、聂绀弩和骆宾基就是他经常念叨的几位。有一次我去看病，他转托我路过人民文学出版社看看大字报，当我给他买回几期造反派小报，并向他讲述那铺天盖地的大字报和游街示众的场面时，吕荧以凄苦的声音，断续而又颤抖地说："就会过去的！就会过去的……"吕荧诚恳而执着地相信：严冬即将过去，春天还会远吗？

1968年秋天，戒备森严的囚车，又将我们分批地押解到滨海的一个劳改农场。老残队被安置在一处，相距不足一里的地方是埋死人的墓地。日后吕荧就葬身于此地。

那是当年的严冬，吕荧由于饥寒交迫，健康状况日趋恶化，加上这里缺医少药，情况就更糟了。吕荧终于病危了，我偷偷地跑去看望他。他躺在一个阴湿的坑角，体重大概已不超过五十斤，喉间发出微弱的声音，似乎是要"水"或是"烟"。我只好猜谜般地试试看，弄来几支劣质烟卷，又用他那朝夕相伴的破钵盛点凉水，但已经太晚了。毕生探索美的美学家，死在如此丑恶的停尸间。吕荧同志是在1969年3月5日病饿毙命的。

同年清明前后，我怀着悲愤的心情，偷偷去墓地凭吊，寻找很久，才看见一堆新土，旁边立着一块红砖，上有用粉笔写的“吕荧”两字。归途雨雪纷飞，日暮风号，大概是物伤其类吧！我想起了向子期的《思旧赋》，遂作《悼吕荧》二首，录其一：

凡鸟空书事莫论，
浅深残雪映孤坟。
三年道义同师友，
日暮风悲独吊君。

如今，十几个年头过去了，已是春光融融。我想，他如果还活着，一定会微笑地说：“我不是说过吗？冬天很快就会过去的。”他一定会把那封尘已久的打字机重新擦拭干净，在春日的夜里一直工作到天明，为我们谱写出更新更美的美学文字！

(1983年5月27日)

敬悼冯乃超同志

锡　金

突然接到乃超病逝的电话，便和适夷等同志匆匆去探望了声韵。看到素来柔弱多病的声韵那样镇定自若，从从容容地和她的亲属商议着料理乃超的后事，我不敢以自己的哀戚感染于她。

回想我和乃超的最后一面，是8月中旬的事了。那天，穆立立打电话来要我们去与乃超夫妇合影。我们去时，乃超正在吸氧。他说：“没有关系，一会儿就好。

我耳朵能听，嘴巴能讲话，可以谈天嘛。”我遵命坐下，他又嘱咐声韵拔掉鼻子里的插管；声韵有些迟疑，他说：“没事了，我完全恢复了。我自己知道。”声韵就给他把管子拔下了，我们一起把氧气罐搬回卧室，由立立给我们拍摄了几张照片。乃超的最后一篇遗文，应该是他给《社会科学战线》写的《悼木天》，写的是他们在东京时的交谊，这是他在今年春天力疾完成而发表了的。他还有一篇未发表的遗文，则是由我代笔的《文学革命运动、左联的点滴回忆》，约二万余言。

我和乃超的相识是很偶然的。那时是1935年（他是1932年冬奉党的命令隐蔽在武汉的，我是1934年冬到武汉就业的），已经是四十八年前的事了。我得识乃超，是由于我那时在财政厅当第一科科员，乃超在民政厅当选举股股长。两个厅的大办公室门正好相对。门一开，乃超的办公桌正好与我的办公桌相对。我那时的工作，只须把各县的囚粮与恤金的报销册子转去审计处审核，填写些油印的公文，所以很清闲。我每天有五份报纸，三份是当地送的，另外订了一份上海报、一份天津报，此外还有零星各地寄来的书刊，桌上经常有一大堆，闲着就喝茶、抽烟、看书报。乃超的选举股也没有什么经常的公事要办——国民党那时哪里搞什么选举？我只记得他筹备过一次什么选举，那还是到鸡公山去搞的，他曾来信要我陪同声韵到那里玩。——他闲着，便走过来向我借书报看，这样我们便认识了。那时他叫冯子韬，我还不知道他就是乃超。

我们相熟了，他便邀我去紫阳湖他家中过星期天。记得第一次他从书架上抽一本商务版的蓝皮金字的“汉译世界名著”本法国安德烈·莫罗阿的《人生五大问题》让我看；是不是傅雷译的我记不清了，反正后来为了莫罗阿我和傅雷吵过架，虽然我们一直是很好的。乃超故意说这本书写得好，我读了说不好，这样便发生了争论。我们几乎每个星期都有争论会，人员三人，还有一人便是声韵。她有时在乃超一边，有时在我一边。他让我读的书还有《马可波罗游记》之类。我们还一同过江去看外国电影（那时我们不看中国电影），回来接着开争论会。现在想起来，乃超是通过这个方法，对我作了悉心的培养的。那时我觉得他是一位和蔼可亲的老大哥（他比我大十四岁），十分博识；声韵也是对我亲切关怀的大姐，所以自己写了些习作也送去向他俩求教。乃超告诉我什么应该写，什么不要写。我们也谈论有关现代文学的问题，我觉得他对创造社的事情特别熟悉。有一次我问他：那位冯乃超不是后来“穷愁潦倒，跳黄鹤楼自杀”了吗？他笑了，说：“那是不知道什么人造的谣言。我活着，就在你面前，我就是冯乃超。”我问他鲁迅在《文艺与革命》末尾引了他的剧本中的小偷和妓女的台词，是什么意思。他又笑了，说：“那时我们很幼稚，也狂妄，想教育鲁迅，是鲁迅教育了我们。那个剧本也幼稚，它的末尾是从一个外国剧本抄的。怎么能靠小偷和妓女来干革命呢！鲁迅一把抓住了，他抓得好，抓得对。”我本来对党是有认识的，由于乃超的缘故，就和党更接近了。这样，在抗战发生后，我们进行了多次合作。

我还应该记下乃超对我的另一次教育。李伯刚同志那时也在民政厅工作，担任什么科的科长。他买了些旧木料盖了个新居，我那时未和他相识，由乃超来邀我去他家饮新居落成酒。席上只有三人同饮，我喝多了酒，不知乱七八糟说了些什么狂言。第二天，乃超在路上问我伯刚同志给我的印象如何，我说：是一位恂恂长者。乃超说：“你自己说了些什么还记得吗？”我说忘记了。乃超说：“伯刚嘛，是老前辈。”他问我知道二七大罢工吗，知道谁谁谁吗，我说当然知道。乃超说：这些可尊敬的革命者，在二七大罢工中都是由伯刚领导的。我说：“啊呀，我说了什么？你告诉我，我以后不这样说。”乃超笑了笑：“你自己去想去。以后要学伯刚那样谦逊，年轻人切不要学会狂妄！”乃超一直没有告诉我那天说了些什么。伯刚同志后来还来找过我，我问他，他也只是笑笑，不肯说。直到现在，伯刚和乃超同志都先后成了古人，他们留给我的谈笑风生的音容是不可磨灭的，总是那么谦和，总是那么慈祥。

1983年9月24日北京

（1983年10月11日）

别了，用之！

唐　韬

1983 年 10 月 3 日上午，孙用同志在北京首都医院逝世了。

孙用同志原名卜成中，浙江杭州人，曾在杭州邮局工作，业余从事文学翻译，改名孙用，字用之。我于 1929 年考入上海邮局，他已在鲁迅先生主编的《奔流》上投稿，在文学方面，在邮政工作方面，他都是我的前辈。也许就因为这点因缘吧，我进邮局不久，尽管相隔两地，从未谋面，却已知道孙用其人，知道孙用就是卜成中了。

不过我较多地知道用之，却是他从世界语转译的匈牙利爱国诗人裴多菲的《勇敢的约翰》，于1931年由上海湖风书局出版以后。狭长的大三十二开本，黄色封面，道林纸印。除作家画像外，另有十二幅插图，其中三幅彩色。这本书是鲁迅先生一手经营的。封面设计，版式大小，文字校对，全由鲁迅先生负责，连插图，也是他垫款代印，然后交给书店插入书内。鲁迅先生推重原作，又极口称道译文的认真、流利，他对书店没有完全按原设计行事略有不满，但在当时，从内容到形式，这实在已经是一部难得的漂亮的好书，鲁迅先生自己也承认的，他还在《校后记》里风趣地说："这一篇民间故事诗，虽说事迹简朴，却充满着儿童的天真，所以即使你已经做过九十大寿，只要还有些'赤子之心'，也可以高高兴兴看到卷末。"的确，用之译诗，鲁迅印书，依靠的也正是这点"赤子之心"——不怕困难，奋力到底，高高兴兴地为中国做点好事的"赤子之心”。

《申报》副刊《自由谈》改版以后，我为它写些散文杂感之类的小品，用之也时时译些小诗，寄些短稿。大概就在这时候，我们才通起信来。不过并不经常。说起来有点使人不大相信，20世纪30年代，有两件事是犯忌的：一是搞木刻画，二是弄世界语，不管你刻的什么内容，译的什么作品，都有被指为“赤色分子”的危险。木刻和世界语本身不过是工具，但在那些“高贵”的人们的眼里，竟像印度的贱民阶层一样，成为“不可触”的东西。用之精通英语，又娴世界语，从世界语译些弱小民族的作品，不免受到此辈的注意。

我们通信加多是在新中国成立以后。那时雪峰承担《鲁迅全集》注释工作，准备组织班子，向我提及孙用同志，我竭力怂恿，一面将孙用通信地址告诉他，正式备函约请，一面由我去信促驾。不久，用之到了上海。但除注释上的问题及我编《鲁迅全集补遗续编》需要向他请教，偶通声息外，我们各忙各的，仍然很少来往。全集注释方面有什么材料要我核查，雪峰总是让他写信，自沪迁京，依然如此。后来雪峰不再负责这个工作，主动要求将《鲁迅日记》的注释交给他，用之继续从旁协助。有一次，雪峰找我，说 1931 年 2 月 7 日鲁迅日记载：“晴。下午收神州国光社稿费四百五十，捐赎黄后绘泉百。”这个“黄后绘”不知是谁，好像鲁迅故意隐其真名，孙用同志引《论语·八佾》里“绘事后素”一语，认为可能是黄素（芝岗）。我才知道用之不忘故人，并且觉得他的意见是对的。因为黄芝岗是左联成员，1930 年秋天被捕，互济会曾设法营救。雪峰不放心。由我写信去问芝岗的好友陈子展。子展也记不清楚。据他回忆，好像是芝岗的哥哥（一个有钱的商人）拿出钱来赎回的。我以为这并不妨碍鲁迅给互济会捐款营救。

中国最早介绍匈牙利爱国诗人裴多菲的，大家知道是鲁迅。不但写过论文，还译了五首抒情诗。继起的则有茅盾和冯至，白莽也译过一些诗文，而使这个爱国诗人广泛地为中国读者所知道、所接受的，却是用之。从青春到垂老，从童话诗到抒情诗，数十年如一日，除《勇敢的约翰》外，还译了《裴多菲诗四十首》《裴多菲诗选》等，孜孜兀兀，曾不稍懈。用之后来又把这种精神放在《鲁迅全集》的编辑注释上，试看他对全集所作的正误表和校读记，及由他编定的《集外集拾遗补编》，人们就不能不吃惊于整个工作的细致、准确和精到，这是资料的点点滴滴的积累，然而，这也正是研究的切切实实的开始。无论从翻译工作说，还是从研究工作说，都使我想起鲁迅的一句话："在中国第一要他多。"

用之立身正直，待人真挚。他诚实，因此讨厌那些口是心非、耍弄权术的人，但也不会去呵斥他们。一切挑拨离间的事，更是决计不干的。他身材魁梧，足和关西大汉骈肩，见人却有点腼腆，不爱说话，不求闻达，只是静静坐着，或者默默地工作，除了书本，我不知他有别的什么爱好。有个时期，我们同住在一条胡同里，每当夕阳西下，他和他的夫人一起，常常脸含笑容，低低谈话，徐徐迈步，从胡同东头散步到西头去。有时我从外边回来，遇上了，故意避开一点，我觉得此刻正是这位一生勤奋、秉性忠厚的人最愉快最舒适的时候，我不应该惊动他。

可是用之，现在我又多么希望能够惊动你、惊动你啊。

1983年10月4日于北京

（1983年10月17日）

悼念梁宗岱老师

卢祖品

这几年，我常常怀念梁宗岱老师。过去虽然也怀念，但只能私下表示对他的同情。当人们失去公开怀念对人民做出过贡献、值得怀念的人的权利时，那就不是个人的不幸，而是整个国家民族都遭受了劫难。

梁宗岱老师二十几年来的遭遇，我是想象得到的。离开母校中山大学之后，同学间常常谈论他。我知道梁老师手中有二十多封罗曼·罗兰和瓦莱里（旧译梵乐希）

的信件，也略知他当年在欧洲留学时同这两位大文豪交往的情况。这位20世纪二三十年代的诗坛骁将和文学翻译家，沉默得也太久了。

我那时听人说，他是一个“非常狂妄”的人。起码有人这样说：“梁宗岱什么都第一。”接着大拇指一伸，学着梁老师的口气说：“我？就是这个。”“我英文这个，法文这个，研究罗曼·罗兰这个，翻译《浮士德》这个，中文这个，身体这个，制药酒这个”，甚至他夫人唱粤剧“也是这个”。对一位一级教授和我国文坛上卓有成就的诗人和诗歌理论家、翻译家这样肆无忌惮地嘲弄，“大跃进”以后愈发变本加厉。他的人格和政治地位被贬到何种地步，就可想而知了。

但是他的人品和学问，毕竟是有目共睹的。我常常拉上几个系里系外喜欢文学的同学登门求教。

秋末初冬的广州，已微露一丝凉意。他仍以惯常的方式接待来客：大马金刀地坐在沙发上，光膀子，短裤衩，右手摇着大葵扇，左手端一杯自制的中药酒，慢慢呷饮。窗外是几棵尤加利和台湾相思，月季、夜兰、单竹疏影横斜。论环境，是没得说的。听他谈古论今，更是一种难得的享受。谈兴正浓，他搬出一叠底稿，给我们朗诵他翻译的《浮士德》。

他的译笔大体以直译为主，译作既“信”，又“达”，且“雅”，不像郭老那样“大胆”（鲁迅语）。大凡世界文学名著，按说都应该有几个不同的译本，以便取长补短。梁老师告诉我们，上海新文艺出版社几年前接受了他翻译的《浮士德》。

我们听了很高兴，问：“不能快一点吗？”

他原来打算冠一篇洋洋数万言的序。“但是”，他舒了口气，“你们也了解，目前很难写出来”。

“那么，罗曼·罗兰的信，总可以拿出来发表吧？”

罗曼·罗兰逝世前把他的战时日记副本送交苏联及其他有关国家的图书馆保存，按他嘱咐，要在他死后十多年才能发表。书信是研究这位大作家的好材料，梁老师手头竟有十几二十封之多。

但是他有点不以为然：“信里许多是吹捧我的，拿出来不好。”

以后我们多次谈到这些信，他都以此为理由拒绝我们的劝告。我想，在中国，同罗曼·罗兰私交最深的莫过于梁老师了，前者称赞他是“天才的中国青年诗人”，如果爱作“天下第一”，这位法国文豪的信不正是他绝好的资本吗？！

现在不难理解，那些强加给他的诬蔑不实之词，同那些年来指责知识分子“翘尾巴”的论调如出一辙。由于“左”倾思想流毒的时间很长，梁老师被歧视、打击，就不只是发生在他身上的个别的现象。

我于是怀着抢救文物的心情，在前年给这位阔别多年的老师写了一封信，期望他发表书信并写上一篇记叙文章。我生怕他继续固执己见，特地说明这不是个人的问题，它对于促进中法文化交流大有裨益。

我掐着指头计算：

今天，梁老师该收到信了。

现在，他正在动手翻译。

这两天，他修改译文。

今天，他的回忆文章该完稿了。……

我不断地等，梁老师的译文、回忆录始终没有来。半年之后，一位同学给我写信说：梁老师在“文化大革命”中被抄家，罗曼·罗兰和瓦莱里的信件被抄走、毁掉了。他眼下患病卧床不起，执笔写字都很困难。既然如此，我们还有什么好说呢？！

梁老师的身体，过去确是够得上第一流水平的。那次他光着膀子，摇着葵扇，他的学生却患着感冒，穿着厚厚的夹衫。1958 年在广东东莞参加“人民公社化运动”，他搬石头、挑担子，许多小青年望尘莫及。如果不是“文化大革命”的摧残，以他那样的身子骨，当不至于这样快地撒手人寰。

他去了，带去了中国老一代知识分子的辛酸。

历史是公正的。被冷落了几十年的老诗人，终于恢复了他的人格和尊严。特别是，他能在古稀之年，亲眼看到自己当年的著作重新出版，这是多么令人欣慰的事啊！

他去了，给人们留下欣逢盛世的深情的祝福。

（1983 年 12 月 5 日）

老舍先生在重庆

杨伯峻

老舍先生是位多才多艺而又多产的作家，我从他初期的小说，如《赵子曰》《老张的哲学》《二马》起，便是他的读者。值他八十五岁诞辰时，应该就我所知道的写点文字以为纪念。

1932 年，冯玉祥将军住在泰山，我在冯处工作，老舍则在济南齐鲁大学教书。冯很喜爱老舍的文笔，当时余心清来往于济南和泰山，冯曾托余心清代邀老舍到泰山。不知是什么原因老舍始终未去。

1937年卢沟桥事变后，齐鲁大学面临危境，老舍便离开了济南，只身到武汉。当时武汉是各方人物聚集之所，他初到武汉，受简又文的款待。冯住武昌千家街福音堂，知道这情况，通过某一关系，把老舍接到福音堂居住。冯托老舍、何容、老向（本名王向辰）办《抗到底》。老舍曾说，这份小刊物办得并不理想，可是国民党还把它列入黑名单。冯又托赵望云办《抗战画刊》，老舍在文字方面帮助赵望云。老舍一口京腔，说话亦庄亦谐，随时可以编出笑话，使听者笑不可支，他却并无笑容。这一点，颇似鲁迅先生。这时，中华全国文艺界抗敌协会成立了，老舍任常务理事，活动更多了。

1938年我们转移到重庆。老舍最初和我们一样住两路口巴县中学，不久，他便搬到青年会去住了。文艺界抗敌协会原来由国民党教育部每月拨款两百元，到重庆后，进步作家到重庆的更多，教育部连这区区两百元也停发了。老舍请冯先生和于右任、邵力子等人筹措一些钱作为“文协”经费，并在临江门租房作为会址。

老舍在重庆写了一部话剧《残雾》，揭露并讽刺国民党的黑暗和腐败，公演以后，自然得罪了贪官污吏、党棍党痞，于是许多明枪暗箭集中射向老舍。在那短期中，老舍随慰问团已离开重庆去川北，准备写《剑北篇》长诗去了。我为他鸣不平，虽于新文学是外行，但也写过点东西支持老舍。老舍从川北回来后，很高兴。正值他的《骆驼祥子》初次印行，特别送我一本，并题了几个字。这时重庆已被大轰炸，我们都迁居到郊外陈家桥。老舍每日从早到午不会客，规定至少写多少字。我很佩服他那有恒不倦的精神。尤其他那一手毛笔字，真是一笔不苟，整整齐齐。

当时重庆还有一班艺人，如山药旦、董连枝等，老舍都帮助他们、保护他们，唯恐他们吃亏上当。自然，国民党反动派，尤其是CC派（即“中央俱尔部”）一方面厌恶老舍，另一方面又想利用他的影响，耍了不少花招，老舍没有上他们的当。

我和老舍先生只在抗战期间有一段较密切的来往，解放后各人均因事忙，见面机会不多，但深知其为人正直。作为艺术家、作家、诗人，必须先做个正派人，他的作品才有价值。老舍是值得我们纪念的，固在其作品，尤在他的为人。

(1984 年 3 月 16 日)

典型常在

——哀鲁思同志

柯　灵

听到鲁思同志逝世的消息，怅然若失。我认识鲁思，已超过半个世纪，虽然接触不多，交淡如水，却一直对他抱有敬意和好感。人之相知，原不在形迹的疏密，一旦永诀，遂不免哀思如潮，一时排遣不开。

鲁思同志的一生，不是那种如火如荼、绚烂夺目的模式，而属于安贫乐道、自甘冷落的一类。如果加以较为中肯的概括，那么用“老实”二字也足够了——说具体些，那就是老老实实地工作，老老实实地战斗，老老实实地为人，直到一瞑不视。

20世纪30年代初叶，左翼电影运动登场，以电影批评先行。当时上海所有的大报，争先恐后，开辟电影专刊，几无例外。鲁思就是《民报·影谭》的主编。《民报》的前身《民国日报》，诞生于反袁（世凯）高潮，副刊《觉悟》曾是反帝反封建、鼓吹新文化、宣传马克思主义的重要堡垒。主持笔政的是老国民党人邵力子、叶楚伧，早期的共产主义战士瞿秋白、恽代英等都为之写稿，因此名重一时。1927年国共分裂，《民国日报》历尽风霜，遭到停刊的厄运。不久复刊，易名《民报》，在20世纪30年代报馆林立的上海望平街一带，锋芒敛尽，老境颓唐。在一般读者的心目中，《民报》是国民党的党报，在国民党内部，却早已“玉颜不及寒鸦色”，被打入了冷宫。《影谭》就以《民报》的一角为战场，金戈铁马，驰骋冲杀，为左翼电影运动立下了汗马功劳。

鲁思以影评为终身事业，鞠躬尽瘁，一以贯之。环顾影坛，未见有第二人。五十年前，有些报纸的电影专刊，倏忽变化，看得读者眼花缭乱，例如《时报·电影》的忽“左”忽右，《晨报·每日电影》的不能善终。《影谭》却坚守阵地，寸步不让，数年如一日。因为《影谭》颜色太红，招来压力，鲁思为了避祸，一度东渡扶桑；回来以后，《影谭》还是《影谭》，鲁思还是鲁思。全国解放，世代更新，人事代谢，当年经常为《影谭》执笔的战友，有的功成名遂，有的蜚声艺坛，冠盖满京华，而鲁思还是鲁思，勤勤恳恳，在电影学校教课，当电影刊物的编辑。“文化大革命”的实质是大革文化命，别的场合可以没有鲁思，“牛棚”里却少不了他，因为他也确实是一头名副其实的老“牛”。批臭了，斗倒了，勒令退休，“永世不得翻身”。他奉命唯谨，悄悄退出历史舞台。“四人帮”倒台后，发还抄家物资，发多少，他受多少，未发还的，置之度外，不赘一辞。十一届三中全会以后，才又拿起笔来，不断写评论，写忆旧文章——因为他已经老了。读他的议论，意见平实，毫无哗众取宠的气味；怀旧忆人之作，则大都按照本来面目，实话实说，不见有时下少数回忆文章中出现的那种新编神话。五十年世事如云，而鲁思还是鲁思。

我想起已成古人的陈西禾同志，两年前我和他同住一家医院，在一次闲谈中，我说电影界需要扎扎实实的理论家，应该物色有前途的年轻人，着意培养。西禾以“考虑”得名于侪辈，此时却断然地说：“吃力不讨好，谁肯干这个？当演员，一部片子就扬名天下了。”我一时被他说得哑口无言。现在想想，肯为电影艺术默然用命的志士毕竟是有的，鲁思就是一例。但“吃力不讨好”却是实话，电影界名流如鲫，有多少人知道鲁思！但可贵处不正在于此吗？大概是 1981 年吧，首届电影金鸡奖活动在西湖举行，听说鲁思被邀参加，我禁不住私心升起一缕温暖之感，中国影协的当道诸公，毕竟还有些念旧的古风！

去年秋，中国电影资料馆在北京举行电影回顾展，鲁思和我都被邀参加了。我有个坏习气，怕见俨乎其然的大人物，遇着可以无需设防的朋友，却爱开些言不及义的小玩笑，借以自娱娱人。鲁思与人通电话，第一句常常自报家门，说“我鲁思”，从他吴语系的口音说来，和“俄罗斯”一模一样，我看见他的时候，就常常称他为“俄罗斯”，有时还成串地加上“美利坚”“英吉利”“法兰西”。这在面孔铁板、言必称革命的同志看来，无疑是低级趣味、无聊之极。但鲁思并不介怀，常是展颜一笑，引以为乐。这次同行，他随身带了个胖胖的小孙子，孩子调皮，老好人式的祖父毫无威信。那时鲁思齿发脱落，形容枯槁，我看他实在吃力。心想到了这个年龄，别人出门带陪同人员，是为了照顾自己，他何苦反而带个小把戏，自找麻烦？听另一位同去的老同志说，这是他的命根子，没有这小孙子在身边，就不能生活。我当时还感到不可思议，现在瞿然一觉，才憬悟自己的麻木不仁。生命的火焰，除了理想的热力，总还要有些感情的温慰不断添薪，才能维持下去，所以小孙子会在他心上占有这么重要的地位——但我无法证实，这种推想是否合乎实际。

鲁思去世后，我又听说，他的级别问题，长期得不到解决，直到病重，经家属再三要求，人事部门查了档案，才很快弄清楚：鲁思生前一直没有享受他应该享受的待遇。翻一翻档案，举手之劳而已，而手中有权的就想不到这么办。即此一端，可见党一向关心干部的传统被破坏到什么程度。热衷于争权猎名逐利，不惜手段，予取予求者，党内也不乏其人；鲁思同志是党外人士，但一生追随党，矢志不渝，今天该到了盖棺定论的时刻。只因为他与世无争，党明文规定了给他的，他也未曾得到。

鲁思同志的特点是老实。老实人吃亏，狡猾者便宜，自古已然。老实的孪生兄弟是忠厚，而“忠厚乃无用之别名”，这是旧时代辛酸的经验总结。在我们的社会里，按理说，老实应该最受尊重，可以立于不败之地。但事实不尽如此。我们常把一些弊病归结为旧社会的残余，这当然是不用争的事实。我们国家这么大，人口这么多，旧思想意识统治人心，悠悠何止千载，怎能设想完全不沾些历史的积垢？但如果这种残余范围甚广，程度甚深，蔓延甚久，看来不像能日趋廓清，就难免令人恝然兴杞人之忧了！整党的及时与英明，也于此可见。

写到这里，我收到了关于鲁思同志的讣告。治丧委员会的名单分量很重，从当年党的电影小组成员，直到当前中央和上海的主要电影事业领导人，一一列名，给逝者以应有的哀荣，这使人在沉重的悲痛中稍感欣慰。虽然这种荣誉来得晚了，但鲁思决不会计较。生前浮名，尚且视若敝屣，何况身后是非！但鲁思同志是值得纪念的，愿典型长在人间，留作蠡测世态的宝鉴。

（1984 年 3 月 30 日）

怀念之的

荒　煤

今年春天，宋时同志给我送来她编的《宋之的研究资料》，要我提提意见，并且告诉我，今年4月6日是她父亲的七十诞辰，希望我能写一篇纪念文章。

“荒煤叔叔，你一定得写，你是我爸爸的老朋友！”

我答应文章一定会写，同时带着玩笑的口吻纠正她：“你应该叫我伯伯，我比你父亲还大一岁哩！”

可是，这一天晚上，我反复看了之的的传略和年表，以及夏衍同志写的《之的不朽》的文章，第一个念头就是感到一种内疚，我不该纠正宋时对我的称呼，因为，我觉得，无论从斗争的经历和创作的成就，宋之的同志的确都比我成熟。

他在创作方面，是一个多面手，散文、报告文学、小说，尤其是话剧，都有他独特的风格。例如《一九三六年春在太原》，以特有的尖锐敏感、辛辣简明的语言，淡淡几笔，就勾画出山西土皇帝阎锡山反动统治的“草木皆兵”到愚昧可笑的情景，至今读来还是一篇杰作。

1975年到1978年间，我在重庆图书馆书库清理书籍抄写卡片时，发现了之的写的《雾重庆》这个剧本，我又读了两三次。尽管剧本写的时代不同，我也没有当时那些知识分子的经历和感受，然而回忆起我和之的共同战斗过来的日子，我当时的处境，也深深感受到“雾重庆”那种令人感到压抑和窒息的气氛，甚至落下泪来。可惜，“十年动乱”前，王苹同志和我酝酿过，想把这部《雾重庆》搬上银幕的企图，却被“横扫”掉了。上个星期，我还劝王苹同志再考虑一下这个愿望。

我记得第一次和宋之的同志会见时，是在 1934 年的夏天，他住在上海法租界金神父路附近的一个小弄堂里。我按照约定的时间，上了楼，站在亭子间门口敲了好几下门，听不见回声，我不免有点警惕地准备离开了。刚要转身，忽然听见一阵粗声的呼噜声，轻轻推开门看时，却看到之的躺在地板的一块席子上，除了一条白得发黄的短裤，光着身子在那里酣睡。在污黑的小书桌上、方凳上，在那乱七八糟堆着几件旧衣服的木板床上，到处都散布着一些报纸、书籍和一些不知道是写完还是没有写完的稿纸，除此以外，一无所有。

我轻轻叫了一声“老宋”，他就立即惊醒过来。我们就这样席地而坐，一见如故。我讲起我离开武汉的原因：我 1933 年在武汉编《时代日报》副刊，发表了上海剧联赵铭彝同志寄来的一篇通讯，处境困难，因而辞职转到上海去工作。老宋顿时爽朗地笑了起来，拍着我的肩膀，连声叫道：“战友，战友！”原来他正是参加了这次游行示威的活动被捕的，坐了半年牢，到 1934 年 1 月才被营救保释出来。

不料，8月间我们一起参加上海剧联组织的大地剧社去南京演出，回上海时，一下火车就全体被捕，我们又成了难友。他被关在隔壁一间牢房里，我很为他担忧。我们被捕押上警笛嘶叫的汽车，之的紧紧挨着我坐着，就悄悄告诉我，让我转告剧团的其他同志，不要再称他“老宋”，改另外一个名字（我已经忘了），因为他已经被捕过一次。

果然，当剧团其他同志被保释时，因为他是第二次被捕，最后就把他留下了。剧团同志们走过他的牢房面前时，他双手紧紧握着木栏，两眼炯炯有神，十分冷静，然而掩盖不住激动的神情。在我走到他面前时，他却用右手悄悄做了个告别的手势，脸上闪跃了一丝亲切的微笑。他可能回忆起我们第一次相见的情景了。结果，他又被关到年底才被营救出来。

之后，我们在剧联剧作小组工作了一段时间。那时候，我开始发表小说，想转到左联去。之的就对我进行“批评”和“威胁”：一边用手不断地指摘着我，一边大声叫嚷着“你不给我写个剧本，我就不放你走！”

我后来答应有合适的题材时，如果他同意和我合作，我一定试一试。

1938 年夏天，我们又偶然在武汉会见了。老宋有一天晚上突然通知我，要和我“个别谈话”。他说他发现我的情绪有点问题，他希望我和他一起去重庆，然后大声笑道：“你也应该建立一个家庭了。”但是，我已经决定到延安去了。他听我讲了一些情况之后，沉默了，轻轻拍拍我的膝头，十分关怀地注视着我，叹息了一声，说道：“好吧，咱们四海为家，既然如此，咱们好好合作一次吧，你答应过我的，是个纪念，也给你凑点钱！”

于是，之的拉了舒群、罗烽和我一共四个人，根据当时的政治形势和任务，集体创作了一个多幕剧《总动员》。分手时，老宋把稿费交给我的时候，又特别另给了二十块钱，说道：“你还有母亲和弟、妹在武汉，你比我困难，所以多分给你一点！”并且不容许我作任何解释和拒绝，就把钱塞到我的口袋里。临别赠言，仍然劝我要写话剧，还夸奖我写《总动员》第三幕有点感情。

十一年后，1949年5月武汉解放后，我们都在武汉军管会文化部工作了一段时间。这时组织上已决定要调我到武汉市委宣传部工作。老宋来找我谈话，问我今后到底是打算做“官”，还是打算搞创作。我说我当然非常羡慕他这位“福将”的自由和豪情，他能够参加解放天津、北京、武汉、广州的战役。我当然也渴望参加解放全中国的最后的战役。老宋笑道：“此话当真？”我说：“你别给我开玩笑了，我都愁死了，不知道该怎么办哩。”

老宋瞪了我一眼，冲我拍拍胸脯，说道：“这事包在我身上！”

不久，我被老宋带去见了陶铸同志，陶铸同志对我表示了热情的欢迎。

我们走出陶铸同志的办公室，到了旺盛碧绿的草地上，我站在强烈的阳光下发怔，真感到有点晕眩。

老宋得意扬扬地哈哈大笑，向我睐着眼睛，说道：“这不是老宋吹牛吧？”

后来，他才认真地告诉我，他观察到陶铸同志是个爱才的人。他跷起大拇指，夸奖陶铸同志是个“帅才”；因为陶铸同志有一个高级领导人的优秀品德，重视人才，善于用人，能用其所长，所以他和刘白羽同志去向陶铸同志推荐了我。陶铸同志开始还有些犹豫，因为干部配备的名单是在北京和周恩来同志一起商定的。后来却硬是从部队里抽掉了一位得力的干部，亲自向武汉市委交涉，把我调换到“四野”当了记者。

陶铸同志这种重视干部才能的精神和魄力，也是我终生难忘的，但很遗憾，在他的关怀下，我对“四野”的文化工作也并没有做出更多的贡献！

陶铸同志住在洞庭街一栋原来属于一个外国资本家的楼房里，楼上是他的办公室和卧室，楼下就是白羽、之的和我，还有秘书宋群同志的办公室和宿舍。

我也终于与白羽去参加了荆州一役，尔后我又参加了解放广西的战役。也因此在部队里工作了三年，得到了很大的锻炼和提高。

这些往事都说明了之的对我这位难友的信任和关

怀，也说明老宋那种直爽豪放的性格，对同志的真挚热情的友爱。

惭愧的是，我始终辜负了他的期望。我既没有他那种多面手的写作能力，也没有他的才华和才能，尤其是在话剧创作方面，我们仅仅有过一次仓促的不成功的合作，我在这方面简直没有什么收获！

但是老宋始终如一的旺盛的创作热情，深入生活的热情，例如他随军南下，曾直达海南岛，他又充满豪情两次到抗美援朝的前线访问，参加了板门店的谈判，他又兴致勃勃重游二万五千里长征的许多旧地，不断酝酿一个又一个新的创作计划。他这种勤奋的战斗精神，是永远值得我怀念和学习的！

(1984 年 4 月 6 日)

谁在拨弄八音匣?

唐　瑜

我和金焰熟悉起来，是以一篇骂他的文章作为敲门砖的。

我成为影迷，是从二十岁才开始的。我那时候看电影，就和现在国外在举办的什么“某人电影回顾展”一样，我专挑选某人主演的影片，一部一部地赶着看，哪怕是在远郊区，我也无一漏去。我首先是看阮玲玉的，其次是金焰的，他们有不少是合演的。

他演过不少好片，也演过一些宣扬封建道德的影片。岂有此理！我当时已在报上写一些似通非通的文章，就此批他一通。

是事出偶然还是有意的安排，我的一位好友郑应时（也是金的好友），请我们到他家吃饭。一经介绍，金就指着我的鼻子，眯缝着眼皮，笑得像个孩子，他说："你就是在报上骂我的……！"这就是那个当年疯魔着万千电影观众，特别是青年学生的"电影皇帝"！那时，我虽然也向往革命，但还没有觉悟到要打倒明星制度，批他一下其实也是很皮毛的。

从此，我们相交了整整五十年。

我得到老金逝世的消息时，正因事在深圳特区。到广州之后又忙着其他的事，我只好和广东影协几位朋友打了个吊唁电报。

除夕前一天我回到北京，女儿在打扫卫生迎接节日。突然，一阵悠扬的《魂断蓝桥》的乐曲响了起来。

这是一只德国古老的大啤酒杯底下的八音匣"弹奏"出来的。当你擎起杯子时，就发出乐声。它是老金一件心爱的外国“古董”。我在这只古董上“丢了脸”。

那时他住在徐家汇西北远离喧闹的市廛的一座小洋房中。这一天为了老金的生日，屋里挤了一二十人。

吴永刚眯着眼朝我说：“今天这箱啤酒，我想应该是你或我请客。”他指着玻璃柜上那只古董酒杯：“我们把杯子倒满了，在音乐结束前喝完了，谁就算获胜，对方请客；如果没喝完，就算败了。随便你挑选哪一方。”

我举起手表示应战，由我喝酒，郑应时给我做表情，劝我别干，我装没有看见。随后八音匣上了发条，灌进啤酒。

第二瓶倒完了，杯子里的酒还未满，我立刻阻止倒入第三瓶。“行了，我请客，大家来，喝酒！”

转眼已是五十年。青年时代的豪情啊！不过，我此后也不再赌酒了。

20世纪30年代末的抗日战争，结束了老金的黄金时代。40年代是各人生活颠簸的年代。

1939年初春，我们在重庆黄桷丫山上夏云瑚（《一江春水向东流》的制片人）的别墅中，一夜之间在壁炉中烧掉了七八棵树根，大家都睡在炉前的地毯上。此后，他去香港，我也到了缅甸。太平洋战争爆发后，我回到昆明，听说他在桂林，烦人托了一个在电台工作的朋友，约好白天在无线电台上和老金谈话半小时。

抗战结束，我以为可以从昆明的西南公路再到缅甸，但是此路不通。老金此刻住在昆明南屏戏院附近一个公寓的四楼上，我和他在这里同住了几个月，由于没有任何工作，终日悒悒寡欢。1939 年他曾在这里拍摄过孙瑜的《长空万里》，认识一些飞行员，他们就常请他去玩、喝酒。

有一个深夜，老金一直没有回来。凌晨三时左右，人声嘈杂，四个人抬了一个周身血迹、衣服撕烂的人进来，我不禁一惊。只是从衣服和轮廓上，我才认出是老金。

“好汉不提当年勇”，20 世纪 30 年代，他一年就演两三部片，如今将近十年了，成日晃晃悠悠，他唉声叹气和我谈他的心境。这一天，几杯入肚，酒下愁肠，他感到难受，走出屋子，看到一辆汽车，心中发狂，伸出拳头，向保险玻璃泄气，猛力一击，玻璃片片碎裂，但不掉下，他痛极缩回，比那一击更痛彻心扉，血花四溅，他往回奔走，直冲入铁丝网中。

没有待他的伤口完全愈合，因为一个友人的关系，我们搭乘了一架英国的运输机到了香港。

香港，满目疮痍、市况萧条，飞机场上杂草横生，小船舶零落静寂地停泊海上，这才是一个真正的孤岛。

离开昆明之前，我们尽量把多余的东西都处理了。现在每人随身只带一只小的旅行包，但老金却外带一只小的铁质工具箱，约莫有三十公斤重。

这位“电影皇帝”，是一位精巧的铁木匠。但在此时此地，即使他真的改行当铁木匠，也还是难以糊口。

于是，他只得蜗居于一个友人的地下室；我则回到内地另寻别路。

解放了，这时我在广州，他给我写过两封信，从字里行间看来，他心情是愉快的。他怂恿我回上海，但我已确定去北京。

1953 年，我们都参加了赴朝慰问团。他一到北京就来找我，仍是和我们第一次相识时一样，眯起眼睛，笑得像个孩子。他把一包东西塞在我手上：“给你。”我打开纸包，叮叮当当地响起了《魂断蓝桥》的曲子。这是那只八音匣。我推还给他：“不，这是你的宝贝，我不能收。”他说：“它对你来说，是愉快的纪念，因为从那时以后，你没有喝醉过，我却在你从香港走后，和但杜宇又喝醉了一次，倒在小便沟里睡了几小时。”我说那个杯总是我失败的见证。

随同八音匣在一起的，是一包这个巧手工匠自制的多用刀——精制的木柄，可按照需要安上各种小刀和锯子，刀刃锋利无比，我至今未敢拿出来使用。

我们在慰问团中分在同一个组中，我除了和摄影队研究工作，经常和金焰在一起。我们约了几个人一同到他在平壤郊外的老家。他老迈的妈妈身体还挺硬朗，每天都要在一架木制的机器上编织草绳。他的小妹已十几年没见到了，她现在是在朝鲜民主主义人民共和国一个文化机关中工作，也赶来会面。

离开他家走上大路时，金日成同志的汽车正开过去。美国飞机的嗡嗡声布满天空，甚至飞临屋顶，甚至面目清晰可辨，但它无法阻挡地面人民军队胜利的进军，也逃不出失败的命运。

他和我谈过要自编、自导、自演一部抗美援朝影片的计划。我不知道他有没有向有关部门提出过。那时运动像大海的波涛，一浪接一浪，特别是文化界。有一次，一位长辈和我谈起老金，他说："金焰怎么多年来没有看到他演的什么戏，是不是人家怕'封建'——不敢惹他这个'电影皇帝'，还是为了彻底打倒明星制度？"我也毫不了解，也听有人说他挑肥拣瘦，可是，他不也在《母亲》等几部影片中演过一些配角的戏吗？

那时，我很少去上海，金焰也没有来北京，他在"文化大革命"中受到的冲击，我们一直没有谈起过。不过我早在动乱初起时，从一些来京审问我的年轻演员"造反派"口中得知了老金的信息。

一个稚气的青年，得意地给我看一张老金、吴永刚穿着美军服装的照片。在他看来，这大概是一桩绝密罪证。其实这种服装正像现在买一件绿衣服一样方便便宜。

我最后一次看到金焰是去年的夏天，我在客厅里坐等了一刻钟，他还没有出来。我站起来踱步时，偶然从他卧室门口一看，他仍坐在床沿喘大气，我心口感到一阵不好受，急忙缩回身子。大约再过十分钟，他才伛着身子走出来。

他每天要忍受多少次这样的痛苦啊！

如今，他是解脱了。千真万确解脱了。

谁又在拨弄那只八音匣？此刻，那《魂断蓝桥》的乐曲在我听起来已不是那么悲怆了。

（1984 年 5 月 18 日）

我想告诉他……

露　菲

我们国防剧团的老团长虞棘同志睡了，睡得很沉、很沉。他紧闭着嘴唇，闭着他那双多少带有一些威严的又充满慈祥的大眼睛。他睡了，睡在四面摆满了花圈的大厅里……

我朝老团长三鞠躬，我想放声哭，但又怕惊扰他的梦。我只有哽咽着，让泪水洒在大厅的水泥地上。

虞棘同志的战友、爱妻王少岩同志，是大家熟悉的电影导演，在战争年代，她长期担任国防剧团的队长。此时，她站在虞棘同志身边，紧紧地抱着我说：“你没有能够见他一面，你没有看见他啊！”

为了安慰这颗悲痛的心，我说：“我见到了，我已经见到了，老队长，您不要哭，不要哭……”

我记得最后一回看到虞棘同志，是在旧帘子胡同他的家里，是去年6月初的一天傍晚。他坐在会客室里，说他的胃不好。少岩同志说不久将住医院检查，我安慰了几句。然后我告诉他，我要到胶东去，问他有什么事没有。他说：“没有什么事，回去看看好。”他的眼睛里流露出一种既高兴又有些羡慕的神情。

我告诉他，回来再来看他。

“好！好！”他点点头，慈祥地微笑着。那微笑好像是在战争年代送我们出发一样。这印象一闪即逝，我便出了门。

一个月过去了，我从胶东回来了，虞棘同志已入院。我想告诉他，三中全会以来，胶东发生了极大的变化，农民生活富裕了，城市生产发展了。我想告诉他，烟台有三个大火车站，长长的站台，十分气派。我想告诉他，烟台郊区的苹果树上已经结了果，莱阳的梨树碧绿成片。牟平西关大队的农民住上七十五平方米的万元楼，每家每户都装上了电话。我还想告诉他，威海市的远遥大队社员的冰箱里装满了鱼和虾，附近孙家疃公社的敬老院的院长——威海市水产公司退了休的一位副经理，他全心全意为孤寡老人服务的精神多么使我感动。当然我最想告诉他的是在抗日战争期间、解放战争期间，我们撒下的革命文艺种子，已经开花、结果。这里出现了不少优秀的作家、艺术家，这里的领导同志是多么重视建设精神文明。我要告诉他，这里的人民没有忘记国防剧团的同志们，他们想念从胶东走向全国的同志们，其中当然有虞棘团长。然而，当我兴冲冲回到北京时，却没有看见我们的老团长，他入院动了手术，几次想看均未看成。所以老队长少岩同志怀着多么遗憾的心情说："你没有看见他，没有见上一面啊……"

"我看到了，我看到了。"

我不是安慰她，我的确看到了。我在胶东的山山水水中看到了，在同志们的心里看到了。我看到了虞棘团长在战火纷飞的战争年代里怎么带领大家在火线上演出，为躲避敌人夜间空袭，只要听到敌机的声响，我们就把舞台上的汽灯熄灭，为此我们打碎了多少汽灯的纱罩。那个时候，弄到一只纱罩是多么困难啊。我还记得，为了悼念夏侯苏民同志，他流着眼泪写的那首歌曲，多么使人激动。凝结着他的战斗生活的戏剧《气壮山河》《三世仇》等作品，激起战士们多么强烈的战斗精神。虞团长那时有病，他捂着肚子排练他写的大型歌剧《解放》。劝他休息，他总是摆摆手。我不记得是哪年哪月认识他的，他是那么严肃，所以当我初到国防剧团时，我就有点怕他。那时我要求上前线，他吩咐司务长发给我一套军装。后来他对我笑了，是我给他织毛衣织成一个大筒子的时候。他当着我的面对少岩队长说："你看，我有这么胖吗？织得这么宽，能装进两个我。"那时是解放战争最艰苦的1947年，我们打下了敌人一条船，从船上缴获了一些物资，其中有不少毛线，我们分到了一些，大家都学着织毛衣。那是一个阴雨连绵的秋天，是我第一次学着织毛衣。也是在那个秋天，我们挨过敌机一次大轰炸，我们躲在山涧里没有饭吃，同志们嚼着青草根，老百姓的花生地就在山坡上，谁也没有想到要去拔一棵。就在这种艰苦的环境里，虞棘同志带领我们去迎接战斗。

“十年动乱”结束了，他最早想到要找找我，他估计到我在“文化大革命”中的日子不好过。当战友盛毅同志把我带到老团长的家里时，我的感情波涛冲撞着我的心灵，我的老团长，您没有忘记您这一群大大小小的团员。近几年来虞棘同志鼓励我好好工作，好好学习，我都记住了。我问起他在“文化大革命”中的遭遇，他从不谈他受到的迫害，他只说“希望多做工作”。就在旧帘子胡同的小院里，他整天像蜜蜂似的工作，写回忆录，为全军整理编写文艺史料，有时还要腾出时间盛情接待来自四面八方的战友和部下。

“你没有见他一面，你没有看见他……”少岩队长一再流着眼泪说。

“我看见了，我看见了。”

因为他在我们大家心里。

老团长，您战斗了一生，累了，睡吧！我把眼泪洒在大厅的水泥地上，不敢惊扰您的梦……

(1984年6月5日)

忆郭绍虞先生

鲍史采

上海的梅雨淅淅沥沥，我伫立在南京西路那座公寓的小客厅里。再也见不到猝然逝去的绍虞先生的身影，唯有墙上照片上他那安详、凝重的眼神，依旧从深色玳瑁边眼镜后面闪着光亮，跟当年给我们教课时一模一样。

那是1947年秋天，我们刚刚进入同济大学文学院。校舍在上海四川北路底江湾路口的一幢赭红色楼房里，紧挨着的是几排红瓦白墙的日本式平屋，算是师生的宿舍。马路那边，和我们校园遥遥相对的，是国民党淞沪警备司令部的巨大的灰白色堡楼，那一个个黑洞洞的窗口就像张着的嘴。我们同郭先生生活在这样特殊的环境里，弦歌始终不辍，民主运动风起云涌，一起度过几个难忘的春秋。

那天，我们坐在教室里，静静地期待着先生的首堂课。心里既有对知名学者的景仰之情，又带着对自己系主任的亲切之感，还掺杂着年轻人的好奇心。都说绍虞先生早年就是文学研究会的成员，在古典文学、语法修辞和书法艺术方面很有造诣，多么想一睹他的风采。他进来了，灰布夹袍，圆口布鞋，壮实的中等身材，年纪不过五十来岁。他从深色玳瑁边眼镜后面，以安详、凝重的眼神，稍稍向我们扫视一下之后，没有滔滔不绝的开场白，便拿起粉笔在黑板上写了“中国文学批评史”七个洒丽的字。接着又在“中国”二字下面加上两个着重符号，一边讲述，一边写黑板，向我们拉开了我国古典文学的帷幕。他一口苏州腔“官话”，词藻并不华丽，也不口若悬河，一字一句都显出质朴、厚重。他给予我们的，不是大觥大勺的琼脂美酒，而是渗入心田的涓涓细流。教室里宁静极了，他的气质伴着他的学识一下便吸引住了我们这些十八九岁的年轻人。

有时，我们上他家去请教。虽说当时他已是知名教授，但一家八口挤在小屋里。为了要给书桌和书稿以一席之地，睡觉也只好用叠铺。物价飞涨，学校欠薪，他不得不同时在几所学校兼课，靠一辆脚踏车，往来奔波。看到我们去了，生性爽朗的师母不免要诉说：过去在燕京大学时，先生空暇还爱唱个昆曲、打个篮球什么的，可现在一回来就埋头桌边。闻一多惨死在特务的无声枪下，马叙伦、雷洁琼教授遭毒打于南京下关车站，以及学生的多次受迫害，都使秉性持重的他心头很不平静。一天，我们为反抗暴政举行罢课去征求他的意见，他从眼镜后面透出关切的目光，稍稍沉吟了一下，便吐出几个字：“我理解你们。”在送我们到门边时，又深情地叮嘱道：“事情平静一点之后，希望你们还要读一点书，将来有用。”他言词不多，总是质朴而可贵。

次年早春的一天深夜，当时他已是地下党领导的上海大学教授联谊会成员，组织上布置我们，通过特殊方式，往他家秘密递送党的文件。这是一本小册子，封面印有“恭贺新禧”四个红字和象征吉祥如意的红灯笼，里面是《目前形势和我们的任务》《中国人民解放军宣言》《中国土地法大纲》等。这以后的几个晚上，他紧闭门窗，摘下那副玳瑁眼镜，就如同他治学上的严谨好思一样，在灯下细细地阅读，边读边思索。又一天，他应邀参加一次学生的晚会，还是灰布长袍、圆口布鞋，他凝重的眼神里透出了欣喜之光。他即席讲话，最后借“野火烧不尽，春风吹又生”的诗句，表达了对胜利的信念，全场为之欢呼。

往事如烟，现在先生已离开了我们。然而他高龄九十一岁，执教近七十年，他的众多的学生不就是离离原上草？如今，春风吹拂，水草繁茂，先生可以含笑安息了。

(1984年8月20日)

祭于潮

徐　迟

这是一位卓越的国际述评家，新中国成立以后，理所当然地进入了外交界。后来他就成为风度翩然、出口成章、举世瞩目的著名外交家了。

现在他已经去世，寂兮寥兮，奉身长逝。但我仿佛还能看见他，含笑于九泉之下。愿他的灵魂平安，神静心恬。说起来，他可是一个最幸福的人了，能够在毛泽东、周恩来和陈毅亲自领导下，长期地为祖国，为人民，为社会主义、共产主义奋斗终身，做出了贡献。世无完人，孰能无过；曾经沧海难为水矣。他是在团圆月、中秋夜离开我们的。一年容易，今又到了月圆时。固然月有盈亏，人寿也有短长。倒是青春最怕以日月相计，反而人寿可以世代传纪。浩浩的太平洋波涛，未必能忘记他曾经建有几番功勋。他那永远挂着笑颜的形象，还长久地留存在老人们的记忆之中。生灵总是有弱点的；人既已去矣，他的弱点也将随时间而消逝。唯独经国大事，文章风采，仍将长存于人们的心中。虽然眼下的一些读者，尚未能对他有所赏识，但我却要斗胆地陈言，任何一个认真研究第二次世界大战那样惨痛的人类历史的学者，恐怕是不能不对他的国际述评表示敬佩之情的。

我有幸结识他于1939年的7月1日，在我国的香港九龙。就在那一天，我们党的一家海外报纸《时事晚报》，即此后的《华商报》的前身，悄悄地在海岛上诞生发行了。报纸的第一篇社论，以俊逸的文笔，写出透彻的见地，闪耀于读者之前，而使我震慑，为之叫绝。

之后他天天都有一篇社论，使南天的读者，目明耳聪，茅塞顿开。我个人则是如同从沉睡中被他唤醒一样，觉醒了过来。从此追随真理不舍。

这一段时间里，抗日战争艰苦卓绝；随之是第二次世界大战在欧洲打响，铁骑过处，山河变色；接着苏德战争爆发，战火烧燃到莫斯科城下、涅瓦河畔和逐屋争夺的斯大林格勒废墟中。然后是太平洋战争爆发了；香港迅即沦陷。这一下，他的火焰般的热情社论，只好收笔打烊，暂告停歇了。

当经西江一路，辗转流亡，我到了桂林山水之中，就打听到他已通过东江游击队救援，出险脱身，安抵韶关了。1942 年的春夏之交，我们又在嘉陵江上、山城灯火之中，喜庆重逢。他进了新华日报社，先住在纯阳洞的报馆宿舍中，后住在曾家岩“周公馆”的三楼上。虽然雾都生涯，阴晴显晦，但他又在谈笑风生，再次使翰墨生辉了。

从 1943 年元月开始，他的国际述评重新开张，出现在《新华日报》的版面上。每两星期一次，纵论着半月来的国内和国际形势，风云变幻，人间际遇，时代的潮流与历史的轨迹。那时，他有两个笔名：于怀和于潮，交替使用。历时三年之久，他那样系统地、完整地，搜罗了、占有了祖国和世界各地的见闻和资料，用历史唯物主义的锐利目光，严密地切脉诊断，记录并解剖了当时的前进与倒退、革命与反革命、人道与兽道、天堂与地狱的史实，关怀着世界与中国的命运。在周副主席的直接指导之下，他了如指掌地辨识了欧洲、亚洲、非洲与美洲的纷纭危机，妙笔生花，写出了决定着生死存亡的政治的和军事的战场。对那全球规模的力量对比，无数次往复进退的钳形攻势、迂回包抄的战略与战术，他广博而深入地写出了战争进程。波涛万顷的大西洋和太平洋上的斗争，犹如帏幄中的运筹，论胜负于千万里外。如今再读他的《国际述评集》（今年由重庆重版出书），可以重睹20世纪30年代、40年代的大事。其印迹如此分明，从而更能体会他当年的分析是何等正确。从卢沟桥的炮声到广岛的蘑菇云，从奥斯维辛的集中营到法西斯纳粹的溃败，从旧金山联合国的成立，到必然要导致新中国的崛起的内战烽火：这一段历史的场景依然历历在目。他是以马克思主义的观点写国际述评的。

在中华人民共和国成立以后，有一段时期我曾同他一起工作。但是我们的接触反而不能如以前那样地多了。在他初次去联合国之前的别宴上，听到他咏螃蟹的诗句："一去成功湖，此物最相思"，为之莞尔。在开城板门店，也曾见了一面，感到他对于敌方能针锋相对，游刃有余。以后，却隔行如隔山，几乎没有再见面了。但他的风韵、他的文采，还能从新闻电讯中，甚至从外交文件中，隐约窥见。此后之事，如所周知，无需赘述。但时常看到他身负重任，尚能称职，还是欣慰莫名的。只能笑语自慰，他是在跟基辛格、尼克松、田中角荣、瓦尔德海姆、马立克、葛罗米柯这等人物打交道，吾辈可是不容易见到他了。就这样阔别了二三十年，久未和他通上音信了。

有趣的是人生诚如螺旋。到了他的晚年，我们又能见面叙旧，说些老话了。他仍然警语甚多，妙趣横生，虽然他重病在身，是不治之症，但是风貌不减当年，并未形容枯槁，他还可以息影书斋，闭户读书。惜乎天不假年，满月西沉，千秋功罪，自有公评，只是重读他早年华章深有感触。周年忌辰，聊表寸心。呜呼哀哉，伏维尚飨！

1984年中秋前夕

(1984年9月11日)

追念王昆仑同志

刘梦溪

王昆仑同志与世长辞了，享年八十有三，按古人的说法，应为寿考。但讣闻传来，我仍感到震惊，心里顿生出一种怅惘之情。

关于王昆老的生平事迹，报纸上做了详细介绍。可以看出，一个人在条件允许的范围内，能够把生命的价值发挥到怎样的程度。《左传·襄公二十四年》记载叔孙豹的话说："大上有立德，其次有立功，其次有立言，虽久不废，此之谓不朽。”王昆老在德、功、言三个方面都有自己的建树。不过，我平时所接触和了解的，主要是他的言的方面，具体地说，就是红学家王昆仑。然而立言谈何容易？20世纪40年代，王昆仑同志在雾都重庆撰写《红楼梦人物论》，一篇篇披载于《现代妇女》杂志时，有权力者的嗅觉灵敏的鹰犬指他为影射现实。对此，王昆老一笑置之，因为文章中有些议论原是有感而发的，如《王熙凤论》中写道：“凤姐自己是这一家庭的主持人，同时却是这一个家庭的贪污首脑。她使用着自己的特权，剥削着这全家的经济利益；于是这贾府一班子弟、奴仆乃至婆子、丫环们都各营其私，各舞其弊，纷扰与罪恶，层出不穷，她也就无法厉行真有效的统制。”联系当时国内的政治环境，这些话的锋芒所向不言自明。但是，到了全国解放以后的20世纪60年代，他和女儿王金陵改编的昆剧《晴雯》，在“文化大革命”中还被诬为歌颂“反动的骨气”，王夫人是影射我们党，并因此获罪，王昆老感到无论如何不可理解。金陵同志喃喃地说：“这个戏是周总理关心过的呀！”其不知，这正是江青一伙阴谋构陷的直接缘由。

我看过几次昆剧《晴雯》的演出，深为它一段段优美的唱词所吸引。所谓歌颂晴雯的“骨气”云云，固然指的是全剧，但更遭谗忌的却是主题歌《芙蓉赞》：“春到纷纷争艳美，一旦秋来花叶风前坠。欲觅秋容何处？芙蓉池上昂昂立。哪怕重重风又雨，风雨重重更见红颜丽。莫道秋深花少力，挺身敢向寒霜拒。”词彩飞扬，感情贯注，与人物论《晴雯之死》异曲同工。1975年，我去友谊医院看望刚出狱不久的王昆老，他瘦弱不堪，只剩下一把骨头。真难以想象，《红楼梦人物论》中那些激越的文字，昆剧《晴雯》里的华美词章，会从如此羸弱的身躯中迸发出来，不过人能够成其为人，立于天地之间，主要靠骨骼的支撑，只要骨头在，就什么都有了。骨气就是从骨头里散发出来的，与骨头以外的部件大约没有必然联系。所以《文心雕龙》的作者刘彦和说：“辞之待骨，如体之树骸。”这样一想，不仅不以为异，反而一通百通了。《芙蓉赞》写得明白：

“莫道秋深花少力，挺身敢向寒霜拒。”唯其力单而又能拒寒霜，才愈见其真美；如果霜而不寒，双手可融，还有什么值得称道的呢！1979年，“风雨重重”的日子已经过去，昆剧《晴雯》重新上演，王昆老和金陵同志笑逐颜开，终于实现了“春到纷纷争艳美”的愿望。为了纪念这桩公案，我请王昆老手录了一幅《芙蓉赞》的全文，书法隽秀，骨力犹存，现在重看一遍，感到弥足珍贵。

《红楼梦人物论》的命运也不比昆剧《晴雯》更好些。既然写晴雯的戏剧犯禁忌，关于晴雯的论文岂能毫无违碍？晴雯既有问题，那么同一作者写的论述《红楼梦》其他人物的文章，必然都有问题。于是《红楼梦人物论》是“大毒草”无疑矣。这种推论今天看来固属荒唐可笑，但在极左思想盛行时期则是司空见惯的“大逻辑”。1962年纪念曹雪芹逝世二百周年前后，王昆仑同志对解放前撰写的《红楼梦人物论》作了改写，并以选篇的形式公诸报端，受到《红楼梦》爱好者的欢迎。至今我还记得自己当时读《晴雯之死》和《王熙凤论》

的兴奋情景，我简直是在把一颗颗铅字吞下去。《红楼梦》写王熙凤如火如荼，王昆老则剖解得淋漓尽致；曹雪芹对晴雯倾注的感情超乎一般，王昆老论晴雯达到了文情并茂。中华书局上海编辑所本来准备在1965年出版修订本《红楼梦人物论》，因政治动乱开始不得不搁浅。直到1984年初，这部自成红学一家言的论著在饱尝艰辛之后，由三联书店出版，得以重新与读者见面。我在1963年曾写过一篇《红楼梦人物论》的书评，动乱年月，生活环境几经变迁，文稿不幸丢失；而当时购得的一部国际文化服务社版的《红楼梦人物论》，竟被老鼠咬了一个直径近两寸的大窟窿。王昆老看到他的书遭此奇劫，先是一惊，随后便会心地笑了。金陵同志则想到了恩格斯说过的给老鼠的牙齿去批判的典故。

王昆老这几年社会活动较多，身体不是很强健，我一般不去打扰他。去年春天《红楼梦人物论》出版，我收到赠书后前去拜望，他兴致甚高，谈得很多，透露出劳动结出果实的喜悦。他指着书前的插图，问我是否也觉得人物的年龄过于小了些，我表示有同感。他说：“这么小，不好谈恋爱的。”说得在座的人都笑了。没想到，这成了我和王昆老的最后一面。

《红楼梦》爱好者永久记得王昆仑同志在红学领域的贡献！

(1985 年 10 月 16 日)

心灵的护佑

——怀念我的父亲傅抱石

傅益瑶

人怎么能没有父亲？人难道可以没有父亲吗？

我父亲傅抱石的纪念馆就要落成了。几天前，就在我为纪念馆的陈列，而四处向他生前故交求借当年所赠的时候，曾这样问过一位年幼丧父的朋友。

她没有回答，只怔怔地望着手中的茶，一杯早已没了热气的茶。我突然感到心上掠过一阵难以言喻的悸冷：哦，我不是也早已没了父亲，我不是也早已失去了那方无所不在的托庇——这是每一个浑沌天地中之女孩视为阳光和水，视为房厦与衣食，视为身与心在无论怎样的遑遑中都能求到安适的所在呀！而我确曾有过父亲！我伏在那瘦削然而坚实温热的肩头十七年；而后，在我还没有弄懂怎么家中突然没了父亲的轻嗽，没了他端着茶杯下楼的脚步，没了他每完成一幅昼思夜想的画之后的快活的大叫——“妈妈，今天什么菜”……就已面临一个比当孤女还要严酷得多的现实——“文化大革命”开始了。

我踽踽独行于人世二十年，我曾怀着那样的热切与惊惧向父亲呼喊，求他再来摸摸我的头，求他再唤一声“乖仔”，求他哪怕什么也不做，什么也不说，只让我知道，他就在这里或那里，在一个我可以一口气跑得到的地方……然而，迎着我的，只是谜一样的人生课题，一个比一个严冷，一个比一个繁急。我执拗地，一而再地把眼睛转向父亲。他如星座般地不动声色，只把清澈的光辉洒向你祈祷的心坛。

父亲！父亲！！

我曾有过怯懦，只想躲起来，躲在妈妈、哥哥，还有世叔世伯们背后，求他们看顾怜恤。但想到父亲，想到他在阴冷的冬天，为筹措几文学资，徒步数十里向表叔求告，而得到的只是一顿奚落……“不许向人借钱！”父亲说，从未有过地严厉。而只是在我领略过饥馁与冷漠之后，才懂得了这高于一切的准则——自立。

我曾退缩。在武藏路，在父亲以他的才气与勤谨为我们中国人挣了面子的艺术圣地。我背负着太多的爱意与期望，觉得每挪一步都是那样吃力。我曾想求世间体谅，想大声说，家由男儿继承、业由丈夫支撑吧！请原谅我不过是一个柔弱的女孩儿……可是想到父亲虽是百般溺爱——我们可以淘气，可以撒娇，甚至可以公开反抗各种熠熠闪光的头衔的桎梏，唯有不可以贪闲、不可以自轻、不可以苟且于以色炫世。父亲的失望令人不忍，今天想起来还有如芒刺在背：那是我们姐妹倾心于电影明星小照、倾心于银枪呢大衣的时候。

我曾经失去自信。在这浩瀚无垠的绘画天地间，多少俊才英杰倾其毕生研摹求索。我如大海中的一滴，就算随着浪涛时起时伏，难道可以改变潮汐？然而父亲人在绘画中、神在绘画外。他熔进山川大泽、熔进山泉雾霭、熔进屈子的九歌、熔进民族的欣喜与苦难。他也是海的一滴，却自信代表了海的全部性格。很长一段时间，妈妈是他第一个也是唯一的读者。他耐得住寂寞，坚信好作品要经受得住百年考验——这比人生要长得多。

我也曾虚浮。我的心曾那么容易为世间的旖旎所动：爱华服美食、爱宴乐交游，甚至险些堕进得来太易，从而也许并没什么分量的溢美。只要想到父亲的清廉、淡泊、侠义，想到他终生对艺术怀着孩童般的纯情，就如周身燠燥而终于回到淙淙的泉边。喧啸酬酢不复侵扰，掬起一捧清凉的水，洗尽心上的粉尘。

不，我有父亲。他的暂别，只为试试女儿的能耐和勇气。就像一个被带到街上看杂耍的小女孩，我紧紧牵住父亲的衣襟，不肯离之须臾。父亲养我到十七岁，又伴我整整二十年，也许延续一生，以自己的操守，担当儿女心灵的护佑。

父亲不曾离我而去。每多一份从画心得，每增一点人生历练，我都觉得向父亲更靠近一点。何人能理解我这巨大的幸福呢——每当结束一幅习作，学着父亲把一切收拾得井井有条之后，低声问：

“您看这幅怎样，爸？有情了吗？有人品了吗？”

(1985 年 11 月 4 日)

道是相知能换泪

——悼念宋振庭同志

舒 諲

一个正直的人，一个衷心热肠的朋友，一个博学多才的作家、诗人、画师——宋振庭同志永远离开我们了。

他虽只活了六十四岁，却是向时间夺取生命的人。我是作为他文章和诗画的读者，为这位崇敬的友人倾诉我的哀思的。

他毕生从事党务工作，自少年时期参加革命，为党的事业努力奋斗了一生。从县委宣传部干事，县委书记，市委书记，地委常委，省委常委兼宣传部长，中共中央党校教育长、顾问，直至逝世。

老宋虽然做了一辈子党的领导工作，却没那种经常出现于人们眼前的“老爷架式”。当然，他在思想上也“左”过，有谁是一贯正确的？重要的是知错能改。老宋一旦辨明是非，迅即端正立场。在“十年浩劫”中尽管遭到残酷迫害，仍保持共产主义的坚定信念，对“四人帮”爪牙们的倒行逆施进行了抵制和斗争，以后积极参与理论界拨乱反正工作，写了大量的反“左”哲学论文和犀利的杂文。辞世之前几小时，还和前来探病的荣宝斋的人谈文物。

他出身于长白山下一个制作靰鞡靴的手工业工人家庭，家境贫寒，哥哥姐姐读过一点书，却没上过什么高等院校，他打认识一些字起就喜欢乱翻书，杂七杂八地记住一点“之乎者也”，似懂非懂。日寇强占东北，他十五岁那年流亡到北平，才正式就读于初中，初步接触进步书刊。但他认真研究马克思主义著作，真正懂得革命道理，还是七七事变后辗转流徙，奔向延安，进入“抗大”之后开始的。新中国成立后，他一直担任文教宣传工作，感到自己原有的文化水平不够格，为了干好本行，只有靠上“自修大学”。严格地讲，他是从1949年之后方为自己创造了较好的读书条件的。他的求知欲特别强烈，这种炽热的好学精神老而弥笃，涉猎古今中外，视野从哲学、经济学、历史旁及文学、戏曲、音乐、诗词、书画、碑帖等，自“十三经”到马列主义都成为他所研读的对象。他对各种学问皆发生兴趣，雄心勃勃，如同要鲸吞天地间的知识一般，由穹苍之浩渺以至尘沙之微末。在“文化大革命”中，造反派把他仅有的私产（书）“革”去了一半。粉碎“四人帮”后，他重整旧业，有了几个余钱都买了书。他的书斋，东、北两壁从地面到天花板，架上一排排堆列的是书、书、书……卧室、床头和窗台上也满是书。这些书不像有些人是客厅里的摆设。为了学习我国哲学史，他读佛经，还同长春护国般若寺的方丈老和尚打过交道。他为了想懂一点中医医理的唯物辩证法，也曾浏览过医药书籍，并向老中医登门请教。他对文物也很有鉴赏力。他陪同外宾参观吉林省博物馆的历代陶瓷时，能讲得头头是道，如数家珍。

值得一提的是他晚年学画，并举办过三次画展，引起画苑的重视，更在老干部中激起震动，认为“土八路”临老还能学画。他说：“不仅让朋友听了觉得奇怪，就连自己也有几分好笑。”然而，他毕竟学会了。他的学画，用他本人的话说：“四十年来，我一直是干宣传文教这一行。我想，既然干这个和爱这个，总得多少懂一些才好，不然总是说外行话，瞎指挥，怎么行？”

求知的渴望促使一个鞋匠的儿子贪婪地穷究宇宙的奥秘，“读的越多，越感到自己的浅薄，越不敢讲话了；只有每当骨鲠在喉不吐不快时，就写出一些”。王朝闻同志为他的杂文集作序时说：文章给人突出的印象，是“从大处着眼，在小处落墨”，是“大与小的对立统一”，“没有打官腔”，“不用教训人的口吻”。他嘲笑“唯一律”，把一百样菜做成一个味，“天天看报，都是可以不换内容只换日子和人名的文章”。他为“暴露文学”

和“伤痕文学”鸣不平，认为“伤痕”可以转化为财富。一个负责政治思想教育工作的同志，敢于率直地倾吐群众的心声，需要多大的勇气与胆识呀！

凡认识他的人都承认他交友待人以诚、接物以敬。他一再呼吁“唯以平等待人，方可谓友爱”。

他的朋友横跨老中青，普及三教九流。文人喜欢和他交游自不必说，农村老大娘也爱同老宋唠嗑，小青年更尊他作知心的长者。他的《变两代人的隔膜为友爱》在《中国青年》发表之后，引起了青年们热烈的反响。在战争年代，共同命运的绳索将人们紧紧系在一起，人在患难中是平等的。的确，“回头一想，胜利之后，真相知的朋友是谁？反倒有些惘然了”。有人说，经历“十年浩劫”，人与人之间的关系变得冷漠了。果真如此吗？我不信！我结识老宋是他调来北京以后的事，时间不算久，而倾盖如故，有相见恨晚之憾。他从老画家周怀民同志处得知我向他“敬求法绘”，满口答应，刚出门坐上汽车又折转说：“我怕事情一多，忘了；干脆说画就画！”马上向周索取纸笔，在玉版纸上一挥而就，疏影横斜、水气淋漓的老干红梅，并题诗：“梅高傲霜雪，情深先百花；不至香雪海，足迹遍天涯。”我当时一则以喜，一则以愁，愁的是这幅画 2×4 尺，再装裱上天地头，寒斋壁上怎样容纳得下？谁知无意中一句话传到他耳里，不久又送来小幅的结实累累的葡萄，并题款识：“草草急就成此，聊寄仰慕之情耳。”他对朋友真如一团暖流迎面扑来。

他是从一片白茫茫的大地踏进知识宝库的，了解知识的可贵和人才的难得。他扶植有才华的人，不分老少；他十分重视团结党外知识分子，做到礼贤下士、推心置腹。这里有许多生动的故事，就不一一列举了。在东北时，许多专家、教授都成为他的座上常客，每逢星期日必登门拜访。在北京，他有许多画家和戏曲家朋友。他的学问也是这样从结交朋友中积累起来的。

昔人有诗曰：“平生换泪交，将别更恻恻。”宋振庭同志和我们永别了，我相信他多年的故交们，必然首肯斯言的。

(1985 年 11 月 25 日)

周总理话家常

舒　諲

周恩来总理很少谈自己的家世。解放初，他对当时被称为“从旧社会来的知识分了”作报告时，说他怎样背叛封建官宦世家走向无产阶级革命的道路，那也旨在勖勉，让听者领悟：命运是由自己主宰的。

抗战时，我在重庆，每次在公众场所遇见总理，从未与他攀“世交”关系。虽然我的祖母也是绍兴周家的。周家在当地是大族，不一定都属同宗。我父亲冒广生（鹤亭）先生在北洋政府时代任淮安关监督，是凭借总理的叔父周嵩尧（峋芝）先生的关系。峋芝先生当时任江苏督军李纯的秘书长，清末曾官邮传部郎中。总理的祖父霞轩先生，曾任前朝的仪征和如皋县令。

1957 年初，我父亲在新中国成立后首次来北京。仲夏的一天近午时分，父亲打电话来我的工作单位说："国务院电话通知，'有位中央领导同志准备午后来探望，问冒老有空没？'你马上回家一趟。"这会是谁呢？陈毅副总理是常客，说来就来的。从未事先电话约定。我思忖，这是谁呢？

回到宿舍，父亲告诉我："是周总理。刚才陈仲弘也来电话了。"

下午 3 点，我从楼窗望见一辆黑色轿车在大门口戛然而止，立刻下楼相迎。只见轻车简从、身穿浅灰中山服的周总理，稳步缘梯拾级而上，抬头向我招手问："冒老在家吧？"我答："父亲正等候大驾光临。"

总理握着我的手端详着："我们在重庆见过面，当时还不晓得你是鹤老的公子。"

父亲跟着迎上来。总理笑盈盈地说："我听陈毅同志说鹤老来了，早就想来探望的。政协正在开会，脱不了身。昨天刚闭幕，今天才有空。抱歉，抱歉！"

"你是大忙人，我怎敢惊动呀？"

"闲聊天，换换脑筋，也是我的一种休息方法。"

总理仅带一名便服警卫人员，将他安排在邻室休息后，自己便在沙发上坐定，呷了一口茶。北方仲夏燥热，我们都穿单衣，总理却装束齐整，连领口也未解扣。我刚刚拨动陈旧的GE电扇，总理随即摆手阻止我："老人家怕受不了风寒，还是关上的好。"他说得这般安详自在，体贴别人。

是总理开始话头的。"峋芝叔父和鹤老是多年同事。他从李纯死后就不再当官，晚年信佛，穷困潦倒。解放后，我接他上北京住，前几年才去世。鹤老来迟一步，可惜缘悭一面了。"

父亲不禁蹙眉喟感，回忆故交往事："峋翁为人颇重节概。我曾在他手下当淮安关监督，一别数十年了。我是光绪甲午举人，他是丁酉举人，相隔一科。他的著作《晚香簃诗存》和笔记刻本都还在吗？”

“我早年学写旧体诗，也可能受家叔的影响。鹤老的诗词，我也拜读过。您在淮安时，好像还刻过《楚州丛书》，保存了地方文献。”总理对事的体察入微和惊人的记忆力，令人佩服。

父亲笑道：“这算不得什么！我每到一个地方，总爱搜集当地文献刻印集子，也算是对地方的报答吧。在瓯海关任内，我刻过《永嘉诗人祠堂丛刻》，搜罗了自谢灵运以迄二黄先生的集子。在镇江关时，也刻过《至顺镇江志》。”

“二黄先生指的谁？”

“晚清著名学者瑞安黄绍箕（仲弢）、绍第（叔颂）昆仲。叔颂先生是我岳丈，是宗江、宗英的祖父。”

“原来冒、黄二家还是至亲。”总理沉吟了片刻，又说，“我想起一件事，舍弟和令嫒还有过婚约。我告诉他来拜会鹤老。”

“小女早年亡故。这事已经过去了。”

总理正色道：“亲戚关系正和同志关系、朋友关系一样，是客观存在的事实。历史是不能任意改变的嘛。我们共产党员也是人，不是六亲不认的。”

“令弟近况如何？”父亲顺将话题带过。

“上海解放后，他来北京找我谋差事。我说，你先进‘革大’学习，学习完毕，自会分配工作的。他后来自愿仍回上海搞戏曲改革，市府派了他个参事名义。我认为这职位对他讲来，太高了。我不同意，通知上海不要因为他姓周，就给照顾，必须按本人的工作能力，恰当地进行安排。”

父亲不住点首，一面还是讲：“内举不避亲，也是古人的明训。”

总理含笑摇头。“鹤老呀，如今不像早先啦！”他顺手取过茶几上父亲的折扇，欣赏着张大千的画，似乎喃喃自言自语：“张大千的画确实有功夫。”父亲乘机进言：“大千如果回来，会有问题吗？”总理以肯定的语气表示欢迎，对溥心畬也如此。希望我父亲通过朋友的关系告诉他们，就讲：“周恩来说的。”

这时，总理指着扇面上的题诗问：“马叙伦先生好像说过，冒氏的祖先是蒙古色目人。这是个奇姓，跟匈奴单于冒（mò）顿（dú）有关吗？”

提到族源，父亲说明，依据家谱记载，先世系出元世祖忽必烈第九子镇南王脱欢的后裔，与冒顿无干。

“那你们是‘黄带子’了。”总理出口成章，有时风趣盎然。

我插嘴：“根据我的考证，脱欢之说不一定可靠，还是以元朝末代宰相脱脱的族人为可信。脱脱姓蔑尔吉觧。蔑与冒（mò）应读谐音，吉觧是蒙古语，指氏族而言。”

父亲看了我一眼，不作声。

总理对此似乎满有兴趣。我的一番说明，引起总理仰面朗笑，指着我说：“你们父子两家‘争鸣’。本来嘛，学术问题只能依据事实决定，相信事实，相信真理，不能依仗谁的地位高、权势大，谁的声音就比别人响。”略一停顿，他转面笑对我父亲说：“老人家不一定同意我的见解吧？”

父亲含糊地唯诺其辞。

“你们的家庭，很有民主作风啊！”总理的机智，缓和了当场的气氛。这样，又顺带问起我们兄弟几人和各人担任的工作。

“在国内，还有个儿子，在外省大学教俄语，曾从陈散原、樊樊山学诗，懂得些旧学。舒諲喜欢新文艺，旧学没根底。”父亲如实地回答。

总理侧身转向我说：“你写的《董小宛》，在重庆轰动一时。东林、复社诸君是有气节之士，反抗阉党挟制下的明朝腐败统治，也反抗满洲贵族的统治。但他们中间也出了几个败类、变节分子。你现在还写什么作品？”

我答复道：“我现在不搞文艺了。过去写的剧本，早已完成历史使命，过时了。”

“就算是过时，也可以修改嘛。《董小宛》何妨改一改，再拿出来。提倡知识分子要有骨气，不为墙头草，在今天仍然是需要的啊！”

我很惭愧，自知思想水平低，又缺乏写作本领，没有按照总理以上指示，写“遵命文学”。我也从未向人谈起这件事。

谈话中，不觉时间的飞逝。闲聊天，竟然聊了一个半小时。我见总理在这段时间一连喝了四五杯龙井，忙走去炉灶间烧开水，并趁机和隔壁枯坐的警卫聊几句。当我取了开水给总理新沏一杯茶，总理欠身之际，但见他的衣襟上还沾了几块油渍，皮凉鞋鞋头也泛白了。一阵酸楚，顿时涌上我心头。我们敬爱的周恩来同志，一个泱泱大国的总揆，就穿着如此简朴的服装出席政府会议和接待国际友人。

在我离开屋子之时，总理和我父亲的话题大约转向国内外形势了。我端水时，仅听见总理的半句话："……我办外交，也是从不会到逐渐学会一点点的。我相信，只要肯学习，外行总能变内行的。"

总理告诉我父亲，我国正在有效地进行核试验，估计不出两三年可以成功地爆炸自己制造的第一颗原子弹。我的天，这真是天大的喜讯！事隔几年，我国于1964年10月成为世界上第五个拥有原子弹的国家。这个消息，父亲在总理走后，坚嘱我切勿对外张扬。总理对我们直言，说明一位胸怀坦荡的无产阶级革命家对知识分子的信任。我们有责任与义务，使总理也相信我们对他的尊重。二十八年了，我第一次泄露这一直隐藏在肺腑中的事。

这时，总理起身对我父亲说：“今天太难得了。我有这样两小时的休息。能见到鹤老，我更高兴。毛主席委托我捎个口信，他看到您在《人民日报》上的文章，想见面谈谈，希望鹤老多住几天。”

我父亲胯骨骨折，行动不便。总理坚阻他下楼，由我代表送行。父亲站在楼梯口挥手告别。霎时间，消息早传开了，宿舍大门内外里三层外三层的群众，翘首期待一睹敬爱的周总理的风采。总理匆遽从几乎水泄不通的人群中突围而出，免不了仍有人争相同总理握手。公安人员只得簇拥总理迅速登上汽车。司机刚一启动引擎，总理突然一跃而下。这个突如其来的动作，使我诧异不解，连司机和公安人员也愣住了。原来总理只顾“突围”，忘记向我告别，是特地下车和我握手的。

在群众喧阗的鼓掌欢呼声中，一辆平平常常的黑轿车，乘载着一位极不平常的人物，驶出西京畿道，沿西长安街疾驰而去。

(1986 年 1 月 8 日)

怀念胡风先生

骆宾基

一

从 1941 年秋，在香港九龙地区，我怀着一种被国民党蒋介石政权放逐了的心情，在一个咖啡馆里第一次和这位在中国抗战时期贡献很大的新文学理论家相识，到现在——1985 年逝者作古为止，可以说，相识四十又四年了。如果扣除逝者约二十五年之久的与世隔离的含冤岁月，我们交往的历史断断续续也已有二十年，不能说无所了解，但还是不能说了解得确、全、透。因为我究竟不是文学理论家或文学史研究者。

以我们在现代文学馆开幕式上最后一次见面为例，我们虽相处一桌，胡风夫人梅志女士也仍如桂林时期老战友之态热情招呼，相互致意，但与胡风先生却仅注目相视以致晤意，而无一语相交。这是由于二十五年之久的缧绁之冤，给其创伤过重了吧！他给我一种在精神上仍然处于桎梏般的“自囚”状态的感觉，使人心魂深处含着一种沉痛！这是一方面；另一方面呢，却不是从直接感受中而来的，而是以后在《新文学史料》上间接感受到的，这又是另一种印象了：胡风不但没有“自禁”“自囚”于个人的精神领域之中，而且是仍然固守着自己20世纪30年代后半期的理论观点，某些观点难免偏颇，但头脑清楚，记忆很细致，思辨力也仍锐敏如昔。且有时偏激的锋芒，不钝于以往。可见对于一个人的认识，尤其是对于在战斗的一生中反映着历史的曲折性与社会新旧交替间的复杂性的一位革命现实主义文学理论家的认识，并不易。在文学纪年上，我晚于他二三年，而在自然年龄上相差就更大了，要作确切的评论就更难，主观之论是难免的。

二

如果说从我们过去二十年以上晴晴雨雨的交往认识上作一个概括的结论，那么我个人认为胡风作为新文学理论家，在中国新文学史上有着不容忽视的地位，就是说，在抗战阶段的文学界发挥了前导作用，虽然有时不免偏激，又过于主观。例如：对一个有影响的作家，他可以从生活的弱处，在“政治生活”上立论，而给以“脱离斗争，脱离现实”的评语，实际上，这是论者脱离了作者的作品的论点；而对另一位有威望的作家，又从纯艺术的观点上给其作品以“图解”之类的论断，又完全不考虑作品在实际上已产生的政治效果。这都是求全的指责，不是论点过了头，就是尺码不足寸。

但尽管在其革命现实主义文学理论上，有时出现这样的针对性的偏差或那样的针对性的误解，它们只是如南方八月的蓬茂成荫的老榕上几根断枝枯柯，还是无伤于它整个须根与冠叶并茂而形成的巍然壮观之貌的。就是说，这些影响不了胡风在主编《七月》《希望》及《七月诗丛》贯穿整个抗战文学阶段所形成的巨大的主干形象！谁也不会对这样一位受了二十五年之久不白之冤的中国现代革命现实主义理论家作求全的苛责。

三

《七月》《希望》《七月诗丛》，在中国抗战时期所做的贡献很大，“大后方”许多有志、有为的青年是把它们作为思想上的火炬式的前导来看的。而在这些有志、有为的青年中也包括不少曾抱着消闲读物而虚度过若干宝贵年华的昨日的庸庸者！随着火炬的前导，他们终于把自己的命运与祖国的命运相结合而担负起各自应该承担的那一份历史使命，从此始放光辉！

胡风主编的文学期刊和茅盾主编的《文艺阵地》，

巴金与丁玲、舒群抗战早期分别在上海与武汉主编的《烽火》《战地》，抗战中期在桂林出版由夏衍负责的《野草》，还有抗战晚期冯雪峰负责的《抗战文艺》……共同构成了中国民族革命文学的脊梁。

七月派新诗影响着整个大后方，形成中国抗战时期新诗的主流，冲击着一切供达官、富商、阔少式公子哥儿、交际场小姐消遣解闷的无病呻吟之作，开拓着一代诗风！这是和以鲁迅、茅盾所奠定的新现实主义文学的革命传统分不开的，和党在文艺界的领导分不开的，和新诗坛上胡风在评论上的斗争分不开的。

四

还有20世纪40年代出自解放区的文学作品，如以艾青、田间为代表的新诗，以丁玲《我在霞村的时候》《月夜》为代表的反映解放区的人民在日寇骚扰下所遭受的苦难及反抗精神，反映解放区农村新的社会生产方式与农村民主生活的短篇小说，也是经过胡风的媒介在桂林首先以不同于旧批判现实主义文学所特有的阴灰气氛，而带着曙光般明朗色彩，通过只出版一期就遭禁的《文学报》革新号和大后方的有志于中华民族复兴事业的青年见面的。这些是属于社会主义现实主义前期的文学作品（它们当中可以称为代表作的，还有孔厥的《苦命人》），它们给国统区的青年带来了，或者说加强了对于未来的胜利及崇高的革命理想必将实现的信心！

胡风在这里是起了一种在解放区与国统区之间的精神桥梁的作用。这也是我们所不能忘记的功绩之一！

五

今天，我们终于听到在党中央领导同志的关怀下，将要为这位终生为共产主义理想而奋斗不休的新文学理论家，召开文学界的追悼会以肯定他对人民所做的卓越贡献的消息！我们和逝者的亲属一样感到逝者可以瞑目的宽慰。这又是逝者躬逢盛世的一种幸运！

相信党中央的这种多方面的实事求是的精神，不但会改变现代文学史上旧的——对逝者的不公正的论点，且也必将有利于今后优秀党风的发扬与文风的改革。

(1986 年 1 月 15 日)

关于丁玲

孙　犁

一

20 世纪 30 年代初，我在保定读高中，那里有个秘密印刷厂，专翻印革命书籍，丁玲的早期小说也在内，我读了一些，她是革命作家，又是女作家，这是容易得到年轻人的崇拜的。过了两年，我在北平流浪，有一次在地摊上买了几期《北斗》杂志，这也是丁玲主编的，她的著名小说《水》，就登在上面。这几期杂志很完整，也很干净。我想是哪个穷学生，读过以后忍痛卖了。我甚至想，也许是革命组织，故意以这种方式，使这家刊物，广为流传。我保存了很多年，直到抗日战争或土地改革时才失掉。

二

不久，丁玲被捕，《现代》杂志上登了她几张照片，我都剪存了下来，直到我认识了丁玲，还天真地写信问过她，要不要寄她保存。丁玲没有复信，可能是以为我既然爱好它，就自己保存吧。上海良友图书公司，出版了她的小说《母亲》，我很想买一本，因为经济困难作罢，但借来读过了。同时我读了沈从文写的《记胡也频》和《记丁玲》，后者被删了好多处。

三

1944 年，我在延安。有一次严文井同志带我和邵子南去听周恩来同志的讲话。屋子不大，人也不多，我第一次见到了丁玲。她坐在一条板凳上，好像感冒了，带着口罩，陈明同志给她倒了一杯开水。我坐在地上，她那时还不认识我。

1948 年秋天，她到了冀中，给我写了一封信。那时我正在参加土改，有两篇文章，受了批评。她在信中安慰了我几句，很有感情。

四

1950 年，我到北京开会，散会后同魏巍到丁玲家去。她请晋察冀边区的几个青年作家吃饭，饭菜很丰盛，饭后，我第一次吃到了哈密瓜。

也是这年冬季，我住在北京文学研究所，等候出差。丁玲是那里的负责人。星期六下午，同院的人都回家去了。丁玲来了，找谁谁不在。我正在房子里看书，听到传达室的人说：

"孙犁……"

丁玲很快回答说：

“孙犁回天津去了。”

传达室的人不说话了，我也就没有出去。我不好见人，丁玲也可能从接触中，了解到我这一弱点。

五

又过了几年，北京召开批判丁、陈的大会，天津也去了几个人，我在内。大家都很紧张。在小组会上确定谁在大会发言时，有人推我。我想：你对他们更熟悉，更了解，为什么不上？我以有病辞。当时中宣部一位负责人说：

“他身体不好，就算了吧。”

直到现在，我还记得这句为我排忧解难的好话。

我真病了。1957年住进了北京的红十字会医院，严重神经衰弱。丁玲托人给我带来一封信，还给我介绍了一位湖南医学院的李大夫，进院看病。当年夏季，我转到小汤山疗养，在那里，从广播上听到了丁玲的不幸遭际。

从此，中断信息很多年。前几年，她到天津来了一次，到家来看了我，我也到旅舍去看望了她和陈明同志。不久我见到了中央给她做的很好的结论，我很高兴。

六

丁玲，她在20世纪30年代出现，她的名望、她的影响、她的吸引力，对当时的文学青年来说，是能使万人空巷、举国若狂的。这不只因为她写小说，更因为她献身革命。风云兴会，作家离不开时代。后来的丁玲，屡遭颠踬，社会风尚不断变化，虽然创作不少衰，名声不少减，但比起20世纪30年代，文坛上下对她的热情与瞩望，究竟是有些程度上的差异了。

一颗明亮的，曾经子夜高悬，几度隐现云端，多灾多难，与祖国的命运相伴随，而终于不失其光辉的星，殒落了。

谨记私人交往过从，以寄哀思。

1986年3月7日下午二时写讫

（1986年3月19日）

哭 秦 似

冯英子

上午从楼上下来，打算去探望一位病着的同事，看见收发室有一份我的电报，打开一看，上面写着“秦似教授七月十日廿二点四十分逝世”一行字，一下呆了，但觉五内俱焚，不能自已。啊，秦似，你为什么走得这么快、这么急呢？

秦似这些年来虽然写了不少东西，但却一直在病中。前几年他到上海来，为了不想惊动别人，也尝一尝平民百姓的生活，悄悄地住入一个朋友家中，连我也不知道。可是天不从人愿，他住入朋友家没几天，突然发病休克，被匆匆忙忙送到一家医院的观察室中去“观察”。大抵有过这样经验的人都知道，有些医院的观察室，其实是住不得的，一住，无病可以变成有病，小病可以变成大病，有些医护人员（我这里只是讲“有些”，不是全部或多数）的脸色，也实在难看。病人的号叫，家属的哭泣，断臂折腿的，大小便失禁的，无所不有。我从不相信有地狱之说，但这种场合却使人感到有点像地狱。这时，他的朋友才想到来找我，我听了大吃一惊，赶快为他奔走，最后总算凭了他那个广西壮族自治区政协副主席和广西壮族自治区文联主席的头衔，把他送进了华东医院，把他从死亡线上抢救了回来。

那回我几次去华东医院看他，病稍微好一点，他又精神起来了，拉着我好像有讲不完的话。我们谈过去在桂林时的情况，也谈十年动乱中的情况，大抵时代相同，经历相似，因此不少看法也差不多。我们谈到了“特权”的作用，大家痛恨特权。但一旦离开了某些特殊待遇，简直寸步难行，他这回医病的经过，就是最好的例子。

有一次他谈到了某文人在《新文学史料》上的文章，对于现代的史学，也不无感慨。他在病床上写了一首七律送我，诗曰：

注经修史属高文，
馆阁曾容劫后身。
意气书生争饾饤，
机心策士蓄风云。
骨埋梅岭汪精卫，
传入儒林曹某人，
地下范增应太息，
马迁未许汉功臣。

后来他回了广西，还把这首诗写了一个条幅送我，迄今挂在我的小书房中。

1984 年春天，《中国新文艺大系》的杂文集在广东从化定稿，我应邀前去参加。曾彦修同志告诉我，秦似也要来的。我想这一回又可以在从化小叙了，谁想逾时仍不见影踪，一问，才知道他已经买好了飞机票，医生说他不宜远行，临时又把他留下来了。但他仍然不断写诗、写文章，那些锋利、泼辣的作品，使人仍能想到他青年时代编《野草》的风格。

王力教授逝世之后，他到北京去奔丧。他自己身体本来不好，又经历这样的悲伤，几乎一到北京，病就加剧了。我接到他夫人的来信，告诉我这些情况，使我非常担心。前几天，又接到他夫人的电报，“秦似病危”。一看电报是从南宁发来的，我才知道他们已回了南宁。可是我除着急外，能想出什么办法来呢，何况上海、南宁之间，迢迢千里，即使真能赶去，恐怕也只是徒然增加他们的负担，于心何安？绕室彷徨，一筹莫展，想不到两天之后，就接到了秦似弃世的电报。哀哉，哀哉。

我与秦似相识于1940年，那时我二十五岁，血气方刚而经验极少，真以为新闻工作者是正义的化身，真以为每一个人都在追求美好的未来，口诛笔伐，天下不愁定也。秦似比我年纪更轻，他有点像广西的中学生，秀气之外还带点稚气。但他沉着、刚毅，几乎一个人顶了《野草》的工作。而《野草》在当时中国的大地上，是尽了呐喊之责的，因此我们虽然交往不太多，彼此的心却是相通的。“十年动乱”之后，有一次他来上海看我，那时我还在《辞海》编辑室工作。他很惊奇，像我这样一个人竟然不在新闻工作岗位上，这也说明他对于世事还是那么天真。一个人经历了几十年的沉浮，依然保持了那颗赤子之心，中国知识分子的可爱，大概也就在这里吧。

王力同志逝世不久，现在秦似又走了，他们父子两人几乎同时离开了这个世界。接到这个噩耗时，我确实很难过，一整天神不守舍。哲人其萎，哲人其萎，秦似未过七十，应当是大有作为之时，为什么老天这么快夺去了他的生命，真是苍苍者天，曷其有极了。

1986年7月13日于上海

（1986年8月27日）

沉默的金婚

叶稚珊

能够共同庆祝金婚的夫妻是不多的，因此凡有幸赶上这个日子的家庭，都会有一番隆重的庆祝。今年秋天，是著名新闻工作者徐盈、彭子冈的金婚纪念，全家却是在沉默中度过的，虽然谁也没有忘记，却没有一个人提起……

五十年前的秋天，在上海“生活书店”的一间宿舍里，徐盈、子冈没有请一个朋友，没有摆一桌酒席，没有任何仪式而正式结为夫妻。当时他俩都已经崭露头角，一个是《大公报》的记者，一个是《妇女生活》的编辑。忘年与同年的朋友肯定极多，然而一个也不请，目的就是向旧的习俗挑战。这在“五四”以后的新型知识分子中，也算是一种风气。

在此之前，他俩有过五六年的相识和恋爱过程——在中学时代就都向叶圣陶主编的《中学生》杂志投稿，继而是在北平和苏州之间传递书简。一个严寒的冬季，徐盈乘火车从北平去往苏州，手中举着几串子冈爱吃的糖葫芦，因车厢里温度较高，他把手伸到窗外坚持了好长好长一段路……

从那以后，直至解放的十三年中，他俩作为《大公报》的知名记者、中共地下党员，战斗在“国统区”的重庆和北平，无暇给自己营造一个安稳的家，在奔忙和危险中献出了自己的年华。新中国成立之后，大业伊始，他俩在党组织指定的岗位上勤奋工作，同时也在北京西城的一个小院安置了一个温暖的家，和一双儿女共享天伦之乐。但这样的日子仅有七年。1957 年他们双双被打成右派，随即开始了长达二十二年的苦难历程。家的概念已不同往昔，他俩几度离开又几度回来，小院里留下了不尽的酸辛。

1975年秋天，我作为儿媳进入这个小院。这时见到的公公婆婆，已没有了我想象中的风采和敏锐，昔日“无冕之王”的影子也不复存在。公公除每日黎明即起勤奋读书外，还要参加街道上诸如给家庭妇女念报纸、打苍蝇之类的活动。有一次我看到他在填写街道落实计划生育措施的表格，那严肃劲儿不亚于在改一篇重要的文稿，真难为了他。而婆婆则更热衷于和我讨论红烧鱼和米粉肉的做法。她虽是苏州人，但已经北方化了，爱吃饺子，而每吃一次饺子，全家都要从早饭后一直忙到中午。在这项集体活动中，公公的动作虽然笨拙，但态度却极认真。最后上桌的盘子里常常夹杂着许多面片丸子，但大家的兴致不减，面片丸子一扫而空，饺子却经常剩下。在这忙碌和谦让中，我们每个人都分享了家庭的温暖、和谐。但过后，我常常能从公公和婆婆的目光中看到一种怅然若失的神情。我知道，习惯于工作、习惯于“跑新闻”的他们，在为这时间的无谓流逝而痛心。

1976年底，我的女儿伴随着粉碎“四人帮”的未尽的喜悦降生了，给这个寂静而萧瑟的小院带来了生气。我和爱人当时都在外地，留在爷爷奶奶身边的小孙女儿把全家人的心紧紧地拴在一起。婆婆大约每周都要用孙女的名义给我写两封信，信的开头都是“亲爱的小叶妈妈”，接着是汇报孩子如何蹬着爷爷的肚子爬上肩膀，又如何踩着鼻子上脸，如何在小竹车中“鲤鱼打挺”，如何在爷爷的书和稿子上乱画，如何尿了爷爷一身。每封信对于孤身在外的我，都像一股甘泉，滋润了我焦渴的心。从那意识流般滚动着童心的笔触中，我第一次亲身感受了婆婆的神妙文笔和昔日风采，也更加认识了她的善良、慈祥。一次探亲回京，我不禁当面盛赞起她的文笔，记得她是那样天真、坦诚而得意地一笑：“这是我的看家本事。”

难忘的1979年年底，他们双双得到“改正”，恢复了人的尊严。随着一些老朋友的欢聚，小院里一度又有了欢声笑语。就在这一年，婆婆为《文汇增刊》写了一篇优美深沉、催人泪下的散文《熙修和我》，虽为忆旧之作，却也饱含着“第二次解放”后的激情。然而这却是她亲手动笔的最后一篇文章了。

1980年秋天，婆婆突患脑血栓，因愈后恢复不佳致使半身瘫痪。于是六年来，她便一直静静地躺在这小院之中，她的语言功能受到了障碍，老朋友来访，她只能用流动的目光和艰难的笑容表示谢意。但有一天，浦熙修的追悼会过后，她的女儿冬林来探视，婆婆忽然仰天大恸，嚎啕哭道：“我动也动不了，没能去参加追悼会……”在场的人无不震惊。然而，从此她却逐渐衰微下去，在她的脸上再也看不到痛苦与欢乐，连思维也几乎消失了。一位老朋友把诗笺送到她的床头：“沉醉花香与蜜甜，城西静卧一女贤。一枝塞外江南笔，续写风流梦里看。”邓颖超同志送来的鲜花和糖果也曾摆在她的枕畔……多少老朋友在床前深情地凝视……这一切，她都无力回报了。

公公的焦虑和难过是谁也代替不了的，他时常无言地坐在床边，望着那张静静的脸。我分明从那张安静的脸上，看到她内心深处的累累伤痕。她从未有过抱怨和牢骚，但她的心肯定流过血，淌着泪。现在，当生活把一切美好和公正的东西还给她时，她却已经太累了，她要关上心灵的窗休息了。但我看得出，在她心中还有一小块绿地从未受到过践踏，那就是五十年来与公公共同开垦，又一起用生命之泉浇灌而得到的爱情。六年来，这块绿地也已经习惯了静谧，它已经不起任何喧嚣，甚至连过多的快乐和美好的祝贺也承受不住。

婆婆的生命力相当顽强，医生说这种病人维持六年是少见的。她的感情变得脆弱而敏感。今年春天，公公外出参加了十几天全国政协会议，回来后坐在床边拉着她的手。婆婆那近乎呆滞的目光陡然 亮，马上涌满了泪水，嘴动了几动，却没出声，那目光分明在说：“这么多天，你到哪儿去了？我一直在盼、在等……”在这之后，公公每天都要在她的床前，手拉着手坐好久，小心翼翼，屏住呼吸，好像捧着一支即将燃尽的红烛，怕吹灭它；好像拥揽着港湾中的一叶小舟，怕碰沉它；

好像在用自己的身躯拼命拦着什么不幸，护卫这一生艰苦与共的老妻。

就这样手拉着手。当婆婆闭着眼睛的时候，他们都在思索、回忆；当他们互相端详的时候，似乎是心灵在交流、倾谈，又像是一同在生命的“金色池塘”边优游漫步……

这金婚时的沉默，这沉默的金婚，令人心碎。我默默地祝祷：愿天下有情人都能共享金婚，但再也不是这沉默的金婚……

(1986 年 12 月 16 日)

纪念温德先生

杨　绛

温德（Robert Winter）先生享年百岁，无疾而终。

五十多年前，我肄业清华研究院外语系，曾选修温德先生的法国文学课（他的专业是罗曼语系文学）。钟书在清华本科也上过他两年课。1949 年我们夫妇应清华外语系之邀，同回清华。我们拜访了温德先生。他家里陈设高雅，院子里种满了花，屋里养五六只暹罗猫，许多青年学生到他家去听音乐，吃茶点，看来他生活得富有情趣。当时，温先生的老友张奚若先生、吴晗同志等还在清华院内，周培源、金岳霖先生等都是学校负责人。据他们说，温先生可能背着点儿“进步包袱”，时有“情绪”。我们夫妇是他的老学生，他和钟书两人又一同负责研究生指导工作，我们该多去关心他、了解他。我们并不推辞。不久，钟书调往城里工作，温先生就由我常去看望。

温先生的“情绪”只是由孤寂而引起的多心，一经解释，就没有了。他最大的“情绪”是不服某些俄裔教员所得的特殊待遇，说他们毫无学问，倒算“专家”，月薪比自己所得高出几倍。我说：“你凭什么和他们比呢？你只可以跟我们比呀。”这话他倒也心服，因为他算不得“外国专家”，他只相当于一个中国老知识分子。

据他告诉我，他有个大姐九十一岁了，他是最小的弟弟。最近大姐来信，说他飘零异国，终非了局，家里还有些产业，劝他及早回国。我问：“你回去吗？”温先生说：“我是美国黑名单上的人，怎能回去？况且我厌恶美国，我不愿回去。我的护照已过期多年，我早已不是美国人了。”我听说他在昆明西南联大的时候，跟着进步师生游行反美。抗美援朝期间，他也曾公开控诉美国。他和燕京大学的美籍教师都合不来。他和美国大使馆和领事馆都绝无来往。换句话说，他是一个丧失了美国国籍的人，而他又不是一个中国人。

据温先生自己说，他是吴宓先生招请到东南大学去的，后来他和吴宓先生一同到了清华，他们俩交情最老。他和张奚若先生交情也很深。我记得他向我谈起闻一多先生殉难后，他为张奚若先生的安全担忧，每天坐在离张家不远的短墙上遥遥守望。他自笑说：“好像我能保护他。”国民党在北京搜捕进步学生时，他倒真的保护过个别学生。北京解放前，吴晗、袁震夫妇是他用小汽车护送出北京的。

温先生也许是最早在我国向学生和同事们推荐和讲述英共理论家考德威尔（Christopher Caudwell）名著《幻象与现实》（*Illusionand Reality*）（1937）的人。有一个同事在学生时代曾和我同班上温先生的课，他这时候一片热心地劝温先生用马列主义来讲释文学。不幸他的观点过于偏狭，简直否定了绝大部分的文学经典。温先生很生气，对我说：“我提倡马克思主义的时候，他还在吃奶呢！他倒来‘教老奶奶嘬鸡蛋’！”我那位同事确实过“左”些，可是温先生以马克思主义前辈自居，也许是所谓背了“进步包袱”。

三校合并，温德先生迁居朗润园一隅，地址卑湿。吴晗同志花三百元买了肥沃的泥土，把温先生屋外的院子垫高一厚层。温先生得意地对我说：“你知道吗？这种泥土，老农放在嘴里一嚼就知道是好土，甜的！”好像他亲自尝过。他和种花种菜的农民谈来十分投合。他移植了旧居的花圃，迁入新屋。他和修屋的工人也交上朋友，工人们出于友情，顺着他的意思为他修了一个天窗。温先生夏天到颐和园游泳，大概因卖弄本领（如仰卧水面看书），吸引了共泳的解放军。他常自诩“我教解放军游泳”，说他们浑朴可亲。

温先生有一两位外国朋友在城里，常进城看望。他告诉我们他结识一位英国朋友，人极好。他曾多次说起他的英国朋友。那时候，我们夫妇已调到文学研究所，不和温先生同事了。

1955年肃反运动，传闻温先生有“问题”。我们不得不和他划清界限。偶尔相逢，也不再交谈，我们只向他点个头，还没做到“站稳立场”，连招呼也不打。后来知道他已没有“问题”，但界限既已划清，我们也不再逾越了。

转眼十年过去。1966年晚春，我在王府井大街买东西，正过街，忽在马路正中碰到扶杖从对面行来的温德先生。他见了我喜出意外，回身陪我过街，关切地询问种种琐事。我们夫妇的近况他好像都知道。他接着讲他怎样在公共汽车上猛摔一跤，膝盖骨粉碎，从此只能在平地行走，上不得楼梯了。当时，我和一个高大的洋人在大街上说外国语，自觉惹眼。他却满不理会，有说有笑，旁若无人。我和他告别，他还依依不舍，仔细问了我的新住址，记在小本子上。我把他送过街，急忙转身走开。

不久爆发了“文化大革命”。温德先生不会不被波及，不过我们不知道他遭遇的详情。十一届三中全会后，忽报载政府招待会上有温德教授，我们不禁为他吐了一口气，为他欣喜，也为他放心。温先生爱中国，爱中国的文化，爱中国的人民。他的好友里很多是知名的进步知识分子。他爱的当然是新中国。可是几十年来，他只和我们这群“旧社会过来的知识分子”共甘苦、同命运。这回他终于得到了我们国家的眷顾。

去年，我偶逢戴乃迭女士，听说她常去看望温德，恍然想到温先生所说的英国好友，谅必是她。我就和她同去看温先生。自从王府井大街上偶然相逢，又二十年不见了。温先生见了戴乃迭女士大为高兴，对我说：“这是我最好的朋友！”我猜得果然不错。至于我，他对我看了又看，却怎么也记不起我了。

（1987年2月4日）

我与阿达

韩　羽

胡子又乱蓬蓬了，从抽屉里摸出刮胡刀，一看这黄柄的刮胡刀，又凄然起来。这把刀是阿达从美国带回来送我的，崭新如初，可阿达去世已一个半月多了。

当我和阿达刚刚从北京电影学院分手，突然传来他去世的消息时，头上像挨了一棒，几天里一直迷迷懵懵，深夜难寐，曾写了两行字烧化给他：

日间谈艺，晚间谈天，塞北江南，同憩同游，音容犹然，揪发半晌尚疑梦。

去年悼师，今年悼友，和尚将军，一在一故，造物忌才，捶胸中宵怒詈天。

文不对仗，唯求寄托哀思，所写倒是实情。“去年悼师”一语，是指米谷，今年却是阿达，深恨造物与人为恶，不无人生无常之感。

和阿达交往，始于动画影片合作。记得我们相见之初，我问阿达《画廊一夜》中那两个打小报告的家伙，在打电话时的叽哩咕噜的像放鞭炮的声音是谁设计出来的，他笑着说是他。我喊了一声：你真厉害！一拍即合，从此我们成了尔汝之交。在动画上，他是内行，我是外行，一个门里、一个门外，居然“叮当”出了好几部影片。

《三个和尚》创作开始阶段，我俩准备承德一行，我夸海口，说到了北方，我当尽地主之谊。话虽如此说，可我心里也没数，因为彼处只有一个我的学生可以凭赖，除此之外，借用太史公《项羽本纪》赞中的话说："然羽非有尺寸"了。果然，现了眼，到了承德已是万家灯火，打听不到学生住处，我俩在大街小巷里整整奔波了两个钟头，天黑夜冷，冻得上牙直打下牙。最后总算找到一个小招待所，好说歹说，硬挤进去睡了一夜。次晨，我解嘲说："塞外风光比三秋桂子十里荷花如何？"他开心地大笑起来。这使我感到，随遇而安，怎么都能凑合，正是"人到中年"的我们这代人通有的特点。后来我俩总喜欢谈起这些，虽然是冻得上牙直打下牙的事，可每次谈说起来心里却充满了温暖。

阿达去世，我收到一些朋友来信，说"像阿达这样的人少有了""这个双声道人才，真可惜"，我写的挽联中那句"造物忌才"的话，也是深有此感而发。阿达才气横溢，看他的动画影片，看他的漫画作品，看他信手拈来的即兴雕刻，有目共睹，无庸赘述。我最了解的《三个和尚》就是得力于他的导演才能。

阿达经常提出些新的想法。他说要拍一部《十面埋伏》，将古代乐曲用动画表现。将象形字组成故事（这部影片曾获国际奖），拍摄仅几分钟的富于哲理的新寓言，老少咸宜，扩大了动画片的观众范围。

阿达温文随和，体格魁伟，我戏称他为“江南风度，北国气概”。相处中我有时难免固执，他总是迁就于我，最多只不过笑笑说：“老韩，你将来一定是个固执的老头儿。”现在我很后悔，为什么那时要固执呢！

时间的流逝，使哀痛心绪的波澜逐渐平伏了，而记忆中的影像却愈来愈清晰，甚至连沉积在忘却的尘垢里的琐屑小事也浮现出来，却又蒙上一层酸楚。信件、照片，还有刮胡刀，以前本是觉得无所谓的，现在却改变了它们的价值。

使我怕想起而又时时想起的是，詹同的来信，信中说：“阿达去世前两天还在念叨：不知老韩一个人春节是怎么过的？”

（1987 年 5 月 5 日）

忆万春老师二三事

章宗义（六龄童）

人称我和李万春先生是南、北猴王，其实，无论在艺术上还是艺德上，李先生都是我的老师。

今年春天我到北京参加政协会议，又引起了对作古的李先生的怀念。

记得1985年我们政协文艺组住在香山饭店，会议后期，和饭店职工举行了一次联欢会。有一个节目是南、北猴王表演孙悟空。我没有带服装来，便向李先生借。

恰逢头一天晚上李先生去外地演《闹天宫》，我很着急，怕他赶不回来。结果他连夜赶回，连晚饭都没来得及吃，替我带来彩裤和金箍棒。联欢会上，他不演孙悟空，让给我演，他只清唱了一段《落马湖》，使我深受感动。后来他又请我和其他委员到他家吃饭，看他演的《投军别窑》和《狮子楼》录相。

同年6月，在北京京西宾馆参加全国剧协代表会议期间，李先生买了两瓶金奖白兰地，把我和周信芳的子女邀到同一饭桌上欢聚。那天喝了一瓶白兰地，剩下一瓶，李先生要我带着留待来年喝。万万没有想到，这一次欢聚竟成永别。我至今珍藏着这瓶剩下的金奖白兰地，作为永久的纪念。

李先生比我大十三岁。我从小就知道他是北方演猴子的代表人物。解放前我看过很多猴戏，不论什么剧种、什么人演的猴戏我都看。我最崇拜的两位前辈是盖叫天和李万春。那时到上海演戏，不是好角卖不了座。李先生在上海演出时，剧场天天客满。他不但武功扎实，嗓子好，还特别注意改革创新。他演的孙悟空很有特色，能从人物出发，把齐天大圣的气派演出来，同时又保持猴子的性格。他演《闹天宫》与别人不一样，一般演《闹天宫》以武打为主，他的表演却很细腻，有层次。别人演孙悟空“瑶池吃桃”，桃子是假的，他吃真桃，嚼碎了，喷出来，像雾一样，十分好看，每次都博得满堂彩。他把孙悟空的性格演出来了：你们不让我吃桃，我有气，要把桃子吃光，连吃带喷。别人演孙悟空上天，不带小猴，他带小猴，气派大，画面好看。一般演员唱“前呼后拥威风好”时，观众没有鼓掌的；而李先生由于嗓子好，唱这一句时，大家热烈鼓掌。一般演黄天霸都穿白衣，而李先生却穿黄衣，他认为白色飘，黄是大色，凝重。李先生演的关公气质也好，不同一般。这些都说明他不墨守成规。

李先生心胸开阔，关心地方剧种，热忱培养、提携中青年演员。绍剧解放前叫“绍兴大班”，主要在农村演出“草台戏”，不能登大雅之堂。我又是晚辈。我主演的绍剧《三打白骨精》拍成电影后，李先生才知道六龄童章宗义。1979 年我带浙江绍剧团来北京参加新中国成立三十周年献礼演出时，李先生亲自到招待所看我，并鼓励我，说我的表演入木三分。

1980 年我带团到上海演出《火焰山》，当时上海演出四台猴戏，很轰动。上海戏剧家协会主席俞振飞先生发起并主持在文艺会堂召开的南北猴戏交流会。有三十多个剧团参加，演猴戏的都来了，济济一堂，互相观摩、交流、学习。李先生在会上说，粉碎“四人帮”后，章宗义主演的《三打白骨精》是搬上银幕的第一部戏曲，剧本、演员都很好，把猴戏向前推进了一大步；六龄童的徒弟也很好，后继有人。他代表北京戏曲界表示感谢。李先生还在会上介绍了他演孙悟空吃桃子的绝技，使大家受到很大启发。

后来李先生每次演出都请我去看。1984 年政协会议期间，李先生请我看他徒弟主演的《五百年后孙悟空》。他边看边给我解释。最后还上台把我介绍给观众，说我是“猴王”。我忙说：“我是六耳猕猴。李先生才是猴王。”历来同行相忌，现在有些演员也彼此妒嫉。过去绍兴有句俗话：“留三分酒碗”。意思是，艺术上得留一手，不能全部教给别人。而李先生却无私地把自己的艺术介绍、传授给我们，并把我作为“猴王”推出来，他的胸襟是何等的开阔！

北方演猴讲究气派，以武生为主，露点猴相。南方演猴则强调生活，讲究美，像猴又不完全像猴。我吸收南北所长，为绍剧所用。我学李先生的气派大、动作幅度大，受益匪浅！

（林竹君整理）

(1987 年 6 月 17 日)

风雨同舟三十年

——纪念李立三同志

李　莎

1933年初秋，天高气爽，莫斯科街心公园的菩提树一片金黄。在高尔基大街上，我怀着喜悦的心情向朋友家走去。

我当时还只是一个刚刚十九岁的小姑娘，到苏联远东支边两年，不久前才回到家乡莫斯科的亲人们身边。

那时的我天真、活泼，对未来充满着幻想。然而，我做梦也没想到，那天一个偶然机会会改变和决定我的整个命运，使我与中国革命和建设结下了不解之缘。

在朋友家里，我一进门就见到一个完全陌生的中国青年，他一头蓬松的黑发，一双明亮而富于智慧的眼睛，静静地坐在那里，话语不多，他就是正在共产国际工作的李立三同志。不过，他给我的印象与大家所熟悉的魄力惊人、口若悬河的李立三的形象完全不同。后来我才意识到，这主要因为立三同志当时刚到苏联不久，俄语水平有限，难免有些拘谨。

十月革命节快到了。立三同志邀请我与中国同志们一道欢度这个盛大节日。11 月 6 日晚上我来到莫斯科的“联盟饭店”，当时那里是共产国际的干部宿舍，在一楼大厅里，张灯结彩，洋溢着节日气氛。在共产国际所属外文出版局工作的二十多位中国同志围坐在一排长长的桌旁，举行会餐。我是参加会餐的唯一的苏联人，大家知道我是立三同志请来的客人时，都悄悄地打量着我。我心里有些羞怯，但同志们一张张热情的笑脸、亲切的话语，使我感到温暖。立三同志是外文出版局中文部负责人，主持当天的晚会。他精神焕发，风采奕奕，有说有笑，热情、开朗、活泼，不断邀大家一起举杯祝酒，与我第一次见到的他简直判若两人。当时我虽不懂汉语，但我从内心里感到，立三同志是这个集体的灵魂。他的智慧、口才和组织才能深深地吸引着周围的人，也使我对他产生了仰慕之情。随着交往日多，继而萌发了爱情，遂结为伉俪。

我和立三同志风风雨雨三十年，大起大落，几经坎坷，但我们始终风雨同舟，情感日笃。立三同志是一个光明磊落、襟怀坦白的人。记得我们相识不久，他便把自己的详细经历、在政治上所犯的错误，一五一十地主动告诉了我。他也谈到自己为给中国革命造成损失感到痛心、内疚，决心以自己加倍的工作将功补过。对自己的婚姻家庭他也毫不隐瞒。他告诉我，他结过婚，在国内有子女……他曾向我明确表示，他的生命、他的一切都是属于党的。如果工作需要，他随时准备听从组织的调动，回国参加白色恐怖下的地下斗争。到那时，我们两人分手将是长期的，甚至是永久的，让我严肃考虑，立三这样坦诚直率，深深地感动了我。

艰苦的生活时时伴随着立三。20世纪30年代，苏联人民的生活是简朴的。卫国战争爆发后，生活就更艰苦了，人们再也吃不上肉、蔬菜、鸡蛋，每人每天只有定量供应的几百克面包。立三也和大家一样，夜里三四点钟来到商店门口，冒着刺骨的寒风，排着长长的队伍，领取自己的一份黑面包。木柴和煤炭的短缺使城市住房停止了供暖。室外是零下三十几度的严寒，室内墙壁上挂满了冰霜。立三头戴皮帽、身穿皮衣，全副武装才能睡觉。但他从无怨言，没有半句牢骚，总是充满了乐观精神。战争开始不久，我们家人便被疏散到外地，立三只身留在莫斯科坚守工作岗位。直到1941年10月中旬，德寇逼近莫斯科时，他才和外文局的同志们一起奉命撤离。

立三有斗士的品格，但不是个人奋斗，他是为了正义、理想和党的原则而斗争。

在1938年苏联肃反扩大化的浪潮中，立三同志以莫须有的“托派集团首领”“日本特务”等罪名被投入监狱。但他并没有沉默，坐以待毙，而是挺身而出，奋力抗争，他给斯大林同志写了长长的信，为自己、更为中国共产党辩白。1939 年 11 月他被宣布无罪释放以后，所做的第一件事就是给共产国际监察委员会上书，一百多页的控诉书，义正词严，斥责了某些别有用心的人利用他的假案，对中国革命、中国共产党横加诬蔑和诋毁。是我帮助他把这份控诉书写成了俄文。记得当时他曾愤愤不平地给我讲：“如果这仅仅是我一个人的问题，我完全可以忍受，可以沉默。但这些显然是歪曲历史，纯属诬蔑，说什么‘八一’南昌起义是冒险主义的暴动，中国共产党‘六大’是布哈林操纵的等，这有损于我们党的声誉，我决不能漠然视之。”

历史往往惊人地相似。近三十载之后的中国，当史无前例的一场政治大浩劫降临的时候，立三同志不得不又一次为捍卫历史的本来面目而进行殊死的斗争。他决不承认罗织给他的假罪名，也从不提供假材料，诬陷同志，苟且偷生。红卫兵、造反派把他看作“活档案”，没完没了地来找他，一天多达三四批，威逼、引诱，想方设法从他嘴里获得一些“炮弹”。面对极大的压力，立三仍然坚持原则。他对我说：“我知道他们想让我说什么，但我哪能顺杆爬、歪曲事实呢！”有一次我也被拉去和华北局领导同志们一起陪斗。我生平第一次受到这样的侮辱，感到非常愤慨，而立三同志却仍能坚定自若。他回家以后笑着对我说：“你看，你的级别现在提高了，和华北局的书记们享受同等待遇。”立三的坚强、镇静、幽默使我对未来增长了信心。

亲人的离别总是痛苦的。我和立三同志经历了两次生死离别。1938 年 2 月 23 日凌晨，沉重的脚步声和哐哐的敲门声打破了我们的睡梦。立三同志被苏联内务部的人抓走了。临别前，他坚定地对我说：“李莎，我是清白的，我没有做过对不起苏联人民和对不起中国共产党的事情。请你把这些话转告中国共产党驻共产国际代表团。”三十年后的 1967 年 6 月 18 日，几个不明身份的人强行把立三同志从家带走。两天之后，我们在批斗会上相见。面对不明真相的群众，针对少数别有用心人的诬蔑，他铿锵有力地喊出：“我决不是特务！决不是里通外国分子！”会后我发现他已极度疲惫，身体受到很大摧残，连站立都觉得困难。我搀扶着他上了汽车，心里产生了一丝希望：或许立三会被允许和我一道回家。但半路上汽车突然停下，我被赶下车，立三只深情地握了握我的手：“你多多保重！”这成了他最后的遗言。1967 年 6 月 22 日，立三同志被迫害致死，然而时隔九年之后，当我被迫迁居山西运城时，才知道这个消息。

历史在前进，然而历史的教训却永远值得人们记取。我深信历史的悲剧再也不会在中国大地上重演。像立三同志这样忠诚、正直、光明磊落的共产党人可以为此含笑于九泉之下。

(1987 年 6 月 22 日)

感怀叶帅同胞情

马万祺

日月如梭。转眼间，到10月22日，敬爱的叶剑英元帅离开我们已经一年了。追忆与叶帅相处的那些日子，想到他对我的亲切关怀和教诲，不禁潸然泪下。

1949年10月，广州解放后，叶帅担任华南分局第一书记，兼任广东省人民政府主席和广州市长。第二年春天，他奉中央军委之命，筹划解放海南岛之役，迫切需要解决一些大陆短缺的支前物资，当时从香港运往广东的物资，限制颇多。叶帅指示，侧重从澳门进口。柯麟医生及其弟弟柯平找我商议，我们便很快组织南光公司，积极筹办，从澳门运入大批药品、医疗器材和汽油等物资，支援海南前线，发挥了点滴作用。

1950年5月，祖国首次邀请港澳工商界乐北观光团来内地观光。全团包括工商、文化、医护等各界人士七十余人，由黄长水任团长，我任副团长，访问了广州、武汉、北京、天津、沈阳、旅大、长春、哈尔滨、南京、上海等十多个城市，周恩来总理、朱德副主席等中央领导同志和李先念、李富春等各地的负责同志亲切接待了我们。在广州，第一次见到了叶帅。叶帅过去虽然没有见过我，当我的老朋友方方同志和统战部饶彰风同志把我介绍给他时，他立即想起“南光公司”的事，握着我的手，微笑着说：“记得，记得，你们为祖国解放做了一件好事，党和人民是不会忘记的。”又亲切地问寒问暖。使我感到像回到家里见到亲人一样，又兴奋，又温暖。叶帅身膺重寄，却平易近人，对海外侨胞和民主人士礼遇有加，诚恳相待。同我们敞开心扉，议论国是，勉励我们既要爱国，又要在当地立足，要团结大多数人，支援祖国建设。语重心长，令人铭记在心。

从此以后，在1952年、1953年间，我多次应邀到广州参加政治活动，出席会议。有好几次听叶帅给我们作报告。他的报告，或讲形势，或讲建设，或谈乡情，又实在又亲切，娓娓动听，最受代表们的欢迎。那时他的工作极忙，在会议休息时间，也找机会和我们港澳来的代表交谈。每次会见，都使大家开阔眼界，受益良深。凡是港澳人士提出的建议和要求，只要合理而又能办到的，他都亲自料理；即使办不到的，也向我们解释清楚。记得在土改时，中山县有位归侨，被划为地主。这位归侨人很老实，有爱国爱乡思想，当地对他的处置偏严，不大符合政策。我将这位归侨的情况如实向叶帅和方方同志反映，请求按政策从宽处理。叶帅当即答应调查，不久便落实了政策。这位归侨及其在海外的亲属十分感激人民政府，他在以后三十多年中，以毕生的精力，利用其在海外关系，为家乡侨务做了不少有益的工作。

这虽然是一件小事，但亦足见叶帅爱国爱民的一片赤诚了。

1954年以后，叶帅调回北京，与我见面的机会少了。但他仍然没有忘记我，经常给予亲切关怀。“文化大革命”期间，林彪、江青之流，开始对叶帅进行迫害。我在港澳隐隐约约听到一些不好的消息，十分不安。那时我的两个孩子，一个在北京首都钢铁公司工作，另一个在广州暨南大学就读。林彪的党羽得知我与叶帅的关系，便指使造反派和红卫兵，拘禁我的孩子，企图迫供“黑材料”，寻找攻击叶帅的口实。孩子们断然拒绝了。叶帅知道后，非常气愤。他虽然身处逆境，但仍设法搭救保护他们兄弟俩。以后几年，林彪、江青党羽对叶帅有进一步迫害之势，叶帅的处境也更加困难了。不久，钢铁公司生产受到破坏，暨南大学也停了课。我的孩子便到叶帅那里反映他们了解到的工厂瘫痪情况和暨大学生受迫害的情况。叶帅为了保护他们，便把他们留在身边，教他们读书学诗，还和他们一起打乒乓球、游泳。孩子们说，叶伯伯把他们当作子侄一样看待，照顾得无微不至。我们全家，每念及此，都无比感激。

党的十一届三中全会以后，在邓小平同志领导下，党和国家采取的一系列重大政策，特别是改革开放的政策，完全适合我们的国情，受到全国各族人民和海外同胞的热烈拥护。祖国的建设成就辉煌，我国的国际地位不断提高，声誉日隆。1984 年和 1987 年，我国先后解决了香港和澳门的主权回归问题，为台湾的回归、早日完成祖国的和平统一大业创造了有利条件。叶帅在天之灵，亦将感欣慰，因为这是他老人家多年的夙愿。叶帅对祖国对人民立下的丰功伟绩，随着岁月迁移，将永远铭记在中国各族人民、海外侨胞的心中。

(1987 年 10 月 21 日)

悼念梁实秋先生

冰　心

今晨8时半，我正在早休，听说梁文茜有电话来，说他父亲梁实秋先生已于本月3日在台湾因心肌梗死逝世了。还说他逝世时一点痛苦都没有，劝我不要难过。但我怎能不难过呢？我们之间的友谊，不比寻常啊！

梁实秋是吴文藻在清华学校的同班同学，我们是在1923年同船到美国去的，我认识他比认识文藻还早几天，因为清华的梁实秋、顾一樵等人，在海上办了一种文艺刊物，叫作《海啸》，约我和许地山等为它写稿。有一次在编辑会后，他忽然对我说：“我在上海上船以前，同我的女朋友话别时，曾大哭了一场。”我为他的真挚和坦白感到了惊讶，不是“男儿有泪不轻弹”吗？为什么对我这个陌生人轻易说出自己的“隐私”？

到了美国我入了威尔斯利女子大学。一年之后，实秋也转到哈佛大学。因为同在美国东方的波士顿，我们就常常见面，不但在每月一次的“湖社”的讨论会上，我们中国学生还在美国同学的邀请下，为他们演了《琵琶记》。他演蔡中郎，谢文秋演赵五娘，顾一樵演宰相。因为演宰相女儿的邱女士临时病了，拉我顶替了她。后来顾一樵给我看了一封许地山从英国写给他的信说“实秋真有福，先在舞台上做了娇婿”。这些青年留学生之间，彼此戏谑的话，我本是从来不说的，如今地山和实秋都已先后作古，我自己也老了，回忆起来，还觉得很幽默。

实秋很恋家，在美国只待了两年就回国了。1926年我回国后，在北京，我们常常见面。那时他在编《自由评论》，我曾替他写过“一句话”的诗，也译过斯诺夫人海伦的长诗《古老的北京》。这些东西我都没有留稿，都是实秋好多年后寄给我的。

1929年夏我和文藻结婚后，住在燕京大学，他和闻一多到了我们的新居，嘲笑我们说：“屋子内外一切布置都很好，就是缺少待客的烟和茶。”亏得他们提醒，因为我和文藻都不抽烟，而且喝的是白开水！

七七事变后，我们都到了大后方。20世纪40年代初期，我们又在重庆见面了。他到过我们住的歌乐山，坐在山上无墙的土房子廊上看嘉陵江，能够静静地坐几个小时。我和文藻也常到他住处的北碚。我记得1940年我们初到重庆，就是他和吴景超（也是文藻的同班同学）的夫人业雅，首先来把我们接到北碚去欢聚的。

抗战胜利后不久，我们到了日本，实秋一家先回到北平，1949年又到了台湾，我们仍是常通消息。我记得我们在日本高岛屋的寓所里，还挂有实秋送给我们的一幅字，“十年浩劫”之中，自然也同许多朋友赠送的字画一同烟消火灭了！

1951 年我们从日本回到了祖国，这时台湾就谣传说“冰心夫妇受到中共的迫害，双双自杀”。实秋听到这消息还写一篇《哀冰心》的文章。这文章传到我这里我十分感激，曾写一封信，托人从美国转给他，并恳切地请他回来看一看新中国的实在情况，因为他是北京人，文章里总是充满着眷恋古老北京的衣、食、住……一切。

多么不幸！就在昨天梁文茜对我说她父亲可能最近回来看看的时候，他就在前一天与世长辞了！

实秋，你还是幸福的，被人悼念，总比写悼念别人的文章的人，少流一些眼泪，不是吗？

(1987 年 11 月 10 日)

忆朱光潜先生

林焕平

我同朱光潜先生在20世纪30年代前期就在文字上打交道，直到1982年我才认识他。

《文艺心理学》是他的代表作，30年代初出版，风靡读书界。我对他的大著有不同的看法。1942年我写了一本小册子《文艺的欣赏》，评论《文艺心理学》，先分章在报刊发表，1948年才在香港前进书局出版单行本。现在看来我的小册子内容是单薄的，也有偏颇。

《文艺心理学》的内容却是丰富博大的。朱先生的美学思想，基本上是继承黑格尔的，自成一个学派，虽说有唯心主义的东西，却有不少值得学习和吸收的。过去文艺界（包括我在内）对他否定过多，显然是“左”的偏向。对学术问题，我们的态度应当客观些、全面些、辩证些。

朱先生的文笔简洁明快、清新无华，令人倾倒。

从他的文字，我想象他是身材健壮、体态轩昂、言谈潇洒的人物。1982 年我们第一次在庐山见面了，我大为吃惊，原来他是一个很矮小、瘦弱的老人。他穿一身灰色旧中山装，多沉默，寡言笑，步履已不大稳，他的夫人随身照顾他。他的形貌与他的文章风格，迥然相异。

这一年 7 月，是中国文联组织我们上庐山休养的。我同他住在云中宾馆的同一座楼，他住楼下，我住楼上，朝夕相处，我们简直成了“云中仙”了。

有一天，我走进他的住房，他正在伏案工作。我问他干什么呢，他说校阅一部译稿。他声音很小，我听不大清楚，好像是维柯的著作。我当时又大为吃惊，他已经八十三四岁了。我想：莫非是翻译维柯的巨著《新科学》？维柯是17世纪意大利伟大的历史学家、法学家、语言学家、美学家。他认为历史上平民与贵族的斗争从来是以平民的胜利而告终。他是欧洲阶级斗争学说的创始人，又是欧洲近代社会科学的首倡者。他的《新科学》是一部极难懂的书。翻译，那难度就更大了。记得我在北师大同钟敬文老教授谈到朱先生时，他说，朱光潜是个大学问家，一部黑格尔《美学》，在中国，恐怕很难找到第二人能翻译出来。有些想批他的人连看也看不懂。

我们下山前，朱先生赠我一张条幅，写的是老子的“得一”说，寓有深意。其后，他出版的《朱光潜美学文集》等书，都题签赠送给我。

记得北平解放的时候，我还在香港，很关注朱先生的动向。他毕业于香港大学，随时可以回母校任教。我自然地想到，他会不会再来香港？新中国诞生后，他居然留在北京大学，并且很用心地学习马克思主义。有一次参加文艺理论座谈会，他发表了很好的意见，对马列文论中的若干错译，提出修正意见。这是难能可贵的，求真的勇气也是叫人佩服的。朱先生解放时爱国进步、追求真理的行动是有思想基础的，科学家往往是通过学术走向马克思主义的。

1985 年夏，我去北大看望王瑶，又由他陪同我去看望朱先生。他到附近的树丛中去散步了。朱夫人看到我们来了，很高兴，立即去把朱先生找了回来。我握着他的手，问他的健康如何。他频频点头："还好，还好。"我心里却有点异样的感觉，他比 1982 年衰老多了。但富于智慧的、深邃的眼睛，却还炯炯有神。告辞时，我握着他的双手恳切地说："请您格外保重，格外保重！"

现在，朱先生已作了古人了。我只能以深沉的心情，默默地怀念他。

朱先生！您在中国美学史的建设上进行的开拓性贡献，是不可磨灭的。

（1987 年 12 月 8 日）

万世师表叶圣陶

萧　乾

在我一生接触的师长中，有几位是圣人型的。就是说，不仅学问好、文笔好，而且做人十足正派，表里一致，不投机，不看风向，对人一腔热忱，对国家事业抱献身精神。在屈指可数的这样师表中，叶老是我极为敬重的一位。

运动整人不好，可运动也最能表露人的本质。1957 年以后，许多张笑脸变成横眉竖眼，许多好友变为路人。可无论我被糟践成垃圾也罢，渣滓也罢，他见面或写信，始终称我作“乾兄”——20世纪30年代我还是个小伙子时，他就一直这么称呼我。我自然担当不起，然而这里表现着叶老以平等对待年纪比他轻、成就比他差、地位比他低的人的那种精神。敬重之外，我对叶老还有满腔感激之情。

30年代初期，在他为开明书店编《中学生》时，我就同他建立了联系。他还在刊物上评论过我的短篇小说《邓山东》，给了我不少鼓励。我们是1936年在苏州初次见面。那回，他邀请沈从文先生、张兆和女士、张充和女士和我一道坐船由苏州城里去游天平山，那是我平生唯一的一次吃苏州有名的船菜。我们足足玩了一整天，归途，还在暮色中去苏州郊外一座小镇吃了鱼肺。

30年代我在天津、上海、香港编《大公报》文艺副刊时，始终得到叶老的大力支持。他真是有求必应啊。那阵子我常就某个问题举行作家笔谈，每次他都参加。举办“大公报文艺奖金”时，他也慨然担任评委。

1946年我回到上海，由于不了解国情，写文开罪了权威，一时成为问题人物。但叶老对我爱护如常，甚至还到江湾复旦来看过我。这在他遗下的几本日记中均有记载。我认为未来的史家将会由他的日记中寻觅到翔实可靠、不掩饰也不捏造的客观史料。

1948年，我们同在香港，同是地下党的客人。因而，见面次数不少。

50年代我在《译文》工作时，在翻译问题上遇到了困难。我认为任何外国作品，既然译成中文，就得合乎中国语言习惯。我这观点同单位里一位领导产生了矛盾。一向以维护祖国语言纯洁性为己任的叶老，给予了我极大的支持。每期的刊物寄去，不几天就收到他用毛笔密密麻麻写来的意见，总是某页某行某句“似应如何如何”，既认真仔细，而又谦虚，从不武断。那时他是教育部副部长。我一直珍藏着那包信，准备有朝一日（比如当前）拿出来展览，不但可以看出这位老前辈对祖国语言的剖毫析芒，更可显示这位杰出的作家对文化事业的热切关怀。可惜那包信已在1966

年随同我个人的一切文稿化为灰烬了。

爱护祖国语言可以说是叶老的毕生职志，其重要性肯定不亚于《倪焕之》的创作。听说《斯大林全集》印出后，他曾夜以继日地把那多卷集逐字看了，并呕心沥血提出几千条意见。然而意见送去后，却石沉大海。叶老去信催问——他想知道意见是否被采纳了，负责人误会了，竟送来一张支票——这，像许多项其他收入一样，他都捐公了。他一生过的是极其简朴的生活。

这位“五四”文学大师溘然长逝了。他留下的丰富遗产，有关于文艺、关于教育、关于语言的，但我们首先应继承并学习的，是他那耿直不阿、真诚待人的风范，以及那不求名、不图利、为民族兴旺和社会主义事业奋不顾身的精神。

(1988 年 3 月 1 日)

一个爱国的作家

——怀念沈从文老师

汪曾祺

近十年来，沈从文忽然受到重视，他的作品正在产生越来越广泛、越来越深刻的影响，特别是在青年读者当中。这是一个不得不承认的事实。但是在这以前，在一个相当长的时期，沈先生是一个受冷遇、被误解，甚至遭到歧视的作家。现代文学史里不提他，或者把他批判一通。沈先生已经去世，现在是时候了，应该对他的作品作出公正的评价，在中国现代文学史里给他一个正确的位置。

对沈先生的误解之一，是说他“不革命”。这就奇怪了。难道这些评论家、文学史家没有读过《菜园》，没有读过《新与旧》吗？沈先生所写的共产党员是有文化素养的，有书卷气的，也许这不太“典型”，但这也是共产党员的一种、共产党员的一面，这不好吗？从这两篇小说，可以感觉到沈先生对于那个时期的共产党员知识分子有多么深挚的感情，对于统治者的残酷和愚蠢怀了多大的义愤。这两篇作品是在国民党“清党”以后，白色恐怖覆压着全中国的时候写的。这样的作品当时并不多，可以说是两声沉痛的呐喊。发表这样的作品难道不要冒一点风险吗？

对沈先生的误解之二，是说他没有表现劳动人民。请问：《牛》写的是什么？《会明》写的是什么？《贵生》最后放的那把火说明了什么？《丈夫》里的丈夫为了生计，让妻子从事一种“古老的职业”，终于带着妻子回到贫苦的土地，这不是写的农民对“人”的尊严的觉醒吗？沈先生说他对农民和士兵怀着不可言说的温爱，这绝对不是假话。把这些作品和《绅士的太太》《王谢子弟》对照着看看，便可知道沈先生对劳动者和吸血寄生者阶级的感情是多么不同。

对沈先生的误解之三，是说他美化了旧社会的农村，冲淡了尖锐的阶级矛盾。这主要指的是《边城》。旧社会的中国农村诚然是悲惨的，表现为超经济的剥削，灭绝人性的压迫，这样的作品当然应有人写，而且这是应该表现的主要方面，但不一定每篇作品都只能是这样，而且各地情况不同。沈先生美化的不是悲惨的农村，美化的是人，是明慧天真的翠翠，是既是业主也是水手的大老、二老，是老爷爷、杨马兵。美化这些人有什么不好？沈先生写农村的小说，大都是一些抒情诗，但他不是使人忘记现实的田园牧歌。他自己说过：你们能欣赏我文字的朴素，但是不知道朴素文字后面隐伏的悲痛。他的《长河》写得很优美，但是他是怕读者对残酷的现实接受不了，才故意做出牧歌的谐趣。他的小说的悲痛感情是含蓄的、潜在的，但是散文如《湘西》《湘行散记》，就是明明白白的大声的控诉了。

沈先生小说的一个贯串性的主题是民族品德的发现与重造。他把这个思想特别体现在一系列农村少女的形象里。他笔下的农村女孩子总是那样健康，那样纯真，那样聪明，那样美。他以为这是我们民族的希望。他的民族品德重造思想也许有点迂。但是，我们要建造精神文明，总得有个来源。如果抛弃传统的美德，从哪里去寻找精神文明的根系和土壤？沈先生的作品有一种内在的忧伤，但是他并不悲观，他认为我们这个民族是有希望的、有前途的，他的作品里没有荒谬感和失落感。他对我们这个国家、我们这个民族，对中国人，是充满感情的。假如用一句话对沈先生加以概括，我以为他是一个极其真诚的爱国主义作家。

沈先生 20 世纪 50 年代以后不写文学作品，改业研究文物，对服饰、陶瓷、丝绸、刺绣……都有广博的知识。他对这些文物的兴趣仍是对人的兴趣。他对这些手工艺品的赞美是对制造这些精美器物的劳动者的赞美。他在表述这些文物的文章中充满了民族自豪感。这和他的文学作品中的爱国主义是完全一致的。

(1988 年 5 月 20 日)

跋涉者的人格力量

——我所认识的萧军

刘景华

萧军以八十一岁高龄，走完了他坎坷人生的最后一段里程。在他身后，留下了一位坚韧、执着的跋涉者的清晰足迹。

我初次见到萧军，是1969年，我们同被集中在一个数以千人计的“学习班”里。他是重点批斗对象，在一次午饭前的院内批斗中，手擎小红书的造反派喊得声嘶力竭，他昂首挺胸，缄默不置一词，多血质的红色脸膛上青筋突露，两眼放光，气势逼人。这一幕像电影中定格的特写镜头，深深印入我的脑海里。

想不到十年后，我竟具体承担了为萧军落实政策的任务，并由此奠定了我对他的尊敬和我们之间的忘年友谊。

萧老的一种很宝贵的品格，是他对合理人生的不懈追求和对光明事业的热切向往。他早年投身行伍，在兵营里与文学作品结缘。九一八事变后，他策动一些军人朋友组织抗日义勇，事泄失败，被迫潜入哈尔滨，弃武从文。他的处女作是与萧红合著的《跋涉》。这对患难结合的情侣，因为不甘做沦亡的奴隶，冒险跋涉进关内；为了使自己的创作与革命文学运动主潮合拍，又共同跋涉到左翼文学发源地上海投奔鲁迅，经鲁迅作序并资助出版了《八月的乡村》。抗战爆发后，二萧颠沛流离，中道分手，后来萧红病殁于香港，萧军辗转跋涉到革命圣地延安；抗战胜利，他怀着对故土的眷念，跋涉回东北解放区。从萧军前半生的艰辛跋涉中，我感受到这位文学前辈对祖国、对人民、对党的一片赤忱。他在那个时代写下的作品，不独驮载着个人的苦痛与欢情，也铭刻着古老民族耻辱和光荣的印记。

萧老被人称道的另一种可贵品质是不屈从于命运的摆布，敢于向不公正抗争，身处逆境，不失做人的锐气和骨气。1948 年，东北地区开展了一场声势浩大的批判萧军运动，他被戴上“反苏、反共、反人民”三顶大帽子，成为新中国成立前夕作家中以言定罪的第一人。巨大的政治压力未能封住萧军的笔和嘴，他公开进行反批判，甚至预言式地宣告：“历史是无情的，现实是严峻的，人民的眼睛是亮的，真理不能恃权而强奸，也是不能恃‘众’霸占的。”主持这场批判的领导者当时警告他：“不要跟党耍硬骨头。”他理直气壮地反问：“我们党，尽要软骨头吗？”萧军的强硬态度，使他处境更加不利。他要求调离东北，迁居北京，“组织”上不给办理调转手续和供给关系，用行政手段断绝他一家的生计。纵然如此，他还是一硬到底。在一次交谈中他对我说：“由于我‘不识时务’，对各种批判都不肯屈服就范，多吃了不少苦头，但我至今不悔。违心地承认别人强加给你的罪名，这无异于人家给你头上扣屎盆，你再往自个儿身上泼脏水，活得还有什么味！”长达三十年的不公正待遇，他活得艰难，却不窝囊。

萧老的宁折不弯，并不是孤注一掷的“匹夫之勇”，关键时刻他可以不计个人的荣辱去顾全大局。1966 年 8 月 23 日下午，孔庙（国子监）院内，用昂贵的戏装燃起熊熊大火，两百多名全副武装的红卫兵，将老舍、萧军、骆宾基、荀慧生、白芸生等知名文艺界人士押解到这里，喝令他们围跪在火堆周围，然后用戏剧舞台上的道具武器轮番拷打。萧军算是“老牌反党分子”“30 年代黑线人物”，又“最顽固”，所以挨打最多最狠，那短柄金瓜锤敲击在他脊背上，震动体腔五脏六腑，呼吸像要断绝，整个脊背皮开肉绽，背心与烂皮污血凝结在一起。萧老曾详细向我讲述过这件往事，他说：“当时我真想以死相拼。凭我的体力和武艺，随便夺过一件兵器，就可以打翻十个、八个打手。我死了不要紧，那二十多名难友会是什么结局？历史又将如何写这一笔呢？”他将个人生死置于度外之际，竟想得那么多、那么细。

萧老是位乐观主义者，任何时候都不曾丧失对生活的信心。在被逐出文坛之后，他白天默默地、勤恳地做着与文学无关，但同样有益于人民的工作；晚上独处斗室，继续在稿纸上进行耕耘。当晚年病魔袭来的时候，他照样泰然处之。在他最后一次住院前夕，我到他家里看望他，言谈中他似乎已经意识到自己患了绝症，但仍谈笑风生，没有丝毫悲观和暮气。临走我一再请他多保重身体，他微笑着说："放心，死神不会很快就召我去。"直到他偃卧病榻，自知"正在生死线上挣扎"，他还不时以诙谐的话语，去慰藉亲人和友人。

萧老经过漫长的跋涉之后，永远地休歇了。他毕生立身行事有许多地方不那么合乎"规范"，不能说他没有缺点和弱点，但那只是璞玉之瑕。从这位跋涉者身上迸发出的人格力量，表现出的气节和情操，将与他的作品同在。

(1988 年 7 月 8 日)

朱东润先生二三事

公今度

1961 年，我到复旦大学中文系任党总支书记，其时朱先生已是系主任。我与朱先生“合作共事”整整十年，自然有不少事情值得追忆，但给我印象最深的，却是几件小事。

朱先生虽属“老教师”，由于早年留洋，办事处理问题很“新派”，少有酸腐的作风。比如，他非常遵守时刻，开会从不迟到，也不过分早到。有一次，我清晨锻炼，慢跑至学校大门口。那时正值隆冬，6点整天还没有亮透，见朱老已从校门口走出来。我大为惊异，问他这么早到学校干什么。他便摸出一张打印的“会议通知”让我看，上印6点整要开一个什么会。他说：“会议室大门紧闭，阒无一人。六点钟开会，这是寻老人的开心喽！”我想一定是打印通知的人把阿拉伯数字“9”，错打为“6”了。我把想法一说，他也说：“我也想大概是通知写错了。但谁又料得到了呢？这些年，一忽儿挑灯夜战，一忽儿苦战几天。或许挑灯夜战的几位，兴致一高，战到早晨再来个浇头，开个会什么的，我就不敢怠慢喽，明知可能白跑，但也得跑一趟啊！”

他凡事顶真，从不含糊，即便是在受难的那几年亦复如此。记得有一次，我们几个“牛鬼”被监督在烈日下锄草。来复旦“大串连”的几个中学红卫兵，勒令我们要把所有草都锄干净，要“一根不留”“斩草除根”。长期无人清理的校园一隅，草长得半人高，如何能做到呢？我想，随他们去说，我还是照锄就是。可是，我看见朱先生放弃了立正姿势，走到一个为首的“小将”跟前说：“小同学，毛主席说过，草年年锄年年长，要‘斩草除根’这是做不到的啊！”我一听，心里想，朱老啊朱老，你顶真得未免有点迂，这批人会听你的意见吗？果然，招来了一顿申斥：“你这个老家伙！胆敢乱说乱动，你懂什么毛主席的话！”“那……斩草除根，岂不要掘地三尺……”朱老还想分辩，但看见那些乳臭未干的小子们扬起了手，才压下了后面的话，退回来锄草了。

那几年，知识分子日子不好过，“知识越多越反动”的大知识分子就更不好过。一次，我和他两人拄着锄头，坐在大饭厅两侧台阶上休息。其时，造反派都忙着其他的事，对我们这几只“死老虎”已无暇看管了。他悄悄地跟我说：“现在最开心的事，莫过于睡着，耳不听，眼不见，梦里甜，可以忘却这种处境。”我说：“改一改，应了后主的一句词：‘梦里不知身是牛，一晌贪欢！’”“是，是啊，一晌贪欢。幸好现在还没有人发明可以勒令人不准做梦，或者只准做什么梦，不准做什么梦，只准做‘样板梦’，不准做黑梦……如发明那种勒令，那太可怕啰！”但虽无“不准做梦”的勒令，朱老的日子却越过越艰难。过不多久，和他患难与共的朱师母，不堪折磨，上吊自尽了。我不知他是怎样经受这份打击的。只是听说造反派到他家批斗时，他想留下那根绳子以作纪念，然而他的这个凄惨的要求不仅没有得到满足，反而招来一场更猛烈的批斗。

朱老为人方正、刚烈，但却不乏幽默感。记得也是在“劳改”休息时，他对我说：“××× 的袍子变得忽长忽短的了。”我听不懂。这 ××× 是他的学生，朱老说：“过去他是提倡为导师倒夜壶的，见了我左一个朱老，右一个朱老，毕恭毕敬，人弯得像虾米，所以袍子前面下摆就长得拖地；现在呢，挺胸凸肚，这袍子的前身就缩上去了，后面就拖下去了，真是何其前恭而后倨耶！”在祝贺他九十寿辰执教六十周年的庆祝会上，他答词的第一句就说：“人活到九十，大家就给面子啰！”把一屋子的人都逗笑了。

朱先生去了。为后人留下了几部著作，也留下了他的风范和人格。

(1988 年 9 月 6 日)

一代报人溘然长逝

刘尊棋

在短短一个月中，两个全国闻名、在新民主主义革命时期做出杰出贡献的报人，先后辞世。继陈翰伯同志之后，10月16日萨空了同志也溘然长逝了。他们都不自觉地响应邓大姐以最善良心意推荐的“安乐死”，辞别人世。翰伯于夜半三时还自己开灯如厕，清晨，家人抚摸两脚冰冷，检视呼吸，方知气绝。空了几年来常患“供氧不足”，日间还嬉笑如故，稍感不适，但到医院后已抢救不及！

七八十岁在今天中国的老年人中已不算是稀少。但是，这两个老报人，凡是了解他们的人，今天都会感觉死得太早了些。

空了和我认识较早，他的大弟和我是小学和初中时代同学。他是蒙古族人，清朝时大概是吃钱粮的人家，我认识他们兄弟时，他们的父亲已经死了，只有一个寡母，家境十分贫苦。我每回到他们家去，都看到瘦小的老太太在做窝头，没有看见过什么炒菜。但空了自幼就写一手很开阔的毛笔字，还喜欢画些花鸟，在他十七八岁时已参加北京的一个晚报的每星期一期的画报工作，后来做了主编，并入赘于社长，改名空了（原蒙古名译音萨达泰）。大约三十年后为新闻界的一个事业家、北京的《世界日报》社社长成舍我吸收，并协助他办了一个新闻学校。这个20世纪30年代中很少的新闻学校之一，在成舍我和萨空了主持下，在课堂教学与印刷工艺密切结合的教育方针下，确实培养了一批人才。

1937年7月全面抗战开始后，北平《世界日报》停刊，成舍我和空了一同在上海创办了小型的《立报》，以显著地位刊登共产党和民主运动领导人谈话和短小精悍的文字，很快风行沪上，但大片国土次第沦丧，上海也岌岌不保，朋友问《立报》处境，他用唐诗“夕阳无限好，只是近黄昏”答复。

就在这个时候，他和邹韬奋、杜仲远等“救国会”领导人结识；上海沦陷后，空了和大多数文化界人士一样退至重庆，那以后几年间他的生活很动荡。新疆的军阀头子盛世才企图投苏联反日之机，拉拢中共党人和一批左派人士到新疆做幌子。空了和杜仲远等同时与茅盾等一起到了新疆，预定空了主持《新疆日报》。不久，盛世才倒戈转向，杀害了陈潭秋和一大批进步人士，以向国民党反动派邀功，茅盾和空了少数人幸而逃出虎口，仓皇回到重庆。1940年一部分四川民族资本家支持的《新蜀报》由鲜英主持，周钦岳任总经理，聘请空了为副总经理。这时鲜、周等都和中共靠近，约了张友渔、宣谛之和我轮流每天为它写社论，使这张报成为除《新华日报》外，重庆民主运动的讲坛之一。

翌年1月的皖南事变，面对国民党的反共阴谋，中共采取疏散与长期潜伏相结合的策略，保护了大批干部。空了活动于中共和民主党派间，一度“失踪”，被国民党三青团的特务组织强行隔离，与各方朋友失去联系，根据后来了解，由于空了机智应变的能力，反动派没有实现裹挟他的阴谋。

1945年抗日战争结束，国共恢复谈判，形势剧变，民主党派纷纷到香港，建立和扩大自己的领导组织。中国民主同盟的领导人，在中共和其他民主党派支持下，创办了一个《光明报》，由梁漱溟任社长，空了任总编辑兼总经理，同中共在香港办的《华商报》一起，在香港和广大海外华侨中扩大了革命影响。这个《光明报》后来成为解放后北京的《光明日报》的先声。

新中国成立后，空了主持和建立了新闻总署下的新闻摄影局，后来成为新华社的摄影部。他还主持和开展了民族文字和图画方面的宣传出版工作。

空了在新闻的编写方面没有遗留下很多成就，但在报业的经营管理，特别是在政治和物质困难环境中，开拓、创新，在20世纪30—50年代这个伟大民主革命时期，树立了令人怀念的业绩。

(1988年10月27日)

“泉下故人多”

——悼念李何林同志

李霁野

接到何林逝世的电报，妻同我只默默对坐一时。“泉下故人多”——死亡的阴影对我们已经不是什么很可怕的形象了。

何林同我是1920年在阜阳第三师范最初结识的，因为思想倾向相同，感情很容易融洽，印象很好又很深刻，可以说在近七十年中只有深化，而没有什么变化。他对人态度诚恳，语言爽直而有分寸，一诺千金，从不失信；做事认真负责，一丝不苟，一经考虑成熟，行动十分果决；对事只认真理，不畏权势；热心帮助有困难的亲友，毫不想到回报。

在第三师范读书时，我们一同订买进步书刊，阅读后几个人一同讨论，他能直言批评别人，而不引起反感。

后来，我到北京读书，他考进了南京东南大学学农。我从他的信中知道，何林的思想已经转到祖国的前途问题上了。1926年我返里省母，经过南京时，同他见了面，他已经参加实际革命斗争。

稍后他写信告诉我已参加北伐，做政治宣传工作，我一点也不觉意外，我知道他一发现真理，就会毅然走去。大革命失败后，他参加了南昌起义。他一回到故乡霍邱，立即恢复地下革命工作，几乎被捕，深夜逃出，被下令通缉，逃到北京未名社找我。

在北京那时难找工作，我们便开设未名社门市部。他挑选进步书刊，把未切边的书裁开书页，任人坐下阅览，一时门庭若市，看书的比买书的人多。他建议写一聘用契约，将同时在门市部工作的一位地下党员王青士聘为雇员，以免发生意外时牵连未名社，因为未名社被查封只是几个月以前的事。

在未名社约一年之后，一位朋友从河北女师学院退职复学，推荐何林去任课。不少学生思想解放进步，很受他的影响，因为他选教了许多鲁迅的文章。学生一般贫苦，买不起书而又想读，何林慷慨解囊为她们买了一些，送给她们，一时传为美谈。

河北女师学院增设英语系，何林推荐我去任教。一次招新生，学校请客酬谢帮忙的人，邀我作陪，我晚饭后住朋友处，捕这位友人时，我受牵连，也被关一周。何林得到我私送出的信，立即通知常到那位朋友家里的人，以免事态扩大，第二天就专程去天津，从我的住室里移出一切进步书刊和存留的书信，并通知女师学院用公函保释，所以我很快就被释放了。

日寇发动侵略战争，平津先后失陷。何林过津南下，知我留津译《战争与和平》，他赞成。1938 年我去北平辅仁大学任教，了解学校性质后，他表示放心。稍后我要办一个文学刊物，他进一些有益的忠告，表示对我充分信任。1943 年 1 月，我不得不逃出沦陷的北平，到重庆后，一时找不到工作。何林那时在昆明，写信给我很大的安慰。他的友谊是我在国破家亡时的一大精神支柱。

我先后到复旦大学和白沙女师学院任教，课余喜欢读点中国古典诗，当时还能借到《全唐诗》。我知道何林同闻一多相熟，想看看闻先生关于唐代诗人生平的考证，写信顺便提了一句。他找闻先生商量，从郊外取回手稿，亲自将许多诗人生卒年代抄寄给我。何林他们在昆明搞民主运动，我只听说，在闻先生被杀害后，何林并无任何畏缩的表现。

1946 年我去台湾省编译馆工作，何林稍后也去了。“二二八”起义时，为了解情况，他单独去旁听群众大会的发言，尽管那时国民党宣称台湾人民痛恨大陆人，暴动打杀大陆人。

台湾省编译馆解散后，何林到台湾大学任教。离

“二二八”起义周年前几天，许寿裳被杀害，何林毫无畏惧，公开以口头和文章说明，这是国民党的政治谋杀。

何林领导一个民盟小组从事地下政治活动，一个直接同他联系的人被捕，他决定尽快出走，致电家里来电通知“母危速归”，得电即起程，实际是绕道去解放区。不久我们知道他自津进入解放区了。

新中国成立后，何林转入教育部工作，后来我介绍他到南开大学中文系。他提出鲁迅和瞿秋白是“五四”后文艺界两大巨人，在指导鲁迅研究上起了深远巨大的作用。他对学校各方面工作都直言提出批评和建议，“大炮”的外号不是对他的讽刺，而是对他表示尊敬。

“文化大革命”一开始，何林和我都被作为重点“牛鬼蛇神”抛出，同时电话被拆除，并受“严重警告”，不准与任何人联系，否则以现行反革命论处。我把一封信夹在书里送给何林，说我们要站稳脚跟，坚持原则，绝不妥协，绝不自杀；但要注意策略，使自己的言行无懈可击。他晚间到我家，我不在，他对妻说，同意我的话，彼此放心就是了。

他到鲁迅博物馆，工作严肃认真，对文艺界的过去和现在情况都大胆直言，毫无畏忌。病前不久，他还用三周时间写了一篇长文，引起众多读者的敬佩。

何林，永别了！你已经做了你应做的工作，你的崇高精神将久久活在广大群众的心中！安息吧！

(1988 年 11 月 22 日)

悼英儒

徐怀中

那天我们夫妇去医院探望英儒同志，他已经无力睁开眼睛，似乎是听到了我说话的声音，表示要坐起来。这就是英儒的为人，他习惯了礼貌待人。孩子扶他起来，不能支持，即刻又扶他躺下了。就在当天晚上，英儒离我们而去了。我说不出地难过，总想着他正是为了接待我们，耗费了他最后的一点气力。

20世纪60年代初，我和英儒同在总政治部创作室。

他年长一些，我们大家都很敬重他，无论做人和为文，我常常向他请教。英儒自幼读书用功，写得一笔好字。旧学文史不分家，他幼年便打下了相当厚实的文学和史学功底，考入中学便使用笔名发表诗文了。创作室几个部队作家常在英儒家里聚会，谈生活，谈写作，下棋作画。他的爱人张淑文大姐就为我们熬小米粥、烙大饼吃，她笑着说："我是你们的堡垒户。"这是抗日战争时期冀中地区使用的特定语言，他们夫妇曾一同在保定日伪统治区做地下工作。从英儒的《野火春风斗古城》等著名小说中，随处都可以窥见作者自己和他的亲人的身影。英儒能文能武，七七事变后即在八路军担任记者、编辑，主编过游击军政治部出版的《星火报》，又当过步兵团长。听他漫不经心地讲述自己亲历的战斗生活，我完全可以想象这位冀鲁大汉怎样拎着他的"二把匣子"，出入于枪林弹雨之中。

英儒这样一个浸透了文墨和经受过战火锤炼的强者，似乎条条道路都为他开放着。终于他还是选择了文学写作。他为我们留下了大量的宝贵文字，仅长篇小说就有九部，有的被译为十多种外文，介绍到了世界各地。其中《女游击队长》《上一代人》两部长篇，是受“四人帮”迫害，在狱中写出初稿的。他要家人探监时带了《资本论》和《列宁选集》等厚本头书，自己弄破了手，向看守要了紫药水，又用牙膏皮制成笔，蘸着紫药水写作。《资本论》的扉页、天头、地脚和行距间，密密麻麻写满了工整的蝇头小楷，出狱后稍加整理就出书了。英儒晚年爱讲一句俗话，“七十不留宿，八十不留饭”，意思是人年事高了，随时都有可能辞世而去。可是他在七十高龄，久卧病床，还痴狂一般地写作。去年夏天，当他在病床上写完长篇小说《魂断秦城》的最后一行字时，背着医生呷了一口啤酒，长长舒一口气说：“不写了！不写了！再也不写了！”实在说，再多一行字他也写不动了。

谈到英儒，我们几个朋友总说，一个人，枪打得好，字写得好，文章写得好，棋下得好，可以了，还要怎么样？！虽这么说，现在他永远去了，我还是为他痛感遗憾，为我们的文学事业痛感遗憾，英儒本来还可以做多少事啊！

（1989 年 4 月 13 日）

怀念袁牧之同志

夏 衍

今年是袁牧之同志八十寿辰，但是，他离开我们已经十一年了，他为中国人民的解放和建设，为进步的戏剧电影事业辛勤地工作了近半个世纪，他在晚年又遭受到“四人帮”的迫害，值得庆幸的是，他是在1978年去世的，他看到了“四人帮”的覆灭，他盼到了改革开放的曙光，党和人民确认了他对话剧、电影事业所做出的劳绩。

1928年，我就看过他在辛酉剧社演出的话剧，当时他已经是一位有名的演员了。辛酉剧社是朱穰丞同志主持的一个很有特色的话剧团体，他们提倡“难剧运动”——就是演一般人认为难演的话剧。他们演过契诃夫、果戈里的话剧，他们重视表演艺术，强调从实践中提高，因此当时也有人说他们是“为艺术而艺术”，可是到 1929 年，朱穰丞和袁牧之同志在思想、政治上都发生了剧烈的变化。1930 年他们一同参加了“左翼戏剧家联盟”，从这时候起他就全心全意地在党的领导下工作。1931 年，朱穰丞同志毅然抛弃了美满的家庭，秘密地去了苏联，在莫斯科小剧场工作。因此袁牧之同志也不止一次向我提出，希望能到苏联去学习。20 世纪 30 年代是白色恐怖最严重的时期，1932 年以后，革命话剧不能在剧场演出了，他就不顾危险，经常到学校和工厂去巡回演出。1933 年党领导的电影小组成立之后，他和郑君里、金焰、白杨、赵丹等同志先后参加了进步电影工作。他执导和主演了《生死同心》《桃李劫》《马路天使》《风云儿女》等影片，国歌《义勇军进行曲》原是《风云儿女》的主题歌。

抗日战争开始，在上海的戏剧电影工作者大部分都参加了“抗敌演剧队”和“战地服务团”，而袁牧之同志则得到了潘汉年同志的同意，悄然地去了延安。接着他参加了八路军总政治部电影团，拍摄了纪录片《延安和八路军》。1940年他加入了中国共产党，为了完成这部纪录片的后期工作，他到了苏联。这时朱穰丞同志已在苏联“大清洗”中牺牲，又碰上了德国法西斯侵略苏联。他在苏联卫国战争时期艰难地度过了五年，直到抗日战争胜利以后，回到东北解放区，他是解放区第一个电影制片厂——东北电影制片厂的厂长。全国解放前夕，我才在北平和他重新见面。新中国成立之后，他又是中央人民政府文化部的第一任电影局局长，为新中国电影事业做出了很大的贡献。

袁牧之同志是一位勇于探索、勇于实践的艺术家，他重视表演艺术，严于律己，从不满足于已取得的成就。我清楚地记得，他看了《风云儿女》样片之后，和司徒慧敏一起来找我，对于他自己的表演深感不满，但在当时的情况下，要完全重拍是不可能的，我们和摄制组商量之后，只能做了部分的重拍和剪辑。

在浩荡的历史长河中，对中国来说，20 世纪是一个最伟大的变革时代，政治、经济、文化都发生了划时代的变化，取得了巨大的进步，牧之同志就在这样一个时代艰辛跋涉，为了探索一条文艺为人民服务、为社会主义服务的道路而奋斗终生。

1952 年他离开了电影局之后，病魔一直缠扰着他，文化部还接到过他病危的报告，但是在“文化大革命”前夕，我和他最后一次见面的时候，他还给我看了一份他已经写了几十万字的电影剧本。他还是孜孜不倦地在写一部以中华民族文化发展史为主题的电影剧本。当时就有人说他“不合时宜”“自不量力”，但他那种生命不息、战斗不止的精神，我还是记忆犹新。

我因病不能参加纪念袁牧之的集会，讲这几句话，聊表我对这位一起工作过几十年的老战友的怀念和哀思。

(1989 年 11 月 2 日)

怀念周扬先生

佐藤纯子

我们最敬爱的周扬先生与世长辞了。

这消息是我在 8 月 1 日早晨读报时看到的。我悲痛极了。我一到我们办公的事务所就立刻给在关西地区讲演旅行的井上靖会长打电话。井上靖会长说他也已经在报上得知了这一消息。井上靖会长声音低沉地颤抖着说："悲痛的日子终于来临了……"

当天晚上，我们日中文化交流协会事务局的全体人员在简朴的事务所举行了追悼会。专务理事白土吾夫概要地讲述了周扬先生的伟大生平，然后我们全体人员向北京方向默哀。这天晚上我们怀着悲痛的心情流着眼泪怀念周扬先生一直到深夜。

正如我会井上靖会长，代表理事千田是也、东山魁夷、田伊政磨，专务理事白土吾夫在唁电中所说："周扬先生从青年时代起热爱真理，为解放中国和建立社会主义文艺做出巨大贡献。他作为中国文艺界的领导，为促进日中友好和日中文化交流起了很大的作用。""我们失去了周扬先生，这对我们是无可估量的损失。但是周扬先生的业绩将永存于日中文化交流的历史，深深铭刻于我们心中。"

我认识周扬先生是在1963年，那年我作为以木下顺二先生为团长的日本作家代表团的秘书访问了中国。从1978年以来，我几次拜见了周扬先生。每次见面，他的谈话都给我留下了深刻的印象。

1979年周扬先生率中国作家代表团访问日本时，他不但看望了在病中的中岛健藏会长，还到事务所看望了我们全体人员。他坐在白土吾夫先生的桌前问:“这是白土吾夫先生的桌子吧?”接着称赞说:“事务所的全体人员在这样一间简朴的屋子里办公,这作风是多么的好啊!”

周扬先生不但与前会长中岛健藏(已故)和现任会长井上靖、专务理事白土吾夫等领导人结下了真诚的友谊,而且对事务局的全体工作人员也是那么慈祥和蔼,鼓励支持我们的工作。我们事务局的工作人员对周扬先生也像对父亲一样的信赖和尊敬。他是多么平易近人啊!

1984年春,周扬先生带病第二次访日,他和夫人苏灵扬先生与日本朋友会面的情形还历历在目,他脸上的亲切的微笑至今还不时浮现在我的脑海里,我清楚地记得访日完毕在成田机场登机回国时,他向我们挥手告别的情景……没想到这竟是我与周扬先生的最后一次见面。看到《人民日报》9月6日对周扬先生遗体告别的报道,特别想到重病在身的苏灵扬先生与周扬先生诀别的情景,我不禁放声哭了起来。

我想我们只有竭尽全力为日中友好和日中文化交流工作，才是对周扬先生的最好纪念。周扬先生永远活在我们心中。

周扬先生两次访日，都是春天，遗憾的是披满红叶的日本的秋天，他没有见过。我祈祝周扬先生冥间福开。

(1989 年 11 月 11 日)

盼你魂兮归来

——悼陈敬容同志

周　纲

夜归，收到一封信封奇特的信。信寄自北京沙滩北街二号中国作家协会，一行触目惊心的黑体字：陈敬容同志治丧办公室，把我久久地钉在雨中。

一切都来不及了！

两天前，一缕烟尘已把你高高地送入冥冥之中。夜夜有北风吹来，夹着雨，你回来了吗？你带伞没有？

我听见隐隐的钟声，你从外国引进了积极的精神财富。

爱丝梅拉达含着眼泪，善良的加西莫多沉痛地拉着巴黎圣母院的钟绳，他哇哇地呐喊着，听不清他叫喊些什么，只有大颗大颗的泪，浸透了黑色的大理石。他是在为你送行，钟声追随你去，很遥远。

我听见隐隐的呼唤。

是他，尤里乌斯·伏契克，手里托着最后一颗子弹，他昂首站着，脚下倒着一个曾经不可一世的帝国和断了链条的坦克的履带。他在呼唤你，他珍藏着一部用方块汉字印刷的绞刑架下的报告，每一页都像西山的红叶。

灯下，波德莱尔和里尔克的笔都变得滞重，多少意象涌向笔尖，但，都不能喻你。

只有安徒生蜷缩在北欧的冷风里。

心，温暖着天真纯洁的灵魂。

你是一片青春的绿叶。“九叶”中绿得最丰盈最鲜亮的一片，怎么会枯黄会飘坠呢！

老去的是时间。

你死于肺炎，终年七十二岁。

是天冷了，你忘了多加几件衣裳？

是烟抽得太多了，你缺少节制？

也许是的。近年你几次返回故乡，你的酒量惊人，一杯接一杯地干，你说："我不怕！"你的烟瘾惊人，一支接一支地抽，你说："我不怕！"酒和烟都怕你？

记得七年前的夏天在旅顺口，站在面向大海的炮台故垒之旁，我正和诗友闲聊，"再过几年，老了，我就不写诗了"。你忽然从斜刺里跳过来（我始终感觉你走路不是走而是跳），晃动着手指间的香烟说："不能老！我就不老！既然不老怎么可以不写诗呢！"

老去的是时间。

不老的是陈敬容。

然而，天若有情呢？

自此，我常想着你不老，我也觉得我不会老，不老就要写诗。三年前去简阳三岔湖，风雨归舟突然想起你的诗“人世并非风景”，于是写了一首诗兼寄给你。诗中，有这样的句子：

没有篷舱没有伞没有斗笠，
快活的冷箭射向瑟缩的胴体。
天涯归程，
命运是人生载体……
靠紧些吧再靠紧些……
有浪才见风旗。
真有真的代价，
爱有爱的归宿。
只是不要把心帆落下，
只是不要把翅膀压低……

诗发表以后，我一直等待着你的回信。站在大渡河畔，夜夜，我都仿佛看见北京宣武门西大街十六楼透出的灯光。

等来的是一缕淡淡的烟。

等来的是一阵愁愁的雨。

故乡人惆怅。拭泪翘首，岷江上绝迹了红灯高挑的航船，三峡里喑哑了艄公的号子。但有风笛吹送，但有青鸟负驮，你该回来，你几时回来呢？是的，七十二年路很坎坷；是的，七十二年背负很重。但是，风不能送你一程，水不能送你一程吗？回来，回来住在乐山城中的老霄顶。在这里，远眺可以看见峨眉山的金顶，低头可以俯瞰三江的滔滔清流。暮暮朝朝，家乡的父老兄弟姐妹朝夕与你为伴。

老霄顶，一年四季葱葱茏茏。

你是叶，一年四季绿在其中。

(1989 年 12 月 19 日)

副刊文丛 一

主编 李辉 王刘纯

心香一瓣 1990—2004

虞金星 编

中原出版传媒集团
大地传媒

大象出版社
·郑州·

目　录

他给小苗留下了清泉

——怀念金近同志

胡德华

金近走了，走得那么匆忙，连一句话也没留下，我知道他是有很多话想说的。

金近是新中国儿童文学的奠基人之一。他是很受孩子们欢迎的老作家，一生为孩子们勤奋写作了近两百万字。新中国成立以来，他写得最多、最出色、最为孩子们所喜爱的是童话。他写的童话《谢谢小花猫》拍成了新中国第一部儿童美术片，以后又有多部以他的作品为蓝本而拍摄的美术片在国内外获奖。日本出版了他的童话绘本。他的不少作品已被翻译成俄、英、日、朝等多国文字，介绍到海外。他是发展我国儿童文学事业的重要组织者。20 世纪 50 年代初，儿童文学园地一片荒凉，为繁荣儿童文学，中国作协号召老作家带头，每人都为孩子们写一篇作品。金近参与了这个工程的组织工作。他也是儿童文学新生力量的培育者。他主持《儿童文学》丛刊期间，满怀激情地对待新人新作。在 1964 年办了第一期儿童文学作者讲习班，培养全国各地儿童文学青年作家，这些作者像种子一样在各地成长为文学事业的骨干，他们周围又团结起新的儿童文学作者。

金近能够五十年如一日地献身于儿童文学事业，与他的童年经历有关。金近出生在浙江农村一个贫困的家庭。他从小想读书却根本没有条件，十二岁就到上海当学徒，稚嫩的肩膀早晚要背店堂里沉重的门板。

每晚脊背疼痛难忍，但是只要偶然得到一本书，他就会蜷缩在昏暗的小阁楼里啃，竟完全忘了肉体的痛苦。他深深理解儿童文学在孩子们精神生活中的位置。

金近的创作严肃且认真。他懂得给孩子们的作品应该是精神食粮中的精品，因为孩子们缺乏辨别力，因此，儿童文学作家的社会责任感就应该更重。他主张给孩子们的作品要有教育内容，但是要坚持这条原则是十分不容易的。在60年代，有人摒弃儿童文学的美学原理，以枯燥的说教代替生动的艺术形象，后来甚至干脆把童话说成是修正主义货色。近年来也出现了否定儿童文学有教育作用的论点，似乎它只是娱乐工具，而把强调教育作用斥之为保守、僵化。在这些思潮面前，金近不随波逐流。他一贯主张儿童文学要做到思想性与艺术性的紧密结合，给孩子们的作品要有趣味性、有吸引力，但必须健康有益。他利用各种机会发言和写文章，反复宣传自己的观点，并且把这种艺术主张贯穿于他的创作实践。从五十年前第一篇童话《老鹰鹞的升沉》到他平生最后一篇童话《刁狐狸与傻狐狸》，他都严格遵守寓教育于儿童趣味这一信条，通过活生生的艺术形象，给孩子们以善良、纯朴、正直、勤劳的美的熏陶。他的童话为小读者所喜爱，是因为他还严格遵守童话也要从生活实际出发，符合不同年龄儿童的心理特点等基本原理。他写给幼儿看的《小猫钓鱼》《小鸭子学游泳》等童话，既有小猫、小鸭子的特点，又符合儿童的思想感情。金近还提倡写既受孩子们欢迎又为成人所喜爱的童话，他认为好的童话应该是老幼皆宜的。他写的《狐狸打猎人》《骗子骗自己》《一篇没有的童话》《黄鱼和盘子》就都具有这样的特点。

金近坚持作家必须深入生活，他认为儿童文学作家不但要了解社会生活，更要深入了解儿童生活，熟悉儿童的思想感情，直至不同年龄儿童的语言。50 年代他在作协工作期间就深入到一个学校与少先队员们一起过队日。1957 年他把家搬到浙江，深入到临安农村与三个孤儿住在一起。这一家最大的是十六岁的男孩，老二是十四岁的女孩，最小的是十岁的男孩，金近就成了他们的家长，帮他们计划生活，调解他们三人之间的纠纷。在那里，他写出了两篇中篇：《山村里的新事情》《三个孤儿》。

金近曾为中国儿童少年基金会的成立题过一首诗：你为小苗浇上泉水／为了鲜花早日盛开／待到满园飘香／花儿会记住你的关怀。这首诗印在基金会的章程首页，但很少有人知道作者就是金近。

金近自己就是这样一个一生辛劳为小苗浇水的园丁。他走了，永远地离开了小苗；但是，他留下了一汪清泉——他的美丽的童话，泉水将浇灌一茬又一茬的小苗，孩子们会永远热爱这么一位把一生奉献给他们的老园丁。

（1990 年 6 月 2 日）

清风明月高山流水

——我心中的俞平伯先生

吴组缃

俞平伯先生逝去了。他享有九十高龄。照中国的旧说法，应该说这是“顺事”，但是俞先生在我心目中占有特殊的位置，我还是不胜悲戚。

我在少年时候就读他的新诗《冬夜》《西还》等书，当时许多篇可以背得出来：“养在缸中，栽在盆中，你的辛苦，我的欢欣。”像这样的诗句常常给我很大的感动和启发，因此我至今还能记得这些诗句的大意。朱自清、俞平伯是五四运动时期的新作家、新诗人，他们的作品对广大青年有深刻的影响。我就是其中之一。

20世纪30年代初，我在清华读书的时候，俞先生是中文系的讲师。我要在这里说明，在我们那个时期，讲师和教授在我们脑子里是一样的崇高，没有什么高下之分。那时俞先生住在南院，他同余冠英兄的住处同院，我常到南院去。俞先生往往热情地要我到他屋里坐谈。谈的时候他完全把我当成朋友，虽然我比他小很多。我们上下古今无所不谈，而且他一点儿也没有把我当成学生看待。他主动写条幅字给我。那时他同周作人特别亲密，并代我向周作人要了四张屏条。他们的字都写得认真工整，可惜以后多次搬迁都丢掉了。他有个特殊的爱好，就是喜欢唱昆曲。他请了一位年老的笛师，常常在星期假日全家人都到圆明园废墟去待一整天。我很喜欢他们唱的曲子。以后清华请了溥侗（红豆馆主）先生，开了教唱昆曲的课。我受俞先生的影响，也选了这门课。可溥先生对学生要求过严，我慢慢地就退下来了。俞先生知道了，也没有责备我。我选过俞先生两门课，一门是“词选”，他讲的内容绝不是考证和诠释词句，而是用他自己的感受引导我们来欣赏这些名作。比如李白的《菩萨蛮》：“平林漠漠烟如织，寒山一带伤心碧。”我们问什么是“伤心碧”，他讲了足足有半堂课，引导我们体会作者的感情加上他自己的联想，使我们能在一个广阔的领域来体会作品丰富的情思。他的这些见解都收在《读词偶得》这本书里。他对我的重要的影响，就是叫我拿起一本古代文学作品来总是先从鉴赏方面来探索，而对当时流行的考证或注释不怎么感兴趣。朱自清先生也说，“你不适宜做考证工作”。这不能不说当时是受俞先生的影响。有一次余冠英兄告诉我，他做了一首词，其中有一句“两瓣黄叶走墙荫”，自以为这句词很好。但俞先生说，好是好，可不入格。可见词是有“格”的。而我还没达到这水平。

俞先生还给我们开了一门课“小说史”，就是“中国古代小说研究”。他的教法很特别，是把所有的有关资料，如鲁迅的“小说史略”，胡适的关于中国明清小说的考证，以及其他的零碎资料指定叫我们自己看，进行思考和研究。甚至同顾颉刚、胡适之一封有关的通信也印发给我们参考。他自己要上课的话，就叫注册课贴一张布告说俞先生哪天上课。不贴布告，他就不上课。他上课的时候就说：“我两个星期没来上课了，你们对小说研究有什么收获？我这两个星期对小说研究有两点想法：第一点是……第二点是……”说完了，他就点头下课，往往不过十五分钟或二十分钟。当时我们认为俞先生这种教法是最欢迎的了。因为他安排我们和他一块儿来动脑筋、读作品、收集资料、研究作品，而不是把我们放在一个被动的受教的地位。

俞先生在北京文化界里，人人都知道他和周作人最亲密，而且很尊重周作人。可是在日本占领北京的时候，周作人被拉下水去。在这点上俞先生绝不受影响，他巍然自主，一心帮助北京做地下工作的和爱国人士，从不考虑自己的安全，全力相助，使他们达到目的。这不能不叫人肃然起敬，设身处地，这是非常难能可贵的。解放以后，他衷心拥护共产党，对新中国的成立欢喜得像个小孩一样。

1954年忽然来了个《红楼梦》研究批判，正是以他为主展开的，以后便发展成为一个大规模的政治运动。这是大家都没想到的。那时，我们经常在一起开会，他像平常一样，不显出紧张和反感。他说：“我正好趁此机会好好地学习。”第一次批判他，是在作家协会古典文学部，主持人是郑振铎先生，他点我第一个发言。我把这次当成一个学术讨论会。因此，我对俞先生的《红楼梦》研究提了几点意见，对李希凡、蓝翎两位的文章也提了几点意见，表示参加讨论的意思。当时有几位，都是我的熟人，狠狠地批判了我一顿，说我在唯物主义和唯心主义激烈战斗的时候，站在中间向两边打枪。休息的时候，我问郑先生，这是怎么回事？这是学术问题还是政治问题？郑先生笑着说：“你年轻的都不知道，我哪里知道。”坐在旁边的周扬同志站起来同我握手，说我的发言很好。可见当时有些领导同志也不认为这是政治问题。后来这个批判运动大大发展了，俞先生就说我不应该那样发言，也是思想落后。

回顾俞先生的一生，我在一首悼念他的诗中说他平生略如“清风明月，高山流水”，这是他留在我心中的风仪。我认为我对他这个比拟大致不差。

(1990年11月23日)

晚节善终，大节不亏

——悼念冯芝生（友兰）先生

季羡林

芝生先生离开我们，走了。对于我来说，这噩耗既在意内，又出意外。约莫三四个月以前，我曾到医院看过他，实际上含有诀别的意味。但是，过了不久，他又奇迹般地出了院。后来听说，他又住了进去。以九十五周岁的高龄，这样几出几进医院，最后终于永远离开了医院，也离开了我们，难道说这还不是意内之事吗？

可是芝生先生对自己的长寿是充满了信心的。他在八八自寿联中写道：“何止于朱？相期以荣。胸怀四化，寄意三松。”朱寿指八十八岁，荣寿指一百零八岁。他活到九十五岁，离荣寿还有十三年，当然不会满足的。去年，中国文化书院准备为他庆祝九十五岁诞辰，并举办国际学术讨论会。他坚持要到今年九十五周岁时举办。可见他信心之坚。他这种信心也感染了我们。我们都相信，他会创造奇迹的。今年的庆典已经安排妥帖，国内外请柬都已发出，再过一个礼拜就要举行了。可惜他偏在此时离开了我们，使庆祝改为悼念。不说这是意外又是什么呢？

在芝生先生弟子一辈的人中，我可能是接触到冯友兰这个名字最早的人。1926年，我在济南一所高中读书。这是一所文科高中。课程中除中外语文、历史、地理、心理、伦理、《诗经》、《书经》等外，还有一门人生哲学，用的课本就是芝生先生的《人生哲学》。我当时只有十五岁，既不懂人生，也不懂哲学，但是对这门课的内容，颇感兴趣。从此芝生先生的名字，就深深地印在我的心中。我认为，他是一个高不可攀的大人物。屈指算来，到现在已经有六十四年了。

后来，我考进了清华大学，入西洋文学系。芝生先生是文学院长。当时清华大学规定，文科学生必须选一门理科的课，逻辑学可以代替。我本来有可能选芝生先生的课，临时改变主意，选了金岳霖先生的课。因此我一生没有上过芝生先生的课。在大学期间，同他根本没有来往，只是偶尔听他的报告或者讲话而已。

时过境迁，我大学毕业后，当了一年高中国文教员，到欧洲去漂泊了将近十一年。抗日战争后，回到了祖国。由于陈寅恪先生的介绍，到北大来工作。这时芝生先生从大后方回到北平，仍然在清华任教。我们没有接触的机会。只是偶尔从别人口中得知芝生先生在西南联大时的情况，也有过一些议论。这在当时是难以避免的。至于真相究竟如何，谁也不去探究了。

不久就迎来了解放。据我的推测，芝生先生本来可以到台湾去的。然而他留下没走，同我们共同度过了一段既感到光明又感到幸福的时光。至于他是怎样想的，我完全不知道。不管怎样，他的朋友和弟子们从此对他有了新的认识，这却是事实。他曾给毛泽东同志写过一封信，毛泽东同志回复了一封比较长的信。“文化大革命”期间，我听他亲口读过。他当时是异常激动的。此是后话，这里暂且不表了。

不久，我国政府组成了一个文化代表团，应邀赴印度和缅甸访问。这是新中国成立后第一个比较大型的出访代表团。团员中颇有一些声誉卓著、有代表性的学者、文学家和艺术家。芝生先生是团员，我也滥竽充数于其中。因为这个团很重要，周总理亲自关心组团的工作，亲自审查出国展览的图片。我们到处拍摄、搜集能反映新中国新气象的图片，最后汇总在故宫里面的一个大殿里，满满的一屋子，请周总理最后批准。我们忙忙碌碌，过了一个异常紧张但又兴奋愉快的夏天。那一年国庆节前，我们到了广州，参加了观礼活动。我们在广州又住了一段时间，将讲稿或其他文件译为英文，做好最后的准备工作。此时，广州解放时间不长，国民党的飞机有时还来骚扰，特务活动也时有所闻。我们出门都有保安人员跟随，暗中加以保护。我们一切都准备好后，便乘车赴香港，换乘轮船，驶往缅甸，开始了对天竺和缅甸的长达几个月的长征……从此以后，我们全团十几个人就马不停蹄，跋山涉水，乘船、乘汽车、乘火车、乘飞机，几乎看尽了春、夏、秋、冬四季风光，享尽了印缅人民无法形容的热情款待。我不能忘记，我们曾在印度洋的海船上，看飞鱼飞跃，晚上在当空的皓月下，面对浩渺蔚蓝的波涛，追怀往事。我不能忘记，我们在印度闻名世界的奇迹泰姬陵上欣赏“琼楼玉宇高处不胜寒”的奇景。我不能忘记，在缅甸英莱湖上，看缅甸船夫独脚划船。我不能忘记，我们在加尔各答开着电风扇，啃着西瓜，度过新年。一想起印缅之行，我脑海里就成了万花筒，光怪陆离，五彩缤纷。中间总有芝生先生的影子在，他长须飘胸，身形伟岸。这情景，当时已道不寻常，何况现在事后追思呢？

我们代表团自始至终，都是能和睦相处的。我们团中还产生了一对情侣，后来有情人终成了眷属。可见气氛之融洽。在所有的团员和工作人员中，最活跃的是郑振铎先生。他身躯高大魁梧，说话声音洪亮。虽然已经渐入老境，但不失其赤子之心。他同谁都谈得来，也喜欢开个玩笑，而最爱抬杠。团中爱抬杠者，大有人在。代表团成立了一个抬杠协会，简称“杠协”。大家想选一个会长，领袖群伦。于是月旦群雄，最后觉得郑先生喜抬杠，而不自知其为抬杠，已经达到抬杠圣境，圆融无碍。大家一致推选他为杠协会长。在他领导之下，团中杠业发达，皆大欢喜。

郑先生同芝生先生年龄相若，而风格迥异。芝生先生看上去很威严，说话有点口吃。但有时也说点笑话，足证他是一个懂得幽默的人。郑先生开玩笑的对象往往就是芝生先生。然而芝生先生总是微微一笑，神色不变，可见先生的大度包容气概。

对于芝生先生的专门研究领域——中国哲学史，我几乎完全是一个门外汉，不敢胡言乱语。但是他治中国哲学史的那种坚韧不拔的精神，我却是能体会到的，而且十分敬佩。为了这一门学问，他不知遭受了多少批判。但是，他没有垮。他坚持真理，修正错误，不惜以今日之我非昨日之我，经常在修订他的《中国哲学史》，我说不清已经修订过多少次了。我相信，倘若能活到一百零八岁，他仍然是要继续修订的。只是这一点精神，难道还不值得我们认真学习吗？

芝生先生走过了九十五年的漫长的人生道路。九十五岁几乎等于一个世纪。自从公元建立后，至今还不到二十个世纪。芝生先生活了公元的二十分之一，时间够长的了。他一生经历了清代、民国、洪宪、军阀混战、国民党统治、抗日战争，一直迎来了新中国。道路并不总是平坦的，有阳关大道，也有独木小桥，曲曲折折，坎坎坷坷。然而芝生先生以他那奇特的乐观精神和适应能力，不断追求真理，追求光明，忠诚于自己的学术事业，热爱祖国，热爱祖国的传统文化，终于走完了人生长途，仰不愧于天，俯不怍于地。我们可以说是他晚节善终，大节不亏。他走了一条中国老知识分子应该走的道路。在他身上，我们是可以学习到很多东西的。

芝生先生！你完成了人生的义务，掷笔长逝，把无限的怀思留给了我们。

芝生先生！你度过漫长疲劳的一生，现在是应该休息的时候了。你永远休息吧！

(1991 年 1 月 10 日)

高风亮节，永耀词林

——悼唐圭璋先生

王季思

圭璋逝世的消息传来，我致电哀挽，说他“北国南中，长留教泽；高风亮节，永耀词林”，想起他的道德文章及平生交谊，久久不能忘怀。

以一人一手之功，由博返约，钩沉探微，完成《全宋词》《词话丛编》等十几部宏伟著作，环顾海内词林，并世能有几人？

经历抗日战争和“文化大革命”，国难家愁集于一身，而笔耕不辍，毅力惊人，并世又有几人？

著作等身，声华日盛，而乐于称扬师德，奖励后生，自视常若不足，更是并世学者中所少见的。

我最初认识圭璋是在上第一堂“词选”课的时候。他相当清瘦，仪态老成，穿着一身粗布长衫，随吴瞿安先生进课堂，不少新同学都把他看作吴先生的助教。一堂课下来，有人去擦黑板，他说吴先生的板书最秀气，最好不要擦掉。

随着东南大学中文系“潜社”的成立，春秋佳日，星期休假，我们爱好词曲的同学常跟吴先生一起探幽访胜，填词作曲。圭璋少长南京，熟于当地民情掌故，每车从大石桥至灵谷寺，船从桃叶渡至大中桥，他沿途指点名胜，如数家珍。梁陈君臣的酣嬉亡国，复社诸子的联盟抗阉，引起我们的词情曲意，下笔易于成篇，同学们因此都乐于跟他接近。这时才知道他学习的勤奋，除先期完成老师布置的作业外，每天还摘录词学资料达数千字以上。

1930年寒假，我从温州到南京求职，寄住在圭璋家里将近一个月。当时东南大学已改称中央大学，来京看望师友的同学不少。圭璋夫人下肢已经瘫痪，白天不能下床，两个女儿都还幼小，圭璋除忙于接待宾客外，还得细心照顾夫人和二女。他家屋外有株梧桐，每听见两个女儿嚷着要爬树时，他就跑到屋外，站成骑马式，左手叉腰，右手举拳，装成小树的样子，让女儿踩着他的膝盖，攀着他的肩膀，爬到他头上去。这个下来，那个又上去。就这样，他慈祥地抚育了幼女，又减轻了她们对妈妈的纠缠。可是宾客一去，孩子一静，他又回到案头翻书摘记去了。

新中国成立后，我一直在中山大学工作，圭璋一度被调到东北师大任教，南北隔绝，见面更难。值得一提的是1958年四五月间，我和圭璋、夏承焘都在北京聚首，偶然谈起岳飞《满江红》词，夏先生根据近人余嘉锡说，怀疑它是伪作。我根据词中所表现的抗敌激情，说它不可能有伪。圭璋认为不能轻易下结论，将来或许有资料可以进一步证明。时过三十多年，从浙江江山祝氏族谱所发现的岳飞与祝允哲唱和的两首《满江红》词看，说明圭璋当时所持的慎重态度是可取的。

1985年秋，正值党的拨乱反正、改革开放的政策方针在文化教育领域步步取得胜利之时，我从南京的师友那里接到通知，知道南京师大、中华书局等几个单位联合为圭璋举行八十五寿辰的庆典，邀请我去参加。我事先写了一首贺词寄给他：

灵谷霜枫映碧天，秦淮烟月侑清筵。一时人物东南美，同学青衫正少年。风雨过、日华鲜，白头相见各欢然。词山曲海寻常事，要使高风代代传。

正好同门学长任中敏先生来电邀请我去扬州参加他的博士生论文答辩，就决定便道南京去参加他的庆典。匡亚明同志即席陈词，从立德、立功、立言的“三不朽”概括他一生的成就，以“勇者不惧，智者不惑，仁者不忧”的“三达德”衡量他的精神境界，得到与会绝大多数同志的赞许。这时我还见到他所培养的曹济平、潘君昭等专家教授，已经在南京师大形成一个词学梯队。想起他怎样从随着吴瞿安先生上课，保护吴先生的几行板书，到保存、整理我国千年来的词学典籍，以待后人的继承发展；他又怎样从甘愿给幼女作树爬的慈祥父亲，到成为国内优秀词学梯队的人梯，这里面有多少重关叠障需要克服？

两个多月前，我托中华书局的马欣来同志带信到南京慰问圭璋，兼有所咨询。他没有回信，仅让欣来把他书房墙上的那首贺词拍照寄给我。我知道他已不能执笔复书。但为什么让欣来把那首小词寄给我呢？可能以我所期望于他的转而期望于我吧。我今年也连遭不幸，三十年的老伴，六十年的深交相继凋零，痛何可言！但想起人生有限，事业无穷，只有勉自振奋，完成我有待完成的著作，庶几可以答慰逝者，兼以策励后人。

(1991 年 3 月 9 日)

记 陈 肇

孙 犁

老友陈肇，于1990年11月7日，病逝于北京。

自1938年，一同任职冀中抗战学院起，至1940年，又一同在晋察冀通讯社工作止，我同他，可以说是朝夕相处，患难与共的。我在几篇回忆性的散文中，都曾写到过他。这里只能再记一些琐事。

他去世后，我在北京的女儿，前去吊唁，慰问了已经不能说话的陈伯母。肇公的两个孙女和两个外孙，叫我女儿转告，希望我能写一点什么。

我想，这些事，是我的责任，我一息尚存，当勉力为之。难道还需要孩子们对我进行嘱托吗？

陈肇，河北安平县人。他毕业于天津河北省第一师范。老辈人都知道，这个学校，是很难考入的，学生多是农村一些贫苦好学的子弟。他的家我去过，不过是个中农。他父亲很有过日子的远见，供他念书，叫二儿子务农，三儿子去当兵。毕业后，他执教于昌黎简师。

1938 年的秋天，我和陈肇打游击，宿在他的家中，他已经和大嫂分别很久了，我劝他去团圆团圆，但他一定陪我睡。第二天天尚不亮，我们就离开了。陈肇对朋友如此认真，第一次给我留下深刻的印象。

1962 年夏天，我去北京，住在椎把胡同的河北办事处。一天下午，我与一个原在青岛工作、当时在北京的女同志约好去逛景山公园。我先到景山后街的公共汽车站去等她。在那里，正好碰上从故宫徒步走来的陈肇。他说：“我来看你，你怎么站在这里？”

我说等一个人。他就站在路边和我说话。我看见他穿的衬衣领子破了，已经补上。

他一边和我谈话，一边注意停下来的汽车、下来的乘客。他忽然问：“你等的是男的，还是女的？”

我说是女的。他停了一下说：“那我就改日再到你那里去吧！”

说完，他就告别走了。我一回头，我等待的那位女同志，正在不远的地方站着。

在对待朋友上，我一直自认，远不能和陈肇相比。在能体谅人、原谅人方面，我和他的差距就更大了。

进城以后，他曾在国务院文办工作，后又调至故宫博物院。1952年冬季，我到他的宿舍看望他，他穿着一件在山里穿过的满是油污的棉大衣。我说：“怎么还穿这个？多么不相称！”

他严肃地望望我说：“有什么不相称的？”

我就不能再往下说了。我在生活上，无主见，常常是随乡入俗，随行就市的。当时我穿着一件很讲究的皮大衣。

他住的宿舍，也很不讲究，可以说是家徒四壁，放在墙角的床铺周围墙壁上，糊了一些旧画。被褥、枕头，还按20世纪30年代当教员时的方式叠放着。写字桌上，空空如也，却放着一副新和田玉镇纸，一个玉笔架。他说：“三兄弟捎来的，我用不着，你拿去吧。”

这以后，他得到什么文具，只要他觉得不错，就郑重其事地捎给我用。

在故宫博物院，他是副院长，就连公家的信纸、信封都不用，每次来信，都是自己用旧纸糊的信封。

有一次，我想托他在故宫裱张画，又有一次，想摘故宫一个石榴做种子。一想到他的为人，是一尘不染的，都未敢张口。

他多才多艺，他能画，能写字，能教音乐，能作诗，能写小说。这些，他从不自炫，都不大为人所知道。我读书时，遇到什么格言警句，总是请他书写后，张挂座右。我还一直保存他早年画的一幅菊花，是他自己花钱，用最简易的方式装裱的。

琐事记毕，系以芜辞：

风云之起，一代肇兴。既繁萧曹，亦多樊滕。我辈书生，亦忝其成。君之特异，不忘初衷，从不伸手，更不邀功。知命知足，与世无争。身处繁华，如一老农。辛勤从政，默默一生。虽少显赫，亦得安宁。君之逝也，时逢初冬，衰草为悲，鸿雁长鸣。闻君之讣，老泪纵横！

（1991 年 4 月 22 日）

风眠先生音容犹在

沈柔坚

林风眠先生 8 月 12 日在香港病逝的噩耗传来，我顿时心情沉重难言，太突然了。林先生虽已届九十二高龄，然而近几年每次在香港见面总觉得他步履稳健，精神矍铄，思维清晰，艺术上他还有许多新的想法，创造力不减当年。真没料到肺炎和心脏病并发竟夺走了一代宗师的生命！

世纪同龄人林风眠先生，1925 年留法学画毕业回国，在蔡元培推荐下先后任国立北京美专及国立杭州艺专校长兼教授，1951年起定居上海潜心艺术创作。1977年去法国探亲并举行个人画展，嗣后定居香港。七十余年的艺术生涯，无论是在绘画创作、理论建树还是在美术教育方面都做出了巨大的贡献。作为中国现代绘画的开拓者和中国现代美术教育的奠基人之一的林风眠先生，以其艺术上的独特创造和深度的表现力，使他在中国现代绘画史上占着独特的地位。林风眠先生融中西绘画为一体而形成独特的艺术新风格，开辟了中国现代绘画的新途径。他在漫长岁月中，通过艰辛的艺术劳动，获得了巨大的成就。他在艺术上的勤快与真诚给人的印象尤深，吴大羽先生生前曾说过："画家朋友中风眠是最勤奋的一个。"林先生自己也说过，他少时跟祖父（石工）打石头养成了勤快的习惯，后来学画也是靠勤快。他的毅力是惊人的，我曾听他说，他开始画仕女题材时，接连画了一千多幅都失败，后来才慢慢画好。在上海时期，他习惯于晚间创作，总是画到深夜，完成或未完成的作品经常是堆得厚厚的一叠。定居香港的十余年间深居简出，作画更多，艺术创造上又有新的开拓与超越。风眠先生艺术上是一位属于早熟而又不断随着时代攀越新高峰的大家。他早年的艺术起点便高瞻远瞩，使他始终能站在时代前面。20世纪八九十年代的画风显得更浓郁、更强烈和更泼辣，回过头看他50至70年代的作品也都是那么富有时代气息。

我所敬仰的风眠先生，又是一位全身心拥抱艺术而又始终虚怀若谷不满足于自己取得艺术成果的人。他从不宣扬自家，更不揭人所短，他不喜欢出头露面，与人无争，与同道和睦相处，常常说“艺术家只能让自己的作品去说话”，并说“蔡先生（元培）以前也常同我这么说”。风眠先生虔诚谦逊，从来不把自己当作“大人物”，更没有任何“架子”。去年冬天我在香港举行个展时，有一次和风眠先生共餐，一位朋友问他现在画风与以前相比有什么不同，林先生笑道：“年纪大了，可能比以前画得成熟一些。”他就是这么真诚、这么朴素。

风眠先生在生活上又是非常淡泊、简单的。在上海时常见到他自己烧饭洗衣，住香港后虽条件不同，但生活上仍很简朴。

风眠先生早年写过许多美术论著，今天看来仍有很大学术价值和启示作用，后来多年忙于绘事，便少写了。1989年夏我访法回国过港时，有次和林先生会面，老人兴致勃勃地说，他考虑动笔写他过去的艺术经历，陆陆续续地写出来，也可以像是一部自传。我听后很高兴，心想：九旬老人每天上午要作画，还准备写这么浩繁的文字，可见风眠先生对自己的精力和记忆力的自信。风眠先生一生的艺术经历不啻是中国现代美术的一部缩影。

去年冬天见到风眠先生时，他消瘦了一些，但精神如旧。我为林先生健康有所恢复，为他继续发展艺术创作和活动而感到高兴，但没有想到这次的握别却成为诀别！我想到林先生当时那慈祥亲切的音容，更感茫然若失。

(1991年9月9日)

一枝半叶的怀念

朱嘉树

徐老，《文汇报》的人这样称呼创办此报并做过总主笔的徐铸成。大庭广众，我随大家一样称呼，但在二姊面前必须改口，否则会挨骂。我虽早做祖母，但在老姊眼里还是当年那个“细鬼丫头”。

党的十一届三中全会以后，徐老又回《文汇报》当顾问。毕竟年事已高，他说自己“顾而不问”，这倒是真话。他看起来挺洒脱，其实内心始终不能忘情这张报纸。《文汇报》为改出八版，12月中旬找一些“老文汇”恳谈。徐老知道我忝在其列，便要我去谈谈情况。当听到与会者姓名，大家出了哪些点子，他点头称是，面露喜悦。报纸从一张改为两张，八个版，徐老十分赞成，认为势在必行。他谈起解放前的一些报纸，每天要出七八张，现在海外的报纸有出几十版的。长久以来，我们只出一张，消息不多，再登些文告之类，供给读者的信息就太少了，难以顺应改革开放潮流。既然是势在必行，所以徐老预测这次改版一定能成功不会失败。他也谈到自己一贯的主张：《文汇报》应当姓“文”，做知识分子的报纸；讲真话，实事求是；不能千篇一律，一张面孔，一种声音……

不出所料，徐老为之倾注毕生心血的这张报纸，改版后面目一新，信息量增加，副刊专页可读性也有改进，读者欢迎，销量看涨。遗憾的是他已不能目睹。在新的《文汇报》面世前八天，12月23日，他度过八十五个春秋，结束了不寻常的一生。

徐老的一生该如何评价？在悼念仪式上，他的大儿子白仑这样说："父亲为了抗日救亡，为了民主建国，为了发展新闻事业，勤勤恳恳，赤胆忠心，贡献了毕生精力，受到了普遍的崇敬。尽管他的言论有时甚至是逆耳之言。我们深深相信，他老人家的一生是经得起历史的考验的，随着时光的推移，不会像茶那样越冲越淡，而一定会像酒那样越陈越香。"此话是很中肯的。

徐老夫人是我堂姊，排行第二，我们称她二姊。徐老与二姊共同生活六十三年，两个人从没有红过脸、吵过架，白纸黑字，是徐老著作里自己写的。徐老不吃鱼，家里鱼不上饭桌。二姊陪着他忌鱼腥，简直比庙里和尚斋戒还虔诚。那个动荡的十年，一家人挤住灶披间，没有人帮助，一切自己动手。徐老系上围裙下厨，手艺的确高明。他却自谦是"杀虾厨子"。在外面他是主笔、教授，在家里他把芳姊尊为"一家之师"。芳姊是他对二姊的昵称。二姊小名芳芳、大名嘉稑，比徐老大两岁多，算起来他俩还是表姊弟。徐老母亲是我们的远房姑母，亲上加亲。这种姻亲关系又延续到下一代，他们的长媳是徐老好友、我堂兄景远的女儿，所以一门三代婆媳全姓朱。二姊幽默，常开玩笑，她笑老伴一生一世都在“朱”窝里，蠢！

徐老一生在“大公”“文汇”两报间来去，1957年以后到出版社坐了几年冷板凳。十一届三中全会以后重新拿起笔，十年间写了十几本书，三百万字。最后一本是《八十自述》。徐老常说，这一辈子就是当编辑、记者，曾五次创建报馆，又五次亲手埋葬它们（被封或被迫停刊），一生经历可以明明白白摊开来。司马光名言“事无不可对人言”，徐老凑上一句“胸有是非堪自信”。他用这一对联自况。

(1992年4月1日)

痛悼邓颖超大姐

冰　心

7 月 11 日夜我在看电视《新闻联播》，忽然看见在广播员的左边，呈现出一幅邓颖超大姐的相片，我的眼泪立刻涌了出来，邓大姐永远离开我们了！在我的痛哭声中，广播员沉重而缓慢的声音，我一句也没有听到！这一夜我像沉浸在波涛怒翻的酸水海里，不知是如何度过的。第二天一早就立刻让我的外孙陈钢，去取来一篮白玫瑰花，系上一条白绸带，写上我的悼词。他又立刻把这只小小的花篮，一直送到中南海西花厅邓大姐遗像前的桌上，并拍了一张相片回来。

在这以后的日子里，当我独在的时候，就总忍不住呜咽，我要写痛悼邓大姐的文字，但在这种极端激动的心理状况下，我总不能动笔。我也实在写不尽邓大姐对于国家、人民（尤其是妇女）所做出的那些丰功伟绩，但我的心头涌出了一幅幅永远不能忘怀的邓大姐和我同在的画面，尤其是在 1958 年 4 月，我的老伴吴文藻被划为右派。在我们最冤愤、最无告的时候，周总理和邓大姐派了一辆小车来接我到那所朴素简陋的西花厅，我一见到邓大姐，我的一腔冤愤就倾泻了出来，那时邓大姐注视着我的那一双睿智的目光，充满了同情和“理解”。“人之相知，贵相知心”，邓大姐那时充满了“理解”的目光，是我永远也忘不了的。

从此邓大姐和我就相识了。我们都喜欢玫瑰花，我的一位癖爱玫瑰花的朋友陈宇化，在他工作的北京工大的校园里，开辟了一座玫瑰园，每年在玫瑰花盛开的时候，他一定请邓大姐和我同去赏花。我从 1980 年伤腿后就不出门了，但是有同邓大姐会见的机会我从来不肯错过。我们一边谈笑，一边看花，同时还照了许多人和花的相片。记得在 1987 年我因为赶写一篇中小学生作文评论的文章，不能赴约，邓大姐到了玫瑰园没有见到我，又听陈宇化说我家北离京工大不远，便带了一束准备送我的西花厅院里自种的芍药花来到了我家。邓大姐的到来，引起了我无限的意外和惊喜，我把那束芍药花供在我客厅墙上悬挂的总理像前，邓大姐和我又在总理像前照了一张相……

昨天得到了巴金的一封信，他说："邓大姐走了，你难过，我也难过，她是一个好人，一个高尚的人，没有遗产，没有亲人，她不拿走什么，真正是个大公无私的人，她是一个多么不容易做到的榜样。"

他说出了我不知道从何说起的话！

邓大姐你走吧！在天上，有与你音容相隔了十六年的周总理在张开两臂欢迎你，在人间有不同年龄、不同肤色的千千万万的要追随并学习你的人民，在一步一个脚印地跟在你后面努力奔走！

(1992 年 8 月 14 日)

路遥归去

梅绍静

举目远山前

薄日照荒原

这是路遥从小就熟悉的景色。路遥和我的缘分就只是这薄日荒原吧？

仿佛是在一夜之间，一个人就“没”了，没得这么像沟沟里的草！不自禁流泪，是“惺惺惜惺惺”？反正“眼泪”是“掉到了饭碗里”。

似乎还听见老曹怪亲热地拍打路遥肩膀的声音，“未来中国的大作家！”当时这句话把我震了一个跟斗，我这“小女子”没听过谁这么口出狂言，我们陕北的娃？行吗？我一面打量着这个膀粗腰圆的山里人，一面在心里给自己鼓气：“你将来就要和他走到一处，小心些！”我是要自己谦虚，“三人行，必有我师焉”。路遥和老曹是同乡。老曹，当时我们知青就那么叫。曹老师就唤“老曹”，他是我的“伯乐”，是他第一个给我鼓励，站在延河桥上向一个北京“女娃”频频招手。那手势我至今未忘，因为这正是我们这个陕北汉子最可敬之处，他是热情的，又是纯朴的。是因为老曹和路遥形影不离，我才知道有一只“虎”就要进陕西文坛的“山”了。不怎么着啊，我好像读过路遥的东西。那时候，还没有后来的大部头，我看的是他在“文化大革命”时期的那些短篇，比讲故事强点吧。路遥这个名字该是明了志了，不够含蓄。那时我就这样想。

他考上延大之前，我们就认识。你想想多早，算一个“知根知底”的同行吧？只记得那阵子，老曹特自豪地告诉我，路遥的女朋友是你们北京人，家里还是个华侨。我对路遥更不敢小看了。女朋友的名字有点外国味儿，在那些“红卫”之类的名字中独树一帜。我佩服人家，只认一个千里有缘。

路遥是个沉默寡言的人。在他上延大的时候，因我们厂只和延大隔一条河，散步碰上过。记得还在城里碰上过。他总是十分礼貌，特别和善地点头招呼，眼睛里闪烁着真诚柔和的光。每次他这样，我都在眼前幻觉出另一个人，那就是同是北京知青的他的女朋友，我认为自己也沾了她的光。

路遥那仿佛在向所有北京知青致以问候的表情，给我留下了极深也极好的印象。这使我乐意看到听到他的成功，看他超过我又屡屡获奖而决不嫉妒或“文人相轻”……

又过了好多年，路遥从西安回延安，也是来看他的同乡老曹吧，弯进我的窑，这时我也刚刚到了延安文创室。他坐在一张破藤椅上，很礼貌，很和善，似乎在向所有北京知青致以问候的表情又出现了，他问我正在写什么，“没写什么呀。”谦虚和内向不分，我那时对所有人都是这么回答。

“你的那首《收留我吧，高原》我看得哭了。”他巴巴的就这么一句话，那句话说完，似乎就没有别的话了。他走了。

真的？这个大熊猫似的大男人？当时我摇摇头，又笑了笑。

路遥你的这一句话胜过了所有人对我的恭维。因为你给我的正是我最缺少的自信啊。也许正是因为你为我的诗流过了泪，现在就该我来还吧？可这种还法，我只有做梦时才会想到。几次写着这些话，我都不像自己诗中所表现的那个单纯的我，我愿伤心地诉说，为长眠地下的你悲泣。

黄土啊你多软，为什么忙忙地来掩埋自己的儿子？他为你发奋，为你写下灵魂干净的语言，他没有抛开你的痛苦、玷污你的文字，他为你争了光彩，还应该为自己的早逝祈求你的宽恕啊！“还听得到悠悠民歌，倒在这么厚的黄土底下，还听得到乡音。天还是蓝蓝的。”路遥好像转过身来，这么对怀念友谊的我说。

烟抽得狠，书写得狠，不看你写的《早晨从中午开始》还真不知道你这人已经是一个完整的“巴尔扎克”，巴尔扎克就是长夜秉灯疾书，才患的肝上的病。

你这人真像牛，真像，牛筋，牛脾气，还勤勉耐劳，还……像属牛的人晚年肯定“大展宏图”，你真是没命啊！

山悲悼你！沟悲悼你！友谊悲悼你！让遗憾远离你，一定还会有小路遥们循着你的脚窝点种子。

今天山真远，日头也真薄。我现在就只能看见你从一辆自行车上跳下来和我打招呼的情景。“听说你正忙着写又一巨著呢。”我的眼里只有羡慕和喜悦。“哪里，就是回了一年家！”你应答。声音细得像蚊子，这一声“叫唤”怎么不像吃钢咬铁的汉子？

听说你是先“没了家”，后“没了人”的，是啊，写书就是回家！你的家还在，而且永远温暖。你归去时紧念的不是妈妈的饭。你是在这个家里睡着了吧?

路遥!归去!

(1993年3月1日)

悼 冯 至

卞之琳

中国社会科学院外国文学所去年初就向所内外征稿编《冯至先生88寿辰纪念论文集》，准备在今年9月17日适时出版。我感到义不容辞，答应写一篇《诗与小说：读冯至创作〈伍子胥〉》的文章。君培本人听说我的选题，很高兴，因为现在少有人谈他这部小书了。

老来君培还是爱护新生事物的，他总是有选择的。也许只能算是年迈人的偏执吧，一些“代沟”总难跨越。

如我们都看不惯超前消费的吃喝玩乐风、摇滚乐什么的新时髦，写白话新诗盲目从港台转搬西方部分现代诗不用标点而加以强化到一律废除标点的花招，等等。体质上我们的不同情况中也有相同点：行动欠灵便首先从腿脚开始。也算是对我六十岁下干校劳动还照我急性子走路的习惯节奏、捷步方式的惩罚，如今我在这方面是后来居上了。至于我手抖却本来在先，三十年前我就开始不能用毛笔和钢笔以至只能用圆珠笔写蝇头小字，因为一放松就会成鬼判符。近年来我们都尽可能少出外，谢绝社会活动。然而令我望尘莫及的是：君培直到最近还会给人家题字，有求必应，还曾给文学青年开的书店写大字招牌。他文思敏捷，写文章一篇接一篇，挥洒自如，文风从容或恣肆，偶尔写些诗，诗风明净或锋利。一年来他为上海《文汇读书周报》就写了七八篇专栏文章《文坛边缘随笔》。这些都不减当年（20 世纪 40 年代），十分耐读。

我们现在还同属一个单位同住东城，却已难得面晤，只有通过电话交谈几句。

去年9月17日，我也只有在电话里祝他一声寿。过了几天我从电视新闻中得悉胡乔木去世，想到他和我差不多，不爱看电视，当时顾不上看《新闻联播》，当晚可能没有看，就在电话上告诉了他这条不幸消息。他听了不由得一怔，随即感叹说：“唉，又是在秋分季节！贺麟也就走在这几天。传说秋分、春分是两个关口。歌德作古是在春分节。”我暗想总还有不少个“立春”“立秋”在前头。可是过几天他又住了医院，问他家里人，说是没有检查出什么，我也就不以为意，他这几年已经进进出出了几次医院，不久我向他家里探问，他回家了，亲自接了电话，说是住医院反使感觉虚弱。后来他又进了医院，再回家却不能亲自接电话了。纪念论文集编辑组担心了，告诉我说已收到了不少篇稿子，准备抓紧超前编印出这本书。我听后心情沉重，决定尽可能排除一切干扰，赶写我这篇稿了，无奈愈急愈理不清文思，冬天白昼短，我还连续熬了一些夜，终于在年底前把还处于提纲状态只是安排得前后能呼应的几篇文稿交出去，赶上纪念论文集的当班车，不使它太误点。

今年2月16日(“雨水”节气前两天)得悉君培病危，我和冰夷、可嘉，同车冒大雪去协和医院看到他的时候，他正处于昏迷状态，我们只和他的女儿姚平到会客室交谈了几句。2月22日噩耗就接着来了!

我生平第一次学写了一副挽联，怕不合格，排成分行新诗形式如下：

春也要分，秋也要分，
像今岁还刚过了几天“雨水”。
东能融合，西能融合，
想四季都有通人翘首“风旗”。

(1993年3月19日)

哀悼夏公

白　杨

2月6日，我在北京养病期间，惊闻夏公在医院去世，不禁悲从中来。夏公是世纪同龄人，虽已九十五高寿，但他的生命力非常旺盛。去年秋天刚祝贺了他的革命文艺生涯六十周年，本来大家盼望能在下世纪开始的一年庆祝他的百岁生日，但不料病魔夺去了他的生命。这是我国文化界的一大损失！

夏公是我的长辈，我的严师益友。抗日战争期间，香港沦陷后，夏公克服了千辛万苦，辗转撤退到重庆。为了唤起广大民众和知识分子，认清法西斯的真面目，坚定抗战到底的决心，应中华剧艺社应云卫先生之约，夏公很快地写出了《法西斯细菌》的剧本，当时由我扮演日本妇女静子的角色。我一直保存着用“抗战纸”印刷的这本书，早已发黄的扉页上留着夏公当年的亲笔题字：“你光辉的演技给我留下了愉悦的回忆。”

后来有人找我主演陈铨的话剧《野玫瑰》，我询问阳翰老和夏公：“这个戏怎么样？”阳翰老连连摇手说：“编剧陈铨是文化特务，这个坏戏你可不要去演。我们要演自己的戏！”于是夏公以一个月的工夫，把托尔斯泰的名著《复活》改编为话剧，由我扮演女主角卡秋莎·玛丝洛娃，并以这次演出为中苏文化协会募捐。

解放后，为了纪念鲁迅逝世二十周年，夏公又把鲁迅的代表作《祝福》改编为电影剧本。经过好几个演员试镜，最后终于确定由我扮演祥林嫂。这部影片在卡罗维·发利国际电影节上获得了“特别荣誉奖”。

夏公的行动特别敏捷，精力充沛。在重庆的时候，有一次吴祖光先生邀请夏公和我到他在唐家沱的家过年，他在崎岖小道爬坡上山，健步如飞，我这个年轻人居然赶不上他。夏公写文章、写剧本都是有名的快手，他办事说干就干，从不拖拉。

夏公的个性非常倔强，坚韧不拔。他原来在日本学的是工科，为了革命的需要，转向文艺工作。他原来没有搞过话剧，但是硬着头皮学写剧本，获得了成功；他原来没有搞过电影，但是硬着头皮学编影片，做出了贡献。解放后，他担任文化部副部长，他原来没有搞过京剧，但是硬着头皮研究京剧，成为了内行。他迎着困难上、勇于承担重任的精神，值得我们大家学习。

夏公离开了我们，但他的风范永存。

(1995 年 3 月 1 日)

平凡的高尚

——怀念曹辛之先生

柯文辉

曾接到一张名片，头衔多达三十。曹辛之先生的名片除用刚劲的行书签名外，只有地址、电话号码，朴素、亲切，不愧装帧大家风格突出的小设计。我将此名片作书签夹在先生的诗集里，当作他为人的缩影，一如南洋诗翁潘受的佳句：“平生履历无夸处，但重头衔一字人！”大写的人，平凡而又高尚的风采，在亲朋故旧记忆的屏幕上留下永生的微笑，谁说他离开了我们？

七年前的中秋，他和王子野先生在美术馆走廊上碰到我，便一同坐下小憩。曹公说：“中国书籍装帧很幸运地受到鲁迅翁指导，献身这门艺术的人为数不少，但在美术出版部门仍是‘少数民族’。有的艺术家如富于开拓精神的陶元庆已经为后辈淡忘。王老要你编辑几册《装帧家列传》，建议每人写传略及创作经验一万字，你写两千字评论，附上彩图四件，黑白图多一点儿，健在者由所在单位出资两千元，去世的由王老和我另行设法解决，把历史真相与宝贵经验传下去，让同行有点奔头，要关心人啊！”

我向二老提出知识、资金两贫乏，难以胜任。

“我们是人口众多、历史悠久的大国，书籍艺术很能反映民族气质，要有大国风度，堂堂大气，耿耿正气，承前启后，传播东方文化强烈的个性，培养后生健康向上的审美意识，是大技，不是雕虫小技，需有一批有志有才的艺术家去奋斗，你不该畏缩不前，怕难是自私！”曹公一向谦和，这回非常严厉，王老支持他的批评，同样不留情面，令我在愧疚中感受到前辈人的厚爱，背如芒刺，心沐温泉。

“我的作品平平常常，极少用绘画手段，想突出宋体汉字丰饶的文化底蕴，字大醒目，避开广告味，删去多余的装饰，你要多提意见！”

“您是元老，我不懂什么……”

“不对，第一代书籍艺术家钱君匋还健在，我是20世纪30年代末才入伍的设计者，何况钱老在治印上是我的老师辈！”曹公一激动就有点口吃，脸色变得微红，显得年轻十来岁。“要写文章表彰苦求书卷气与民族个性的书与画，让读者接受。批评一些虽有才气却追求豪华而不顾读者负担，以烦琐纤弱为美的人；批评单纯模仿日本工艺、港台市民趣味，滥用所谓‘美女’照片的庸俗之作！”自惭不曾按照他的嘱咐写出掷地有声的评论，但先生那股诗人的热情，令我没齿难忘。回顾他从二十岁创办文艺刊物《平话》至1985年主编的《诗书画报》，为长者和同时代人设计的大量书面，可谓言行一致，雅不避俗，以雅乱俗，雅以导俗，取得了很卓越的成就。即使在印刷条件很差的重庆、上海，他编的《全民抗战》《新创造》《中国新诗》，除内容反映大众呼声外，刊物的封面、题头、尾花、插图、文字编排都经过思考，故而整体效果出色，拥有大量读者。

曹公多才多艺，出于尊敬同情工人的繁重劳动，他用劳动号子的谐音“杭约赫”作笔名，发表诗集《撷星草》《噩梦录》《火烧的城》《复活的土地》，活跃于20世纪40年代文坛，后来又出版诗选《最初的蜜》，受到艾青好评。就版式而言，天头很高，标题落地，连标点符号的运用也跳出俗套，全书面目秀劲清新。作为三种诗刊的编者，培养过好多新秀，园丁的汗雨没有白流。他刻的笔筒臂搁，古拙自然，把废弃的竹根变成精致的艺术品。曹公在七十岁之前，朋友求治印，无不欣然奏刀，钱君匋称他的印是“雍穆浑厚男低音”，出自赵之谦、吴昌硕、齐白石、乔大壮诸家，自成一格，带点装饰美。他多次说：“这点艺术个性恰好是印家毛病之一，而我不想自拔，辜负许多大好时光！”我曾在周颖同志（聂绀弩夫人）家见到曹公揭裱的王献之《十三行帖》，整旧如新，虽系票友，手段不让老艺人。他在任何一个领域的成就，都够我们苦学一生而望尘莫及。

曹公诲人不倦，对登门求教者，总是亦师亦友，和蔼可亲。他走得非常突然，我总觉得他到异国讲学去了，并不相信他已离开人间，仿佛有一天他还会大笑破门而入，为我念诗，谈印，也还带点口吃……

（1995 年 6 月 12 日）

别了，冯牧！

张光年

明知道这一次的悲痛和损失是无法避免的，可是噩耗传来，迄今还是难以置信。我们文学界最热心公益的同志，最受到广大文学工作者信赖的同志，我的长时间休戚与共的友人，就此溘然长逝了吗？

自冯牧发病以来（他患的是血癌），牵动了文艺界多少人的心情和思绪！使得大家牵肠挂肚的，是这样一位学识广博、才华横溢的人，把全身心献给社会主义文学事业的人，对当代作家，尤其是新进作家怀有很高热情的人。我们文学界不能没有这样的热心家。

冯牧同志早就大发宏愿："……我要在我力所能及的情况下，把我的主要力量放在坚持和宣传我自认为正确的文艺方针和文艺思想上，放在对于文学新人和文学新作的发现和培育上。"（见《窄的门和宽广的路》）大家看到了，他出色地完成了自己的宏愿。特别是20世纪80年代以来，由于他坚持不懈地慧眼识英才，健笔推佳作，大有助于新时期文学的繁荣壮大，赢得文艺界和广大读者的赞许和尊重。

新时期以来，几乎每一部文学佳作的问世，每一颗文学新星的闪现，都及时地受到这位老练的文学评论家的注视，不少作品得到他亲切的评述。近几年来，一部分年轻作家回避现实，贪走捷径，遁入自我陶醉的空门，也得到他恳切的劝告和提醒。

冯牧也是一位优秀的散文家。印象深切的是，云南边疆壮丽的河山，一些游人罕至的原始森林和少数民族村寨，在他的笔下得到富于诗意的描绘。收入《冯牧散文选萃》的若干篇怀人之作（怀念当代老作家、文艺界友人），显示出他敏锐的观察力和清晰的记忆力，具有引人深思、感人肺腑的力量。

自20世纪50年代末以来，我和冯牧共事三十多年。其间“文化大革命”十年不叫共事，是共患难，在共患难中加深了相互的理解和关怀。文路多艰。我觉得，直到党的十一届三中全会以后的十年间，冯牧同志的热情与才智才得以大放光彩，在文学的编辑、评论、创作和组织工作中，他时常废寝忘食，劳以忘病，为人民的文学事业做出了多方面的贡献。

冯牧爱朋友，朋友们也爱他。他家里时常高朋满座，交流文学工作的经验和信息。谈笑风生之际，他也常忘掉自己是个病人。他的胸肺曾经动过大手术。在寒冷季节和酷热季节，他被哮喘病折磨得难受。在“五七”干校劳动期间，他几次对自己的病情感到悲观。

他闯过来了，并且同全国文艺家们一起，迎来热情奔放的80年代。但这一次，他怎么得上了白血病！“斯人也，而有斯疾也！”这是令人痛惜无已的。

他对文艺界朋友推心置腹。朋友们不会忘记他。

他对青年作家满腔热忱。青年作家们不会忘记他。

他对党和人民的事业忠心耿耿。党和人民不会忘记他。

别了，冯牧，我们的好同志！

(1995 年 9 月 17 日)

送　荻　帆

曾　卓

9月5日上午10点多钟，接到荻帆夫人高思永的长途电话，她啜泣着告知荻帆于当日凌晨在北京协和医院去世。我连连大声追问，实在难以相信。我知道这半年来荻帆身体不好，最近又住进了医院，我们一直保持着电话或书信联系。前几天我还收到他8月26日的来信。他虽为病的折磨而苦恼，但对康复颇有信心。而且两天前我和在京的绿原通过电话，他说9月1日到医院去过，获帆的腿肿正在慢慢消退，打算只住一个月就出院。获帆还谈到他即将出版的长篇小说，谈到年内外出的计划……绿原说看来获帆很正常，要我放心。我要他转告获帆，10月份我将到北京参加一个会，还有几个老朋友也将去，我们又可聚一次。——怎么，怎么，怎么他竟突然离去了呢？！

我是1940年夏天认识获帆的，到现在整整五十五年了。八年前，获帆七十岁时，我写过一篇《记获帆》的长文，回忆了我们之间交往的情况。最后说："我没有展开我的记述，那将是太长了。"此刻我更没有可能详细记述，但许多往事都浮现在眼前。从五十五年前在北碚嘉陵江畔的初遇，到去年9月几个老朋友的庐山之游，年底在深圳举行的"国际华文诗会"期间的几次深夜畅谈，几十年来的风风雨雨更显示了友情的珍贵和温暖，而且随着岁月的积累更为深挚，却又保持着当年青春时期的色调。一位青年曾笑着说，你们相处时完全不像是年过七旬的老人，那样亲密，玩玩笑笑，比我们青年朋友相处时显得还热烈。而我也一直怀着年轻时的心情，总以为来日方长。他的友情在我的生活和内心中，都占着很重的分量，是我不能失去的，现在却失去了。

1984年秋，荻帆患了严重的心脏病。那年的岁尾，在京举行中国作协第四次代表大会，几个出席大会的友人于1985年元旦去看荻帆。他挣扎着从床上起来，要求和我们共同照一张相。他用低微暗哑的声音说："留下一个纪念吧！"朋友们都感到凄然。可喜的是，不久后他终于从死亡的阴影中走了出来。这十年来，他又做了不少工作，写了不少作品，国内、国外跑了不少地方。今年5月，他住过一次医院，病情较重，朋友们都有些担心。但他于6月份出院了。来信说，朋友们的关注使他很感动，即使为了友情，他也要好好活下去。他在家休养了一段时期，未有大的好转。在8月份他又一次住进医院。他的病情和心情都不像十年前那样严重。他还在期待着一部已看过清样的长篇小说早日出版，他还在病床上继续着《中国新文学大系1949—1976》诗集的主编工作，朋友们也都盼着他早日康复，完成他自己的许多计划和心愿。没有想到，他自己也没有想到，却突然离去了。

每一次我到北京，即使再忙，再匆匆，也要去看荻帆。我们总有那么多谈不完的话，总是很珍惜每一次见面的机会。这一次，我于9月7日晚上赶到北京，为的是在他8日上午火化前见他一面。但我们不能交谈了。他安静地躺在那里。我没有勇气直视他。我向他鞠躬。我在他的亲人们的低泣声中缓慢地走过他的灵床。我竭力控制自己的感情却还是忍不住流泪。几十年来，我们曾多次分手又相聚。这一次，却是永别了。

是的，荻帆，永别了。“斯世当以同怀视之”，我正是一直以你为兄长的。你一走，不仅使我有难以承担的悲痛，而且我感到这样的寂寞，深深的难以承担的寂寞……

(1995年11月1日)

情纯如梦

——怀念音乐家王洛宾

耿玉昆　赵以雄

20世纪70年代中我们初踏丝路，一次应新疆军区军人俱乐部之约作两幅画，安顿住在剧场楼上。远处传来熟悉的歌声，随声走进幢旧楼，楼道里弥漫着煤油炉等杂味，在黑暗中摸索到传出歌声的房门，冒昧地敲门。开门的是位身穿棉军服精神矍铄的老汉，他一听我们是北京口音就说：“老乡！从哪里来？”我们自我介绍后就亲热地攀谈起来。当我们知道这位是老音乐家王洛宾先生时，不禁肃然起敬。

五十年前我们少年时代，从北京师范大学传来的优美歌曲《在那遥远的地方》《阿拉木汗》《马车夫之歌》《掀起你的盖头来》便风靡各地。我们兴奋地与王先生聊天，谈老北京，谈前门楼、陶然亭、四牌楼，谈灌肠和豆汁，先生已好多年没能回北京了。

他听说我们专程考察丝绸之路时，说也想创作一百首丝绸之路的歌。提起创作，他眼里闪烁着纯情的光，就坐在钢琴旁，翻出一摞琴谱。不觉已到午饭时间了，先生说：“我去打饭。”我们在简陋的斗室观察，钢琴上摆着故去的夫人相片，相框上搭着黑纱，似乎寄托着老人家的一往深情。不一会儿王老从士兵大食堂打饭回来了，端着饭盒、大搪瓷缸，菜上汪着腥油，汤里漂着肥肉，老先生还过着士兵的生活。我们说：“这样下去身体会搞坏的。”他却答：“我一辈子都在吃食堂，习惯了！”我们建议先生应该考虑成个家，他不以为然地说："有不少人给我介绍过对象，可是我有一个条件是：这个人必须能陪我游过红雁池。"

1989年11月底，我们自己开车开始了考察国外的丝绸之路，昼夜兼程，为了在大雪封山前跨过帕米尔的红其拉甫山口，只能在乌鲁木齐停留一天，安排下午与新疆画院画家座谈，晚上去拜访王老，但是修车却耽误了整整一天，座谈会没开成，九点多了来电话说："王老和学生在等着你们。"我们急忙开车去王老的新居，先生早已在门口呢！先生的居室大了，有了自己的琴房，但仍很简朴，那张夫人的照片仍然在钢琴上，依然披着黑纱。琴房中挤满了他的学生。因为天色已晚，没有时间多问寒暖，一场别致的家庭式的送行音乐会开始了，先生边唱边弹，学生亦唱亦和，人们随着词曲时悲时欢，我们两个"观众"也沉浸在音乐之中了。

王老说："今天给你们夫妇准备了一件小小的礼品，昨天晚上我为你们的丝绸之路之行写了一首歌，今天和学生们排练的。"他坐在琴前正了正凳子，突然双手敲击在琴键上，在优美的前奏后引来了合唱："一对天鹅飞向远方，飞向丝绸之路，捕捉友谊的芳香……”歌声高昂此起彼伏，结尾处渐弱，似是驼队走向远方。在曲终的暂短的静寂中，传来纸张的沙沙声，先生递过一张谱纸，上边记录着词曲，末尾落上先生的签名并揿上两方红色印章。“留作纪念吧！祝你们一路平安！”

从某种意义上说，是王老的歌把我们引上丝绸之路的。他的歌创造的世界，使我们无限向往。我们驱车经过六盘山麓的和尚铺时，想起先生在小客店中，听当地妇女唱花儿；在青海湖畔我们看到美丽的牧羊姑娘，达坂城的石路硬又干，响起车轮马蹄声；在高昌故城看见半个月亮爬上阁楼遗址，经瓜乡和葡萄沟来到吐鲁番西三百六十里的乌鲁木齐。如今我们将乘着歌声的翅膀，飞过帕米尔，飞到伊朗，飞到地中海边，在此殊荣面前，在接受这份厚礼的时候，不禁震颤，想到的是如何不负先生的厚望和朋友的深情。

王先生是北京人引以为豪的音乐家，成为家喻户晓的人，我们陪先生去前门东打磨厂的利群家庭烤鸭店，那里是王先生曾经生活过的地方，六十多年来街道依然如故。在问路时，一个小伙子扒着车窗，认出了先生，说：“您就是西部歌王王洛宾吧！”北京人喜欢王先生的歌，北京是先生魂系梦萦的故乡，我们劝先生回归故土吧！但他却说：“我不能回来，我的根在新疆！”

五十年来，半个月亮爬过多少乌云，见过多少沟壑，而今皓月当空，他应该享有人们对他的赞誉，应该拥有温馨的家庭，然而他却离开了我们。我们打开他最后来的一封信，他写道：“我把西部美的民歌奉献给人们，如果大家能在我的歌集中得到一点儿美的满足，那我这一生就太满足了！”先生去了！先生给我们的不是一点儿美的满足，而是为世世代代的后人留下最美的歌，这歌将和日月同辉，无限地满足人们对纯情的追求！

(1996 年 4 月 1 日)

送别周怀民先生

冯其庸

周怀民先生以九十高龄与我们分别了！

周先生是我的同乡前辈，我与他相交已近半个世纪。他年轻时家境清寒，很早就到北平谋生，供职于一家电信局。他从小就喜欢画画，到了北平以后，只要有点时间，都用在画画上。那时他全靠自学，经常怀里揣着两个窝窝头，到故宫博物院去临摹宋元的真迹，往往一去就是一整天。他那时对宋元的山水画简直如痴如醉。有一段时间，他住在颐和园内，生活几乎到了断炊的地步，有一次张大千先生去看他，回到城里，就叫了一辆人力车，给他送去一袋面粉。他尽管生活这样艰苦，仍旧全心全意地追求艺术。

后来，周先生的画逐渐为人所重视，能够换一点钱了，生活也稍稍有点转机。为了进一步临摹宋元真迹，他节衣缩食，购买一些宋元的画，以便临摹。这样日积月累，周先生又逐渐收藏了一批宋元明清的珍品，而自己积数十年的功力，在鉴定古书画方面，也有很高的眼力。

周先生在宋元山水画上是下过苦功夫的，因为他临过不少真迹，所以能有深切的体会，这种领悟后来都在他的画上体现出来了。我曾看过一部分他中年时期的画作，地道的宋人笔墨，行笔之峭拔爽利，构图的古雅，加上文徵明体的小行书款识，即使置之宋人的作品中，也毫无逊色。周先生特别精于画水，他对宋代马远的画水，也深有研究。在不少山水作品中，对于水的描写，都很突出。他曾有一幅《北戴河》，大概是六尺整幅，全是水面和水面上飘摇于风雨中的几叶渔舟，右上角题了毛主席的“大雨落幽燕”这首词。画幅气势雄伟，完美地表达了毛主席的词意。

周先生还善于画芦塘，往往在山水画中，间以芦塘，有时是数笔潇洒，有时是丛苇密阵，都能得天然之趣。周先生的故乡无锡，是有名的太湖之乡，自然与水有缘。我曾见周先生20世纪50年代初的一批写生册页，有数十幅之多。画风是工写结合，虽然仍可见他的宋元功力，但已开始转向雅俗共赏、流丽温雅了。这批册页的成就是他善于用传统笔法以反映现实生活而达到自然和谐，达到艺术上的完美。周先生后来的山水画，逐渐减少了宋元的面貌，而增加了江南山水的特色，直到晚年。所以研究周先生的山水，可以发现他后期的山水与他前期的山水有较大的跳跃。

周先生还擅于画葡萄。他画葡萄，不仅用背面敷粉法，而且注意用光，所以写实感很强。周先生也喜欢画梅花竹石。他画的梅花，铁骨冰姿，给人以凝重坚贞的感觉。

人们都一直不知道周先生作画是否从过师，有一次周先生恰好给我谈到这个问题。事情是因一篇文章引起的，可能这篇文章强调周先生的自学有点过头了，引起他的不安。他对我说，他的老师是吴镜汀先生，忘记了自己的老师是不应该的。其实不是他忘记老师，而是写文章的人忽略了。就从这一点看，周先生为人是敦厚的。

20 世纪 80 年代初，周先生忽然对我说，他要把他的藏画捐献给国家。那时这样做的人在全国还很少见。有人曾劝他卖掉一幅名画，可以买一幢住房，他却坚决拒绝了，而他长期以来只住两小间的一套陋屋。还有一次可能是住处的有关领导劝他再就地扩充一下住房，他对我说，也不必了。他宁可自己住着这样的简陋住房，却把一批宋元的珍品捐献给了国家。

周先生病重住院后，病势稍好一点，就给我来电话，说长时间不看见我了，非常想念，就打个电话吧！隔了些时日，我要因公外出，就到医院去看他，一进病房，几乎不认得他了。一段时间不见，瘦得有点变样了。

我只好忍住心中的悲哀，默默地看着他。后来周师母对他说：“冯先生特地来看你了。”他随即稍稍转身，却对我念了两句诗，问我平仄对不对。这真是出我意料。我连忙对他说：“全对，你不要再多花心思了，好好养病！”他就默然。我大约默默地对着他坐了半个小时，就起身告辞。他微微动了一下，没有说话。

周先生的一生，是朴实的一生，勤劳的一生，真诚的一生。他在艺术上的成就是卓越的，因而赢得了崇高的国际声誉，但他依然一领青衫，自得其乐。

(1996 年 11 月 7 日)

送端木蕻良远行

方 蒙

10 月 12 日清晨。天阴沉，雾蒙蒙，我们一行到八宝山为端木蕻良送行。

我和端木相识五十年了，不知分别过多少次。每次分别，又每次重逢。可是这一次，端木却永远去了。永远不能再重逢了。

五十年前，在重庆嘉陵江与长江汇合处，我和他站在江岸上，看着滚滚东流的江水，哼着他写歌词的《嘉陵江上》的歌曲，怀念着刚从日本侵略军铁蹄下解放出来，又遭受到国民党内战炮火摧残的他家乡东北的父老乡亲。后来他离开重庆去上海，我与友人又哼着《嘉陵江上》的歌曲，在江边为他送行，并相约在上海重见。

不久，我们在上海相见了。1948年底，这次，我们不是送别而是同行，乘火车去香港。这时，淮海战役已近尾声，国民党数十万军队惨败。国民党统治区江南一带，人心浮动，混乱一片。临走的晚上，端木的二哥、二嫂到火车站送行，开玩笑说端木从小体弱，托我把他这件"活行李"带去。我说一定安全、鲜活地送到。这时火车车厢内，有国民党军队溃散的军官和家属，有跑单帮、做生意的商贩。火车每到一站，早已挤满的车厢，车门很难打开。月台上的人便从车窗翻爬进来。车厢内早已人满，行李架上是人，坐椅背上是人，坐椅下面是人，走道行李上是人，加上坐位上的人，共有五层之多。车门、厕所也被占满。端木好不容易补上一张卧铺票，"活行李"才保持鲜活到达广州。

从广州到香港的火车上，我和端木并肩而坐。车渐渐南行，端木也渐渐沉默不语。后来眼圈红了，我知道他在想念萧红。到达香港的第二天，我们同去西环半山，在圣士提反女校操场边上的一棵树下，端木站住了。说萧红的一个骨灰瓶葬在这里，另一个葬在浅水湾。那时，1941 年底，日军侵占香港，征用医院，开刀不久的萧红也被赶了出来。因伤口感染，药物缺乏，不治而逝。次日，我们去浅水湾，找到海边一棵树下，萧红的另一个骨灰瓶葬在这里。当年还用石块砌成一圈矮墙，现矮墙仍在。端木说，萧红当年患喉结核。其实不用开刀，只要增强体力，仍可治好。但萧红坚持要开刀，端木拒不签字，但萧红另找人签字，动了手术。香港医疗费用昂贵，医院催付费用。端木请一位东北友人在医院照顾萧红，自己到处借钱。战时交通不便，一双半旧皮鞋跑穿了鞋底，才借到钱还清医院欠款。萧红逝世后，有人说端木不义，弃萧红而到处外跑。悲恸中的端木，对此未加辩解，认为人已去世，何必多言，默默地承受着直到今天。

“文化大革命”以来，端木多病缠身，几次住医院治疗。但仍断断续续撰写长篇《曹雪芹》，已出版了数十万字的上、中卷，并着手写下卷。后因脑血栓迫使他搁笔，终离开了人世。

在告别室里见到端木遗容，他消瘦多了。端木张开的嘴未闭上，我想是还有话想说。端木从小勤学，二十二岁时创作了《科尔沁旗草原》，一举成名。后又创作了《大地的海》和许多短篇小说、散文，他没有辜负读者的期望。在动荡不定的生活中，他能排除干扰，默默写作，活到八十五岁。这需要多么坚忍的毅力和信念。

(1996 年 11 月 23 日)

忆荒煤同志

陈　播

荒煤同志已离开我们两个多月了，作为电影界的老前辈、老领导，他的音容笑貌还时时浮现在我们的眼前。

荒煤一生关注中国电影的事很多，我以为首先是中国电影文学的建设。

当荒煤走上电影岗位时，正是新中国电影初创时。当时，周恩来总理和陈云副总理对电影工作做了重要指示，要充实电影创作干部，先要充实编剧队伍，要加强在全国组织剧本创作，要发动创作人员深入生活，电影剧本不能由业务部门审定，要由宣教部门审定。荒煤根据这些指示精神到各厂做调查研究。以毛泽东的《在延安文艺座谈会上的讲话》为指导思想，在1953年3月，由他主持召开“第一届全国电影剧本创作会议和第一届电影艺术工作会议”，他在会上提出“在银幕上塑造工农兵英雄形象”的重要问题。他强调电影艺术创作要尊重文学的创作规律，首先要写好人，写好人的各种不同的性格，写好性格冲突，要写人的命运、人的复杂情感，以情感人，写曲折的冲突，写情节的演变，写巧妙的结局，来吸引观众、感动观众，以情暗示主题以影响观众，才有可能达到较深刻地影响和教育观众的愿望。

为实现上述重视电影文学创作的指导思想，他首先要求各电影制片厂的厂长们在领导电影创作实践中，要提高自身的文学水平；推动厂长们重视电影文学，指导创作和编剧队伍的建设；把电影局所属的“剧本创作所”的作家们分别送到各厂，要求各厂有一批专业作家骨干队伍；督促各厂组建文学编辑部，培植编辑人员；他还动员各地作协的作家特别是青年作家来写电影剧本；向电影导演们和其他创作人员提出，要提高文学修养和文学素质。不久，夏衍也调来文化部领导电影工作。他敬重夏衍，在夏衍的指导和帮助下，拓展20世纪30年代左翼电影运动中电影文学的优良传统，提出新中国的社会主义电影文学理论，长期在指导电影创作实践中坚持和发展这一理论，形成中国社会主义文学中的一种新的独特品种——中国电影文学。这既是为了摄制电影而设计的文学构思“蓝图”，提高电影文学的审美价值，也可以单独为读者提供文学欣赏阅读。

荒煤非常重视电影的文学表现力与文学表现技巧，重视苏联电影导演艺术创作经验，不但自己学，还介绍给其他创作人员；他用文学创作规律分析电影表现人，表现人与人之间的复杂关系和性格冲突，表现典型环境中的典型性格的艺术方法和技巧。荒煤特别重视对中外文学名著的分析，借鉴运用，以此来提高我们的鉴赏力和指导创作的能力。

荒煤为了建设和提高整个电影文学队伍，在北京、上海和各厂分别办训练班、学习班及学校，为各厂和各省、市的作协培养出许多能写电影剧本的作家。他帮助各厂总结经验，要厂长善于做“红娘”促使导演和志趣相近的作家相互合作，取长补短，使许多作家逐渐“通电”，大大地提高了剧本创作的成活率。

从1953年到1958年初，由于各厂重视电影剧本的电影文学创作，电影文学对导演也产生了积极影响，电影产量逐年稳步上升，影片质量也在逐年提高，开始出现了《渡江侦察记》《上甘岭》《董存瑞》《平原游击队》《梁山伯与祝英台》《天仙配》《鸡毛信》《羊城暗哨》《家》《十五贯》《女篮5号》《柳堡的故事》《永不消逝的电波》等许多优秀影片。

1959年初，周恩来总理向电影界提出“要两条腿走路”，要贯彻党的“百花齐放”方针，要重视提高影片质量，为国庆献礼。夏衍提出电影不仅是对人们进行思想教育，而且应该给人们以艺术享受。在国庆十周年献礼片中，拍出了《林则徐》《青春之歌》《冰上姐妹》《我们村里的年轻人》《风暴》《聂耳》《林家铺子》《回民支队》《海鹰》《万水千山》等影片，电影创作开始注意到题材样式的多样化，重视了电影文学，描绘了人的感情，塑造了主要人物的崇高形象，使观众深受感动。

1961年初，由荒煤主持起草了《关于加强电影艺术创作与生产领导的意见》，他总结前一个时期的经验教训，提出正确贯彻党的文艺方针和政策，如何根据文学、电影特定的规律，加强对故事片创作的领导问题。他还把积极培养和扩大专业编剧和编辑队伍，不断吸收青年作家和业余作者参加剧本创作……培养新生力量，壮大编剧队伍问题提到日程上来。荒煤总是从电影发展的战略高度来强调电影文学的建设。

在新时期，荒煤又回到电影岗位上来，他和夏衍又重新强调电影文学的建设，从理论上进一步阐述：电影文学只有按文学艺术本质和自身的规律，重视人、人性、人道主义的描写发挥，才能深刻描写人际之间的复杂矛盾冲突，刻画人的深层内心世界。

荒煤把文学带给电影，在我国创立了电影文学是电影艺术和电影制片基础的理论，而影响我国社会主义电影具有深刻文学审美和民族风貌的影片的成长和发展，则是我们今后要继续研究和发展的重要课题。

(1997 年 1 月 9 日)

送徐迟远游

曾　卓

原约定去北京参加全国作家代表大会回来后就去看他，谈谈这三个月来在海外的见闻和在京开会的情况。没有想到，就在我将去北京的那天清晨（12 月 13 日），得知他骤然离去的噩耗。难以相信，真是难以相信。怎么，怎么就这样走了呢？

原还约定，在 1996 年 10 月下旬，我们一同去广东省的中山、佛山，参加第三届“国际华人华文诗会”

（“两山诗会”）。由于我在海外没能如期赶回，无人做伴，他也就没有成行。近几年来，他极少参加社会活动。但前两届在惠州和深圳举行的“国际华人华文诗会”，他都应邀去了。在与海内外诗友们的相处中，他显得那样高兴、愉快。在晚会上，激情地朗诵诗。在联欢会上，翩翩起舞。他的子女、他的老友野曼都说，要是参加了“两山诗会”，他的心情肯定会好一些，也许不会发生后来的变化……啊，早知如此，我真该克服各种困难赶回来的。

而他走了，如此匆匆。临走时，他的电动刮胡刀还在充电。那是他亲自安上的。

就在离去的那天下午，他还在询问为他预订 12 月 25 日赴海南机票的事。他应允了去海上石油开发公司采访。那边已做好一切准备。

而且，十二卷本的《徐迟文集》最后八卷还等待他编定。自传体长篇《江南小镇》才只写到 20 世纪 60 年代初，等待他去完成。即将出版的他自己的三本著作——报告文学集、散文选和读书随笔，还等待他看最后的清样……

他的报告文学集所用的书名是《生命之树常绿》，而他却匆匆走了。

这些天来，心绪从最初的震惊转而为沉痛的茫然状态。难以承受他骤然离去的事实。几次提笔想写纪念文字都未能终篇。今天也只能零乱地写一点。

在年龄上，他是我的兄长；在文学事业上，他是我的前辈；而在为人上，他在许多方面以身作则地给我以激励。

我永远怀着感激的心情记住这一件事：1979 年 4 月，在他主编的《外国文学研究》杂志创刊号上，发表了我的一篇较长的读书随笔《阴影中的〈凯旋门〉》。从 1955 年反胡风运动开始，我被迫离开文坛二十多年，当时还身处逆境。公然发表我的东西，是需要胆识和勇气的。这篇文章的发表，是我重返文坛跨出的第一步。

这些年来，我们有过多次交谈。而印象极深刻的是在“文化大革命”中的那一次。1969 年，我们分别被关在武汉话剧院的“牛棚”中，平时见面都很困难。

记不清是由于什么机缘，我们竟得以在一间空阔的排演场中长谈了一两个小时。当时我们都受过大的冲击，还正被管制，能够谈谈心，真是“相濡以沫”了。他有两句话使我铭记。我听说，他没有到过巴黎却对之十分熟悉。我问他：“你喜欢的是巴尔扎克、雨果、波特莱尔的巴黎吗？”他回答：“我喜欢的是建立了第一个公社的巴黎。”当时，未来凶险难测，我问他有什么打算。他平静地说：“我准备过任何生活。我能够过任何生活。”——前一句话表达了他的人生信念，后一句话表达了他性格中坚强的一面。特别是后一句话，在我心中引起了震动。我暗暗地想，他比我年长，他能够做到的，我应该也可以做到。

不久他就转移走了。我后来知道，他的确承受了大的折磨和苦难。长达十年的浩劫终于过去。他那被禁锢、被摧残的热情如火山一样迸发了出来。他为新时期的到来高唱，他以诗人的激情和诗的语言刻画当代英雄人物，写出了一系列在全国引起巨大反响的报告文学作品。那是他生命中最活跃的时期，也是他创作中的高峰。

那时他已六十多岁，而他说："我比年轻时好像还年轻了一些呢。"有时我们见面，他总是兴高采烈地谈到他在各地采访中的一些见闻。他的激情感染着我，而他的勤奋对我是一种无言的鞭策。

他向我谈过一些他的写作计划。他打算写宋庆龄传，已着手收集了不少材料；他打算写十本艺术论（其中《红楼梦艺术论》已出版）；他着手翻译《伊里亚特》，已译成四千行；他打算写一本长篇小说《江南小镇》，通过一个小镇几十年的变化以反映这个伟大的时代。后来小说没有写。他似乎很喜欢"江南小镇"这个题目，后来作为他自传的书名了。由于感到时间的可贵和一种紧迫感，他几乎摒却了各种社会活动和一般的交往，甚至也不常下楼。但在交谈中，我感到他对现实还是关心的，有时表现出一种诗人的敏感和激愤，对将来仍满怀信心。

几年以前，他患过一种老人病，动过手术，恢复得还不错。但岁月不饶人，体力究竟不如以前了。后来又住过几次医院。他很畏寒，难耐武汉的冬天。而且，虽然他自己总说习惯于宁静的生活，但我还是为他的孤寂深感不安。我为他介绍了住得与他邻近的青年诗人徐鲁，让徐鲁经常去看看他，并帮助他做一些文字方面的工作。徐鲁诚恳、负责，很得他的信任，是近几年中他最亲近的人。

他住武昌，我住汉口，相见一次并不容易。我最后见到他是7月。他谈到正在赶写《江南小镇》的后一部，已写到20世纪60年代初。我希望他早日完成。他微微地摇头，说后面不好写。他还感叹，由于双肩疼痛，不大能使用电脑了。而他是作家中第一批使用电脑的。过去坐在电脑前可以几个小时不离开。他还谈到一些高科技问题，谈到宇宙的奥秘，这是他这些年来很感兴趣的一个话题。也就在那天，我看到新华社一位摄影记者在年初为他拍摄的一张放大的照片，是我所见到的他不少照片中最好的一张。他显得那样神采奕奕，微笑着望向前方。而我再次看到这张照片，已是在与他告别的悼念会上。他已远游，去探索他所热衷的宇宙的奥秘了。

(1997年1月21日)

送绍棠长别离

苏叔阳

我不愿写这样的文字，真的……

那天，我足不出户，赶写一篇稿子。妻下班回家，递给我一份《北京晚报》，低声说："绍棠走了。"

我看了报上那短短的报道，脑子里霎时一片空白。

整个晚上，我一句话也没说，枯坐在小桌前，拿起了医生和家人都不准再吸的香烟。

我赶写的稿子里刚刚写过一句"我们要说的话太

多，所以我们沉默”，没想到自己马上就跌入了同样的境地……是谁在捉弄我们？

几天之前，我还在燕京出版社召开的座谈会上见到他，虽然瘦了许多，但精神还好；兴致勃勃地听别人发言，依旧幽默更兼机敏地插话，为即将付诸实践的“京味文学丛书”勾画框架。我觉得他生命之火在病残之躯里还很旺很旺，怎的就突然熄灭了？！

记得吃饭时，我还向他推荐一种药，我以为对我挺合适，他无妨试试。他只宽厚地一笑。那笑也颇粲然，明亮的眼睛里是股自信与豁达。然而，药无效，他竟这么快这么突然地去了。

那年，他、我和韩少华兄几乎脚跟脚地患了同样的病。我渐渐地好了，他和少华却留下了严重的后遗症。我佩服他的坚强，拖着偏瘫的身子更加勤奋地笔耕。那年夏天我去看他，见他赤着背，在溽热的小屋中挥汗如雨地写作，他那涨出字格的大字，每一笔都膨胀着他工作的欲望。他是将幽幽燃着的生命之火，用心脏的鼓风机吹旺，加倍照亮他热爱的事业。这是种超负荷的运转，是活力的透支。也许，正是这超常的工作酿成他的遽然离去，然而他不计生死、努力劳作，无论如何是种浓烈的悲壮。当我面对死神的邀请时，我真的想到了他。想到应当像他一样不退缩、不颓丧，活一天便敲响一声生命的鼓或钟。他的病比我多，其中有两样是相同的，但我的才智与能力远不如他，对写作的狂热和对事业的执着更不如他。他被评为写作战线上的劳动模范是当之无愧的。

他热爱他的故乡，这是真挚的爱国主义的具体表现。他下定决心一辈子写他的父老乡亲，将全部的精力奉献给运河畔那片生他养他的热土，和那土地上的花和花一样的人民。他不遗余力地提倡“乡土文学”，身体力行，又激扬文字，慷慨壮烈地宣扬他的主张，扫荡颓唐，具有一种舍生取义的气概。

他为人直爽，口与笔同样毫无遮拦，无论是赞是弹，都动摇不了他的信念。有时，我甚至觉得他有点“赤膊上阵”的味道，但一想到一个时时同病魔甚至同死亡相较量的人，不顾一切地冲锋向前，便不免产生敬意。

任你说出千万条臧否的意见，都不能损害他是条响当当的汉子的形象。

“人非圣贤，孰能无过。”由粗壮转为瘦弱又突然迈向空冥的绍棠，无论如何是个惊叹号：“神童”也好，老“右”也罢，什么时候他都不服输，永远举着心里的旗，奋力冲锋。他的这种精气神永不会消散。他不把玩自己的哀伤，不沉吟一己的坎坷，而是超越自己的命运，将目光和真诚的心捧给他热爱钟情的乡土和人民，这种气概让我敬佩。

他留下了一摞劳绩，后人将会评说。但我以为他的精神正是今天所需要的。他的作品或许更具粗犷的韵味，但比那些强迫读者为一己小小的不如意而流泪的作品，要有价值得多。在一个最需要团结奋斗、面对机遇与挑战的悲壮时代，我们竟浮泛四起，飘曳似的为各种轻薄的风所吹动，绍棠的作品与作风，实在应当为我们所肯定。

然而，他太不顾自己了，太劳累了。一位半师半友的同行感喟说：“他给自己上的弦太满，他是累死的。”

诚哉斯言，然而，倘不如此，何来这一个刘绍棠？！

文坛上的安定与团结，是全国安定局面的一部分。在绍棠突然离去的时候，我忽然想到，假如我们都怀念他的工作态度，钟情祖国、爱憎分明与热烈追索坦荡陈言的精神，我们将会获得一种补偿，补偿因为少了当今文坛一大斗士而产生的缺憾。当然，我这愚者，人微言轻，只能表达我对绍棠品格的由衷的崇敬。

死者长逝，后者只有用笔与心来纪念他。但我以为，当代文学史上，会为绍棠写上也应当写足一章的。他的名字，会比他的生命更久长，更久长。

这一段时日，天公无情，夺去了几多活泼泼的智者与哲人的青春，荒煤师、曹禺师……接着又是绍棠。写这样的文字，真让人悲从心起。

真的，我真不愿写这样的文字……

(1997年3月25日)

哀悼我的丈夫黄胄

郑闻慧

黄胄从4月16日上午因为心脏病突发，已经抢救了八天。4月23日下午，医生通知我们去看一看黄胄。听到这个消息，如雷轰顶，我一下子惊呆了。我无力地被人搀扶着到病房，我看见他安详地躺在床上，女儿梁缨抱着她爸爸的头大声痛哭，小孙孙牛牛只管哭叫着："爷爷，爷爷，您醒醒。"我把我的手和黄胄的手紧紧握在一起，把四十四年我最熟悉、最温暖、爱抚过我的他的右手贴到嘴唇上，泪水滴答滴答落在他的手腕上。天哪，我的丈夫，我最亲近的人就这样离开我了。为了以画笔反映社会的现实，这只手在旧中国画过成千上万的灾民生活，留下当时的历史见证。新中国成立初期，这只手画过成千上万的插图、漫画，鼓舞教育人民子弟兵，抗美援朝、剿匪反霸。20世纪50年代中期，这只手绘制出大量反映中国人民以高昂的热情建设祖国的作品，在国际上为祖国赢得了荣誉。60年代，正在绘写毛主席在韶山和井冈山的革命活动的时候，“文化大革命”开始了，这双手被捆绑了，随后是被迫赶毛驴、磨豆腐、卖豆腐、扛水泥，可也救活了军事博物馆因打派仗无人过问的花草果园。超强度的劳动和造反派无知的摧残，导致他患了颈椎病。1977年，他在完成纪念周总理的巨幅大画《鞠躬尽瘁为人民》后，颈椎病急剧恶化，病痛时时在折磨着他，以致这只手逐渐麻木僵直。但是他把画画、练字当作治病的良药。在医院画的一张画中他题道：“住院年余，能提笔作此，当不致残废，挥汗自喜，此画1978年病中作。”“四肢麻痹手不能握笔作此画以镇痛——雏鸡。”就是在这样麻痹疼痛的情况下，他又以这只手神奇地完成了一个又一个国家主要领导人出访的礼宾活动的任务。

为了不使画画的技巧生疏，他夜以继日地练笔，把这只手的大拇指、食指和中指磨出厚厚的一层茧子。二十多年来，他又克服常人无法忍受的痛苦完成了悬挂于钓鱼台国宾馆、中南海、人民大会堂及国家驻外使馆等重要国务活动场所的包括巨幅作品在内的三百余幅精品。有一些同行画家品评他的这只手像是有魔力一样挥洒自如，给人们以真善美的启迪和享受。但是这只手现在已经不能像以前那样紧紧地握着我了，它无力地任我捧着它，而我情不自禁地给他抻拉、按摩中指和食指，但一点儿声音都没有了，只是冰凉得刺骨，而且我感到它逐渐在僵硬。唉！苍天啊苍天，你如果有眼，让我先走，让他再活几年，他能用这只手为人类创造多少精神财富啊！我和孩子们的哭泣、呼唤，他再不会有反应了，他竟然没有留下一句话。啊！

我失去了爱我的丈夫，孩子们失去了爱他们的爸爸，而更重要的是人民失去了这只艺术的手。

(1997 年 5 月 19 日)

悼念吴作人

罗工柳

吴作人先生仙逝了，忆往事，浮想联翩。作人和我共事近半个世纪。从中央美术学院创建到麦积山石窟勘察，从文艺活动到油画教学，我们密切合作。人们赞他为学者型画家，此话不错。

前几年，作人患重病，在北京医院抢救，幸而治愈，逐渐康复。一天他的亲属带我到医院去看望他。他刚午睡起来，坐上轮椅，转过身来。我正好走进他的病房，带我去的同志对他说：“罗先生来看你。”他对着逆光，看了一阵，然后说：“你怎么变样啦！你原来是细长条，怎么变成圆轱辘。”不错，解放初期，我们初次见面，我很瘦，是细长条。几十年后，人老体胖，变圆了。我坐在他身旁。此时护理人员要他喝饮料，他喝了一大杯，又给他一大杯，他又喝了。我问他：“为什么喝这样多？”他说：“按规定。”我说：“你还是这样老实。”他说：“不，有时我也造反。”我问他：“现在你感觉如何？”他说：“很好，你看，左龙右凤（指身边护理人员）。”他问我：“你现在怎样？”我说：“还可以，自行车照样骑。”说到自行车，我想起美院初期，我们经常骑自行车去开会，他骑的英国三枪牌。我问他：“你那辆三枪自行车呢？”他说：“早不见了，那是辆好车。”他又风趣地说：“我的三枪，不如你双枪老太婆厉害。”这时护理人员，拿纸笔要他签名试视力。他拿着纸笔不高兴签名。后来他对我说：“我给你画像，好不好？”于是他劲头上来了，为我画像，先画五官。看来他视力真不行了。但他在五官外画了个椭圆形，头部轮廓，又画得很准确，五官位置很对，好像视力还可以。此时护理员不要他再画了，他不答应，说：“还未画完，头发还未画。”于是他在右边画了三笔，画的位置很适当。此时护理又不让他画，说：“画好了。”他不高兴地说：“还未画完，左边头发还没画。”他在左边又画了三笔，完成了。很好看，很准，很对称。我觉得他视力还有，只是未完全恢复而已。护理人员急于送他去活动室，我只好向他告辞。他不让我走，要我一起去。护理人员说：“不行，不是病人不能进。”他对我说：“不管他，咱们溜进去。”他真有点造反脾气了。我送他到电梯口，和他握手告辞，他手力很有劲。回家路上，我感到宽慰。他康复的情况，比我想象要好。虽然行动还不便，视力未完全恢复，但记忆力很好，思维清楚，体力也不坏，风采不减当年，我感到乐观。

后来作人出院在家休养，我有事，很久没有去看望他。一天和老伴一起去他家，他很高兴，有说有笑。他听力极好，思维十分敏锐，妙趣横生。他对我说：“我唱段苏州评弹给你听，好不好？”我说：“太好了。”

过去看过李苦禅的武功，但从来未听过作人的苏州评弹。他轻轻唱起来，声音不大，味道甚浓。唱完大家鼓掌，他劲头更大。他又对我说："我再唱苏三起解。"京戏他也会唱，过去我一点儿也不知道。唱完，护理人员要他签名试视力，他很不耐烦。我建议换个办法，不要用签名笔，改用宣纸毛笔，让他随意画，他随心所欲地画，我相信一定很美。这个建议，作人愿意，淑芳赞成。后来遇见萧淑芳，她高兴地说，作人画起画来兴趣极大，已画了一些，挺有意思的，等他多画一些，请你来看。

去年春，我患肾癌，做了切除手术。当时我八十岁，出院后，他派亲属给我送寿字来，祝贺我八十大寿。这个寿字写得新奇，别有风味。

不久我到外地疗养，秋末才回京。第一件事，我去看望作人。那天去得早，医生在卧室为他做按摩治疗，还未吃早餐。我问萧先生，作人病情如何。她说："最近情况不大好。"她说美院搬迁的事儿，就使他的情绪变得很不好。我听到这件事，没言语，也不感到惊奇。因为我了解作人并不是老好人，人们只见到他杨柳一面风采，但他还有一面松柏性格，他是有原则性的。

吴先生治疗完，出来吃早餐，他风采犹存，但身体显然衰弱了。他听力仍然很好，但精神大减，活跃不起来了。萧淑芳把作人近一年来画的水墨画拿出来，给我看，不少。我逐幅欣赏，赞叹不已。作人闭眼在旁静听。看完，我对萧先生说，这批作品，极为珍贵，千万不要散失，一定要好好保存。

离开他家，一路上我在想他这批作品。想起苏轼一句词："似花还似非花。"作人的新作，大有这种境界。我还想起徐渭，如果徐渭看到这批画，他会感到自己胆子还太小。

吴作人先生曾安慰别人，不要为他哭，他说："人总有这一天。"这一天，突然来了，你走了，你真的仙逝了。我闻讯赶到他家，向他遗像礼拜。我发现左边墙上，新挂一幅吴先生的书法："艺术首先有民族性，才有世界性。"我认为这是名言，也是吴先生的遗嘱。

有了这遗嘱，你不仅活在我们心中，而且活在我们的艺术实践中。

(1997年5月28日)

红灿灿的山丹丹

张　沛

初秋的一天，我把杂乱堆陈的书柜整理了一遍，找出了一本十五年前，我和诗人朱子奇编写出版的诗集《延安晨歌》。书的封面是一片红灿灿的山丹丹。当年在陕北住过的人都很熟悉山丹丹花。这种花开在背洼里，好像一个含羞的青春少女，不愿让人轻易看见她。在陕北流传着关于山丹丹的爱情民歌。这幅洋溢着民族特色和艺术魅力的封面，是古元画的。横在画页上面的《延安晨歌》这个遒劲有力的书名，也是他写的。

我久久凝视着这片红灿灿的山丹丹，将近六十年前的延安往事，悄悄地向我走来……

1939年秋天，我从晋西北岚县的“彭八旅”（八路军一二〇师以彭绍辉为旅长的三五八旅）回到延安，再一次跨进鲁迅艺术文学院的大门，到文学系学习。这年，我十七岁。当时，鲁艺已从北门外搬到桥儿沟，在几排石窑洞围成的院子里，住着文学系、美术系、音乐系、戏剧系的一百多人，绝大多数学生都是从全国各地来的年轻人。他们所好所学有所不同，但有一个共同目标：投奔延安，参加抗日救亡斗争，并且多数人先后成为中国共产党的战斗成员。

古元，1939年1月就来到鲁艺美术系。我同他虽不在一个系，但都是年轻人，天天见面，自然而然就认识了。他给我的第一个印象，也是后来几十年深深刻在我脑中的印象：谦虚、质朴，话不多，但实实在在。我们常在黄昏中在延河边散步，这是当时艰难条件下的唯一享受。他当时二十岁，但老成稳重。有一次我问他：

“你来延安前在美术学校学什么？”他憨厚地笑笑说：“我喜欢画，但我没有专门学过画画。”从闲谈中才知道，他同我一样，都是一个中学生、穷孩子。

1940年春天，鲁艺院子里的梨花正在盛开的时候，我们这一期的学员毕业了。古元遵照毛泽东同志的号召到“大鲁艺”（即到群众中）去学习，他被安排到延安川口区会庄乡担任乡政府的文书，而我则被调到《绥德抗战报》当记者，开始了我漫长的新闻生涯。

谦逊、质朴、憨厚的古元在与延安的人民、延安的土地紧密相融的时候，他深深蕴藏着的超人的艺术才华，像火花一样喷射出来。就在这一年，他的木刻版画成名之作《运草》，在《解放日报》发表了。马车上高高的草堆，一个头挽羊肚肚毛巾的陕北农民在扬鞭赶车。多么真实、动人的意境，多么浓郁的生活气息，多么强烈的艺术感染力，又是多么自然地体现了民族风格。作品发表以后，博得了解放区和大后方人民的高度赞赏。而后，古元又连续地发表了一些优秀木刻，表达了他在深入群众、深入生活以后的巨大创作力。

1942年，周恩来同志将古元的作品带到重庆参加全国木刻展，徐悲鸿先生在展览会上见到古元的木刻版画后，兴奋地说："我在中华民国三十一年十月十五日下午三时，发现中国艺术界一卓绝之天才，乃中国共产党中之大艺术家古元。……我唯对于还没有二十年历史的中国新兴版画界已诞生一巨星，不禁深自庆贺，古元乃他日国际比赛中之一位选手，而他必将为中国取得光荣。"半个多世纪过去了，徐悲鸿先生的灼见，完全被古元的艺术成就证实了！

此后几十年，在东北、在北京，我们都曾在一些场合见过古元，虽然他已是一个蜚声中外的大艺术家，但见面时仍然是像在桥儿沟那样谦逊地微笑，话虽不多，但让人感觉到他对延安老同学的热情。1981年，我同朱子奇在革命老前辈、老诗人萧三同志的支持下，把我们1940年到1942年在延安和绥德出版的"新诗歌"编辑成册（我曾经是一个诗歌爱好者），书编好后，我突然想起请古元给这本书画个封面。请一个卓有成就的大画家作封面，似乎有些不近情理。由于"隔行如隔山”，平常也没有什么联系，但是我了解古元，他不会觉得这是不屑做的事。何况他是在延河边成长的，他对于延安的歌也会有感情的。我在电话中把我的要求告诉他，他没有一点儿推托，仍像当年我们在延河边谈心时那样热情、平和。这时，除了创作，他还担负着中央美术学院繁忙的领导工作。但过了没几天，他就画好封面，并且主动地题写了《延安晨歌》的书名。

十几年又过去了，去年，古元也已离开我们走了。20世纪30年代末期延安鲁艺的师生，如今，像秋天的落叶，一片一片地凋谢了。这是一个无法抗拒的自然规律。我凝视着我面前的《延安晨歌》封面上古元画的那一片红灿灿的山丹丹，感到有些欣慰。我低声自语：古元，你的一生也像山丹丹一样红灿灿！

（1997年11月24日）

怀念曹禺

巴　金

一

家宝逝世后，我给李玉茹、万方发了个电报："请不要悲痛，家宝并没有去，他永远活在观众和读者的心中！"话很平常，不能表达我的痛苦，我想多说一点，可颤抖的手捏不住小小的笔，许许多多的话和着眼泪咽进了肚里。

躺在病床上，我经常想起家宝。六十几年的往事历历在目。

北平三座门大街十四号南屋，故事是从这里开始。靳以把家宝的一部稿子交给我看，那时家宝还是清华大学的一个学生。在南屋客厅旁那间用蓝纸糊壁的阴暗小屋里，我一口气读完了数百页的原稿。一幕人生的大悲剧在我面前展开，我被深深地震动了！就像从前看托尔斯泰的小说《复活》一样，剧本抓住了我的灵魂，我为它落了泪。我曾这样描述过我当时的心情："不错，我流过泪，但是落泪之后我感到一阵舒畅，而且我还感到一种渴望，一种力量在身体内产生了，我想做一件事情，一件帮助人的事情，我想找个机会不自私地献出我的精力。《雷雨》是这样地感动过我。"然而，这却是我从靳以手里接过《雷雨》手稿时所未曾料到的。我由衷地佩服家宝，他有大的才华，我马上把我的看法告诉靳以，让他分享我的喜悦。《文学季刊》破例一期全文刊载了《雷雨》，引起广大读者的注意。第二年，我旅居日本，在东京看了由中国留学生演出的《雷雨》，那时候，《雷雨》已经引起轰动，国内也有剧团把它搬上舞台。我连着看了三天戏，我为家宝高兴。

1936年靳以在上海创刊《文学季刊》，家宝在上面连载四幕剧《日出》，同样引起轰动。1937年，靳以又创办《文丛》，家宝发表了《原野》。我和家宝一起在上海看了《原野》的演出，这时，抗战爆发了。家宝在南京教书，我在上海搞文化生活出版社，这以后，我们失去了联系。但是我仍然有机会把他的一本本新作编入《文学丛刊》介绍给读者。

1940年，我从上海到昆明，知道家宝的学校已经迁至江安，我可以去看他了。我在江安待了六天，住在家宝家的小楼里。那地方真清静，晚上七点后街上就一片黑暗。我常常和家宝一起聊天，我们隔了一张写字台对面坐着，谈了许多事情，交出了彼此的心。那时他处在创作旺盛时期，接连写出了《蜕变》《北京人》，我们谈起正在上海上演的《家》（由吴天改编、上海剧艺社演出），他表示他也想改编。我鼓励他试一试。他有他的"家"，他有他个人的情感，他完全可以写一部他的《家》。1942年，在泊在重庆附近的一条江轮上，家宝开始写他的《家》。整整一个夏天，他写出了他所有的爱和痛苦。那些充满激情的优美的台词，是从他心底深处流淌出来的，那里面有他的爱，有他的恨，有他的眼泪，有他的灵魂的呼号。他为自己的真实感情奋斗。我在桂林读完他的手稿，不能不赞叹他的才华，他是一位真正的艺术家！我当时就想写封信给他，希望他把心灵中的宝贝都掏出来，可这封信一拖就是很多年，直到1978年，我才把我心里想说的话告诉他。但这时他已经满身创伤，我也伤痕遍体了。

二

1966年夏天，我们参加了亚非作家北京紧急会议。那时“文化大革命”已经爆发。一连两个多月，我和家宝在一起工作，我们去唐山，去武汉，去杭州，最后大会在上海闭幕。送走了外宾，我们的心情并没有轻松，家宝马上要回北京参加运动，我也得回机关学习，我们都不清楚等待我们的将是什么。分手时，两人心里都有很多话，可是却没有机会说出来。这之后不久，我们便都进了“牛棚”。等到我们再见面，已是十二年之后了。我失去了萧珊，他失去了方瑞，两个多么善良的人！

在难熬的痛苦的长夜，我也想念过家宝，不知他怎么挨过这段艰难的日子。听说他靠安眠药度日，我很为他担心。我们终于还是挺过来了。相见时没有大悲大喜，几句简简单单的话说尽了千言万语。我们都想向前看，甚至来不及抚平身上的伤痕，就急着要把失去的时间追回来。我有不少东西准备写，他也有许多创作计划。当时他已完成了《王昭君》，我希望他把《桥》写完。《桥》是他在抗战胜利前不久写的，只写了两幕，后来他去美国讲学就搁下了。他也打算续写《桥》，以后几次来上海收集材料。那段时间，我们谈得很多。他时常抱怨，不能做自己想做的事情。我劝他少些顾虑，少开会，少写表态文章，多给后人留一点儿东西。我至今怀念那些日子：我们两人一起游豫园，走累了便在湖心亭喝茶，到老饭店吃“糟钵头”；我们在北京逛东风市场，买几根棒冰，边走边吃，随心所欲地闲聊。那时我们头上还没有这么多头衔，身边也少有干扰，脚步似乎还算轻松，我们总以为我们还能做许多事情，那感觉就好像是又回到了20世纪30年代北平三座门大街。

但是，我们毕竟老了。被损坏的机体不可能再恢复到原貌。眼看着精力一点儿一点儿从我们身上消失，病魔又缠住了我们，笔在我们手里一天天重起来，那些美好的计划越来越遥远，最终成了不可触摸的梦。我住进了医院，不久，家宝也离不开医院了。起初我们还有机会住在同一家医院，每天一起在走廊上散步，在病房里倾谈往事。我说话有气无力，他耳朵更加聋了，我用力大声说，他还是听不明白，结果常常是各说各的。但就是这样，我们仍然了解彼此的心。

我的身体越来越差，他的病情也加重了。我去不了北京，他无法来上海，见面成了奢望，我们只能靠通信互相问好。1993年，一些热心的朋友想创造条件让我们在杭州会面，我期待着这次聚会，结果因医生不同意，家宝没能成行。这年的中秋之夜，我在杭州和他通了电话，我清清楚楚地听到他的声音，还是那么响亮，中气十足。我说："我们共有一个月亮。"他说："我们共吃一个月饼。"这是我最后一次听到他的声音。

三

我和家宝都在与疾病斗争。我相信我们还有时间。家宝小我六岁，他会活得比我长久。我太自信了。我心里的一些话，本来都可以讲出来，他不能到杭州，我可以争取去北京，可以和他见一面，和他话别。

消息来得太突然。一屋子严肃的面容，让我透不过气。我无法思索，无法开口，大家说了很多安慰的话，可我脑子里却是一片空白。我不能接受这个事实，前些天北京来的友人还告诉我，家宝健康有好转，他写了发言稿，准备出席六次文代会的开幕式。仅仅只过了几天！李玉茹在电话里说，家宝走得很安详，是在睡梦中平静地离去的。那么他是真的走了。

十多年前家宝在给我的一封信中，写了这样的话："我要死在你的前面，让痛苦留给你……"我想，他把痛苦留给了他的朋友，留给了所有爱他的人，带走了他心灵中的宝贝，他真能走得那样安详吗？

（1998年5月15日）

永远怀念朱自清老师

柏　生

今年是朱自清先生诞辰一百周年和逝世五十周年。朱先生虽然离开我们已经整整半个世纪了，但他那诲人不倦的精神和我们师生之间融洽相处的情景至今仍记忆如昨。

记得 1946 年，朱自清先生从昆明西南联大回北平清华大学继续任教，那两年，正好我也在清华大学读书。在文学系里，我选了朱先生的课，大约是“中国文学史”和“文学史专题研究”“历代诗选”等课吧！先生一丝不苟、认真负责的教学精神，深深打动了我们这批青年学生。当时朱先生因抗战中长时间颠沛流离的艰苦生活，胃病时而发作，身体已经大不如前了。但每次上课，他仍然认真备课写讲义，课堂上板书一笔一画从不潦草。朱先生不仅在课堂上认真讲学，课下还同我们青年学生一起探讨问题。他总是那么谦虚，对我们既循循善诱，又非常尊重我们的意见。甚至先生自己写了文章，也常常要倾听同学们的意见。学生写了读书报告或学术论文，朱先生总是认真仔细地加以批改指导，甚至一句话、一个标点，他都从不放过。至今，我还保留着朱先生用铅笔为我修改过的一篇学术论文。

有一次，朱先生让我在课堂上讲我自己写的一篇论文《论〈诗经·国风〉中之情诗》，朱先生坐在教室的第一排椅子上，和同学们一起听课。我感到有些紧张，在黑板上写字时，粉笔不断折断，平常我讲话的声音很清晰，但那天却变得不自然了，甚至连拿教鞭的手也似乎有点发抖。下了课，朱先生却亲切地鼓励我，说讲得不错，下次再讲课，声音要大些，板书要写得重些，免得听课的人听得费力，看不清楚。朱先生从事教学生涯几十年，不仅学识渊博，经验丰富，而且处处为学生着想。

朱先生主持清华中国文学系，常常要学生在课堂上或课堂下写一些读书报告或文章。一次，我因参加地下党领导的“反内战、反饥饿”大游行，又连日忙着编辑《清华周刊》，实在挤不出时间写读书报告，竟交了一篇《五·二〇游行纪实》的通讯。这篇稿子原是我为《清华周刊》写的，但先生不仅没有生气，看过后，还在文章上写了两句话，大意是说这篇通讯写得有内容，真实感人。朱先生还改了好几处标点符号。这件事使我深深感到朱先生是在支持我们搞学生运动啊！同时，也了解到朱先生对文学作品和新闻作品同样喜爱。不是吗？朱先生自己过去不就写过《执政府大屠杀记》的通讯吗？而且还做过关于《文学与新闻》的演讲呢！

1947 年 10 月中国文学系举行迎新大会，1948 年元旦中国文学系会在余冠英教授家里举行新年同乐晚会，朱先生都参加了，而且和同学们一起扭秧歌。朱先生对当时从解放区带进清华园里的秧歌，十分感兴趣，他非常有兴致地挤在我们男女同学的队伍里，进三步退一步地舞起来，而且学习得最认真。当时朱先生虽然已经是五十岁的人了，但他那种向青年人、向新时代学习的认真严肃态度，令我们十分感动和敬佩。我记忆最深的是，1948 年元旦晚上，在余冠英先生家里开同乐晚会的那感人的场景。那晚，朱先生带病，但是还兴致勃勃地和同学们挤在一个行列里热情认真地扭秧歌，同学们以民众喜爱的风俗，亲昵地给他化了妆，穿上了一件红红绿绿的衣服，头上戴了一朵大红花。朱先生呢，对这来自解放区人民大众化的演出形式和内容，表示十分支持。他这种精神使在场的许多师生深受感动。但我至今内疚的，是那晚不应让朱先生吃元宵，虽然他只尝了一个，但第二天胃病又发作，幸好很快就恢复了健康。

朱先生在清华这段时间，我们师生之间的感情是极为亲密融洽的，他既是我们的严师，又是我们的慈父。

在学生身上，他花费了多少心血啊！虽然朱先生的健康状况，一天不如一天，但仍强忍着病痛，为我们上课，阅改论文报告，而且对我们学生运动表现得越来越积极支持了。我们学生举办的各种文艺、诗歌晚会，朱先生总是高兴地来参加，而且会上还发表了受到学生热烈欢迎的讲话。

当时，中国文学系许多教授的办公室，就在大图书馆下面，朱先生是系主任，他办公写稿也经常在这里。有一段时间，我因担任文学系会的负责人，常常为了学生工作的事，要同朱先生商量。有时，他在课堂上见了我，也常随手递过一张用铅笔写的小纸条，大意是说：下课后请到我办公室来一下，有事相商。朱先生办公室的书架上摆满了书，桌子上也放着一摞摞的书籍和杂志。有时，我去时，他正在埋头看书或写作。用朱先生自己的话说："复员以后，事情忙了，心情也变了，我得多写些，写得快些，随便些，容易懂些……"朱先生的确是太辛苦了。复员回到北平清华园的两年，不仅开了好几门课，还要为学生批改作业、批阅考卷，自己还在勤奋地写作，而且还煞费心血地组织教师编写《闻一多全集》。为了编辑整理《闻一多全集》，朱先生花费了大量精力，收集遗文，编纂校正，拟定目录，总算为故去的挚友、烈士完成了一项重要工作。

在办学方针上，朱先生也很有自己的见解。在朱先生的主持下，中国文学系确定了用新的观点研究旧时代文学、开创新时代文学的办系方向。朱先生自己不论是在古典文学、新文学还是在文学批评、语文教学等方面，都给我们留下了宝贵的文化遗产。

1948年夏天，大学毕业考试结束后，党组织决定调我去解放区学习。离开清华园的前一天，我怀着依恋的心情来到北院十六号朱先生家里，向他告别。我只说有事要离开北平一段时间，回来后一定再来清华园看望他。多思的朱先生，大概猜到了我是去解放区吧！他凝神地望着我，轻声地说："为什么这样匆匆地走了呢？"我无言对答，这是组织的决定啊！我真后悔当时为什么不明白地告诉朱先生我是去解放区呢！谁料到这一别竟是我们师生的最后一次会见。记得，那天朱先生说了许多勉励我的话，分别时，朱先生不仅把我送到家门外，还缓缓地送了好几步路，然后伫立在院里望着我。我一面摇着手，一面回过头望着朱先生，直到再也看不见他的影子时，我才若有所失地发觉泪水已经模糊了我的眼睛。

朱先生1948年8月12日病逝的时候，我正在冀中解放区泊镇学习。大约是隔了一两天，我才得知他因胃病复发，送到北大附属医院，手术后几天便凄凉地病逝在医院的病床上。在解放区突然听到这个噩耗，一种难以抑制的悲伤萦绕在我的心头。我独自坐在一间农民的小屋里啜泣着，窗外天阴沉沉的，落着细雨，仿佛和我一样在悲泣哀伤。朱先生那清癯温和的面容，穿着一身淡黄色半旧西装，一手拿着书，一手携杖，慢步走在清华园林荫路上的身影，以及课堂上朱先生一板一眼、认真讲课的情景，又一幕幕地出现在我的眼前，怎不令我深情地怀念啊！

(1998年9月11日)

回想公木老师

王小妮

公木老师已经不在世了。五天之前的事情。听到消息的时候，正看电视中的天气预报，北中国是在下雪，气象图中有一团肥厚温暖的大云朵停在那个区域，大地因此得到了严密的覆盖。

有了一定年龄的人都知道“向前，向前，向前”，“风烟滚滚唱英雄”，他们只能在唱出雄壮歌曲的时候接触公木。我从来没听到公木老师对我们讲过他的歌词。

从“文化大革命”以后，公木老师只教过我们这一个班的本科学生——吉林大学中文系七七级。他的课是中国古典诗歌中的浪漫主义。我们表面上听课，实际是在下面翻欧洲小说和新被介绍过来的西方思潮。有很多时候，我们不过只是坐在公木老师的课堂上，但是，我们喜欢去他家。

公木老师坐着他快松散的旧藤椅，上面还有一个厚重的棉花垫子。一般的藤椅都是一对，我在他家里只见到一只。东北普通市民家里很少有藤编物，所以给我的印象，有学问的人才配坐那儒雅发声的东西。公木老师给我们讲他在当年的北平参加“飞行集会”（学生运动）。他还模拟出街头的爆炸声，是学生们扔出瓶子、灯泡之类。藤椅也响，垫子也掉了，公木老师手舞足蹈。“飞行集会”使他回到了二十岁，比眼前的学生们还年轻。人们都会经常回到记忆中。二十年以后，我们又记起他小书房里面的细节。

有一天在课堂上，公木老师讲到延安，说到毛泽东的伟大，他突然哭了，泣不成声。这使1979年的大学生们很意外。我当时非常认真地在辨别讲桌前这位并不高大的老人。结果，我看见了让我震惊的大真诚。真诚，往往可以被比拟为万能的钥匙。它能打开一切锁。公木老师在1958年被划为右派并且流放到东北，直到他离世，他依持秉守的，正是这种透明的真诚。蚌，用几年的时间含住石子，吐出珍珠来。以公木老师的心境，在北中国的二十年里，顽石也晶莹剔透了。

我们推开门就到他家里去，一坐就是几小时；迁到南方以后，几次回东北都去看他。虽然，在他二楼的旧门上贴了谢客的条子，我们还是敲门。公木老师的夫人吴老师从门缝里看见我们，总会马上打开门，她爽朗的脸上都是欢快。她说，看看是谁来了？公木老师立即放下他桌前正写的东西，老人笑得多宽厚。在公木老师身上，我感到了一个人有资格和力量去教授和聚拢起他的学生，同时也客观地成为了他个人的某种荣幸。

吉林大学那个叫“十八家”的教师宿舍楼的前院，它的四季我都记得。春天的草芽，秋天的枯枝，春夏之交鲜嫩的黄花菜，冬天菜窖木盖上的积雪。1995 年夏天我们还一起参观他家的那一小片菜地，正结了茄子。听说现在那院子里又盖了楼。他搬进新楼后去世。公木老师是住到那些菜花上了。

公木老师 1910 年生。和他年龄相仿的人多是相当坚守原则的。而公木老师在 1990 年送给我们的诗集《我爱》的后记中写道，他自己“经常处在惶惑、迷离、摇摆、失误中”。这不说明他无原则，然而，真诚覆盖了他的坚守，这是公木老师有别于其他许多老人的地方。我相信，我们最终都是不明白。有一些东西很庞大，很复杂。我们就在那之中待着，完全类似在冬天洁白厚重的积雪下面。

就在我们听到公木老师离世消息前一个多小时，我们坐着车，向城市的西方走。南面一千米外是南海，北面是中国大陆。我们看见落日正被云影快速吞没又吐出来。我们说，这景象还从来没见过。我们注视了一会儿。把这两件事联系起来，并不涉及预感之类，只是从中发现了无可抗拒的不测和混沌。

有的时候，我们往往被迫把事情做得太快，比如我要赶写这篇文章。其实，生，是在十个月后来到。去，在几十年后发生。特别我们中国人的方式，是极缓慢的那种浸润。我认识公木老师，就是在长达二十年的过程中。急促而就，往往是不益的。公木老师和他的学生们，和嘴里唱着进行曲的人们，都还需要时间。

又下雪了。公木老师，我们将在不同的地方体验四季。

(1998 年 11 月 18 日)

望之如云，近之如春

——追忆钱锺书先生

钱碧湘

1992 年除夕夜，我照例打电话向钱锺书、杨绛二老拜早年。正说着吉庆话，钱先生话锋一转，冒出一句："老啦！要死啦！"我吃一惊，赶忙拦住："新年新世，怎么说这么不吉利的话！这可是你在瞎说！"钱先生哈哈大笑，不以为意。我心有禳解，对我爱人朱狄说，敢在年节下大谈老死，必定愈老弥坚，寿数无量。谁知钱先生一语成谶，来年便大病缠身，长卧不起。

年前噩耗传来，举国哀悼痛失文化昆仑，我们更多一份失去慈祥长辈的伤痛。

我姓钱，但和钱先生非亲非故。三十年前同住在干面胡同十五号时，我还不认识他。那时，钱先生远非今日之名扬天下。但在学术界，他的博闻强记、学贯中西，则是无人不知、无人不晓。他的清高淡泊，也时有耳闻。后生小子，由敬生畏。我们虽和钱瑗有一面之交，却决不敢妄想识荆。倒装名句，恰是“毗邻若天涯”。

机缘凑巧，下干校之初，我阴错阳差暂栖社科院文学所，编入老弱病残组，遂因祸得福，认识了钱先生。

干校条件恶劣。钱先生和吴世昌先生等四人同住一间土屋。地面比路面低，进门要下两级台阶，非常潮湿。四块铺板紧靠四面墙摆放，中间一小方空地，白天便权充工场。钱先生身处逆境，仍然冲淡平和，不失儒雅。静坐在小马扎上搓麻绳时，钱先生的身影颇堪入画。他寿眉浓长，双目低垂，手中不停捻动着麻絮，犹如老僧入定，思绪已不知云游至何处何方。他的床下有只极大的柳条箱。一天搬出去晾晒，只见满箱书籍。尤可惊叹的是上面一摞大开本书帖，宣纸线装，蓝面烫金，我不免少见多怪。他轻轻抚平压皱的封面，微笑着说："我喜欢翻翻。"日后有幸目睹钱先生的墨宝，笔下如行云流水，洒脱放逸，颇得王羲之遗风。大家通才，钱先生学问博大精深，诗文绝代，其书法亦十分了得。

钱先生少年名高，早已学富五车。下干校时年过耳顺，劳作之余，仍诵读不辍。灯光黯淡，就站在灯下立读。世人或称羡他聪颖过人，天资超群；或盛赞他博览群书，过目不忘。钱先生果然一身钟天地之灵秀，得日月之精华，非常人可望其项背。子贡谓孔子为"多学而识之者"。夫子自道："非也。予一以贯之。"至圣至道，钱先生庶几近之。

钱先生为人谦和，俞平伯先生长他几岁，他总尊称"俞先生"。资料室一个老小姐小他几岁，他也随大家尊她"周大姐"。对我们小辈，他从不直呼姓名，也不用"小×"代称，而是叫名字，十分亲切。

吴先生好和俞先生抬杠，钱先生常在一旁笑而不语。暮春三月，菱叶新发，青青翠翠散落水面。一天，吴先生从水塘洗涮归来，兴冲冲对俞先生说："我仔细看过了，菱是不开花的。没有花，哪来香？金桂把香菱改秋菱，有道理！宝钗的学问也有限。夏家小姐并非不通文墨！"俞先生是姑苏城里人，不识菱花之有无，一时语塞。我不知深浅，贸然插话道："吴先生，你恐怕说得不对。我是江南水乡人。菱开小白花，有淡淡的香气。现在不见花，是节气还不到。宝钗的学问还是大。夏金桂强改秋菱，是故意挑刺生事。"吴先生不说话，俞先生蓦地开怀大笑。中午去食堂的路上，钱先生笑着小声说："碧湘，你今天帮俞先生打了一个大胜仗！"我不懂，他指点说："吴先生和俞先生是学术上的冤家呀！"我方知自己无知莽撞。

钱先生不多言，一旦开口，诙谐风趣。何其芳先生来东岳办事，总到土屋看望诸位先生。钱先生揶揄何先生"黄夜追猪"，绘声绘色，令人捧腹。有时谈点文坛掌故，又使我等晚辈大长见识，一扫土屋的阴冷逼仄。遥想当年，钱先生亦是“当此蓬牖茅椽，绳床瓦灶，未足妨我襟怀”。

钱先生非常慈祥。听说我们九个月大的独子孤身在京，请一位七旬老妇看养，并无亲友照拂，便来劝说，要一老一小搬到他家去住。其时，钱先生家早被他人挤占一半，满堂上好红木家具被迫送进旧货店。女婿含冤自杀，女儿处境可怜，他和杨先生下放干校，分居两处，全家都在危难之中。他绝口不提自家的苦难，倒来关心我们这样的小人物，使我十分感动。他和杨先生提前返京。临行前，老夫妇俩特地来哲学所驻地，叫我去随意挑选他们的日用品。钱先生还索要我们迁居后的地址，说是回京后马上去看看我儿子非非。我赶紧说担当不起，怕他小小年纪要折寿的。口中婉辞，心下万分感激。

钱先生迁居三里河南沙沟，我对新房子很好奇，径自去满处乱转。及至走进卧室，方觉太不懂规矩，十分尴尬。钱先生不以为忤，反替我解嘲：“侄女儿，随便看！”

1981年我大病一场，情绪低落。钱先生来信开导："苏东坡诗：'因病得闲殊不恶，安心是药更无方。'不但句子好，并且很亲切。"嘱我静养，祝我康复。更送来进口针药，频频催我使用。

钱先生声誉日隆，信函如雪。不论是国内国外，还是尊卑亲疏，他都一一手复。听杨先生说，有个陌生青年来信说，看了《围城》，对将近的婚期踌躇起来。钱先生赶紧去信譬解。青年获信后喜结良缘，寄赠了结婚照。

钱先生宽厚待人，和煦如春。

我教子无方，劣迹为钱先生风闻，来信责备："教子不可太严！"听钱瑗说，父母对她从不严加责督。遇到难题，父亲并不手把手教，而是推给她十几部词典，叫她自去查找。实在遍寻不得，父亲才给予指导。这造就了她极强的独立性。她在英国进修初期，读不懂导师指定的某部英国古代典籍，正是仰仗父亲"不教之教"培养的功力，广搜博览，终于力克深奥之作，取得骄人的好成绩。钱瑗治学，颇有父风。可叹正在大有成就之年，不幸病逝。明珠痛失，高堂泣血，老父惊魂。旧雨新知，无不凄然泪下。

我不学无术，心怯藏拙，不敢向钱先生问道。朱狄无知胆大，屡去请教英文翻译。钱先生一边笑他“杀鸡用牛刀”，一边不厌其烦地细细讲来。音容笑貌，犹在眼前。

追忆不尽，谨撰一联拜祭钱锺书先生：

管锥凿通四海三世古今独步

围城参透七情六欲穷达无心

(1999 年 1 月 19 日)

大哥宗尧

谭宗远

大哥宗尧逝去整整两个月了，他的音容笑貌仍时时在我心底，我的心仍一阵一阵抽痛。

怎么能不痛呢？从我记事起，我就知道家里有个宅心仁厚的大哥，活泼、开朗、风趣。我敬他、爱他。虽然从住校到结婚，他很少和我住在一起，但我习惯于有事找他，同他攀谈，习惯于仰仗他的帮助和庇护，我不相信这么一个活蹦乱跳的人，这么匆忙就离开了我们。

但他确实去了。11 月 24 日做完手术，他的情况一天比一天好，我们都很高兴，以为从此天下太平。30 日出监护室时人还好好的，万没想到回病房不久就心跳骤停，猝然离去。一切抢救都无济于事，他撒手人寰，再没回来。他的妻顿足号啕，他的一双可爱的儿女暗暗垂泪。我的腿软了，心碎了，也禁不住痛哭失声。我只觉得树倒了，天塌了，日色昏蒙，寒气钻心。

他属猴，才五十四岁，英年早逝，痛莫逾此。他本该大展宏图，却带走了太多的希冀，留下了太多的遗憾。

他是演员，或曰著名话剧表演艺术家，北京人民艺术剧院的台柱子。从他 1972 年走进这个国家级剧院，他就把他的生命献给了这座圣殿。他热爱舞台，从演不起眼的小角色开始，一点一滴积累，先后在郭沫若、老舍、曹禺的戏中担任角色或重要角色，终于在《天下第一楼》中脱颖而出，成为了戏剧梅花奖和文华奖得主。我粗略统计了一下，他演出的话剧不下三十个，半数左右是主演。他是继刁光覃、于是之、童超、蓝天野等老一辈艺术家之后的佼佼者。他的足迹远至英国、德国、法国、瑞士、加拿大，近到日本、韩国、新加坡，这些周边国家，有他的许多朋友和戏迷。他曾专程赴台，和台湾话剧演员合演曹禺名剧《北京人》（他演江泰），成为大陆话剧演员赴台合作演剧的第一人。此外，他也拍过一些电影和电视剧，塑造了聂荣臻（《白求恩，一个英雄的成长》）、秦穆公（《东周列国·春秋篇》）、张大哥（《离婚》）等性格鲜明的人物形象。

他还是领导，多年来一直担任北京人艺副院长一职，主管繁重的行政工作。偌大的剧院有多少事需要他操心啊，演员队的管理、舞美处的建设、首都剧场的改造、职工宿舍的分配、人艺基金的使用……他整天忙得团团转，连星期六也不能休息。他去世后，他的部下跟我说："谭院长太累了，体力、精力严重透支。""他每天风风火火，我感觉整个楼道里全是他。他太忙太累了。"我知道他忙，曾多次劝他辞掉院长职务专心演戏，他说："都不干，谁干？"长期以来，他放着大名不出、大钱不挣，甘心推掉许多片约，过着白天上班、晚上演戏、深夜归家的生活，他的精力简直是给一点一点耗尽了。说他积劳成疾，应不为过。

我和他一年难得见上两三面，有时通通电话，无非是探询他近况如何，又接了什么戏。我们的联系更多的是在精神上，我关注他的戏，他关注我的文章（可惜太少），知道彼此都在做事，就很开心。我幻想有一天我们都老了，二人坐在一起，他像白头宫女说玄宗那样闲话人艺旧事和他艺术创造的经历经验，我则打开录音机，把这些都记录下来，然后写成文章，我们合作出版一本《谈艺录》之类的书。现在这真成了幻想。想到从此再也见不到他，再也无法和他交流，我的心就发颤。我和他精神上的联系断了，和北京人艺的联系断了，和戏剧的联系断了。坐落在王府井大街的首都剧场，那熟悉的建筑，那舞台，那灯光，那紫色的大幕、开演的钟声，以往曾经那么令我着迷，仿佛和我共着血脉，而今我却怕再见它、听它，宁肯绕道而行，不愿进去，免得睹物思人，黯然神伤。

大哥去了。他还有许多戏要演，还有许多事要做，还有许多话要说。高堂老母还在倚门盼望他回来；他的儿子大学即将毕业，去向未定；女儿答应他，等他出院后好陪他出去玩；还有即将到来的春节，全家等待尝他亲手做的“卷果”（一种清真食品）；还有……大哥，你真的不该走，不该走！

我想你，大哥！

(1999 年 2 月 12 日)

送别萧乾

李景端

萧乾走了，走得这么突然，出人意料，令人悲痛。1月底我去美国，在京中转时同萧夫人文洁若通了电话，她告诉我萧老刚过了九十华诞，朱镕基总理特意送来了贺信，说他年轻时就爱读萧乾的作品。老文还说萧老心情很好……但万万没想到，刚从美国回来，就传来萧老仙游的噩耗，顿时百感交集，伤感不已。

我认识萧乾时，他早已是声望如日中天的大作家，但是，从我同他交往的十年以来，我从未感受到他身上有什么“大名人”的派头和架子。萧老在新闻、写作、翻译等领域的成就与贡献，有目共睹，自然令人钦佩；而且我认为，他的人品、文德和谦逊的态度，同样值得人们称颂。这方面事例很多，谨略举一二以为证。

1994年在出版萧乾夫妇合译的《尤利西斯》中文全译本时，在附录《乔伊斯大事记》中，起初原稿上列有“1987年金隄的《尤利西斯》节译本在天津出版”。审稿时我觉得当时金隄只译了三章，影响也不大，算不上“大事”，就把它删去了。文洁若认为我的考虑不无道理，但萧老坚持一定要保留，他说，不管金隄译了多少章，人家毕竟较早接触和研究过《尤利西斯》，这是历史，对历史是不能抹杀的。说也有趣，为了此事，萧老夫妇还发生过一些小争执，最后我也被萧老说服，同意将金隄的节译本，仍作为“大事”而保留。金隄是沈从文的学生，论辈分当是萧乾的晚辈，但是至少从双方都在译《尤利西斯》这件事来看，萧老对金隄是很尊重和宽厚的。有一阵儿，金隄撰文，对萧老在译《尤利西斯》中个别地方因实在不懂，只好“猜译加注”这一点提出批评，对此，萧老毫不介意，说：“承认不懂是猜译，比不懂错译要强。金隄对我俩的译本提出批评，我欢迎；他若来我家，我会双手拥抱他。”后来有人在海外报纸上造谣说，萧文译本在许多地方是“参照”了金译本时，我曾建议萧老撰文摆出事实予以澄清，但他仅一笑置之，说五年中为译《尤利西斯》老两口做了近六万张卡片，写了上百封向国内外朋友请教的信足以说明问题了，何必去争什么长短。当他得知有人在译《尤利西斯》的第三个译本时，更高兴地写了《翻译无专利，同行非冤家》一文以示祝贺。可见萧老不仅从不“以名压人”，而且希望和鼓励后人能超过自己。这种高尚的文德，确是留给后人的榜样。

做学问如此，做人也是这样。萧老在“文化大革命”中曾自杀被救，因此他常说自己是死过一回的人了，对名利更加淡薄无求。《尤利西斯》出版前，有人许诺出十万元想把该译稿挖走，但萧老夫妇不为所动，仍坚守信用，按千字三十五元这样的低标准给译林出版社出版，而且还把这笔稿费捐献给上海文史馆。译林版《尤利西斯》荣获国家图书奖提名奖之后，我提议请萧老夫妇在北京搞一次大型签名售书活动，他说“别去张罗再宣传我了”，只同意开个小型座谈会。1994年在法兰克福，台湾女作家龙应台问我，像萧乾这样的人物，怎么至今还让他住在那种陋房中？我说你误会了，政府多次安排萧老迁往大的住宅，是萧乾自己认为老两口够住了，谢绝搬迁。萧乾几次请我去他家吃便饭，人们也许很难相信，我常要买点卤菜带去，因为他的便饭实在太简单了……

萧乾走了，但他的文德和人品，将永远活在人们的心中。

(1999年3月4日)

冰心老人遗札

——一个编辑的哀悼和思念

袁　鹰

一位经历了百年风雨的世纪老人安详地远行了。

一位将全部爱心留给人间的伟大母亲离我们而去了。

那天早晨，我们全家人都陷入沉重的哀恸中。冰心是我们家三代人都熟悉和尊敬的名字，三代人先后都是她的小读者和老读者。她以真挚真诚的爱心哺育了一代又一代，还将哺育下一世纪的读者。

我从20世纪50年代中就结识冰心先生，从此常常沐浴在和煦温馨的春风细雨中。近十多年，更时时感受到老人关注国家进步、民族振兴、人民苦乐的博大胸怀。“老当益壮，宁移白首之心”更使我们感奋不已。我谨捡出老人的几封遗札，用它们穿起一串伴随着泪水的哀悼和思念。

一

袁鹰同志：

好久不通信了。《人民日报》约我写我与副刊的关系。我记得这关系是您联系起来的。我不记得什么时候了（大概很早）。第一篇文章是什么，我也忘了。

电话真难打！您的现在住处和电话都请告我，最好写信来。您如能来一谈，更是荣幸！我还好，一时死不了，连我自己也奇怪！很想您。

祝好！

冰心

五、廿三，一九八八

老人这封信引起我许多亲切的回忆。

冰心先生同《人民日报》的关系确实很早，可以追溯到四十多年前。她在报上发表的第一篇文章是1955年9月27日刊登的《访日观感》。以后两三年里陆续又发表几篇，这是她同《人民日报》建立联系的开始。我们编辑记得最清楚的是她没有一点儿大作家的架子，总是诚恳亲切，平易近人，如同她在信上必定用“您”字那样，处处表现老一辈文人的风范。

我同冰心先生来往较多始于1958年。那年初，文艺部讨论副刊应有新面貌，有的同志建议请些老作家撰写一批能吸引读者又能保证质量的稿件，最好设些固定的专栏。我便给冰心先生去信，希望她将三十多年的名作、获得千千万万读者喜爱的《寄小读者》延续下去。很快，就得她欣然同意，随即寄来《再寄小读者》的第一篇。信一开头沿用三十多年的称呼“似曾相识的小朋友”，顿时唤起早已成为父母辈和祖父母辈的当年小读者的亲切感。她在信里激动地写道：“如今我再拿起这支笔来，给你们写通讯。不论我走到哪里，我要把热爱你们的心带到那里！我要不断地写，好好地写，把我看到、想到、听到的事情，只要我觉得你们会感到兴趣、会对你们有益的，我都要尽量对你们倾吐。”果然，在这个专栏里，她同三十多年前一样，将满腔的热情和爱意，奉献给50年代的少年读者，带他们走到祖国的山山水水，走向遥远的亚非拉，让他们像我们少年时代那样，从一封封信里听到慈母心怀的跳动。

陪冰心先生访问长城脚下青龙桥是一次我难忘的事。1922年“双十节”，年轻的女大学生冰心与同学们游长城，写了名篇《到青龙桥去》。三十七年后的1959年9月，为了庆祝新中国成立十周年，我们请冰心先生再去一次青龙桥，去写写那里的新貌。9月的一个清晨，我和文艺部编辑李叔方到冰心先生寓所，接她赶往西直门车站。我们再三致歉，由于汽油紧张，不能用小轿车送她去。她摆摆手说："不用不用，那一年是坐火车去的，这次也得坐火车。"

到青龙桥站下车，按冰心先生的主意，先到派出所打听到生产队长李景祥的家，也没有事先打招呼，进门就坐在炕上，同李景祥一家人娓娓交谈，询问生产队的发展和他家庭妻儿的生活。她一面问，一面不停地记。那位质朴的青年基层干部虽然听到我们的简单介绍，但可能始终也没有弄清眼前这位和蔼可亲的老奶奶是何许人。他老老实实地同我们谈话，回答问题，既不忸怩，也没有夸夸其谈，给冰心先生留下很好的印象。她像走亲戚似的叙家常，看时间不早，就抬头对我们说："我们告辞吧，不要耽误他吃饭，更不要耽误他工作。"离开李景祥家时，她恋恋地一再回头。看到溪水边小桥下一个穿粉红褂子的姑娘正在洗衣服，就笑笑说："你们看，小桥流水人家，多美的一幅画面！"她那笑声话语，历历在目，恍如昨日。

60年代初，思想文化战线的气氛渐渐紧张，作家们手中的笔也渐渐枯涩，人人头上似乎都悬着一柄随时会落下的剑。冰心先生也只写了些有关国际题材和文化交流的应时稿件。接着就是十年疯狂混乱的岁月。风雨如晦，使人惦念。后来传来她去“五七”干校劳动的消息，也很难想象她瘦小羸弱的身躯，如何应付沉重的田间劳动和凶神恶煞的呵责批斗。大约1975年，我已从干校回来参加一些编辑工作，有一次去中央民族学院组织什么稿件，接待我的同志谈完正事之后，悄悄地问：“谢冰心回来了，你要不要去看看她？”我心头一热，顿时涌出一阵意外的欣喜，随他走到一间大办公室，只见冰心老人同吴文藻先生伏案相对，正埋头校译一本外文学术著作。她摘下老花眼镜，连忙站起来紧紧抓住我的手，连说：“好，好，好！”许许多多话都在这三个“好”字里了。黯然握别时，她仍然抓住我的手不放。我强忍住泪水，退出那间寂静无声的屋子。

“十年动乱”结束，改正“天安门事件”，我们着手“丙辰清明纪事”的征文。我立即想到冰心老人，她果然很快就寄来一篇《等待》（刊载于1979年7月18日），细致地叙述女儿带着孩子去天安门广场，她和老伴在紫竹院公园等待孩子们回来的心情。他们俩在长椅上坐下，“谁也没有开口，但是我知道他也和我一样，一颗心已经飞到天安门广场上去了！那里不但有我们的孩子，还有许许多多天下人的孩子。就是这些孩子，给我们画出了一幅幅壮丽庄严的场面，唱出了一首首高亢入云的战歌……”读到这里，我感到她的爱心已经同民族的命运融在一起了。

进入历史新时期，冰心老人同许多老作家一样，犹如枯木逢春，重新焕发新的光彩。直到90年代她因病卧床，仅仅在《人民日报》上先后就发表了四十多篇文章。那篇为教师请命的《我请求》（1987年11月14日），获得广大教师的热烈反响，许多素不相识的教师从远道来信向这位敬爱的老作家表示由衷的感激。她在我们文艺部编的《万叶散文丛刊》上先后发表的《绿的歌》和《霞》，更成为新时期散文的典范之作。

寄来这封信后不几天，她就写了《我感谢》一文（1988年6月30日发表），向《人民日报》创刊四十周年“呼唤出最诚挚的感谢”，“感谢《人民日报》

文艺部的诸位编辑同志，这四十年来，让我在副刊的版面上，印上许多我当时的欢乐和忧思”。

捧着这一纸薄薄的稿笺，我们都像捧着一团火、一颗赤诚的心！敬爱的冰心老人，报纸的编辑和读者，不是更应该深深地感谢您吗？

二

袁鹰同志：

得您信，特别想您，有空来谈谈，好不好？

您让我为《散文世界》写文章，看精神吧。我痊愈后一定写。风、花、雪、月，久已厌闻厌看，而报纸副刊上多是这种东西，真没意思！

近体复原否？至念。我那七十年的会，不看更好，看了使我愧死。

祝好！

冰心

九、十九，一九八八

80 年代后期，老人已到耄耋高龄，身体逐渐衰弱，住在西郊寓所，深居简出，很少参加社会活动，也不大出席文艺界的会。但她绝不是离群索居的隐士，她的心仍如一团烈火，关怀着国家民族的前途和改革大业的得失，关怀着人民群众和下一代的苦乐。她总是希望有人去看她，同她谈谈见闻观感。给我的信上也常写着“真想您来谈谈”。见面晤谈时，她抱着那只宠爱的小白猫咪咪，静静地听着我们说话，不时插问一两句。她并不发表长篇大论，却时而针对时弊说一两句入木三分的话。

1987 年初，我离开工作岗位后，参加《散文世界》的编辑工作。《散文世界》请冰心、吴组缃两位老散文家担任顾问，本意主要是借重前辈的声望，但他们两位却都十分认真。开编委会时，组缃先生必从西郊赶来参加，而且必定认真发言。对冰心老人这位顾问我们自然不敢奢望她亲临编委会议，但在事前事后也常去请教，而她也总是说些中肯的意见。她希望《散文世界》多发表些有真情实感、有血有肉的散文，摒弃那些虚情假意、矫揉造作、堆砌辞藻的东西。这次在信上说“风、花、雪、月，久已厌闻厌看”，另一次谈起某一刊物，她直率地说：“我不爱看，尽是些小花小草，没意思！”我领会她批评的“风、花、雪、月”，并不是反对讴歌山光水色、赞美大自然，她“厌闻厌看”的是无病呻吟，如旧时文人那样见花落泪、对月伤怀。她常说那是散文的大忌。老人自己晚年所作，以散文随笔居多，朴实自然，娓娓清谈，行文风格同青年时代有所不同，绚烂归于平淡，却充盈着真挚、深沉的爱心和情意：亲情、友情、祖国情、民族情直到对自然万物之情。有时指陈时弊，疾恶如仇，平和的语调中也使人感受到她对人民疾苦的关切。

1988年7月，北京图书馆为她举行“冰心文学创作七十年展览”，我正因事离京，未能去参观瞻仰，后来看到报道和照片，很觉遗憾，去信问候时顺便表达未能到会场上当面祝贺的歉意。老人一贯谦逊恬淡的品德，永远是我们后辈人的典范。

（1999年3月12日）

怀念邓云乡先生

韩　府

每次通电话时，我问邓云乡先生这样是不是打扰了他，他总是很诚恳地说："没关系的，这有什么呀，你那么老远打来电话，咱们聊聊不是挺好嘛！"但是，我还是尽可能少给他添麻烦，因为我知道他的应酬很多，稿债一定更不少，所以，过了春节，直到初四下午快五点多的时候我才拨通了先生家的电话，选择这个时间，是因为即使邓先生要午休这会儿也该醒来了。

但奇怪的是，我并没有像往常那样听到老人家北京味儿很浓的“我是邓云乡啊”，接电话的是另一位陌生人。这人是邓先生的义子，他以沉重伤恸的语调告诉我：先生于2月9日中午离开人世了。听了这突降的噩耗，我半晌说不出话来。

放下电话，我的心情久久不能平静，邓先生的一举一动，言谈笑容，都呈现在我的眼前。这两三年来，我与先生通过许多次电话，每次照例都先听到先生底气十足京味儿浓郁的自报家门：“我是邓云乡啊。”然后，他就很亲热地和你聊起来了。我涉及的话题本来已经很杂乱了，老人更是无所不谈。从几十年前的物价，到近来上海的天气，从三联书店的新班子，到他本人的新作。每次通话，老是我说得少，先生说得多，因为先生是那样健谈，他说起话来几乎没有停顿，没有你插话的机会。就像他的文章一样，滔滔不绝，一泻千里。我想请教他的问题，必须抢在先生换气的当口插入，否则，就只能一直被动下去了。

记得最清楚的一次是去年夏天他在《人民日报》副

刊《大地》上发表了关于老家灵丘的缸房的文章不久，我和先生通话，无意间提到了“酒篓”，先生便详细地介绍酒篓的制作方法：先用荆条编成篓子，再裱上一层一层的麻纸，然后上多少道桐油，篓子有弹性，比陶瓷的坛子更不容易碰烂，更宜于山路运输；一个酒篓可以装六十公斤酒，力气小的人抱不起来……所以，我非常喜欢和先生谈话，因为这样的谈话真是胜读十年书，能得到许多别处得不来的知识。

先生不光写信解答我的问题，还赠给我两幅他的书法作品，写的是先生自作的两首诗，其一是回忆大同的：

昔年塞上住，小邑亦风华。
院落青砖瓦，高台认外家。
端阳吃粽子，晨粥买麻花。
巷口逛云冈，红缨小骡车。

诗中有两处需要略作说明，一处是第二联，邓先生的姥姥家是在大同东南隅李怀角路东的一个高台阶院，故曰“高台认外家”；一处是末联，先生与我交谈中，说起他当年第一次去云冈是乘着骡车去的，那时候，一出李怀角北口，十字路口就停着不少出租的骡车。

除了寄赠我墨宝，先生还送给我好几部他的大作，最早的是《文化古城旧事》，其后是《水流云在书话》，再后是《清代八股文》和《增补燕京乡土记》；还有一种是名人传记合集《青春似火》，内中有先生自撰的关于青年时代的生活的文章。值得一说的是后两种书，去年夏天与先生通电话时，先生说要送我一套新出版的《增补燕京乡土记》，我又乘机问先生还有什么多余的书，也赐我一本，先生爽快地答应了，说“等天凉些我就给你寄去”。一两个月后再与先生通话时，先生问我收到书没有，我说没有，先生说：“没关系的，我再寄给你好了。”入冬，我如期收到了先生挂号寄来的两种书。如今，先生赐赠的《增补燕京乡土记》我还差几页没有读完，原定要给先生写一封问许多问题的长信还没有动笔，先生却悄然离去，睹物思人，不胜悲痛。

古语道：人生七十古来稀。先生以七十五岁的高龄离开人世，按理说也不是太意外的事情，但是，先生的去世却还是让我觉得难以接受，一者是他平时身体那么健康，一个人南下香港，北归京都，甚至远涉重洋，直到他住院前几天，他还在家里配合中央电视台拍摄一部三集纪录片，怎么会突然而去？二者是先生这样饱学而又勤奋的作家，多在人世几年，还会为世人留下许多部精美的著作的。——可是，现在说这些话还有什么用呢？

(1999 年 4 月 2 日)

忆雪垠老师

穆　青

今年“五一”节前夕，我从外地回京，得知姚雪垠老师逝世的消息，心中十分悲痛。几个月前姚老因中风住院时，我曾去医院探视过他。原以为这次回来，他的病情会有好转的，没想到突然间竟这样匆匆地永别了，连最后再见他一面的愿望也没有实现。

我和姚老最初的相识，早在六十多年以前。那时，我还是一个十四五岁的初中学生，正在家乡河南杞县大同中学读书。1935年底，姚老师经梁雷老师介绍，来到我们学校。20世纪30年代的中国，国难深重，民不聊生。地处豫东一隅的杞县大同中学，因为校长王毅斋的影响力及开明态度，加上中共地下党的积极支持，抗日救亡运动得以蓬勃开展，成为莽莽中原少有的一块净土。我后来得知，姚老师当时也是因为受到政治迫害才辗转到这里避难的。

记得当时校园里有一个幽静的小院，姚老师就住在这里。平时，他总是闭门写作，很少外出活动。有时候梁雷老师有事，便请他给我们代课。我现在还清楚地记得他上课的情景：经常穿着一件蓝布长衫，大襟上插着一支钢笔；讲起课来从不拘于课本，总是借题发挥，宣传革命思想，语言充满了感情。有时激动起来竟热泪盈眶，使我们深受感动。

饱满的激情，儒雅的风度，使姚老师很快便赢得了学生们的敬爱。当时学生中有一个课外文艺小组，大家在一起阅读进步文学，交流写作体会。和姚老师熟悉后没多久，我们都被吸引到他身边，一得空就去他那间小屋，听他讲文学、谈时局、讲他经历的故事。而他也非常热情，总是不厌其烦地解答我们的每一个问题。常常是夜深人静，月影西斜时，他的小屋里还弥漫着热烈的气氛。几十年后，他曾在一首诗里这样充满激情地回忆起当时："繁星深院传真理，斜月幽窗写短篇。共唱救亡悲下泪，私谈局势愤挥拳。"其情其景，思之令人神往。现在想起来，尽管那段时间不长，却给了我很好的文学和思想的启蒙。

1936年的下半年，姚老师离开杞县去了北平。学校在梁雷老师的倡导下，创办了一种宣传抗日救亡的文学杂志，取名《群鸥》。因当时杞县缺乏印刷条件，我们便和姚老师联系，把每期的稿子寄给他，由他编好后在北平排版付印。第一期杂志在1936年底出版，其时离鲁迅先生去世不久，记得封面就是鲁迅先生的纪念像。现在想想，在那样的环境下，姚老师为了支持学生们抗日救国的热情，该经历了多少艰辛和风险，付出了多大精力啊！可惜的是，《群鸥》杂志刚出三期，就引起了国民党当局的注意，旋即被查封。但仅仅这三期杂志，亦起到了抗日号角的作用。

从1935年底到1936年，尽管姚老师只在大同中学断断续续住了几个月，但对于学生来说，他带来的影响是很大的。对于他本人来说，这也是一段难以忘怀的岁月。1981年，当大同中学重新复校的时候，回首从前，他曾深情地写过一组《大同中学感旧》的诗，其中一首是悼念校长王毅斋的：

高风每忆王夫子，磊落光明是我师。
遍地阴霖惜火种，漫天飞雪护花枝。
聘来教席藏亡命，送走生徒举义旗。
坎坷忠魂应自慰，大同事业令人思。

其拳拳深情，于此可见一斑。

1937年夏，我从大同中学毕业后，考入开封两河中学读书。当时姚老师也从北平回到开封，在中共地下党组织的领导下，与王阑西、范文澜、嵇文甫等人创办了《风雨》周刊，他任主编之一。其时抗战已经爆发，济南、太原相继沦陷，开封也危在旦夕。但就在这样的风雨飘摇之中，他们坚持以《风雨》为阵地，团结了一大批爱国进步人士，积极宣传全民团结抗日，共赴国难，形成了当时开封抗日救亡运动的主流。我因姚老师的关系，经常到风雨社帮助工作，并积极参加他们组织的报告会、座谈会、游行示威等各种抗日宣传活动。当时的风雨社，名为一个杂志社，实为我党在开封的一个联络点。据我所知，在那一段时间内，就有一批又一批热血青年，经风雨社介绍纷纷奔赴延安或到山西八路军抗日前线。到1937年底，开封形势更加紧张，我便相邀几个大同中学的同学，在姚老师的关怀鼓励下，拿着风雨社的介绍信去了山西，参加了当时在临汾创办的八路军学兵队。这是我参加革命的开始。我永远不会忘记是党和姚老师在历史的紧要关头亲手把我送上征途的。

以后，在整个战争期间，前后方音信隔绝，我很少听到姚老师的消息，只知道他一直在大后方从事创作并陆续发表了《差半车麦秸》《春暖花开的时候》《长夜》等几部著作，当时颇受好评，其他便一无所知了。直到解放以后，才听说姚老师在湖北工作，而且一直笔耕不辍。但后来又传来他被错划为右派的消息。当时，我除为他叹息外，内心更增加了对他的想念。我不知道在今后的岁月里，还能不能再见到这位久别的老师。

没想到，1975年底，我突然得知他在有关领导的关怀下已调来北京，全力进行长篇小说《李自成》的创作。听到这个消息我很激动，便连忙赶去看望他。久别重逢，我们都无法抑制心头的激动，两人的眼里都溢满泪水。回想当年我们在河南分手时，姚老师还是一个英姿飒爽的青年。几十年岁月沧桑，他已是一位白发苍苍的老人了，唯一未变的是那双大而明亮的眼睛，依旧闪烁着智慧的光芒，蕴藏着我们师生之间绵绵的情谊……

从那以后，每年我都要抽些时间去看望他。也许是由于周围政治空气和写作环境的改善，每次见面，姚老都是精神矍铄，心情很好，尤其在谈起他的创作计划时总是那么充满激情和自信。但对自己过去所受的磨难却很少提起，只是在讲到他如何在逆境中开始《李自成》第一卷的写作时，才谈起一些鲜为人知的事：

1957 年他被错划为右派后，曾下放到蒲圻农场劳动。白天和别人一样干活，晚上便偷偷摸摸地开始《李自成》的写作，有时为了躲避监视，不得不在夜深人静之后，悄悄爬起来坐在床上，用被子蒙着头，凭借一只手电筒的微光，在被窝里写作。谁能想到，一部鸿篇巨制《李自成》第一卷的初稿，竟是在这种传奇般的境况下，艰难诞生的。

打那以后，姚老师便养成了夜间写作的习惯。不论寒冬酷暑，也不论是在武汉还是北京，他总是每天夜里三点钟即起床写作，天亮时外出活动活动筋骨，早饭后继续写下去，一直写到中午，几十年如一日，从未间断过。甚至在他这次中风瘫痪后，有时夜里三点左右，他还是习惯性地爬起来，因为行动不便常常摔倒在地板上。

在我和姚老师多年的接触中，处处都感觉到他对文学艺术至高境界的追求，对《李自成》这部作品的创作，可以说已达到呕心沥血、如痴如醉的程度。每次同我谈起这部作品时，总是把他对书中人物的命运和故事情节的构思像讲故事一样讲给我听，讲到激动处往往泪水纵横，半天说不出话来，而讲到兴奋时又会破涕而笑不能自已。

为了精益求精地写好《李自成》，再现我国历史上农民起义军那页悲壮的英雄史诗，几十年间他几乎查阅了所有能收集到的历史资料，做了大量的读书笔记。在他的书房里，保存有整柜的资料卡片，每一张都写满了工整的蝇头小楷。姚老师告诉我，这些卡片中，大部分是《李自成》的，但也有一些关于太平天国的资料。他说他准备在八十岁之前写完《李自成》，然后还要写太平天国，写辛亥革命。

没想到写完《李自成》，他便耗费了全部的精力，思之令人遗憾。但这部呕心沥血的长篇巨著及他一生留下的七百多万字的作品，足以证明他对中国文学事业做出的巨大贡献，奠定了他在文坛上卓有成就的地位。而他在长达七十年的创作生涯中，表现出来的百折不挠、艰苦求索的治学精神，更是留给后来者宝贵的精神财富。

多年来，我每次去看望他，他都非常关心我的工作，经常问我读了什么书，写了什么文章。1982年我担任新华社的主要领导之后，他曾多次语重心长地对我说：“担子重了，工作会更加繁忙，但不管怎么忙，你一定不要放下手中的笔……”前几年我写了一篇《泪洒偏关》的散文，悼念我在大同中学的老师梁雷。他看后曾写了一封信给我，说是“很少看到这样感人的文章了，我一边看一边落泪”，同时鼓励我说：“你有丰富的阅历，有很好的功底，多写些散文，必有成就。”读着这温勉有加的话语，我仿佛看到当年在大同中学的姚老师又站在我的面前。

最使我难忘的是去年国庆节期间，我最后一次到医院看望他的情景：当时他因患中风瘫痪已是第二次入院治疗了。走进病房，只见躺在病床上的姚老浑身上下已瘦成了皮包骨头，原本大而明亮的眼睛在瘦削的脸庞上更显得异常突出。我坐在他身边，抚摸着他枯枝般的手臂，和他大声地讲话，可无论我怎么讲、怎么问，他都没有一点儿反应。从他那呆滞的双眼里，我再也看不到已往的睿智和激情的光芒。一阵心酸，我竟止不住热泪盈眶。想不到一向鹤发童颜、身体健康的姚老竟被病魔折磨成如此光景。几十年艰苦不辍的笔耕，似乎已耗尽了老人全部的精力。

我起身剥了一颗葡萄，去掉籽，送到他嘴里，没想到他竟很快咽了下去；我又剥了一根香蕉，一口一口地喂给他，他也慢慢地把它吃完了。看到这情景我心里多少有点欣慰，便拉着他的手又说起话来，可他还是那样毫无反应地、呆滞地看着我，看着我……

那天因为是节假日，病房里没有医生，也没有护士，只有一个安徽籍的小姑娘在陪伴着他。我问她，姚老是不是每天都是这样，她说："是，来医院半个多月了，老先生就没有说过一句话。"看来，一切都是徒然了。最后，我只得取过一张纸来，在上面大大地写上："我是穆青，来看您，望您多保重，早日康复。"我把纸放在他眼前，停了一会儿，我突然发现他眼里有了一点点泪花。此时，我再也无法忍受心中的悲恸，放下纸片，便踉跄着含泪走出了病房，甚至不敢再回过头来看他一眼……

以后我和他家人通过几次电话，我跟他们说：“姚老师只要恢复一点儿语言能力，你们就赶快通知我。”可是我等啊等啊，一直没等到这样的电话。

我知道不会再有这样的电话了，一切都只能成为永远的记忆，深深地埋在心里……

(1999 年 6 月 3 日)

大师刘开渠

杨先让

中央美术学院教职员上下数百人，不可能都相互熟悉了解。一场“文化大革命”，打破了职务界限，搅混在一起。我与刘开渠老院长的接触和亲近，是在1970年下放河北磁县劳动时开始的。

磁县大陈村是我们美术学院教职员“斗、批、改”的场所。有一次全连去菜地劳动，休息时，我拾到一个小本子，翻开一看，是密密麻麻的外文生词，不是英文而是法文。如果被领队人发现，这显然是违章的，因为我们当时连作画练习都是不许可的，何况有人还在复习外文。

我们版画系大多不会学法文，只有油画系吴作人有可能性，雕塑系的刘开渠、王临已、曾竹韶都是留法的。而刘开渠等人就坐在不远的草堆旁，我走了过去将小本子递给刘开渠，想问一下是谁的，他很快放在了口袋里向我小声说了谢谢。这使我由衷地感到可敬，在这种环境下，又那么大年纪还在偷空学习外文。

1972 年，我们陆续回了北京。我经常骑着车到太仆寺街刘开渠家，本来一座独家四合院，后屋厢房竟被我院员工占着，为此我曾向院方喊过冤。

那时学校因为“闹革命”而不招生，大家都没有事干，无形中我们之间建立了一种友谊，师母程丽娜教授也一起谈天，看我们挥墨，也就是在这个时期，我了解了他们的过去和生活中的悲欢。

刘开渠自幼就在贫穷中长大，又在贫困中于北平学油画七年，其间竟迷恋上了雕塑艺术，终于在 1928 年经蔡元培安排成为中国第一个派赴法国学习雕塑的人。是抗日救国的号召使他结束了法国六年的习艺生活，回国后奔波在对雕塑毫无认识的困境中，奋斗苦干，狼狈不堪。刘开渠作为中国第一代雕塑家，是在艰难中走过来的。新中国的成立带来了中国雕塑艺术繁荣的春天，杭州市副市长、杭州美院院长、文联、美协及天安门广场上英雄纪念碑创作领导等职务一一临到他的肩上，一切都是令人兴奋的，可是命运并非一帆风顺，反右斗争使他受到惊吓。同时，正值青春年华的大女儿微娜病逝，简直是雪上加霜。二女儿米娜是个先天的残疾人，言语和行动都不便，只有小女儿沙平活泼健康，而且后来考入了中央美术学院雕塑系，本可继承父业了，上天不公平，可爱的小女儿又不幸去世。这种连番打击，没有摧倒两位老人，他们咬紧牙关坚强地活了下去。

我与他们相交是在动乱的“文化大革命”之中，我从他们身上没有感受到一丝一毫的悲观情绪，我从他们那里获得的是美好的情谊，可能这就是雕塑家的性格。他可以将方方面面的创伤泰然正视。在那不知何时有出头之日的时期，使我永记不忘的是，他们老两口保持积极乐观的心态，经常相互搀扶着四处走走。曾专程从西单挤公交车到建国门，然后步行穿过数条胡同来到我住的北牌坊胡同的家看望我，使我万分不安。

“文化大革命”结束了，刘开渠离开中央美院副院长职位，就任中国美术馆馆长。在以后的日子里，我忙着教学，很少去太仆寺看望他们二老了。1993 年，我和妻子要去美国，行前去向他们辞行，未料正遇上刘老因摔了一跤而住院，不久即仙逝。同程丽娜师母及米娜相坐无言，没有眼泪，没有叹息。

我没有来得及参加追悼会，匆匆飞向大洋彼岸，一晃五六个年头过去了。

这次回来，前往太仆寺那座可亲的四合院，四合院依然存在，院中那棵高高的洋槐像刘老高大的身影也依然健在，只是周围都变成建筑工地，四合院如同孤岛一般，据说两个月后也要被拆迁。

程丽娜师母握着我的手并排坐着，米娜在一旁，我们言语不多，但我们都知道彼此心中在想着什么。刘馆长走了六年，室内挂着他的画、微笑着的照片，少女胸像和蔡元培小稿石膏像依旧安详地置于几上。他与我们同在，我们都真正地感觉到了。

(1999 年 6 月 25 日)

送　晓　声

林斤澜

我在《五十年情缘》这本纪念文集中，读到高晓声的《我的简史》，不足两千字，真是简之又简，语焉不详。也许是我所知多得多，倒能够处处发生联想，读来竟有"白发三千丈"之感。但"简史"最后几句话，仿佛"不详"之中又有些"不祥"。我也摸不着头脑了，不妨抄录下来。若抄录，又不能不先作几句交代。

今年5月间，夜半，晓声来长途电话，说打算7月间，南京三四个人，到我老家的楠溪江雁荡山“白相白相”，要我打个招呼。我说“雅兴雅兴”，又说“七月流火”，最好是秋天，他说秋天人家没有暑假了。我一声“哦”，没有说别的。接着是和老家联系，那里热心的青年朋友，立刻给晓声去电话表示欢迎。

我读“简史”时，已是7月初，北京持续高温。心想这个孤身老头儿，难得假期旅伴，投奔号称没有污染的青山绿水，寻求数日逍遥去了。

7月7日，偏偏这么个轰轰烈烈的日子，电传晓声6日去世。又传切开气管，抢救了十几天，不治。又听说病名“肺性脑病”，导致全身衰竭。我竟不知道这是什么病，老头儿身边没有家属，找谁问去？前几年，南京有一位他的也是我的老友、文友、酒友叶志诚，好好的闹了个不清楚的病……

好了，抄录“简史”的最后几句吧。

……等到情况改变之后，又觉得自己如果重新工作，却也一无所长，最有把握的还是重操旧业。

于是又开始写小说和散文，起初还积极，后来觉得没什么意思，也就少写了。过了二十年，也不过写了三百万字左右吧。同现代文豪们比，简直是小菜一碟，上不了席面的。可也还得罪了人，能听到人家的牙齿咬得格格响。所以我不敢抛头露面，免得招祸。谁能说没有人想吃掉我？只是嫌我肉老了卡牙齿，况且现在又有好的吃罢了。

我不能“详”这“不详”，只叫得半声苦也，并略略觉着“不祥”。

高晓声的文章，特别是后几年的散文，读来清凉解暑，回味苦涩。奉告“牙齿咬得格格响”的朋友，需知他的一生，整个儿是条苦瓜。

先贤说过：文章带涩味、耐读。又有研究家说：幽默易得，幽默中的苦涩难求。我想难求就不求也罢，苦瓜外皮疙瘩，“楦料”辛苦。“楦料”，晓声的散文中用语。

过后，苏州陆文夫电话告丧，我说已经知道了，只是不明白最后的病情。文夫唏嘘片刻，说：和我一个病，他先走一步，哮喘、肺气肿，最后还不就是肺心病。

有一位青年朋友曾记录四个酒友的“趣谈”，四个酒友分别是汪曾祺、陆文夫、高晓声和我。“趣谈”无非是有关酒的“噱头”，“饮者留其噱”乎，实在当不得真，这些人半生几经浮沉，即便贪杯，也不过“噱头”而已。现在，剩下两个也只够“卡牙齿”了。

文夫要挂电话时，互相连声说了“保重保重”，他又想起来问了一句：酒还喝吗？

我说，还喝点。

电话里声音“低迷”，接着挂了。我听这“低迷”，想必是：

“喝吧。”

（1999年8月20日）

夏日盛开的水仙花

——纪念诗人郭小川八十周年诞辰

晓　雪

郭小川同志1973年1月8日在给我的信中说："为我女儿事，很费你心。一枝蒿既然不好用，就算了。'灯盏花'如果对风湿热（症状是关节痛，有时忽然发烧，高过39℃到40℃，吃点APC之类的药，睡一夜，第二天就好了）有疗效，那就麻烦你买几盒，寄'河南林县城关区胡家庄林业队郭岭梅'，或托人带给我亦可。谢谢你。"

不久，我托人给小川同志捎去几盒“灯盏花”药针，小川同志在 1973 年 3 月 30 日给我的回信中一开头就说：“谢谢你给梅梅捎来了三十支药针，正好她从林县回京来了，偶然关节痛，已打过一次，以后一定还有用。她的主要问题是风湿热，经常出现低烧，心律过速，极易疲倦，有时关节也痛，而这种病将有百分之五十至百分之七十发展成为风湿性心脏病……”

这个梅梅，是当年在河南林县胡家庄林业队的郭岭梅，年纪还很小，我们没有见过面。小川同志 20 世纪六七十年代给我的许多信中，多次提到她和她的哥哥小林、妹妹小惠，诗人对他的三个儿女都是非常喜爱的。

我第一次见郭岭梅是在 1992 年春天。这时她已经是中央新闻纪录电影制片厂和中央电视台新闻制作中心的编导，到昆明来参加中国第三届艺术节。她一进门，自我介绍，我当然格外高兴。她的眼睛和脸型都像父亲郭小川，目光里闪烁着机敏、聪慧和热情，眉宇间也可看出她母亲杜惠的影子。显然她长大后身体好多了，“风湿热”“心律过速”等症状已得到控制，没有发展成“风湿性心脏病”，丝毫看不出有什么“极易疲倦”的毛病。交谈中我欣喜地感觉到，当年那个跟随父亲受苦的体弱多病的小女孩梅梅，如今在改革开放的春风里，已成长为一位朝气勃勃、富有创新智慧和开拓精神的电影编导了！

今年4月下旬，为在电影屏幕上艺术地留下“中国’99昆明世界园艺博览会”的空前盛况和多彩风姿，郭岭梅又率领中央新闻纪录电影制片厂和中央电视台新闻制作中心的一个摄制组来到云南，为组织创作拍摄大型纪录电影《世纪的呼唤》而住进了昆明世博园。她作为编导和摄制组的负责人，整天忙上忙下，早出晚归，几乎没有什么空闲，所以我们只能偶尔通过电话交谈几句，见面的机会不多。

最近，《世纪的呼唤》已基本完成，郭岭梅便带着她利用暑假来云南旅游的十七岁女儿郭涓涓，在7月31日下午来到我家。没想到，她给我带来的礼物竟是一盆正在盛开的水仙花！

被称为凌波仙子，被古代诗人形容为“韵绝香仍绝，花清月未清。天仙不行地，且借水为名”的水仙花，历来只会在冬末春初开放，是“窗外寒梅带雪开”的季节里，摆在家内“喜迎春”的盆景，怎么会在盛夏也照样开放呢？梅梅解释说：这是福建农业大学园艺系几位教授多年精心栽培、反复实验、研究创造出来的一个新品种，他们送到世博会上展览，送给她一盆，她又转送给我的。

多么珍贵的礼物！这是园艺师们又一个新的独特的创造。看来花卉栽培、园林艺术也像诗和文学一样，需要在传统的基础上不断地探索研究、不断地革新创造。我想起二十六年前小川同志与我的最后一次交谈。

那是1973年4月底、5月初，小川同志因一个偶然的机会来到昆明，我们得以多次见面畅谈。5月3日，他早晨八点半来到我家，一直到下午三点半，我送他上飞机返回北京，我们又在一起交谈了七八个小时。谈到当时文艺创作的情况，他气愤地说：“现在许多作家被迫害死了，活着的也大都没有条件写作、无法写作，老实说，报刊上看不到真正的诗、真正的好文章！不讲艺术规律，不讲艺术技巧，不提倡思想上、艺术上的追求和探索，真正有创造性的、有艺术生命力的、独特的东西，即使写出来也通不过，不会发表，越是一般化的抄来抄去的东西越容易发表。但我们不能因此就随大流，就不用功，就不去努力创造真正有价值的独特的东西。真正有价值、有创造性的东西，即使现在不能发表，将来也总是可以发表，总是要留传下去的。否则，那种一般化的、没有生命力的、过眼云烟的东西，搞它有什么意思！”在当时那种条件下，小川同志仍然对未来充满信心，他想得很多，看得很远。记得那天他讲得最多、给我印象最深的是这样一些话：“打乒乓球需要有绝招，需要有自己的打法，需要不断地有新的创造，有别人难于对付的独特的东西。创作也是一样的道理，一定要有独特的东西。应当养成这样一种习惯：没有什么发现，没有新的构思，没有新的创造，就不动笔。创作的过程，就是不断地和一般化作斗争，和公式化、概念化、雷同化作斗争的过程。不要满足于一挥而就、轻而易举地写成的一般水平的作品，不要满足于容易涌到笔尖的那些写法和语句，要舍得下苦功夫，要努力做到每一篇、每一章甚至每一节、每一句都给人新颖的感觉。这当然是不容易的，但务必这样要求自己。要记住，容易得到的东西也总是容易丢掉。”

不久，又连续传来“四人帮”进一步诬陷和迫害郭小川同志的消息。他在处境十分险恶的情况下，还在1973年11月15日、1974年元旦及1月9日先后给我回信，对我正在写的一首叙事诗提了许多修改意见，继续指导和帮助像我这样远在边疆的业余作者。紧接着，“四人帮”干脆把他关押起来审查，他当然也就收不到我的信。1975年10月，他又一次得到解脱，便在1975年11月5日给我写了很长的回信，信中说：“我一心想搞创作。我觉得，我在创作上的青春，不在过去，而在未来。在几个月内，我将大写特写，但先不发表。看看能否超过自己的水平（跟别人不敢比），超不过的，不想发表。”

可惜，不久又风云突变。而正当粉碎“四人帮”的特大喜讯刚刚传来，小川同志却于1976年10月18日突然永远离开了我们。他“未来”在创作上的青春也被永远夺走了！我和他1973年在昆明机场的分手，竟成了永别。

今年9月2日，是小川同志诞辰八十周年纪念日。他不幸去世也有二十三年了。今天见到他的女儿和外孙女，我眼前又出现他热情亲切的音容笑貌，我耳边又响起他激荡人心的豪迈诗句：

战士自有战士的性格：不怕污蔑，不怕恫吓；
一切无情的打击，只会使人腰杆挺直，青春焕发。
战士自有战士的胆识：不信流言，不受欺诈；
一切无稽的罪名，只会使人神志清醒，大脑发达。

（1999年9月3日）

花落有余香

——痛悼恩师戈宝权

郑恩波

5月15日，我敬仰的戈宝老永远地离开了我们。心痛之际，三十六年来我同戈宝老交往的一些琐事，一幕幕地浮现在眼前……

1964年8月26日，是我第一次出国留学离京的日子。为我送行的人，除了我的妻子，还有著名的享有国际声誉的大翻译家戈宝权。我知道，戈先生不仅翻译、介绍了许多俄、苏文学作品，而且新中国成立以后，还译介了包括阿尔巴尼亚在内的东欧一些国家的文学名著。可以说，戈先生是我国译介东欧文学的奠基人之一。这样的一位大翻译家亲自到车站为一个刚刚走出校门的小青年送行，这怎能不叫我受宠若惊？！我们从未见过面，但他一听说研究所派一个青年出国专门学习阿尔巴尼亚语言、文学，就冒着四十摄氏度的高温赶到了火车站。那一天，他兴致非常高，一见面就打开了话匣子。在一个多小时的候车时间里，他从国际形势谈到阿尔巴尼亚文学，连如何学好外语，怎样搜集资料、做卡片等研究工作的基本功都谈到了。我强烈地感觉到，戈先生好像是要把他全部的治学经验都掏给我似的。

在阿尔巴尼亚学习的三年时间里，戈先生给我写了好多封信，对我的学习、进修进行具体的指导。每封信都有四五页长，从头到尾工工整整、清清楚楚。记得1966年年初，为了翻译阿尔巴尼亚一位名诗人的作品，他曾专门给我写信，谦恭地向我“请教”几个阿尔巴尼亚民俗问题，毫无大学问家的架子。这年夏初，灾难马上就要落到他头上了，但他好像一点儿也不在乎，把他多年翻译出版的好几种阿尔巴尼亚诗集一本一本找齐，签上名，托人跨过千山万水，送到我的手上，而且在信中还谆谆地嘱告我：一定要把阿语真正学到手，将来从阿文直接译出这些作品，代替他的译本……

“文化大革命”中，像许多文化名人一样，戈宝老也被打入“另册”，靠边站了。然而，他并没有自卑感，依然挺着腰杆做人。在那些把大部分文艺作品扫进垃圾堆的灾难的日子里，有谁还到书店里买书？又有谁还会买书送给别人？可是，一生爱书如命的戈宝老照买不误。他节衣缩食，从每月的二十元生活费中省下几元钱，购买他认为重要的图书资料。至今我还清楚地记得，一个大雪纷飞、寒风刺骨的傍晚，年近六旬的戈宝老，披着一身雪花，到学部八号楼单身汉宿舍推开我的门，一边递给我用水红纸包的一卷儿东西，一边亲切地对我说：“听说书店里在卖一种阿尔巴尼亚地图，我赶紧去王府井买了两份儿，去晚了就没了，这份儿送给你，这东西很有用。”当时，我感动得不知说什么好，要给戈宝老钱，可他百般推辞，转身就走了。我眼里含着热泪，直愣愣地望着尚还背着“牛鬼蛇神”政治包袱的戈宝老消失在茫茫的大雪中……

1973年下半年，我把自己翻译的阿尔巴尼亚当代著名诗人德里特洛·阿果里的诗稿交给戈宝老审阅。他两天就看完了稿子，并亲自推荐给人民文学出版社。1974年阿尔巴尼亚解放三十周年前夕，一本漂漂亮亮的《阿果里诗选》问世了。这是我的第一本文学译著。它的降生，渗透着戈宝老多少心血啊！

那年月，我的经济情况很难堪，领着妻子女儿在人民日报社招待所里栖身。戈宝老经常打发夫人和孩子来看望我们。逢年过节，不是送鱼送肉，就是送水果和点心。有一年除夕之夜，还给我的两个尚未上学的女儿每人一个小红包。至今，她们仍把这两件东西视为家珍，精心地收藏着。

1974年隆冬，我因公赴阿尔巴尼亚访问，将妻子和女儿留在京郊萧索的荒村。年过六旬的戈宝老和夫人带着从口中省下来的细粮和营养品，冒着鹅毛大雪到泥棚寒舍，看望我那体弱的妻子和患重感冒的女儿……

1980年盛暑，我离开郊区农村往城里搬家的那一天，戈宝老一家总动员，儿子担任装卸主角儿，培兰大姐任总指挥，连挂在院子里杨树杈上的一小串干菜，她都亲自踩着梯子拿了下来。我第二次出国进修前夕的中秋之夜，戈宝老和家人还为我饯行，鼓励我早日把塞尔维亚语学好，为更多地译介南斯拉夫各民族的文学，做出更大的贡献……

我留南归来后，满怀对南斯拉夫人民十分依恋的真情，一口气写下了近二十篇留南随笔、散文。戈宝老带着特别浓厚的兴趣，看了每一篇，并将自己的重要工作暂搁一边，欣然为我的散文集《来自南斯拉夫的报告》作序。不久，他又和刘绍棠同志一起推荐我加入了中国作家协会，使我自少年时代就做过的作家梦变成了现实……

近几年，戈宝老因为健康的关系，离开京都住在南京，我与他的接触虽然少多了，但他对我的关怀与厚爱丝毫也没有减少。他的文集，每出一本都签名送给我。不难想象，在已经卧床许久、生活不能自理的情况下，提笔写字该是何等的困难！可是，即使最后一本书的签名，也依然是那样的工整、清晰。

其实，戈宝老关爱的不止我一个人，北京和全国得到戈宝老提携、扶持的中青年学者和专家，至少也有几十人。他把爱心献给了全社会。只说一件事就够了：根据他的遗嘱，在他逝世以后，他的亲人已经把他的眼角膜捐献出来。戈宝老这种“竹死不变节，花落有余香”的美德，永远都是我们学习的楷模！

(2000 年 7 月 8 日)

送卞公，忆“激情”

李景端

一代诗人、翻译家卞之琳走了。奇怪，当我听到这个消息时，脑中涌现的不是此刻通常都有的故人仙逝的伤感，而是蕴藏在卞公身上那种极富激情的印象。这不仅因为他寿高九十而终，按民间说法，可算作喜丧；更主要的是，在我的记忆里，卞之琳与“激情”这两个字，仿佛早就结下难解之缘。貌似内向稳重的卞公，其实是位感情极为丰富的重情人。

他是一位诗人，当然先从他的诗论说起。卞公无疑是我国新诗运动的一位先驱者，更是吸收洋诗最早的倡导者之一。早在20世纪30年代，他就同郑振铎一起编《新诗》月刊，办文学季刊，很开放地介绍西方现代派文学。在翻译方面，他认为严复提出的“信、达、雅”标准，是“教条的无稽”，他断言，单从文字来讲，外文诗歌是不可能翻译的，只能凭译者的理解，去“刻意追求形式的近似”，而要达到这种近似，就必须使译者有一种能融入原诗意境的那种激情。对他所说的这种“激情”，起初我还似懂非懂，后来有件事为我做了解答。

还在80年代，有一次卞公的一位老相识、上海的资深英语教授，写了一篇批判卞公译“莎剧”的文章，指出其中的不少误译。此稿先投给上海某杂志，该刊考虑卞公是《译林》编委，就转给《译林》。因为此文用词很严厉，我不敢贸然处理，趁赴京之便，先到卞家征询卞公的看法。他一听不但没怒，反而乐呵呵地说：“我同他是老相识、老对头了。他教英语，只知道凭字典、对语法来看翻译，要知道莎士比亚的台词是诗，而诗是要用心、用灵感、用激情来表达的。看了莎剧不动情的人就别想译莎剧。他只挑我文字上的不对应，而我讲究的是达意和形似。他的文章你可以登，但有个条件，你也要同时登我的反驳文章。”当时因为怕引起“笔墨官司”，我只好“和稀泥”两边都不登，但卞公的“激情”说，却给我留下了很深的印象。

做学问如此，对朋友也是这样。1991 年我在北京举办“穆旦学术研讨会”，会前我向卞公汇报了这项活动，他听后迟迟没有吱声，我正诧异，他才缓缓十分动情地说：“良铮（即穆旦）是个人才，受了这么多年冤屈，亏得你们还想到他。他的诗风也是以情见长，他的译诗，既有洋味又不洋化，这一点我们两人很相似。”那一天，他对几位“九叶诗人”都说了不少话，兴致高时还从书柜抽出书来朗读了几句。以往只以为他沉默寡言，这一次才看到他如此动情地来评述故旧的成就。

1987 年我同卞公一起在香港参加“当代翻译研讨会”。一天晚上，几位香港文人想约卞之琳、王佐良、戴镏龄和我等几个人去吃宵夜，还说与会的一位台湾教授也要参加。起初我怕卞公年纪大，劝他不要参加，但他一听说有港台的同行在座，激情又来了，说难得有这样的机会交流，我一定要去。

卞公一生九十载，人们可以为他画很多种像，我却独画他激情的这一面。这也许有点以偏概全，但他确是我心中真实的卞之琳。

(2000 年 12 月 16 日)

悼念周一良

季羡林

最近两个月来，我接连收到老友逝世的噩耗，内心震动，悲从中来。但是，最出我意料的、最使我哀痛的还是一良兄的远行。

9 月 16 日，中国文化书院在友谊宾馆友谊宫为书院导师们的九十华诞和米寿举行庆祝宴会。一良属于米寿的范畴，是寿星佬中最年轻的。他已乘坐轮椅多年，但在那天的宴会上，虽称不上神采奕奕，却也面色红润，应对自如。我心里想，他还会活上若干年的。就在几天前，在10月20日，任继愈先生宴请香港饶宗颐先生，请一良和我作陪。他因身体不适，未能赴宴，亲笔签了一本书送给饶先生。饶先生也在自己的画册上签了名送给他。但在两天后，想把这本书送到他家时，他却离开了人世。多么突然的消息！据说，他是在睡梦中一个人悄没声儿地走掉的。江淹说“自古皆有死，莫不饮恨而吞声”，一良的逝去，既不饮恨，也不吞声。据老百姓的说法，这是前生修来的。鲁迅先生也说，死大概会有点痛苦的；但一个人一生只能有一次，是会过得去的。一良的死却毫无痛苦，这对我们这些后死者也总算是一种安慰了。

一良小我两岁，在大学时至少应该同学两年的。但是，他当时在燕京读书，我则在清华。我们读的不是一个专业。即使相见，也不会有深交的。可以说，我们俩在大学时期是并不认识的。一直到1946年，我在出国十一年之后回到北平，在北大任教，他在当时的清华任教，此时我们所从事的研究工作已经有一部分相同了。因为我在德国读梵文，他在美国也学了梵文。既然有了共同语言，订交自是意中事。我曾在翠花胡同寓舍中发起了一个类似读书会一类的组织，邀请研究领域相同或相近的一些青年学者定期聚会，互通信息，讨论一些大家都有兴趣的学术问题，参加者有一良、翁独健等人。开过几次会，大家都认为有所收获。从此以后，一良同我之间的相互了解加深了，友谊增强了，一直到现在，五十余年间并未减退。

一良出自名门世家，家学渊源，年幼时读书条件好到无法再好的程度。因此，他对中国古典文献，特别是史籍，都有很深的造诣。他曾赴日本和美国留学，熟练掌握英、日两国语言，兼又天资聪颖，个人勤奋，最终成为一代学人，良有以也。中年后他专治魏晋南北朝史，旁及敦煌文献、佛教研究，多所创获，巍然大师，海内无出其右者。至于他的学术风格，我可以引汤用彤先生两句话。有一天，汤先生对我说："周一良的文章，有点像陈寅恪先生。"可见汤先生对他评价之高。在那一段非常时期，他曾同人合编过一部《世界通史》。这恐怕是一部“应制”之作，并非他之所长。但是，综观全书，并不落他人窠臼，也可见他的史学功底之深厚。可惜由于各种各样的原因，他长才未展，他留下的几部专著，决不能说是已尽其所长，我只能引用唐人诗句“长使英雄泪满襟”了。

一良虽然自称“毕竟一书生”，但是据我看，即使他是一个书生，他也是一个有骨气、有正义感的书生，决不是山东土话所称的“孬种”。在“十年浩劫”中，他跳出来反对北大那一位倒行逆施、炙手可热的“老佛爷”。当时北大大权全掌握在“老佛爷”手中，一良的命运可想而知。他同我一样，一跳就跳进了牛棚，我们成了“棚友”。我们住在棚中时，新北大公社的广播经常鬼哭狼嚎地喊出了周一良、侯仁之、季羡林的名字，连成了一串仿佛我们是三位一体似的。有一次，忘记了是批斗什么人，我们三个都是“陪斗”。我们被赶进了原大饭厅台下的一间小屋里，像达摩老祖一样，向壁西立。我忽然听到几声巴掌打脸或脊梁的声音，清脆“悦”耳，是从周一良和侯仁之身上传过来的。我想，下面该轮到我了。我肃穆恭候，然而巴掌竟没有打过来，我顿时颇有“失望”之感。忽听台上一声狮子吼：“把侯仁之、周一良、季羡林押上来！”我们就被两个壮汉反剪双臂押上台去，口号声震天动地。这种阵势我已经经受了多次，已经驾轻就熟，毫不心慌意乱，熟练地自己弯腰低头，做喷气式飞机状。至于那些野狗狂叫般的批判发言，我却充耳不闻了。这一段十分残酷然而却又十分光荣的回忆，拉近了我同侯仁之和周一良的关系。

一良是十分爱国的。当年他在美国读书时，曾同另一位也是学历史的中国学者共同受到了胡适之先生的器重。据知情人说，在胡先生心目中，一良的地位超过那一位学者。如果他选择移民的道路，拿一个终身教授，搞一个名利双收，真如探囊取物，唾手可得。然而他却选择了回国的道路，至今已五十余年头。在这长达半个多世纪的时间中，他走过的道路，有时顺顺利利，满地繁花似锦；有时又坎坎坷坷，宛如黑云压城。当他暂时飞黄腾达时，他并不骄矜；当他暂时堕入泥潭时，他也并不哀叹。他始终无怨无悔地爱着我们这个国家。我从没有听到他发过任何牢骚，说过任何怪话。在这一点上，我虽驽钝，也愿意成为他的“同志”。因此，半个多世纪以来，我们始终维持着可喜的友谊。见面时，握手一谈，双方都感到极大的快慰。然而，一转瞬间，这一切都顿时成了过去。“当时只道是寻常”，我在心里不禁又默诵起这一句我非常喜爱的词。回首前尘，已如海上蓬莱三山，可望而不可即了。

我已经年逾九旬。我在任何方面都是一个胸无大志的人，包括年龄在内，能活到这样高的年龄，极出乎我的意料和计划之外。世人都认为长寿是福，我也不敢否认。但是，看到比自己年轻的老友一个个先我离去，他们成了被哀悼者，我却成了哀悼者。被哀悼者对哀悼这种事情大概是不知不觉的。我这哀悼者却是一个活生生的人，七情六欲，件件不缺。而我又偏偏是一个极重感情的人，我内心的悲哀实在不足为外人所道也。鲁迅笔下那一个小女孩看到的开满了野百合花的地方，是人人都必须到的，问题只在先后。按中国序齿的办法，我在北大教授中虽然还没有达到前三甲的水平，但早已排到了前列。到那个地方去，我是持有优待证的。那个地方早已洒扫庭除，等待我的光临了。我已下定决心，决不抢先使用优待证。但是这种事情能由我自己来决定吗？我想什么都是没有用的。我索性不再去想它，停笔凝望窗外，不久前还是绿盖擎天的荷塘，现在已经是一片惨黄。我想套用英国诗人雪莱的两句诗：如果秋天到了，冬天还会远吗？闭目凝思，若有所悟。

(2001 年 11 月 8 日)

五四之子民俗之父

黄苗子

1938 年初在广州，那时日本侵华战争爆发，所有爱国知识分子都不约而同地出入于以夏衍同志为首的救亡日报社，关心着国家大事。在那里，我初次会见乔冠华、孙大光（叶肇南）、林林和钟敬文、尚仲衣教授等，都是一时俊彦。

早已拜读了钟先生的《西湖漫拾》等散文，对于这位具有诗人气质的散文家的清秀文笔是十分倾仰的。

那时我是个二十来岁的青年，什么都不懂，比我大十岁以上的钟先生，其后从广州到粤北，我们相见日多，便无话不谈。印象最深的是 1938 年冬，钟先生从江西星子和同在四战区政治部的郁风来粤北连县的三江镇，我们相聚了多日，从抗战形势谈到烽火中朋友的音讯、诗文唱和等。大敌当前，当时的知识分子还是有同仇敌忾的感情的。

1939 年初我离开粤北，直到 1950 年才又和钟先生在北京相见（那时我和郁风早已结婚，钟先生早年在杭州和郁达夫都是湖畔诗社的朋友，所以应当是长辈了），钟先生依旧是渊静潇洒、温良恭俭那股书生气。北师大在西城，我和郁风住东城，那时也各忙各的，相见时难；但电话书札和朋友的通传，讯息总还是不断的。

钟老毕生致力于民俗学，在学术上的建树是遐迩公认的。我这个人不学无术，对钟先生的学说所知极浅，平日见面，谈诗、谈文艺、谈朋友的状况多，却没有专门请教他关于中国民俗学方面的问题，这使我终生遗憾。近年来，已有学人感觉到自然科学飞跃发展，人文科学有落在后头、配不上套的危机感。对于一个民族来说，文化是民族构成的主要因素，不同的民族有不同的文化做支柱；同时也是民族群体产生凝聚力的主要因素。而范围十分广阔的民俗学，在一定的意义上说，它是一个民族的文化的根，任何民族的高层次文化，都是从民俗文化滋生出来的。（钟先生说过："民俗是人民传承文化中最贴切身心和生活的一种文化，也是人类中最具有普遍性的一种文化。"）要了解和发展这一民族精神，民俗学的研究应当是一门重要的人文科学。民俗学和人类学、民族学、史地学、文学、艺术都有血缘关系，而每个人生活中的每一细节，衣食住行、吃喝玩乐，都贯穿着民俗的细胞。这样广大渊深的一门学问，钟敬文先生经过八十年的努力，把具有中国特色的多民族的一国民俗学，系统化地建立起来。被日本学者称为"中国民俗学之父"的钟敬文先生，对我国文化学术的新贡献，是很不简单的。

钟先生曾自诩说，他是"五四之子"，就是说，他的学术思想，植根于"德先生和赛先生"。钟先生是我国著名的民俗学者、民间文艺学者、诗人、散文家、教育家……但归根到底，他的一切成就都源自人民，为了人民，钟先生应是一个人民学者。

近年来从国外回来，便听到文化界纷纷传说“北师大一景”，那就是每天凌晨，北师大校园总见到行将百岁的钟敬文先生，步履轻盈地拄着手杖在散步，从不要人跟随搀掖。学校为了照顾他，去年只分配老先生带四位研究生，可钟老力争到八位。他从小红楼宿舍步行到教室，有时电梯停用，他老人家还坚持要走上六层楼，把同事和弟子们都急坏了；钟老这种敬业精神，真是叫人“高山仰止”啊！

钟先生从20世纪50年代初担任北师大教授，半个世纪以来，他教过的学生当了教授再退休的已在十数以上；他不但每位新老同学的名字都叫得出来，还清楚地记得很多同学的成绩和特长。有时我到北师大，陪同启功先生一起去拜访他那书堆满地、仅堪容膝的“斗室”，听他朗诵民国初安徽诗人韩孤云（耆伯）诗，不能不骇异于先生的惊人记忆力。

说到诗，钟先生早年作“湖畔诗人”时，和沈尹默先生等同样是写新诗的，但他晚年却以旧体诗著名；钟先生的诗哀乐过人而沉涵蕴藉，耐人寻味。他曾说，好诗易被人欣赏，却不是人人能作；感受、功力、天分缺一不可。他很欣赏聂绀弩的诗，而绀弩则公开说钟先生是他作诗的老师。绀弩不轻许人，这可能不是谦词。

听说钟先生住院期间，于12月30日还在病榻上亲笔给有关部门写信，殷殷提出关于大学民俗学教课的建议，老人的最后心血，还洒在有关国家文化的事业上！

当我去探病的时候，钟老还谈到他新作的四首七律诗，又提起我出版一本旅游诗文的事，最后还希望韩孤云诗将来能公之于世……一位把终生贡献给文化事业的老人，弥留之际，大小心事，这样萦绕于一颗赤热的心魄中，作为后学，我的心情，不堪笔述。

我和郁风与钟老这七十年的一段情谊，是可珍可念的。对于他一生的贡献，我们给他老人家献上如下的一副挽联：

百岁文星，千秋师表；

人民学者，湖海诗人。

(2002年1月17日)

永远的歌唱

董宏猷

曾卓先生家的客厅里，有一架钢琴。我们和曾卓先生在书房里聊天时，常常就有叮叮咚咚的钢琴声从客厅里传出，像大山中清澈的泉水，晶莹地流淌着。有时三五好友相聚，谈得酣畅时，我们爱到客厅里和曾先生一起唱歌。

曾卓先生对于自己的书法常常自谦，幽默地称为“曾体”。我的书房里，就挂着这样一幅“曾体”的条幅：“人活着，像航海，你的恨，你的风暴；你的爱，你的云彩。”这是诗人绿原的名句，先生写来送我，别有一番深意。但是，先生对于唱歌，从来就没有自谦，就像谈起足球一样，总是兴致勃勃。先生唱歌，是典型的美声唱法，非常投入，神采飞扬，很有气派，仿佛是站在意大利歌剧院的大舞台上。有趣的是，先生经常唱的保留曲目，却是中国的民歌，尤其是王骆宾收集整理创作的西部民歌，如《达坂城的姑娘》《我的青春小鸟一样不回来》《半个月亮爬上来》等。

曾卓先生爱唱的歌曲，我们也爱唱。我们喜欢唱的歌曲，例如外国民歌，尤其是俄罗斯民歌，先生也爱唱。钢琴伴奏自然是曾卓夫人薛阿姨，几条汉子就放声唱起《伏尔加船夫曲》，唱起《三套车》《喀秋莎》《共青团员之歌》，唱起《山楂树》和《红莓花儿开》……不用麦克风和功放，不用气声和沙嗓，就这样最自然、最真实、最放松、最自由地歌唱，满头白发的曾卓先生也好，腰围渐粗的我们也好，全都在歌声中变得年轻而滋润。嗨，真是太好了，唱着唱着，渐渐老去的只是我们的肉身，而永远年轻的，是我们的歌声，我们的诗情，我们的理想，我们的心。

曾卓先生常常说，诗人、战士、哲人其实是相通的。他认为，一个战士，哪怕他一辈子没有写一首诗，他也是个真正的诗人，因为战士的一生就是一首最美丽的诗。先生心目中的诗人，不仅仅和“诗”亦即“文本”联系在一起，更和“人”“人格”“人品”联系在一起。先生不仅这样说，这样写，而且身体力行地这样做，这样实践，一直到他生命的最后一息。因此，我固执地认为，曾卓对于中国当代诗歌的最大贡献，一是他的诗，二是他用其毕生的生命实践，完成了对“诗人”的意义、内涵的诠释、丰富和熔铸。

比如唱歌。躺在病床上，在生命倒计时的最后时刻，忍受着绞肉机一般撕绞的疼痛，唱歌。

去年年底的平安夜，伐林从美国回来，我和宏量、发云、李虹、时汉到医院去看望曾卓先生，陪他度过平安夜。那天先生很高兴，说了很多话，不知不觉地，我们就唱起了歌，就像在先生的客厅里一样。我们在歌声里送走了2001年。元旦的时候，先生的女儿萌萌从海南回来，我们一大帮朋友，又到病房里去唱歌，用歌声迎接新的一年。就在那一天，先生平静地提及了身后的事情，平静地面对着似乎是愈来愈近的死亡。亲人们忍不住流泪了，先生的眼睛也湿了，这时，先生说，我们唱歌吧。大家便从悲痛中站了起来，歌声也在病房里回荡了起来。先生仍然唱了《我的青春小鸟一样不回来》，但是，将“不回来”改成了“要回来”，一字之差，意境千里。先生还唱了《达坂城的姑娘》，一边唱一边幽默地扬起了“马鞭”。这就是一个刚刚安排了自己身后事的老人吗？这就是与难以忍受的疼痛进行肉搏战的老人吗？3月5日，是先生的华诞，他的病房里，从早到晚，变成了鲜花的世界。我们又和先生一起唱起歌来。那天先生的状态很好，我完全没有想到这竟是我们和先生最后一次唱歌。那天，我为先生唱了一首《鸽子》。当我唱到“让我们飞过蓝色的海洋，奔向辽远地方”的时候，我发现先生似乎陷入了沉思，他的思绪是不是也飞到蓝色的大海上了呢？

他的眼中亮亮的，那是无言的泪光吗？

现在，曾卓先生去了。历经暴风雨的老水手，又去远航了。让我们用歌声为先生送行吧。让我们的歌声、我们的心声，像海燕和海鸥一样，永远伴随着先生的风帆，“同你的航船在海上乘风破浪，我爱着你呀，像一只鸽子一样”……

曾卓先生，你听见我们的歌声了吗？

(2002 年 5 月 9 日)

四见孙犁先生

铁　凝

我产生要当作家的妄想是在初中阶段。我的家庭鼓励了我这妄想。父亲为我开列了一个很长的书口，并四处奔走想办法从已经关闭的市级图书馆借出那些禁读的书。在父亲喜欢的作家中，就有孙犁先生。为了验证我成为作家的可能性，父亲还领我拜会了他的朋友、《小兵张嘎》的作者徐光耀老师。记得有一次徐光耀老师对我说，在中国作家里你应该读一读孙犁的作品。

我立即大言不惭地答曰：孙犁的书我都读过。徐光耀老师又问：你读过《铁木前传》吗？我说：我差不多可以背诵。那年我十六岁。现在想来，以那样的年龄说出这样一番话，实在有点不知深浅。但能够说明的，是孙犁先生的作品在我心中的位置。

时至今日，我想说，徐光耀是我文学的启蒙老师，他在那个鄙弃文化的时代里对我的写作可能性的果断肯定和直接指导，使我敢于把写小说设计成自己的重要生活理想；而引我去探究文学的本质、去领悟小说审美层面的魅力，去琢磨语言在千锤百炼之后所呈现的润泽、力量和奇异神采的，是孙犁和他的小说。

那时还没有“追星族”这种说法，况且把孙犁先生形容成“星”也十分滑稽。我只像许多文学青年一样，迷恋他的文字带给我们的所有愉悦，却没有去认识这位大作家的奢望。但是一个机会来了。1979年，我从插队的乡村回到城市，在一家杂志社做小说编辑，业余也写小说。秋天，百花文艺出版社准备为我出版第一本小说集，我被李克明、顾传箐二位编辑热情请去天津面谈出版的事。行前已故作家韩映山嘱我带封信给孙犁先生。这就是我的机会，而我却面露难色。可以说，这是我没有见过世面的本能反应；也因为，我听人讲过，孙犁的房间高大幽暗，人很严厉，少言寡语，连他养的鸟在笼子里都不敢乱叫。向我介绍孙犁的同志很注意细节的渲染，而细节是最能给人以印象的。我无法忘记这点：连孙犁的鸟都怕孙犁，韩映山看出了我的为难，指着他家镜框里孙犁的照片说："孙犁同志……你一见面就知道了。"

我带了信，在秋日的一个下午，由李克明同志陪同，终于走进了孙犁先生的"高墙大院"。这是一座早已失却规矩和章法的大院，孙犁先生曾在文章里多次提及，并详细描述过它的衰败经过。如今各种凹凸不平的土堆、土坑在院里自由地起伏着，稍显平整的一块地，一户人家还种了一小片黄豆。那天黄豆刚刚收过，一位老人正蹲在拔了豆秸的地里聚精会神地捡豆子。我看到他的侧面，已猜出那是谁。看见来人，他站起来，把手里的黄豆亮给我们，微笑着说："别人收了豆子，剩下几粒不要了。我捡起来，可以给花施肥。丢了怪可惜的。”

他身材很高，面容温厚，语调洪亮，夹杂着淡淡的乡音。说话时眼睛很少朝你直视，你却时时能感觉到他的关注或说观察。他穿一身普通的灰色衣裤，当他腾出手来和我握手时，我发现他戴着一副青色棉布套袖。接着他引我们进屋，高声询问我的写作、工作情况。我很快就如释重负。我相信戴套袖的作家是不会不苟言笑的，戴着套袖的作家给了我一种亲近感。这是我与孙犁先生的第一次见面。

其后不久，我写了一篇名叫《灶火的故事》的短篇小说，篇幅却不短，大约一万五千字，自己挺看重，拿给省内几位老师看，不料有看过的长者好心劝我不要这样写了，说“路子”有问题。我心中偷偷地不服，又斗胆将它寄给孙犁先生，想不到他立即在《天津日报》的《文艺》增刊上发了出来，《小说月报》也很快做了转载。当时我只是一个刚发表几篇小说的业余作者，孙犁先生和《天津日报》的慷慨使我对自己的写作“路子”

更加有信心。虽然这篇小说在技术上有着诸多不成熟，但我一向把它看作自己对文学的深意有了一点真正理解的重要开端，也使我对孙犁先生永远心存感激。

我再次见到孙犁先生是次年初冬。那天很冷，刮着大风。他刚裁出一沓沓粉连纸，和保姆准备糊窗缝。见我进屋，孙犁先生迎过来第一句话就说："铁凝，你看我是不是很见老？我这两年老得特别快。"当时我说："您是见老。"也许是门外的风、房间的清冷和那沓糊窗缝用的粉连纸加强了我这种印象，但我说完就很后悔，我不该迎合老人去证实他的衰老感。接着我便发现，孙犁先生两只袄袖上，仍旧套着一副干净的青色套袖，看上去人就洋溢着一种干练的活力，一种不愿停下手、时刻准备工作的情绪。这样的状态，是不能被称作衰老的。

我第三次见到孙犁先生，是和几位同行一道。那天他没捡豆粒，也没糊窗缝，他坐在写字台前，桌面上摊开着纸和笔，大约是在写作。看见我们，他立刻停下工作，招呼客人就座。我特别注意了一下他的袖子，又看见了那副套袖。记得那天他很高兴，随便地和大家聊着天，并没有摘去套袖的意思。这时我才意识到，戴套袖并不是孙犁先生的临时“武装”。一副棉布套袖到底联系着什么，我从来就说不清楚。联系着质朴、节俭？联系着勤劳、创造和开拓？好像都不完全。

我没有问过孙犁先生为什么总戴着套袖，若问，可能他会用最简单的话告诉我是为了爱护衣服。但我以为，孙犁先生珍爱的不仅仅是衣服。为什么一位山里老人的靛蓝衣裤，能引他写出《山地回忆》那样的名篇？尽管《山地回忆》里的一切和套袖并无瓜葛，但它联系着织布、买布。作家没有忘记，战争年代山里一个单纯、善良的女孩子为他缝过一双结实的布袜子。而作家更珍爱的，是那女孩子为缝制袜子所付出的真诚劳动和在这劳动中倾注的难以估价的感情，倾注的一个民族坚忍不拔、乐观向上的天性。滋养作家心灵的，始终是这种感情和天性。所以，当多年之后，有一次我把友人赠我的几函宣纸精印的华笺寄给孙犁先生时，会收到他这样的回信，他说：“同时收到你的来信和惠赠的华笺，我十分喜欢。”但又说：“我一向珍惜纸张，平日写稿写信，用纸亦极不讲究。每遇好纸，笔墨就要拘束，深恐把纸糟蹋了……”如果我不曾见过习惯戴套袖的孙犁先生，或许我会猜测这是一个名作家的“矫情”，但是我见过戴着套袖的孙犁，见过了他写给我的所有信件，那信纸不是《天津日报》那种微黄且脆硬的稿纸就是邮局出售的明信片，信封则永远是印有红色“天津日报”字样的那种。我相信他对纸张有着和对棉布、对衣服同样的珍惜之情。他更加珍重的是劳动的尊严与德行、人生的质朴和美丽。

我第四次与孙犁先生见面是去年10月16日。这时他已久病在床，住医院多年。我知道病弱的孙犁先生肯定不希望被频频打扰，但是去医院看望他的想法又是那么固执。感谢《天津日报》文艺部的宋曙光同志和孙犁的女儿孙晓玲女士，他们满足了我的要求，细心安排，并一同陪我去了医院。病床上的孙犁先生已是半昏迷状态，他的身材不再高大，他那双目光温厚、很少朝你直视的眼睛也几近失明。但是当我握住他微凉的瘦弱的手，孙晓玲告诉他“铁凝看您来了”，孙犁先生竟很快做出了反应。他紧握住我的手高声说：“你好吧？我们很久没有见面了！”他那洪亮的声音与他的病体形成的巨大反差，让在场的人十分惊异。我想眼前这位老人是要倾尽心力才能发出这么洪亮的声音的，这真挚的问候让我这个晚辈又难过，又觉得担待不起。在四五分钟的时间里，我也大声说了一些问候的话，孙犁先生的嘴唇一直嚅动着，却没有人能知道他在说什么。在他身上，盖有一床蓝底儿、小红花的薄棉被，这不是医院的寝具，一定是家人为他缝制的吧，真的棉布里絮着真的棉花，仿佛孙犁先生仍然亲近着人间的烟火，也使呆板的病房变得温暖。

这是我最后一次见到孙犁先生。以我仅仅同孙犁先生见过四面的微薄感受，要理解这位大家是困难的。他一直淡泊名利，自寻寂寞，深居简出，粗茶淡饭，或者还给人以孤傲的印象。但在我的感觉里，或许他的孤傲与谦逊是并存的，如同他文章的清新秀丽与突然的冷峻睿智并存。倘若我们读过他为《孙犁文集》

所写的前言，便会真切地知道他对自己有着多少不满。因此我更愿意揣测，在他“孤傲”的背后始终埋藏着一个大家真正的谦逊。没有这份谦逊，他又怎能甘用一生的时间来苛刻地磨砺他所有的篇章呢。1981 年孙犁先生赠我手书“秦少游论文”一帧：

> 采道德之理，述性命之情，发天人之奥，明死生之变，此论理之文，如列御寇、庄周之作是也。别黑白阴阳，要其归宿，决其嫌疑，此论事之文，如苏秦、张仪之所作是也。考同异，次旧闻，不虚美，不隐恶，人以为实录，此叙事之文，如司马迁、班固之所作是也。

我想，这是孙犁先生欣赏的古人古文，是他坚守的为文为人的准则，他亦坦言他受着这些遗产的涵养。前不久我有集中的时间阅读了一些画家和他们的作品，我看到在艺术发展史上从来就没有自天而降的才子或才女。当我们认真凝视那些好画家的历史，就会发现无一人逃脱过前人的影响。好画家的出众不在于轻蔑前人，而在于响亮继承之后适时地果断放弃。这是辛酸的，但是有欢乐；这是“绝情”的，却孕育着新生。文章之道难道不也如此吗？孙犁先生对前人的借鉴沉着而又长久，他却在同时“孤傲”地发掘出独属于自己的文学表达。他于平淡之中迸发的人生激情，他于精微之中昭示的文章骨气，尽在其中了。大师就是这样诞生的吧。在前人留给人类宝贵的文化遗产和丰富的文学遗产面前，我再次感到自己的单薄渺小，也再一次对某些文化艺术界的“狂人”那种前无古人、后无来者的莫名其妙的自大生出确凿的怀疑。

在我为之工作的河北省作家协会，有一座河北文学馆，馆内一张孙犁先生青年时代的照片使很多人过目不忘。那是一张他在抗战时期与战友们的合影，一群人散坐在冀中的山地上，孙犁是靠边且偏后的位置。他头戴一顶山民的毡帽，目光敏感而又温和，他热情而又腼腆地微笑着。对于今天的我们，对于只同他见过四面的我，这是一个遥远的孙犁先生。然而不知为什么，我越来越相信病床上那位盖着碎花棉被的枯瘦老人确已离我们远去，近切真实、就在眼前的，是这位头戴毡帽、有着腼腆神情的青年和他的那些永远也不会颓败的篇章。

(2002 年 10 月 24 日)

祭 叶 楠

从维熙

叶楠走了，最后的一段路，走得十分痛苦。四年前他被确诊为肺癌，经过一次次的住院化疗，先后做了五次手术，但最终无法使其病情好转，历经疼痛的煎熬，在今年春天百花盛开之时，叶楠的生命之花凋谢了。今年4月5日晚上8时20分，叶楠走完了他的漫漫人生。

记得在中世纪，有个哲学家说过：人的一生，不过是从前门走到后门。此话的含意不外表示人生的短促，要人们关爱自己的生命。但是我于3月24日下午去海军总院探望叶楠时，他的夫人告诉我，叶楠已然拒绝服药了。只有非常理性的人，才能在生死界碑前做出如此的选择。

这一切都是出乎我意料的。来医院看他之前，我还特意去花店买了一盆绿萝，想激励他勇敢地生活下去；此时我才认知那盆绿萝，不能再激起他的生活欲念，成了送他西行的象征。三年前，他初进医院时，也住在这个病区，记得那时我来病房探视他时，他还与我谈笑风生，根本没把肺癌当回事。他端详着我送来的一束火红的玫瑰花说："你放心，它就是我生命的象征，我的命很硬，不然早就葬身在波涛汹涌的东海里了。"我理解他这番话的意思：年轻时他的工作是东海舰队潜水艇工程师，经常随潜艇下潜到深海海底。他受到过极为严酷的生活磨砺，因而自认为长就一身铮铮铁骨，能够战胜一切病魔。真是此一时彼一时——连他自己也没想到，他会在同一座楼的病房里，说出与三年前截然不同的话，并在那儿，与他生命相依相恋的大海永别。

从历史新时期开始，我们成为亲密无间的朋友。我崇敬他的文学天赋，更喜欢他率真的为人。他贡献给中国影坛的电影剧作《傲蕾·一兰》《甲午风云》《巴山夜雨》等及大量的散文、小说，我既是他热心的读者，更是他的忠实观众。记得，在20世纪的80年代，在同去茅台酒厂访问时，我俩下榻于酒厂同一房间。我和他谈起出自他笔下的电影《甲午风云》。他说，他写《甲午风云》，既来自对中国历史沧桑的感悟，也来自东海万顷波涛的启迪。我们谈起了海，他问我对海的感知如何，我回答他说“很恐怖”。我讲了在海上遭遇台风的事情。他说：“那就说明你认识海了。诗人所以赞美海的美丽，是因为他们是站在岸上看海的。海的真正肖像，是海明威笔下的万顷狂涛。”那天，他喝了不少的酒，因而在谈论海时，他不断从床上跃起，还伴随着他爽朗的笑声。由于我俩谈笑声音太响了，致使住在我隔壁的周明，也走了过来参加到对大海的剖析之中。

我说：“老兄的《甲午风云》是很难写的，而把一个难以驾驭的题材变成艺术精品，就更难上加难了。你叶楠有这份功力。”周明说：“无论是《甲午风云》，还是《巴山夜雨》，都是酒中的茅台，不是滥竽充数的‘白薯干酒’。”听到我俩的赞美词后，叶楠虽然还是高声大笑，但是他的自谦和自审精神并没有因美酒烧膛而改其内在形骸。那天他是这样自我评说的：“回头一看，都大大小小留下了一些遗憾之处，如果我现在写它，绝对比你们看到的好。该怎么说才好呢，电影创作永远是让作者‘留下遗憾’的艺术。”之后，叶楠当真与影坛拉开了一定的距离，笔锋多伸向了小说、散文的文学领域。他先后写出长篇小说《花之殇》、短篇小说集《海之屋》及散文集《苍老的蓝》等作品。从这些作品中，我仍然读出来他对大海的一往情深和一个作家直面生活真实的勇气。

叶楠为人坦诚直率。既没有文人的口是心非的腐臭，也没有文坛流行的畸形自恋；有的却是文苑最为匮乏的自审和直言不讳的人文精神，这是叶楠书内文字和书外为人留给我的深刻印象。也许正是他身上具有的品格，北京一批布衣布履的作家，与这位来自大海的剧作家，产生了纯净的友谊，我是这个友谊链环中的一个。记得，在1990年初一些友人来我家欢庆新年时，叶楠也兴冲冲地来了。那是一个令人难忘的冬天，那时的文坛出现了一种与改革开放背离的文艺现象，有些人由此产生了忧虑，因而那次欢聚使我终生难以忘怀。王蒙、国文、张洁、心武、谌容、莫言、抗抗、凤珠、周明、匡满、仲锷……一下来了二十多位友人，致使我那间客厅兼书房，顿时“人满为患”。在我的认知里，这是一次“与时俱进”的迎春聚会。在午餐时，叶楠显得比任何人都要兴奋，他像是一个顽童那般，踩着椅子打开我的酒柜找茅台酒，并不停地与友人们干杯，直到喝得舌头有些发短，友人为他扣杯为止。那年，他已然年过六旬，但依然未改童真本性，这是叶楠文学耕耘之外的另一幅生活肖像——他潇洒人生，百无禁忌，花白的头发下深藏着的是一颗不老的心。

使我难以忘怀的是，在20世纪之尾，我们同去四川宜宾的日子。在那儿叶楠见到了他的孪生弟弟白桦，虽然从相貌上看去，叶楠显得略略苍老一点，但我从心态上去扫描这一对文坛的美男子，我倒觉得哥哥叶楠更为自然洒脱。他不修边幅，头发散乱地披在额头上，身上穿着蓝色牛仔衣衫，肘部已然磨得蓝中透白，但他依然我行我素，行走在东西南北中。他生活十分随意，但是他心里那杆秤的秤星，丈量起文学气候的阴晴寒暖，或评说起文坛上的假面恶俗来，又常常入木三分。记得，有一次我从报纸上看到他的一篇随笔，题为《拔苗助长》。我打电话给他问其笔锋所指，他说："你看不见有些官员，使用手中的那一点点权力，在为儿女开路吗？也许其儿女本来是可以成才的，但经过其父母的'拔苗'，短期效应可能是'立竿见影'了，但从长期的结果看来，'拔苗'不仅不能助长，反而会把一棵苗子给毁了。"我读懂了他的意思。所以，在我眼里叶楠外形上虽然不失谦和，但眼里容不得任何一粒沙尘，这是叶楠肖像中的另一面——将其两面合而为一，才组成一个完整的叶楠。

叶楠走了——走在今年的清明前夕。在感叹人生祸福无常之时，我翻箱倒柜找出来那盘1990年的录像带，并在电视屏幕上反复观看当年的他，以减轻心中沉重的感情负荷。写此叶楠一纸祭文时，京城飘落着清明之后的第一场春雨，那窗外每一滴雨，都是友人们的泪。叶楠，你一路走好，朋友们在为你挥泪送行……

(2003年4月17日)

苦乐本相通，生涯似梦中

——悼祖光忆凤霞

范 用

祖光兄遽然去世，心里无比悲痛。回忆前尘往事，不禁泫然。

我第一次见到吴祖光，是在1946年。我由重庆到上海，祖强托我捎点东西回来，我送到祖光家中，他出来开的门。

在这之前，我早已闻名“神童吴祖光”。他十九岁在四川江津国立剧专，就写出了讴歌东北人民抗日斗争的话剧《凤凰城》。七十年了，至今我还能够唱得出它的主题歌：“黑龙江上，长白山头，江山如锦绣。战鼓惊天，烽烟匝地，沦落我神州！……”

不久，祖光又写了《风雪夜归人》。这一剧作标志着祖光写作的成熟。《风雪夜归人》当时在重庆上演，轰动山城。讵料演了半个月，便被国民党检查机关禁止上演，社会抗议，舆论哗然。记得周恩来不止一次到戏院看演出，还和祖光亲切谈话。此后，祖光连续写了《正气歌》《牛郎织女》《少年游》等剧本，都受到观众的热烈欢迎和戏剧界的好评。抗日战争胜利后，国民党倒行逆施，祖光拍案而起，写了《嫦娥奔月》《捉鬼传》等讽刺性剧本。

然而，这样一位正直的剧作家，后来却陷入了厄运。1957 年，被打成右派，在批斗之后，发配北大荒劳动改造。“文化大革命”中又以“二流堂”的罪名，下放劳改三年。虽然屡遭打击磨难，敢讲意见这一点，祖光始终不改，成为闻名的仗义执言者。

祖光历经坎坷，精神上生活上最忠实的支持者，是妻子新凤霞。凤霞出身贫苦，六岁开始学艺，十二岁跑码头走江湖卖艺，流浪受苦。解放以后认识祖光，是老舍先生介绍的。对于自己的终身大事，凤霞向老舍先生说了心里话："一定要选一个在艺术上能帮助我，文化和知识上能教导我的人。岁数大些也行，因为我太幼稚了。"因为从老舍先生那儿全面了解了祖光，凤霞主动向祖光提出："我跟你结婚你愿意吗？"然而此事却遇到了阻力，老舍对祖光说："我是投了你第一票的，我是大媒。"

可是，祖光好讲话敢讲话，一直让凤霞担惊受怕。黄永玉说："凤霞和祖光是完全不同的两种性格的人，凑在一起却是十分协调。吴在台前，她在后台；吴在外闯祸，她在家中承担。这一对夫妻可真算得上是'钢铁般的恩爱夫妻'。"祖光被打成右派，有一位副部长劝她离婚，凤霞说："你们认为祖光是坏人，我认为他是好人。我既然嫁给他，薛平贵从军，一去十八载，那么我等他十八年。”

因为不愿意离婚，她在评剧院备受歧视。她仍在北京或出外演戏，但是限制她不能演党员，不能演英雄人物；报上不做宣传；别的演员休息，她要去刷马桶，挖防空洞。1975年冬天，她终于因高血压瘫痪，从此告别舞台。1998年，凤霞随祖光回家乡常州参加一项活动，突发脑溢血逝世。接着祖光也中风病倒。祖光向来谈笑风生，凤霞走后，一度沉默寡言，形同痴呆。我每次见了都非常难过，欲哭无泪！

凤霞在世，我去看他们，有时留我吃饭，凤霞总亲手做个酸辣汤。她说早年在天桥卖艺一天要赶好几场，有时不卸妆，匆匆上饭铺吃碗米饭，要个酸辣汤。如今，我再也吃不到凤霞的酸辣汤了。

凤霞说：“不能演戏，我就写。”她没有学过多少文化，边学边写。有的字要问祖光，或者查字典，一本字典一直放在书桌上。写自己的一生，含着眼泪说故事。祖光说凤霞的记忆力特别强，“脑子像电话簿”。艾青说凤霞具有女性的温柔和细腻的观察力，能深刻理解人，感情真挚，写来富有人情味。叶圣陶先生读了凤霞的文章，说：“新凤霞为什么能写得这样好？她是祖光夫人，得到老舍先生的鼓励，得到许多朋友的支持，这些当然都是条件。但是有了这些好条件准能写出好东西来，怕也未必。主要的还在她的生活经历丰富，小时候受苦深，学艺不容易，解放后在政治上翻了身，却又遭遇到不少波折……她写的东西不就是这些吗？她写老一辈艺人的苦难，旧班子旧剧场的黑幕；她写新时代剧场的改革，演员的新生；她写‘十年浩劫’，许多朋友遭到了厄运。要不是亲身经历过来，她也没有什么可写的了。”“是否可以这样说，新凤霞在舞台上取得成功，就是因为她从小养成了观察和揣摩的习惯。观察和揣摩本来是生活的需要、做事的需要，同时也是写东西的先决条件，而在她已成了习惯，难怪她写得这么好，让人读着就好像看她演戏一样受她的吸引。”

1985年，我请凤霞把她的文章结集出版，这就是三联书店的那本《我当小演员的时候》。原来设想编印三集，直到我退休也未能完成，耿耿于怀。1997年，河北人民出版社出版四卷本一百多万字的《新凤霞回忆文集》，真叫人高兴。

凤霞曾师从白石老人学画。1981年画了一幅水墨画老倭瓜赠送我，祖光在上面题词："苦乐本相通，生涯似梦中，秋光无限好，瓜是老来红。"这幅画一直挂在我的床头，每天醒来，一眼就能看到——我又见到祖光和凤霞，我的两位挚友！

(2003年6月8日)

喜见父魂归庐山

陈流求　陈美延

先父陈寅恪生于1890年，先母唐筼生于1898年。伉俪二人相濡以沫，携手走过四十一载，同在动乱的1969年逝世。父母在离开我们三十四年后的今天终于入土，归葬祖籍江西，长眠于先祖父陈三立曾经居住并留下大量诗文的庐山土地上，安息在中国科学院庐山植物园内，庶可告慰亡灵矣。

先父于国家忧患深重的岁月中出生，早年赴日本及欧美留学，曾在哈佛大学、柏林大学等校学习及研究近二十年。1925年归国，历任清华学校研究院导师，清华大学中文系、历史系合聘教授，中央研究院理事、历史语言研究所研究员兼历史组主任等职，后当选中央研究院首届院士。

父亲中年时，逢抗日战争，中华民族苦难深重。我家祖辈素以国家昌盛、民族气节为至上，父亲以于沦陷区教书、任职为耻。虽右眼视力已开始急剧下降，仍携全家在漫长的八年间辗转逃难。颠沛流离中，不仅体质衰退且因长途跋涉而丢失珍藏书籍，书上批注系二十年来所拟著述而未成之稿，因而痛心不已，终致双目相继失明。目盲对一生以读书、教学、研究为己任的父亲打击极为沉重，但他从未中止授课与研究。其间曾先后在西南联合大学、香港大学、广西大学、燕京大学任教，系部聘教授。1939年当选英国皇家学会通讯院士，受聘为牛津大学首席汉学教授（因战争未赴任）。1949年后任岭南大学、中山大学教授，中国科学院第一届学部委员等。

父亲自幼负笈海外，虽生活艰辛，但极其勤勉。精通多种欧亚古代及现代文字，如德文、梵文、波斯文、满文、蒙文、藏文、突厥文、西夏文等，有志于运用其作为研究历史的工具，以期在“史中求史识”。但终因一生坎坷未能实现蒙古源流注、佛教经典研究、五代史记注等方面著述的心愿。父亲的学术成就我们自然无法评说，仅知他治学的重心为我国历史，对我国中古史研究尤深，中年时有专著《隋唐制度渊源略论稿》《唐代政治史》《元白诗笺证稿》问世。在宗教史、古典文学、语言学等方面颇有建树，并开创以诗证史、诗史互证新途径。父亲一生恪守道德文章准则，治学一贯坚持“独立之精神、自由之思想”，“未尝侮食自矜，曲学阿世”。

父亲暮年又遭股骨骨折、颈骨骨折卧床，仍顽强著述创作，完成八十万言巨篇《柳如是别传》等。我们姊妹也深知，如果没有母亲与父亲在精神上的志同道合、工作上的倾力帮助、生活上无微不至的体贴照顾，很难想象体弱、多病、目盲、肢残的父亲晚年仍能获得如此丰硕的学术成果。

父亲逝世后，我们姊妹以实现两大心愿为自己的责任：一是出版遗著。《陈寅恪集》十三种、十四册已于2002年由北京三联书店全部刊布，但尚有散落文字未能收集，甚盼得以补齐。二是在适合地点请父母骨灰入土为安。经有关领导、友人、乡亲及先父故旧如西南联大校友会等多年关心相助，使我们的愿望得以实现。

我们素知中国科学院庐山植物园在国际国内享有盛名，学术地位蜚声中外，父母骨灰安葬植物园内，当属落叶归根。植物园已有三位创始人之墓，其一为陈封怀夫妇长眠处，父亲与陈封怀是嫡亲叔侄，感情深厚，墓穴紧邻亦谓幸事。著名画家黄永玉老先生为父母骨灰安葬亲临庐山并特为墓石书丹。庐山植物园的领导和全体同志为之精心研究、设计、策划，在实施中克服了诸多难以预料的困难，付出了艰辛劳动，促成了此事实现。为此我们姊妹对多年来为父母骨灰归葬一事而奔走、呼吁、关怀、帮助及具体落实的各位人士致以深切的感谢。

庐山“月照松林”侧的“松门别墅”是先祖父陈三立生活了四年的故居，江西省已将其确定为省级重点文物保护单位，并拟建“陈三立纪念馆”。相信在各级领导的关心和支持下，“松门别墅”将旧景重现，一慰先祖魂灵。

(2003年7月3日)

我所认识的张岱年先生

汤一介

“自强不息”“厚德载物”，这是张岱年先生最喜欢的两句话。我想，这也是张先生为学为人的宗旨。我是在1956年才认识张先生的，到现在有四十八年了。在这四十八年中，我们一起经过了各种风风雨雨，是一言难尽的。但张先生的学问和人品，无疑是我终身必须学习的榜样。

1956年秋，我回到北京大学，有幸听张先生讲课，这就是说张先生是我的老师。张先生讲课非常认真，不仅简明精要、有条有理，而且他对所用材料的解释深刻而有启发性，当时与他同一教研室的同志都是这样认为的。但在那个年月，我们不可能认识到张先生学问的博大精深，也不可能认识到张先生为人的宽厚平正，因为我们都处在被改造的大环境中。只是在这四十多年的过程中，我才一点一点认识了张先生，才体会到在他身上所具有的“自强不息”“厚德载物”的精神。

我读张岱年先生的第一本书是《中国哲学大纲》，它深深地吸引了我。这本书和胡适的《中国哲学史大纲》、冯友兰的《中国哲学史》不同，它是以问题为纲要把中国哲学的方方面面都清清楚楚地展现在读者的面前，这样使读者能对中国哲学的内容及特点有一个全面的把握。这部书是张先生20世纪30年代写成的，到50年代才正式出版。但我们读它没有一点儿过时的感觉，甚至到今天，也还是我们研究中国哲学的重要参考书。每当学生问我：学习中国哲学看什么书时，我常常会首先介绍张先生的这部书。张先生常解释“天行健，君子以自强不息”说：“宇宙是一刚健的大流行，因此一个学者应该一生自强不息。”张先生的一生就是如此的。我们不能否认，在近几十年中“中国哲学”的研究走了许多弯路，这是很遗憾的事。张先生在这种环境中仍能孜孜不倦地进行研究，而且每有创新，是非常难得的。20世纪50年代，张先生还出版了一本《中国唯物主义简史》，虽是薄薄一本，仍可见张先生的功夫。在此基础上，他提出宋明理学学者一般认为有“理学”、有“心学”，但实际上还有一派“气学”，就是自张载到王夫之的唯物主义哲学家。这确实是一重要的开创性见解。中国的这一“气学”上可溯源于两汉，它是不同于西方唯物主义形态的中国唯物主义。现在中国哲学界大都接受了张先生这个观点。其后又出版了《中国伦理思想研究》《中国哲学史方法论发凡》《中国哲学史史料学》《中国古典哲学概念范畴要论》和百余篇论文。在这些书和论文中，我们可以发现张岱年先生常常引用张载的“为天地立心”，并解释说：“天地本来无心，人对天地的认识就是天地的自我认识，天地在人身上达到了自我认识。”（见《张岱年全集》第三卷，第503页）这样的解释表现了他的唯物主义立场是一贯的。张先生不仅是中国哲学史家，而且也是一位杰出的中国哲学家，早年他写的许多论文大都是哲学论文，如《哲学的前途》《论外界的实在》《人与世界》和由八十九段札记形成的《认识·实在·理想》，这些都是讨论哲学问题的。而张先生的《天人五论》大概可以说是他对哲学问题思考的结晶，讨论了哲学问题的方方面面。从这些著作和论文中，我们确能体会到张岱年先生不断思考哲学问题的“自强不息”的精神。

冯友兰先生曾用孔子的一句话“刚毅木讷近仁”来说张岱年先生的为人。我认为这句话非常恰当，张先生确实是一位有着自己的坚定信念且忠厚的“仁者”。他一生不追求名利，生活朴素，衣着简单，而把道德学问作为人生第一要务。与张先生接触过的人，无不感受到他平易近人，没有任何架子，和他讨论问题，他话不多，循循善诱，引导你自己去思考。我曾和张先生同住北大中关园的四十七楼，他若有什么事要找我，总是亲自来我家，我一再说："张先生你有事打个电话，我就去你家。"但他总不肯这样。你每去他家，他总要送你到楼梯口。我们都说："张先生，你不要送了，我们都是你的学生辈。"张先生总是不肯，他说："你们来我家就是我的客人，这样做是应该的。"在张先生去世的前三天，我去看他，他老问我："我不知道，现在我是在阴间，还是阳间？"我们劝他不要这样想，医生说正在好转。我们离开时，他反而说"你们走好"，关心起我们来。张先生是位"仁者"，如大地一样承载着万物，真是"厚德载物"了。张先生离开了我们，我们会永远记住张先生的为人为学，他是我们的榜样。

(2004 年 6 月 3 日)

心头的人影

章洁思

父亲靳以辞世时我才十五岁，但在与父亲朝夕相处的十五年里，有许多人影储藏在心头，任何风都吹不散。

黄源叔就是这样的一位长者。他出现在我年幼的记忆中，伴随着我依在父亲身旁时童年的欢笑。

大约在1954年间，我们住在长乐路薄园的三楼。只要听见长长的楼梯上有嘎吱嘎吱的脚步声传来，我就会飞奔到楼梯口去看。那些日子，我经常会迎来黄源叔。他总是穿着一双破皮鞋，衣服也随随便便，很平易近人。我一见他，就回过身去大声向父亲报告："黄源来了！"这下可好，一把被他反手捉住，问我："叫什么？叫什么？"我只得老老实实叫他一声："黄源叔叔！"他这才把我放开。

三年前，我的一位儿时朋友找到了我，在重逢欣喜之余，她又跑到杭州，把见到我的消息告诉了黄源叔的夫人巴一熔阿姨。那时，黄源叔已在浙江医院住院多年。他们听说我的情况，都万分高兴。黄源叔立即寄来了他新出版的《黄源回忆录》，并亲笔题词，巴一熔阿姨也给我写了一封长长的回信。这封动情的信我读了又读，尤其是回忆他们与父亲交往的那些段落，令我备感亲切。巴阿姨在信中说："……想起您爸爸的种种友情，使我们深深地怀念，情不自禁地热泪满眶。"而殊不知在此地读信的我，也情不自禁，在每一遍阅读时都热泪满眶。

我把这些令我热泪满眶的深情的回忆抄录如下：

在30年代黄源和靳以就是文坛好友，在黄源编的刊物上发表了多篇靳以的作品。解放后，黄源穿着军装去看靳以，靳以热烈欢迎。靳以满腔热情参加各项文化活动，并对黄源个人生活非常关怀，好像要尽力帮助黄源弥补在十一年战场上带来的艰苦和贫乏。他首先送给黄源一块表，长方形的表形，金色的颜色，黄色皮表带。这只表黄源带了很多年，直到孙子黄小华上中学没有表送给了孙子。靳以看见黄源穿着布鞋又送了一双黄色厚底皮鞋给他。这双鞋一直穿到浙江来，要不是动乱，这两件礼物已成了珍贵的文物。如今在多次动乱中已不知去向，但它们仍在我们心中。

1950年我从济南华东大学来到上海，您的爸妈专门请我和黄源吃西餐。我猜他们的心思是让我这个女兵开开眼界尝尝外国菜。我还记得您的爸爸坐在一旁笑眯眯地看着我吃，自己却不大动刀叉，好像是专门慰劳我似的。一个劲儿地把盆子向我面前推，劝我多吃些。

我和黄源多次到您家中去，喝茶、喝咖啡、谈天，也多次见过您。

翻开父亲的相册，有一张半个世纪前，1936年鲁迅先生逝世时的抬棺照。照片上的抬棺者都是当年崇敬鲁迅先生的文学青年。我从上面一眼就认出了年轻的父亲，他微低着头，虔诚地扶着棺木。他所站的是左边的一排，排头是巴金，依次往后是胡风，再往后就是父亲那张年轻悲伤的脸庞。

关于那天的抬棺者，后来的许多研究者做了不少考证，并找来多张当时从各个角度拍的照片，一一辨认。后来终于看清，在父亲与胡风之间，还有一位抬棺者，那就是黄源叔。黄源叔自己也曾指着照片说："我在这一排里。"那就是左边的一排。因为他个子较小，又夹在两个高个子（父亲和胡风）中间，所以不仔细看是难以认出的。

那天的情景父亲曾有这样的叙述："鲁迅先生去世的消息把我从梦中惊醒了。只记得张开眼便看见河清的一双红肿的眼睛，没有什么话说，也说不出什么来，就随着他到大陆新村去了。"

然后，他这样叙述："……到了最后，我是被派定为抬棺人之一。除了我，记得还有鹿地、周文、沙汀、巴金、河清、烈文、天翼、胡风。”（靳以：《当鲁迅先生逝世的时候》）这里提及的“河清”，就是黄源叔。“河清”是黄源叔的字，年轻时，许多朋友都这样称呼他。20世纪30年代，父亲与黄源叔就是文坛好友。那时，他们各办一份杂志。黄源叔办的是《译文》，父亲办的是《文丛》。由于共同钟情的文学事业，他们之间来往十分密切，互相写稿约稿。到了“八一三”之后，大型刊物难以维持。为适应战时之需，上海的四种大型进步文学月刊联合创办了一个小册子形式的文学期刊《烽火》，这四份期刊其中就有《译文》和《文丛》。那是大敌当前的年代，这些文坛好友团结起来，以文学为武器，加入到抗日的行列中去。

我的母亲告诉我说，当她还是一名女学生正与父亲谈着恋爱时，他们四个好朋友——她、她的同班好友萧珊、巴金和父亲，一群年轻人经常相约说古道今，曾有非常快乐的时光。说起黄源叔，母亲还笑他胆小。说是那时索非要给大家打防疫针，轮到黄源叔，他把衣袖一会儿撸上一会儿撸下的，就是不敢打。母亲说，后来听说黄源叔去了延安，她还不敢相信，疑惑他怎么敢去打仗。但，事实说明，信念是伟大的。黄源叔也是伟大的。他为革命信念所驱，勇敢而无所畏惧。他所走的道路，他的一生，都证实了这一点。

如今，父辈们都一个个走了，他们远走到另一个世界，不知是否还有欢乐的聚会，不知是否还有钟情的文学？但愿一切都能延续。但，他们与我们毕竟永远地天人永隔了。

然父辈的精神是不灭的，储存在我心头的人影也永远不会被风吹散。任凭狂风大作，飞沙走石，我心底珍藏的人影坚不可摧。他们，是我精神的支柱，是我仿效的楷模，是我最为珍贵的宝藏。

每当微风轻轻吹拂，树叶儿沙沙作响，婆娑的树影在阳光下显出美丽的影像时，我心头的人影也会不由自主地浮现在眼前。黄源叔的音容笑貌是如此生动，如此年轻，永远不会改变！

(2004年8月28日)

恩师罗工柳

闻立鹏

10 月 24 日，正是秋意正浓层林尽染的日子。这天夜里，电话铃刺耳地响起来，话筒那边传来老同学义沙缓慢低沉的声音："罗工柳同志去世了，就在 22 日 23 时。"我的心里咯噔一下往下沉，电话里我们无言以对，只觉得眼前一片空白。

这晚，彻夜难眠，老伴同霞也辗转反侧，难以入眠。我脑海里总是浮现出前几天到协和医院探望老师罗工柳时的情景，眼前仍闪着他那深情的目光，手上似乎还能感觉到与他握手告别时温暖的感觉。那天，老师大出血后高烧刚退，可见到我们还是高兴地说了许多话。他首先说："我又闯过一关！"他还告诉我们，美国的医生朋友如何介绍治疗方案，他又欣慰地介绍儿子罗安的工作成就，说很想念同志们，又嘱咐我要多画画。最后临别时，他艰难地从被子里伸出一只手，我连忙上前，他紧握着我的手久久不放，无言的目光亲切、深沉。半晌，我怀着深深的祝福和他道别。为了师母和医生叮咛不让他太兴奋太累，我只能把万千思绪、无尽话语深埋在心里。

敬爱的工柳师，你是我艺术人生的启蒙导师！将近六十年的岁月里，我有幸得到你的关怀，在你一生三次重要艺术教育实践中，我都得以参与其中，获得有益的教导。

1947 年，我来到晋冀鲁豫边区北方大学，你是文艺学院美术系的主任。瘦削的面庞，深陷的眼窝里一双明亮有神的眼睛。蓝色土布做的宽大工作服，两个大口袋足可以装下十六开的速写本。为了抚养缺奶的儿子，你和杨筠同志在门前喂养山羊。艰苦朴素、和蔼可亲，这是我对一名共产党文艺战士的第一印象。就在那时，你引领我走上了美术工作的道路。作为全院年纪最小的学员，你和同志们把我视为烈士遗孤，给我以无微不至的关爱和怜惜。大概是担心我只身离家思念母亲，周末晚上师母为我煮红枣，中秋之夜同学们抢着把每人仅有的两个小月饼塞进我的口袋。这激情岁月中的点点滴滴，艰苦年代里的桩桩件件，都使我感到无比的温暖而难以忘怀。

1949 年进城以后，你参与主持华北大学第三部的美术教学，我又得到学习的机会；1950 年与艺专合并成立了中央美术学院，你主持我们第一届美术干部训练班的教学工作。你一面紧张领导合并事宜，一面科学、合理地安排美干班的教学。你特别请来滑田友、蒋兆和、李瑞年、左辉等先生为我们上课，还耐心地教我们如何用馒头当橡皮擦掉木炭笔痕；你还细心地安排我们去白洋淀、六郎庄深入生活，并告诉同学们如何打前站，如何吃派饭；你组织同学们参加红五月创作竞赛，同时，还亲自为我们讲授创作课。在繁重工作的同时，你从来没有忘记艺术家的责任，以昂扬的激情，日夜加班投入创作，我们也都愿意分担老师的重担，画《地道战》，你要我在六郎庄帮你寻找磨坊作环境素材；画《整风报告》，同霞和戈沙都乐意为你担任造型模特。

那段紧张愉快的学习生活，使我第一次获得正规的业务教育，开始确立了艺术工作者的责任感，也体会到师生的革命情谊。而解放初期那段心情激荡的岁月里，你也获得了艺术创作的大丰收。今天已成为革命现实主义绘画艺术经典代表作的《地道战》和《整风报告》就诞生在那个难忘的年月。

20 世纪 60 年代开始，中苏关系恶化，原协议中的苏联专家不能前来授课，王式廓老师又生病休养，你刚从苏联进修归来就临危受命，毅然挑起油画研究班的教学重任，负责指导全国各地选拔的十八名美术干部作为研究生的深造。为了承担起这一艰巨的重任，你投入了全部的心血与智慧。你把中央美术学院原有的法国欧洲艺术教育体系、俄罗斯和苏联艺术经验及解放区文艺传统三者融会贯通，使中西艺术精神多元互补，探索现代中国油画艺术教育的新路子。三年的时间里，你顶住了极左思潮的巨大压力，坚持按艺术规律办事，让学生过素描关、过色彩关，到生活中去体验、到敦煌去领略中国艺术的风神，终于使学员们有了量的积累、有了质的飞跃，创作了一批独具个性色彩、有创造新意的油画，成为60年代很有影响的代表作品。那正是三年困难时期，你带领我们长途跋涉到新疆，在寒风中的地窝子里过夜，在三台海子边一起写生，你和我们同吃同住同画画，同学们分散到六七个县深入生活，你不辞辛苦依次乘车骑马去现场指导。晚上还要在帐篷里和学员谈心论艺，解开思想的困惑，点拨艺术的思路，鼓励每个学员的个性发展，你诚挚中肯的话语，点燃大家心灵的火花，常能一下子激发起同学们的创作激情，给我们以艺术的自信心。

不幸的是，正当人们克服反右后的消沉而在艺术大道上探索前行的时候，一股极左思潮却渐渐泛滥，你的教学与同学们的创作思想受到很大干扰。如描绘夜色中热带丛林里红色娘子军的宿营，只因画面上有蓝青色便被认为是宣扬战争苦难；毛主席背手与农民在延河边散步的亲切情景，只因是表现了背影而被批判是歪曲领袖形象……最后，你本人的《前仆后继》也竟被扣上“帽子”禁止展出。工柳师，是你，在思想混乱、歪风袭来的时刻顶住压力，大胆呵护同学的艺术个性与创造；是你，坚持原则闯过禁区，保护艺术的幼苗得以健康成长。四十年后的今天，历史更加证明，你的敏锐、勇气、定力是多么难能可贵！

命运真是让人难以捉摸，含辛茹苦好不容易熬过“十年浩劫”，你被任命为中央美术学院副院长。正当人们盼望你带领大家让美院重振雄风的时候，癌变的恶魔突然向你扑来，一夜间的大量失血，把你猛然击倒。从此，自直肠癌开始，断续二十五年，十处癌变，六次大手术，你用全部的生命活力，用极度的精神能量，与命运抗争，与病魔搏击，闯过了一关又一关，创造了意志力的奇迹。你面对死亡微笑，把生命和精神的能量发挥到极致，你是真正的抗癌英雄！但是，二十多年的折磨耗损，你太累了，你已经大大地透支了，你是真的筋疲力尽了。终于，在最后与肝癌奋力搏击之后，又一次大出血，使你停止了呼吸。

敬爱的工柳师，在八十八年的生命途中，风风雨雨，动魄惊心，兴奋激情与迷茫困惑同在，欢欣与苦难并存，你奋力和命运搏击，和癌魔抗争，和时间竞走，从未间断艺术的思考，从未停止画笔挥洒，你不屈服于命运的安排，不降服于传统文化的桎梏，不臣服于威权的思想束缚，艰难而坚定地走过漫漫长途，始终心向远方，志在高峰。

你选择九九重阳登高的日子告别世界，或许这是你的英灵接替你的生命将继续攀登。因为你的格言是自强不息、永远向上！其实，你已经登上了生命历程的顶峰，用一生的艺术成就，用人格力量，完成了生命价值的创造。

六个月前，我还曾为你的画集写书评，谁能想到今天竟要为你永远送别！一年一度秋风劲，面对窗外深秋里漫山遍野的丛丛枫叶，我真真切切地感受到你的形象，迎着山风，伴着红叶，披着晚霞，你依然是那样的昂首乐观、目光坚毅、神采飞扬。

工柳师，你正是祖国艺术群山中一座壮美的高峰！

（作者为闻一多之子）

(2004 年 11 月 19 日)

走好，朝闻

简　平

2004年11月11日23时10分，王朝闻——我亲密的战友、我挚爱的老伴儿——走了；走完了他九十六年的人生之路。

朝闻虽然年事已高，却未有顽疾。他这次由于肺部感染引起呼吸衰竭和肾衰竭，住院仅十三天就离开了我们，家人和朋友都觉得突然。在入院治疗的头几天，大家还抱着不久即可康复出院的乐观估计，希望他和往次一样，又充满活力地回到书稿前。尽管十几天里他也在与病魔顽强地抗争，病情也一度出现过好转的迹象，可最终还是让死神占了上风……

朝闻也是很不心安地离世的。他的书桌上还放着离家前正在阅读的《罗丹笔记》，放大镜和老花镜压在翻开的书页上，空白处留着不同颜色的批注。10月30日住院前，他刚刚修改完准备再版的《审美谈》《审美心态》和《雕塑雕塑》等百万字的书稿，还堆放在书架上。作为“中国艺术科学大系丛书”的顾问，他惦念着这套大型丛书的编撰事宜。9月中旬，党的十六届四中全会召开，他即把具体负责“丛书”编撰工作的同志找来，嘱托他们在编撰工作中认真贯彻中央的精神，在书中反映当代马克思主义最新理论研究的成果……

许多人都知道王朝闻的名字取自孔子“朝闻道，夕死可矣”。综观其一生，他追求的这个道，是马克思主义美学之道。进入古稀之年，曾有同志好心劝他：您老年事已高，早已功成名就，视力也不好，应注意多休息。他却在十一届三中全会后，受党提倡解放思想、实事求是精神的鼓舞，创作活力极大地迸发出来。他请友人刻制一方“夕不甘死”的印章以言志，自那时起，他的理论著作无论质量还是数量都超过了以往，建构起自己独具特色的美学体系。

与朝闻熟稔的人常常慨叹于他的勤奋。家里孩子们也戏称：如果要在文学界评选劳动模范，爸爸是当之无愧的。延安时期，他就在缺乏基本条件的情况下坚持雕塑创作；在张家口医院住院手术期间，一口气研读了数十种中国画论，并做了详细的读书笔记。在华北行军途中，自己背着沉甸甸的胶泥，稍有闲隙就修改圆雕《民兵》的草稿。数十年来，家人都已经习惯了他的“不近情理”，节假日一家人好不容易聚在一起，他还总是趴在书桌前“爬格子”；有时饭菜已经摆好，任你千呼万唤，他的回应总是“写完这句就来”，甚至饭碗端起来还要把刚才思考的问题交给大家讨论，也不管孩子们是不是有兴趣。他这种对时间吝惜的态度，让人觉得有些“过头”。有时与来访的客人相谈甚欢，告别后却又因为影响了当日的写作计划而懊恼。一次住院期间，他因为病房夜间的灯光不足，自己跑到卫生间里面写作。再有一次我去医院看他，发现几位护士和病友竟然被他发动起来，在帮他誊写文稿。

有同志评价说：1998年河北教育出版社出版的二十二卷本、九百万字的《王朝闻集》，可以说是朝闻同志七十余年理论著述和学术生涯的总结，是他为繁荣社会主义文艺和建立中国式马克思主义美学所做的历史性的贡献。可要说是总结，从1998年至今，又已经有了《石道因缘》等新发表的三十余万的文字。

多年来，不少文艺界的朋友对我提到，自己在成长过程中从王老的著作和讲演中受益良多。其中包括了老少几代人。朝闻待人总是这样平和、诚恳。与人交谈，总希望帮助别人有所进步，总希望提高对方的审美素养。不管内容是观念、观点、文风、文法，也不管对象是同事、朋友、子女还是我，都是如此。他善于把深邃的哲理，变为易懂的语言，他常常随时就地、信手拈来一些鲜活的例子，直说到你的心里去。他的原则性很强，有时是个和蔼的老头儿，有时又严肃得近乎苛刻，对理论上的争鸣，自己的立场十分鲜明，绝不人云亦云。

说到朝闻的理论特色，我想他与众不同的地方，恐怕就在于他十分注重艺术实践。他一边扎根于中国传统文化和民间文艺的丰富土壤中，孜孜不倦地汲取中西方哲学著作和艺术论著中有益的营养，一边在反复的艺术实践过程中使自己的思想升华、理论深化。他总是追求作品的完美，对已经发表的文章还要反复修改。不少报刊的排字工人对他有“意见”，因为他对清样的修改量之大是出了名的。

朝闻一生走遍了祖国的名山大川。对大自然的眷恋，几乎成痴。他从艺术家的视角写出多篇颇受欢迎的游记，就是晚年爱好和研究观赏石，也奉出一本《石道因缘》，著述中多处出现的“美在自然”“小中见大”之类的论述，让人觉得他总在寄情于远方的真山真水。

朝闻集艺术家与理论家于一身。评山、评水、评石时，常有出人意外的独到发现，他那随时随处可以发现美、揭露丑的敏感，令朋友们折服。天上的一片云彩、旧墙上的一条斑痕、地上的一汪水迹，便足以引发他妙趣横生的想象。揣测这些形态产生变化，将可能造成怎样不同的意象。朝闻平素读书十分刻苦，对各种艺术样式兴趣浓厚。遍览群书所形成的知识底蕴、博采众长所丰富的鉴赏功力，自然使他在评画、评剧、评书时游刃有余。

朝闻的节俭也有些“过”。写文章用的几支旧笔杆早已裂开，被他用橡皮筋或橡皮膏“修复”才勉强固定住笔芯。为了说服他换用新笔，孩子们只能哄他说，现在技术进步了，圆珠笔都是一次性的了。为了节省稿纸，他把香烟盒或者药品说明书的纸背写满了修改文字贴在原稿上，然后让孩子们拿去誊写。孩子们开玩笑称作“屁帘儿”，他听了反而得意地说这评价蛮有创意。

朝闻特别喜爱小孩子，其实直到晚年，他的性格中依然保持着纯真的童心、童趣。在电梯上、街道上或者旅游的山村，他都会主动去逗小孩子，面对这位慈祥、友善的爷爷，天真可爱的儿童们很快便摆脱了紧张与羞怯。我留有一张他挺直腰板为几个孩子走“矮步”

的照片，可以想见当时的欢乐场景。文如其人，读朝闻的文章时，总是能够让人体会到他性情的率真。

近年来，朝闻的身体状态愈来愈差，视力和听力几乎丧失，妨碍了与外界的交流。他的心情愈加焦急，因为他还有一部尚未改就的、十月怀胎的新书稿。看着他拖着日渐衰老的身体伏案工作，一手持着特大号的放大镜、一手拿着圆珠笔，把几近失明的眼睛尽可能地凑近书本修改，实在令人心酸。

从医院回家这几天，他的咳喘声还不时会在我耳边响起，有时令我忙不迭地跑过去推开他卧室的门……朋友们都来家里慰问看望，案头照片上的朝闻静静地在那儿看着我们忙碌。是的，斯人已去，这是自然规律，也是无法改变的事实。生者不能总是停留在悲哀中，要紧的是继续做事。我和孩子们定会把你未做完的事情认真做好的。

走好，老头儿，你放心地、慢慢地走好！

（2004 年 11 月 27 日）

冬日里的抒情

——怀恩师施蛰存

徐　芳

这幢小楼很有些年头了。在静安区的街上，它的尖顶，它的拱形门洞和窗户，它的露台和落地钢窗，它庇护着的很小的院子，都表明它曾经有过的气派和辉煌。

印象中，我到这幢小楼去总在夕阳西下时分。多少岁月过去了，施蛰存先生一直住在这幢小楼里。

暖暖的秋末冬初的夕阳真的很好。我沿着小楼里很暗的楼梯拐到二楼，蓦然撞见先生坐在夕阳前逆光的剪影。先生坐在老藤椅上，老藤椅扶手处的藤皮在夕阳的照耀下发散出不可抗拒的光泽。褐色的藤与鲜亮的光凸现出一种组合的意味，一种人生的定位。

年过九旬的先生沉浸在他的书案中。他的助听器搁在写字桌上。他在写作时是不用它的，只是有人来访时他才会戴上它。戴上它之后他才会与这个世界有了立体的交流。他喜欢听年轻人说一些外面世界的事情，我们的声音就通过那小小的助听器去撞击他的耳膜。

夕阳透过落地钢窗泊在写字台上，泊在长长的柳桉地板上。围着这么好的夕阳听一个老者、一个智者与感悟者谈世界上的许多事，即便是很小很小的事，也是一种陶冶，是一种对智力和悟性的操练……

不忍打扰先生很久，千丝万缕也提出很多很多问题了，该回去咀嚼、消受这些问题了。或是如往常一样，在马路拐角的梧桐树下伫立一会儿，不为什么，只是愿意看看风景，只是不想一下子挤进拥挤的公共汽车里，只是休息一会儿，或者想点什么。当然也可以什么都不想，只是怔怔地、莫名其妙地涌上一种心情，并怀着这样的心情，看先生楼下的邮筒里，会有些什么样的人把他们的信件丢进去。再想，那些寄信的人，是否知道楼上住着这样一位老人……

然而今天，有着这么一个夕阳的今天，我步出小楼时，竟然强烈地记住了一个话题，并把那个话题定格似的定在脑际。那是一个很小的话题，说到一种奶粉。

在这一个黄昏之前，我对克宁奶粉毫无印象。我脑子里关于奶粉的品牌空空如也。

先生还告诉我，楼下拐角马路上的一家小食品店，偶尔也进一些进口奶粉，包括克宁奶粉。但那些奶粉在货架上一放就是一年半载，临到保质期将到时，往往按五六折处理，五十元能买很大很大一罐。但这并不影响它的质量，先生买一罐，就能吃很长很长一段时间。

我的心酸酸的。有一种情愫蓦地从心底升起，但我说不清它是缘何而起，是因为先生，是因为克宁奶粉，还是因为先生对克宁奶粉的执着使我想到了另外一些事情？

先生的话显然有不完整的地方。先生显然不可能吃了一辈子克宁奶粉，先生显然有一段日子是吃不到克宁奶粉的。吃不到克宁奶粉的日子是先生坎坷多舛的命中最孤寂的日子。而先生能够毫不犹豫、毫无计算地购买克宁奶粉的日子是先生年轻峥嵘的岁月，是先生初进这幢小楼的日子。那时的先生编《现代》月刊，那时的先生撑起“新感觉派”小说的大纛，那时的先生写过《雾·鸥·流星》……

我还想，先生尽管有一段日子没能够吃到克宁奶粉，但现在先生毕竟能够吃到克宁奶粉了。在有着浓郁奶粉香的早晨和黄昏，先生坐在老藤椅上写下了《唐诗百话》……

我对克宁奶粉油然而生敬意。

后来我就到马路拐角的那家小食品店里，认真地打量货架上的罐装克宁奶粉。我让一位留着披肩发的售货小姐给我拿一罐克宁奶粉。淡黄的色块和咖啡的色块组合而成的罐身在几缕夕晖的照耀下闪烁如同枫叶、如同经霜的秋橘。我在罐底发现它离保质期满差不多还有一个月。我把它还给有着一头披肩发的小姐。我说：我下个月再来买。

(2004 年 12 月 7 日)

副刊文丛 一 主编 李辉 王刘纯

心香一瓣 2005—2015

虞金星 编

中原出版传媒集团
大地传媒
大象出版社
·郑州·

目　录

周年祭克家

郑　曼

克家，你去年元宵佳节驾鹤西行，已经整整一年了，我无时无刻不在想念你。你在那个世界里生活得好吗？你的孱弱的身躯能抵御得了风霜雨雪的袭击吗？你好朋友，爱孩子，能耐得住见不到朋友与孩子带给你的孤寂吗？你最关心世界形势，能知道我们这个地球上一年来发生了哪些大事与变化吗？世事沧桑，风云变幻，你叫我告诉你些什么呢？克家，我只告诉你，你最关心的祖国统一大业，由于台湾当局的一意孤行，海峡两岸的局势，不但没有得到改善，一度还相当紧张。反对和遏制“台独”分裂势力及其活动还有很多事情要做。

克家，你走了一年了，孩子们都很想念你，他们都好，无论是工作、学习，都很努力，大家都表示要为父亲（爷爷、外公）争气，做一个有出息的人，为祖国建设贡献力量，为人民服好务。只有我，和医院结下了不解之缘，至今还靠药物在维持。朋友们都劝勉我：“只有你身体健康，克家同志地下有知，才会感到欣慰。”克家，我很惭愧，让你不安了！

克家，我们风雨同舟、相濡以沫六十二年，祸福同当，苦乐共享，我们的心始终紧贴在一起。六十二年，在我的人生历程中是个重要的阶段，我深深地感激你对我的引路之恩，没有你当初的指引，就没有我的今天。在那风雨如晦的旧社会，你紧紧依靠共产党，运用手中犀利的笔鞭挞黑暗，与反动派进行不懈的斗争。新中国成立后，在党的领导下，你还是运用手中这支笔，辛苦耕耘，歌颂社会主义新中国，歌颂领导人民建设社会主义祖国和改革开放的我们的党，歌颂勤劳勇敢、努力建设伟大祖国的人民大众。病危期间，你切开了气管，无法讲话，对着前来探望的刘云山等领导同志，你还竖起大拇指，称赞祖国取得的举世瞩目的成就。你热爱祖国、热爱人民、热爱党，殚精竭虑，创作出十二卷《臧克家全集》。为了你无后顾之忧，为了保证你的健康，我竭尽全力养育孩子，操持家务，让全家安乐和谐。你这孱弱的身躯，历经坎坷、病痛，能活到九十九岁，不能不说是我们共同创造的奇迹。

克家，你近十年来，受病魔的不断侵袭，住了十一次医院。这次，你从 2002 年 12 月开始，坚强地与病魔做了一年零两个多月的搏斗后，再也没有力气了。2004 年 2 月 5 日的傍晚，是我不忍心再看你痛苦下去，请大夫停止了抢救，你睡着了，睡得那么安详！中宣部、中国作协各位领导在家人陪同下，走到你的床前，向你鞠躬告别，生怕惊醒你，含泪轻轻地退出了你的病房。在 2 月 18 日的遗体告别仪式上，你还是睡得那么安详、深沉。我多么希望你能醒过来，和亲人、领导、朋友及素不相识而崇仰你的读者，共话今昔；可最后呈现在我面前的，是由儿女们捧回来的你的一堆白色骨灰，何等残酷的现实！

克家，你坐在我们赵堂子胡同15号四合院中拍的大照片，高悬在我们的客厅里，天天对着我笑。有几次，我仿佛看见你要从照片上跳下来，我知道这是我的幻觉，你再也不可能和我坐在一起，与客人高谈阔论了。你已经去了另一个世界，只等待我去和你会面，你是再也回不来了！

去年10月，在你跨进百岁诞辰之时，你的骨灰在中国作协领导同志和家人的护送下，安葬在北京万佛园陵园的墓穴里了，而我却病在医院，无法和他们一起去送你。而今，周年祭扫，我又不能和家人一起去探望你，你不怪我吧？克家，我只有在病床上默默为你祝福，我祝愿你这热爱大自然的诗人的灵魂，永远安息在那苍松翠柏间，和大地融合在一起，与鸟雀同歌，与山林合唱！有朝一日，我也将和你同穴，享受这大自然的风光！

好好地安息吧，我亲爱的老伴儿——克家！

(2005年2月18日)

一颗麦粒

郑　榕

曹禺院长说过："在北京人艺的发展史里，必须提起两个应该长久被我们记住的名字：焦菊隐和赵起扬。"前两年看到院史陈列馆中竟没有专门介绍焦先生的展窗，我落了泪。这时焦先生突然出现了，他微笑着说："怎么，你忘了我说过的话吗？导演是一颗麦粒，必须死在土里，才能永生。"

焦先生在抗战时期翻译过丹钦科的《回忆录》，此后一直把他作为学习的榜样。丹钦科和斯坦尼斯拉夫斯基于1897年共同创办了堪称典范的莫斯科艺术剧院，他有句名言：“导演应当死在演员的创造里。”

新中国成立前饱受压抑和贫困折磨的焦菊隐在新中国成立后有了机遇，长征归来的李伯钊院长让老演员叶子送来了老舍先生归国后的倾心力作《龙须沟》，一下点燃了焦先生心头那团希望之火，他决心要办成一个中国式的自己的剧院。他在离开北京师范大学外文系主任的位子时，给同学们写了封告别信，他说：“这也许是一条痛苦多于欢乐的路，但我还是决定要走下去。因为这是我多年的梦想，也是很多前辈的梦想。”《龙须沟》的演出成功了！老舍先生荣获“人民艺术家”的称号，于是之一夜成名；焦先生留给剧院的则是“演员必须体验生活”的信条。

1952年到“文化大革命”前，他在党委书记赵起扬的大力支持下，在曹禺院长的领导下，终于办成了一个“既贴近生活、贴近普通百姓而又避免‘媚俗’，既探索高艺术水平又不‘脱离群众、让观众看不懂’”

的中国式的话剧院。

黄佐临生前说过："焦菊隐成功了！他手下有一批人……"其实说焦先生造就了一批人更为恰当。他认为创造一个新的剧场，必须培植一批新的骨干演员，为了使这批演员能通过心灵去了解作家，他提出了"体验生活"的理论。为了改变过去"演员就是演戏"的习惯，他把排演改叫"生活"。过去话剧演员分为两派：一派重视读词、动作等外部表现手段，一派注重理性思想分析。到生活中去体验一个人既要注意他的内心思想，也不可能摆脱人物外部特征。这在无形中缓解了话剧界多年来"体验派"和"体现派"之间不可调和的矛盾，促进了话剧界内部的团结，培养出以于是之为首的一批骨干演员。

再就是尊重经典，理解作家，使老作家重吐芳华。

郭沫若曾在抗战时期的重庆文坛独领风骚，新中国成立后重拍《屈原》，虽名角云集，却效果平平。1956年焦先生倡导"民族化试验"，用锣鼓、身段……彰显了战国时代的激情壮志，用小桥流水……陪衬出缠绵情思，再度激发了《虎符》的生命力。郭老看后，兴奋之余，一气呵成写出了《蔡文姬》，尽吐个人当年抛妻别子，归国抗日的壮烈胸怀。焦先生紧紧抓住这个“情”字，按照诗人的气质，在舞台上谱写出一篇荡人心魄的华丽篇章，开创了“诗意”的意境，为话剧民族化奠定了坚实的基础。

西方现代主义表现派戏剧的最大难题是：静态的舞台美术如何与活动的演员融合在一起？焦先生牢牢地把握了“戏剧是行动的艺术”这一本质特征。正如王国维所说：“‘红杏枝头春意闹’‘云破月来花弄影’，一个‘闹’字，一个‘弄’字，‘境界’全出矣！”

西方现代主义戏剧强调演员形体的审美价值，他们重视中国戏剧的假定性传统，目的是为了把戏剧引向它的假定性本质。焦先生说：“我们发展戏曲传统的表演艺术，主要就是要刻画人物，而不是要表现许多技巧。”他总是想方设法把演员引入人物的内心世界，同时要求把人物的所思所想通过艺术的方式展现在观众面前。

1958年风声鹤唳，焦先生的处境岌岌可危。就在这危急时刻，过去曾因出版《龙须沟演出本》而对焦先生不满的老舍先生毅然提出：“《茶馆》一定要由焦菊隐来排！”风云识知己，危难见人心，两位大艺术家再一次合作了！这次结合绽放出中国戏剧界的奇葩，震动了西方世界。文化部姚仲明副部长听取演出汇报后说：“……我们感到像《茶馆》的出去，宣传祖国所起的作用是无价的。……不是五万十万美金的问题，花这么多美金也买不来这么多赞扬的文章。《茶馆》到欧洲一演，人家对我们的看法就不一样了。同志们的意见是对的，不能一切‘向钱看’。”

焦先生的民族化试验在国际上得到了认可。美国名导演彼德·布鲁克说：“你们是现实意义表演学派，这一学派往往有两种通病：一是过火，一是瘟拖。你们恰恰克服了这两种。看了你们的演出，明白了你们所说的民族形式与现代剧相结合是什么意义。……一个民族的文化很容易为另一个民族所接受。”

近日报载有人断言：“中国缺少话剧传统……”这

话实在令人费解！中国话剧已有上百年历史，有多少人走过了多少路，难道其中竟没有一点儿经验教训可言？中国人接受外来的艺术形式，还是要“摸着石头过河”，摸索出一条自己的路。总不能一边祈祷盼望西方何日飞来一位教育“什么是中国话剧传统”的上帝，一边训诫“愚顽”的中国观众：“看不懂我离开剧场？不，那是因为你们看得太少！”

(2005 年 2 月 22 日)

天真的朋友

——缅怀尊师沈浮

吴贻弓

今年是我国著名导演沈浮先生诞辰一百周年，又适逢中国电影诞辰一百周年。和中国电影同龄，且将毕生投给中国电影并做出巨大贡献的，视野所及，舍子其谁！

沈浮导演在中国电影诸多重量级导演中堪称出名的

好人。他开朗、乐观，总是笑容可掬。非常喜欢说笑话，说起笑话来脸上堆满了天真。待人和气，宽厚仁爱，尤其对晚生后辈，从没有当先生的架子。我和同辈的人论起他来，几乎说不出他有什么缺点。

有一次，他对我们像讲笑话那样讲过一则关于他自己的真实故事：重庆谈判期间，他和一批文化界知名人士受周恩来的邀请出席酒会，会上他曾对毛泽东主席建言，国共两党，何必都那么认真，各退一步不就万事大吉了吗？毛泽东当时回答他："沈先生真是一位天真的朋友啊！"不料他却把"天真"二字误听成"天津"了，心中十分纳闷，转身问旁人，毛先生怎么连我是天津人都知道？人问，何以见得？他答，毛先生说我是一位"天津的朋友"嘛。在场的人哈哈大笑，告诉他毛先生其实说他是一位"天真的朋友"，他始恍然顿悟。从此，他在电影圈内有了一个雅号，那就是"天真的朋友"。

沈导演的这个雅号名副其实。只要和沈导演有过接触，便不难发现他有时的确是很天真的。

记得还是在“文化大革命”以前，《北国江南》和《早春二月》受到全国性批判的时候，沈导演一直陷在无法解脱的扪心自问的苦恼之中。平时的笑容远离了他的脸庞，高大伟岸的身躯也显得佝偻起来。那时候，他既是《北国江南》的导演，又是海燕厂的厂长。有一次，批判会是在二号摄影棚里召开的，连张春桥也来了。沈导演在会上反复地质问自己，抑或也是在垂问所有与会的人：“我怎么会‘反党’？”

这便是一个天真好人的写照。他不隐瞒自己的困惑，无论什么时候，他总是透明的。那时候，连我这个还不到而立之年的毛头小子都感到那场批判的来势非同一般，难道已届耳顺之年的沈导演反而会不知不觉吗？当然，后来不管沈导演理解也好，不理解也好，他还是不得不违心地做了“深刻的反省”。

中国电影一向多灾多难。从《武训传》《关连长》开始，不断有人和影片一起倒霉。到了《早春二月》和《北国江南》，又是一波“高潮”。然而，沈导演拍摄《北国江南》的初衷，不外乎出于一个极其善良的愿望，那就是希望人人都能过上好日子。他对片中女主人公银花的偏爱，其实也是爱她的善良和纯朴，岂有他哉？但就此引出一场人祸，怎不令他懵懂寒心。那一场批判运动无疑对沈导演的身心造成了极大的伤害。

我和沈导演之间最紧密的一次接触即在于我参加了《北国江南》摄制组的工作。我是他的助理。那是1963年。

先是在北京和编剧阳翰笙讨论剧本。那是我第一次，也是仅有的一次和这位著名的“四条汉子”之一的大剧作家坐在一起。我不知道是荣幸还是惶恐。在我眼里，他是一位温文尔雅、学识渊博的老人，并不像传说中那么不可亲近。沈导演对阳翰笙的尊重是溢于言表的。我记得那一次他们讨论了未来影片的主旨，那就是中国农民摆脱贫困的迫切和重要。至今我记忆犹新，阳翰老曾指着我对沈导演说：“这种迫切和重要像这样的小家伙不一定能理解！”阳翰老的直言一时令我十分窘迫，还有几分不服，只是不好表露而已。从阳翰笙家出来，沈导演对我说：“小吴，别不服气，我也得慢慢理解。”他居然已经洞察了我刚才的内心活动，而且居然表现得那样谦和。

《北国江南》的拍摄条件相当艰苦。外景选在河北省张北县郊外沙漠上的一个村庄里，地名叫作“半坡村”。当然不是那个半坡文化遗址的所在，只是碰巧同名罢了。不过因此似乎也披上了一层“史前”的味道，因为那地方实在贫穷落后得可以。摄制组全体人员就分散吃、住在当地农民家中，被褥是自己带去的。那时候我们就实行“同吃同住”了，不亦乐乎。选景的时候，我们曾在一个叫小海子的地方住过一宿标准的农村“骡马大店”。一个十来平方米的土炕上并排要睡七八口人。沈导演居然也和我们挤在一起。他还教我把内衣裤全部脱光，说这样才不会沾上虱子。我从未有过这种经历，但见他坦然地睡去，丝毫也没有犹豫的样子，于是，我也只得咬着牙将就过来了。

不过，选景时也有十分愉快的时候。我们从佳木斯回来，途经哈尔滨做了一次短暂的休整。沈导演提出来要去品尝一下哈尔滨有名的“罗宋大菜”。可是摄影师罗从周、美工师胡倬云，包括制片主任吴承镛等老一辈都不作响应。于是沈导演问我：“小吴，你感不感兴趣？”那还用说！早就等着这句话了。那天，我陪着沈导演在哈尔滨的大街上为了寻找那家西餐馆不知走了多少冤枉路，尽管后来在那家餐馆里品尝到的罗宋汤味道的确一流，但回到住处时两条腿已是沉沉的了。沈导演自然比我更累，可他还打趣地说：“这叫作为嘴伤身！”

长期以来，我不揣冒昧自诩为沈导演的学生，因为无论从哪方面讲，沈导演都是足以担当我师的。

《北国江南》的主要“罪状”是“宣扬资产阶级人性论”。在那个极左年代，“人性”当然是属于资产阶级的东西，无产阶级岂能有它！其实直到现在我也还是不明白，文艺如果真的摒弃了对人性的开掘，那还有什么认识价值？还成什么文艺呢？极左路线下，许多人做许多事难免带着时代的局限和烙印，大多或是因为无意，或是因为无知，甚或是因为无奈。“人非圣贤，孰能无过”。当然也还有因为别的什么“无”

的，但那毕竟是少数。无论如何，时过境迁，柳暗花明，回头再看，除了感慨，恐怕也只能以一笑泯之了。还能怎样？无意的或许已经觉悟，无知的或许已经长进，无奈的或许已经惭愧，剩下那极少数应该忏悔的也只能听其自便，岂能强求？要紧的是大家都珍惜现在，并努力去营造更好的未来，这一切都尽在不言之中了。我想，沈导演若有在天之灵，就其一生为人豁达、磊落、宽厚而言，也一定会赞同我这个观点的。

沈导演从影之前曾在天津从事过吹鼓手之业。我不知道他是吹洋号还是吹国号或是吹唢呐的。1933 年来到上海，即进入了电影圈。当过剧务，干过临时演员，后来写影评，用过一个很有幽默感的笔名“沈哀鹃”。再后来就当了导演。靠的是勤奋和执着，完全自学成才。并且不折不扣地承继了中华文化的优良传统，拍出了一系列堪称纯粹中华文化的中国电影。无论是《万家灯火》《希望在人间》，还是《李时珍》《老兵新传》《万紫千红总是春》，包括《北国江南》及“文化大革命”后复出的《曙光》等，都无不渗透着浓烈的中华民族人性之美。他一生的美学追求全都深深地包蕴在他影片中的每一尺胶片里。他是中国电影一个时代的杰出代表。他并非“科班”出身，但其实中国电影原本就是在无师自通状态下从实践中艰苦磨炼成长起来的。到了我们这一代当然不同，相比之下，我们要容易得多得多，其根本原因就在于我们的面前有了无数像沈导演那样的先驱者。

为此，我仅以虔诚之心，奉上这一瓢浅浅的回忆，来缅怀我的尊师，缅怀这位中国电影历史上的巨人，那曾被同行们亲昵地称作“天真的朋友”的前辈。

尽管岁月流逝，但愿天真长存。因为天真对于艺术乃是不朽的生命。

(2005 年 3 月 26 日)

遥祭冯二哥

吕　恩

去年底，我来洛杉矶弟弟家小住，他家坐落在一个宁静的小山岗上，若没有汽车作交通、电话来沟通，就如入深山老林中的寺庙，有与世隔绝之感。

素有“阳光城市”之称的洛杉矶，今年反常，不时地下雨，或是乌云密布。一个下午，天空阴阴的，我坐在弟弟房间里看书报，受天阴的影响，心情也有些沉闷。弟弟突然没有敲门就直闯进来，说刚接到福州朋友来电话，冯亦代——冯二哥在北京离世了。二哥确实一直在住院，但我临来美国之前和宗英通过电话，她说二哥在医院病情稳定，有护士、护工日夜照顾着他，她自己也有病要去上海医治。我想我反正不会去美国太久，回来再去看望他们，宗英能离开北京，大约无问题。

为了弄清事实，我给北京老友郁风夫妇去电话，苗子证实了此事，并说已经过去四五天了，现在家里设了灵堂，宗英仍在上海医院，没有能回来。这个突如其来的消息，使我的情绪更沉郁了。

我已经记不清在何年何月，什么具体场合和冯二哥认识的。大约在 20 世纪 40 年代，抗日战争时期的重庆，那些阴暗的日子里，他约三十岁出头，嘴上，手上，总是有一个烟斗，说一口江南口音的普通话，为人豪爽，广交朋友，衣着整齐，态度和蔼，老友们都戏称他为“洋场公子”。他似一缕阳光出现在我的面前，我和郁风之妹，还有一个复旦大学的女学生在一起，她们给我介绍，她们叫他“二哥”。我也跟着叫了起来。后来，人家告诉我，他是大众的二哥，他喜欢这个称呼。“二哥”在重庆文艺界是出了名的，我们相交半个多世纪，到了晚年相遇，仍是称他二哥，称他前妻郑安娜为二嫂，俨似一家人。

冯二哥在重庆时期的经济收入相对稳定。他为人慷慨，舞蹈家戴爱莲在陶行知办的育才学校开设舞蹈班，招收了几位贫困学生，衣食无着，他就和唐瑜分别收了几个学生做干女儿，负责她们的生活、学习费用。其中一名叫吴艺的孤儿，后来和话剧演员方琯德结了婚，育有两女一男，现在吴艺的儿子方子奇、女儿方子春都在影视界，是相当有知名度的演员。

以后二哥的境遇大不如前，走上了坎坷之路，尤其在“文化大革命”中受到冲击。他自身难保，但还总惦记着别人。有一年中秋节，他得知郁风、苗子夫妇被关押着，家庭破散，只有一个未成年的小儿子留在城里，他想方设法，通过各种渠道找到这个小孩，给上几斤粮票和五块钱人民币。他要小孩买几个月饼，过好中秋节。五块钱现在来说是个小数目，可在20世纪70年代初期，一个大学毕业的学生，每月工资是三十八元。何况二哥当时的经济也很拮据，这个价值是深远的，何况还有赖以生存、活命的几张票证——粮票，更是不能以金钱所买得到的。

“文化大革命”结束后，北京人艺恢复以前保留剧目，重演《伊索》，我送给二哥两张戏票，他准时来观看，还写了一篇怀念舒绣文的文章。绣文在“文化大革命”中，抱病屈死了，生前她在《伊索》中演第一号女主角。二哥在重庆、上海等地看过绣文无数演出，他最欣赏绣文的演技。他说绣文不美，但有个性。他热情洋溢地赞美她，指出她是话剧界不可多得的好演员。不仅戏演得好，人品也好，心灵的美胜于一切。

从此，我们又恢复了来往。他住在新街口附近的一条胡同里，是一个民主党派的大院，在一排楼房靠东头的三层楼。两居室，没有客厅，他住一间大的书房，沿窗户下放着一张书桌，堆满了稿件和参考书籍，他用心地写作，二嫂安娜为他做认真的校对。他说二嫂是他的第一位读者。老两口看起来生活得很平静，见到我总要问起一些老友的情况。他送给我两本散文集《绿色的痴迷》《龙套集》。他的散文写得非常好，很生动。他还是一贯地关心别人，知道我离开了舞台，鼓励我有空余时间多多练习写作。我于1979年开始试着动笔，写了一篇对舒绣文的纪实回忆，先发在报刊上，后又被他收进他们的书籍《泪雨集》中。以后试着写写，使我的晚年也多了一份寄托。

斗转星移，数十年过去，过去少壮年的朋友都垂垂老矣！二哥丧妻后又和宗英结成连理。一对老才子佳人，郎才女貌，十分般配。他们婚后感情弥笃，恩爱异常，老来有此幸福，大家都为他们祝福和高兴。我们经常通电话，见面的机会少了。

数年前就知道二哥身体欠佳，时常出入医院，不久又转危为安，相安无事。我这次出国以前和宗英通了电话，听宗英说二哥又入医院，我以为还是一般的保健，等到春暖花开季节又可以当面畅谈、欢聚。不想一个难以接受的消息传来，我一时惊呆了。提笔写出这篇幼稚的文章，来祭奠我们大众的二哥。你多年来疾病缠身，今天的离去也许是一种解脱，我在遥远的大洋彼岸遥祝你平静、平安地离去，我向着东方，为你默哀。

(2005年4月5日)

费老不朽

吴志实

费孝通先生走了，走得突然又不突然。毕竟已是九十五岁高龄，如此高寿的老人安然而去，我们难过的同时也应该感到欣慰。还记得，费老在弥留之际，容颜依旧，安详地躺在床上，医生们忙乱地进出，对老人进行抢救。那时，我脑子里蓦地闪出一个想法，就是：因老人的即将离去，一个时代就这样结束了？

回首费老富于传奇色彩和充满独特学术魅力的一

生，我们应该记住许多东西。尤其是他对中国社会发展进步所做的贡献，随着时间的推移将会日益显现出不朽的光辉。费老做过国家领导人，但他更像一介书生，有人说他是中国“最后的士大夫”，但他更有着平民质朴的本色。费老与他那代知识分子最大的不同点是“行知合一”，善于把政治活动与自己的学术研究结合起来。

我想，人们把他称为大师也好，泰斗也好，费老的学术成就已经超越了他所从事的社会学和人类学专业的研究范畴，而其辐射所及，已然深入民众植根的沃土之中。作为他的属下，近十年来我有机会近距离地观察他，看他如何做学问和怎样将学问运用到社会实践中，这让我大开眼界。再早，在机关我也能见到费老，但那是远瞻，他留给我的印象只是一位慈眉善目、和蔼可亲的长者。而在我接手《费孝通文集》的编辑出版之后，有时为了工作需要与他一起出行，才真正使我能够感知和体悟到什么是先生的平凡和伟大。他平日讲话不多，除了讲学和下去调研，几乎都是默然的。人老了，便耽于思考。然而他在思考着什么？由于先生关注和思考的东西太多，我们虽在他左右却十分茫然。接触多了渐渐发现，我们对调研考察往往是走马观花，不得要领，而先生调研考察归来在总结工作时常常是一语中的。这需要学问，也要有眼光。特别是近几年，尽管先生还是马不停蹄、往来穿梭于基层搞研究，可他更关注的对象已然“从生态的研究进入到心态的研究”。看到社会经济的迅猛发展，他开始思考中国进入小康社会将出现怎样的剧变，尤其是人与自然和人与人的关系将会怎样变化，世界各国之间怎样和睦相处。对此，费老从“文化自觉”的角度，指出国与国和人与人之间如何共存共荣的关系问题，并由此提出了他的著名论断，即“各美其美，美人之美，美美与共，天下大同”。

然而就中国来说，天下和谐，首先还是要重在富民。而这也正是这位学贯中西的老人一生孜孜以求的理想，而且越到晚年，他的这种心情也就越加迫切。了解他的人都知道，为了矢志不渝的理想，他流过血汗，受过屈辱，失去过亲人，甚至被人误解……但“荣辱任来去”，已往的一切终不能动摇他所抱定的信念。这种坚韧力量的延续，是我在通读了费老七八百万字的文章后才有了更深的体会。先生写文章，绝非是无病呻吟，借古人的话说，那其中都是有“大义存焉”的。最让人感佩的是，闲下来的费老永远都手不释卷，好像这就是他的休息。埋头读书与著述，确乎已成了他生活的全部。一位耄耋老人，哪里来的这种力量？我至今不解。或许正是由于他的这种执着和勤奋，使得社会学这门并不怎么被人看好的学问，在他的身体力行之下，才成了今天的一门“显学”的吧。

老实说，我是没资格在这里评论费老的，就像一开始读费老的著作，我是很胆怯的。可是一旦潜下心来读下去，便会觉得先生的文章不仅睿智厚重而且好读耐读，甚而会觉得滋味无穷。他的文如同人，更像是一坛老酒，愈久弥香。不管是纯粹的学术著作还是调查报告，甚或评论随笔和杂感，其行文吐纳无不平易生动，娓娓道来，绝无那种坐谈性命之学的空疏说教。这不免使人想到费老是那种既得中国传统文化滋润，又得西学训练真传的人物。由是又让人联想到社会学在费老手中，经他的一番融会贯通，其作用和所发生的影响便在不知不觉中具有了普世的价值。费老为中国的社会学选择了方向，他倾注心力，播下了种子，不久的将来必定结出丰硕果实。

在他去世的前两年，体力已显出不支，可他还是不能安闲，他似乎已经意识到了什么，因此在2003年，他再一次回到家乡吴江做起调查，接着去了南京和上海，继而又去了黑龙江和山西，这之后他第七次到甘肃定西，转而再上广东，他放心不下他所研究的课题。他答应过人家，他就要践诺。他把相互的信任看得比什么都重。他常说，我是一介书生，而且已经老朽，没有什么可以报答人民的，只是大脑还清楚，可以帮大家想些办法，出出主意。他好像在与时间赛跑。特别是在他生命的最后阶段，他依然席不暇暖，行色匆匆，以近乎宗教般的热情投身到调查研究之中。大家心疼老人，可也理解他的心情，让他停下来，无异于宣布老人生命的终结。

当老人终于躺倒在病床上的时候，大家都来安慰他，可他知道，这回自己是不会走出医院了。他的头脑很清醒，他依然在思考着问题，记挂着没完成的工作，而他的手和脚已经没了一点儿力气。虽然大家还是坚信费老能够好起来，会像以往一样重新行走在城镇乡村，然而费老却用颤抖的手在纸上写下——不可能了。这是最让费老伤心的四个字。我们看了只有难过。

费老走了。他说过：“逝者如斯而未尝往也。”人一代代地劳动生产，把时间变成了积累的基础，并在人文的世界里，留住了岁月流光……生命和乡土结合在一起，就不会怕时间的冲洗了。我想，费老这话不仅是说给自己的，也是说给我们的。时间会证明：费老不朽！

（2005 年 6 月 7 日）

舒大姐

郑　榕

舒绣文大姐如果还在，今年该是九十岁了。

1991 年我在《唐明皇》剧组结识了王冰，一天他对我讲起“文化大革命”期间如何搭救老演员的事，突然冒出一句：“舒绣文还提到过你，说：‘郑榕是个好同志。’”“什么？！”这实在太突然了！“不可能，我和她并不熟识……”“千真万确！那天我发现她坐在马路沿上，两腿肿得怕人，实在走不动了……我搀着她一步步把她送到医院，在路上她和我说了这么一句：郑榕是个好同志……”顿时我的两眼模糊起来，赶忙走开，找到一个僻静之处让眼泪尽情地流了下来……整整一个下午，久已麻木的神经感到难以抑制的激动……

我和舒大姐并不熟识……

1945年初夏，我费了九牛二虎之力赶到重庆去“朝圣”。抗日战争时期，大批的作家、导演、演员，汇成了山城的璀璨星群，谱写了中国话剧史上的光辉篇章。当时被誉为“四大名旦”的白杨、张瑞芳、舒绣文、秦怡，更是人们争相谈论的翘楚人物。我去迟了，没有赶上观赏《天国春秋》《蜕变》等名剧的演出，但还是听到了人们绘声绘色地讲述舒绣文塑造的洪宣娇、丁大夫等光彩夺目的舞台形象。

1957年，一个消息在北京人艺宿舍飞快地传开：舒绣文调来北京人艺了！一石激起千层浪，人们争先恐后地跑去一睹这位人大代表、一级演员、电影明星的风采。史家胡同新楼里挤满了人，我也钻了进去，她的房门没有关，屋里坐满了人……我认出一个是阳翰笙……在人群中凸现出一个略显苍白的面孔，两颊上的淡红也被渲染成淡玫瑰色，衬出一双大而黑的眼睛闪闪发光。她一点儿也不像电影中那么盛气凌人，相反却有些娇怯，一丝儿哀愁，像是深怀歉意的感觉……

她离开上影厂是为了想演戏，据说调她来北京人艺原是想请她扮演《复活》中的喀秋莎的，来剧院后她便申请在《风雪夜归人》中扮演一个女学生，那是个群众角色。1958 年又在《带枪的人》中演一个打字员，下场后换上战士服装，在第十三场里列队接受列宁的检阅。当时我也在列兵之中，这是我和她仅有的一次同台演出……

后来，有一次参加纪念鲁迅的朗诵会，舒大姐也去了。我读的是《阿 Q 正传》片段，回来时我送她到楼上，她夸了我一句，我感到飘飘然……

十年中，我和她的接触仅限于此了，当然听到的还有很多——周总理和邓大姐曾多次来看望她，对她演的虎妞、愫方，都有过不少鼓励……

舒大姐对台词的研究分析非常精细，几乎是逐字逐句地探索台词的内在含义。她习惯用红蓝铅笔在剧本上画上一些符号，大家戏称为“舒大姐的天书”……

有一年冬天，在人民剧场上演《骆驼祥子》，舒大姐说完最后一句台词，刚刚迈出布景的小门，便一下子晕倒在后台了……原来她患有严重的风湿性心脏病，那天是咬着牙才坚持把戏演完的。在北京协和医院急救室里经过抢救，才恢复了知觉。她睁开眼后第一句话是：“戏……演完了吗？”

1959年秋天，北京人艺到丰台郊区去为农民演出，散戏后上了车，准备返回。这时一群小姑娘跑了来，非要看看电影《一江春水向东流》里的大明星，怎么劝也不肯散去。舒大姐在车内听到了，不顾疲劳，走下大轿车，拉着一个小姑娘的手说：“你们不是要看我吗？那就好好地看看吧！”小姑娘们瞪大了眼睛，不知说什么好，只是紧紧盯着她的脸，舒大姐一直等她们看了个够，才上车挥手告别……

“文化大革命”风暴袭来了！人艺的“牛棚”就设在灯市口舞美大楼里。“黑帮”关在两间屋里，内有党委成员和专家们，我也忝列其中。舒大姐和叶子、赵韫如、方琯德等人是“走读”，每早八时来上班“请罪”。舒大姐病得很重，实在走不了，就住院了。听说医院的护士们都爱戴她，她在临终前一直坚持在病房帮护士们拖地。1969年春节，吕恩去医院看望她，她用手指着病房内的毛主席像对吕恩说：“你看，我整天守着毛主席，想起他老人家过去为革命受的苦，我算得了什么，我有再大的痛苦也能挺过去的。”吕恩难过地说不出话……她又压低声音小声说：“你知道，我很早就见过毛主席，一次在延安，一次在重庆。”说完，双眼噙满泪花。二十多天后，她离开了人间，时年五十四岁。

“文化大革命”后，北京人艺第一个身份得到改正的是舒绣文。她的告别仪式在八宝山革命公墓隆重举行，邓颖超大姐亲自参加，说：“绣文，我来给你送行了！”

记忆中有一幅画：一个盲女坐在郊外，一颗流星划过了夜空……舒大姐是一颗真正的明星，她忍受着难言的痛苦，却把全部的爱洒向人间，也惠及到像我这样的小人物。

（2005 年 8 月 9 日）

巴老，一路走好

张 锲

巴老，亲爱的巴老！尽管我们都知道这一天终会来临，但是，当我得知您已经撒手人寰，回到了九天之上的茫茫宇宙之中，仍然震惊得目瞪口呆，止不住痛彻肝肺，泪如雨下。

巴老！您对于我们，不是普通的文学前辈！您是我们飘扬着的旗帜，是燃烧着的火炬，是照耀着我们前进的不灭的明灯！从20世纪到21世纪之初，一代又一代中国青年，吮吸着您用心血和汗水创作出来的精神乳汁，阅读着您一部部、一卷卷脍炙人口的皇皇大著，蹒跚学步逐渐成长走向社会；在改革开放的这二十几年时间里，您作为中国作家协会的老主席，作为中华文学基金会的创始者和老会长，用您巨大的人格魅力和崇高威望，感召着、带领着我们这些文学战线的小兵，为了中国文学的持久繁荣冲锋陷阵，越过一个个艰难险阻奋力前行，其间有多少感人的事迹和动人的场面，让我们回忆不完，抒写不尽。您不愧是一位文学的巨匠、作家的楷模，一位人民的良心、历史的代言人，一位我们这个时代高举着继往开来旗帜的擎旗手！

还记得：1995 年 3 月 25 日的那天上午，在上海的一家宾馆里，您坐着手推车出席中国作协四届主席团第九次会议，那是一次已经停了六七年没有召开的主席团会议。您虽然已年过九十，又疾病缠身，为了促进作家之间的团结，仍然精神饱满地出席了会议，并且在会上做了《创造出更辉煌的明天》的讲话。您说：“我赞成‘团结、鼓劲、活跃、繁荣’作为会议主题的提法。

一般老百姓都希望有个安定团结的局面。现在的稳定局面来得不容易，我们要珍惜。我们大家的目标是一致的，应该在这个大目标下团结起来。我希望作家们团结，团结才能稳定。有一个和谐、宽松的气氛，我们的文学事业才能发展，文学创作才能繁荣。”

在那次会议上，您还说：“作协要多做服务工作，多做实事、好事。要尽量为作家们创造一个良好的写作环境，提供更多的有利条件。只有把服务工作做好，作协才有生命力，才有凝聚力。”在说到世纪交替，应该有更多的好作品出现时，您语重心长地告诫大家：“我们的作家要有更大的勇气，更多的责任心，要有良知，讲真话，努力用自己的笔，真实地反映现实，为我们的读者创造更丰富的精神食粮。读者养活了作家，我们要珍惜‘作家’的称号。”

巴老，亲爱的巴老！从那次会议之后，您由于受到病魔的困扰，再也没有这么集中、这么系统地说过这么多话。因此，从某种意义上说，这也是您对于中国作协和中国文学界的最后遗言。今天，我们回忆起那次会议的情况，您的音容笑貌，依稀又出现在眼前。重温您这些充满期待和关切的话语，真感到一字字、一句句都有很重的分量。

亲爱的巴老！您从 1904 年在四川出生，越过整个 20 世纪，在人生的旅途上已经走过了一百零一年的路程。您经历了那么多雨雪风霜，遭受过那么多冷暖沉浮；而我只是在您生命最后的近三十年间，有幸拜识了您，并且得以在创作上和工作上接受您的教诲。如今，这一切的一切，都已经成为最珍贵的记忆，每一个场景都给我留下了无穷的回味。

巴老！我知道您喜欢杭州。您最喜爱的城市，除了上海，就是杭州。在您的一生中，已经数不清您究竟去过多少次杭州了。20 世纪 90 年代之初，您每到桂花飘香的夏秋之间，都要去杭州休息疗养一段时间。您说："我是一个作协会员。我到杭州，最愿住的地方，就是灵隐寺下的作协创作之家。"最使我们难以忘记的，是 1990 年中秋前夕，您和我们一行人去游杭州的植物园。那天，您的女婿祝鸿生用手推车推着您，小林和您的外孙女端端及我和几位创作之家的工作人员随侍在后。我们边走边说笑着，在有两千多株桂树的桂树林中的一家茶社前，您提议大家稍事休息。服务员为我们每人送来了一小碗桂花莲子羹，端端把莲子羹放在桌上，静等着从头顶上落下的桂花落进她的碗里。大家也学她的样儿，共同细数着落进碗里的桂花的数目，用来预测谁能得到最多的幸运。周围的游人围拢在我们身边，人群中不时爆发出一阵阵笑声，您也和我们一同开怀大笑。那时候，我注意到：在您那慈祥的脸上，不仅流露出温馨，流露出喜悦，甚至还流露出几分顽皮的神情。

亲爱的巴老！人到老年，有时会有返老还童的现象。这些年，我们还注意到：您越来越喜爱回忆自己的童年，回忆您青年、中年时代的好友，回忆您那些逝去的亲人，也更加喜爱孩子。我的小女儿苗苗，由于受家庭的影响，她还在很小的时候，就十分崇拜您、仰慕您。1990 年秋天，我到杭州看望您时，她一再恳求要我请您给她题上几句话，没想到您竟然非常认真地写了一段文学箴言给她，那段箴言是："我们有一个丰富的文学宝库，那就是多少代作家留下的杰作，它们教育我们，鼓励我们，要我们变得更好、更纯洁、更善良，对别人更有用。文学的目的就是要人变得更好。"从此，你们这一老一小就成了朋友。现在，苗苗已经长大了，在人大附中上高中二年级，她完全理解了您当年写的那些话。她知道您去世的消息后，心情十分悲痛，傍晚从学校回来，立即去商店买了鲜花，连夜赶到现代文学馆为您布置的灵堂里给您送行，她噙着眼泪在您的遗像前默默祷告："巴金爷爷，我们永远怀念您！祝您一路走好！"

巴老，亲爱的巴老！在今天的北京、今天的中国、今天的世界上，有成千上万像苗苗一样的孩子，以及他们的爸爸、妈妈、爷爷、奶奶们，在为您祈祷，在祝您一路走好！我们知道，经过长时间的缠绵病榻，您的去世对您未必不是一种解脱。您早已说过："我是在为大家活着！"蓝天上有以您的名字命名的星星，那里还有和您在生前相濡以沫的爱妻萧珊和您的女婿祝鸿生，您的大哥、三哥，您的一些老朋友、好朋友，他们都在等待着您！

巴老，亲爱的巴老！祝您一路走好！一路走好！……

（2005年10月25日）

泪洒平台祭岸英

刘松林

在中央领导和中央军委的亲切关怀下，在总参领导和负责具体工作的同志们的精心安排下，毛岸英烈士亲属代表团于5月11日和13日分两批抵达了朝鲜民主主义人民共和国的首都平壤。我和邵华及我的孩子们一行九人是第一批，岸英的妹妹李敏、李讷，她们的孩子、邵华的孩子及毛泽民叔叔的后人是第二批。

5月是朝鲜最美的时候，到处姹紫嫣红、绿荫浓浓。

但我的心不在这里，它早已飞到了朝鲜的北方，飞到了靠近鸭绿江的大榆洞。

大榆洞距我国辽宁省的宽甸更近，这里是1950年10月志愿军跨过鸭绿江后司令部的第一个所在地。

岸英就牺牲在这里！岸英就牺牲在大榆洞！爸爸生前就要我去看看岸英牺牲的地方！

我清楚地记得，1959年第一次给岸英扫墓的情景。临行前，爸爸深情地说："去吧，孩子，代我问岸英好。说我很想念他，爱他，但我无法去看他。"爸爸叮嘱我们："去朝鲜扫墓，不要惊动朝方，给朝鲜政府添麻烦。不要登报。一切开支，包括往返路费，由我出，不要花公家的钱。"遵照爸爸的要求，我和邵华在安东驻军某部政委任荣同志的帮助下顺利地来到平壤，找到了桧仓志愿军烈士陵园。后来朝方从我们给岸英的花圈挽联上知道我们来过了。当时，志愿军虽已回国，因有一些善后工作需要处理，进出朝鲜还很方便。从朝鲜回来后，我向爸爸汇报了给岸英扫墓的情况。爸爸问得很仔细，我给爸爸画了陵园和岸英墓的方位图。爸爸沉思良久，突然对我说："思齐，你有机会时，去看看岸英牺牲的地方。"话语满含凄楚，我深深地感到父亲心中老年丧子之痛，我的心随之而颤抖。爸爸接着说："思齐，我难为你了。"我泪流满面。从此，大榆洞成了我魂牵梦系的地方。

二十多年前，当我第一次遇到赵南起同志时，他深情地回忆了他与岸英在大榆洞度过的短暂却无法忘却的日夜，对我清晰地描述了大榆洞的山山水水，还有他与岸英同住过的小木屋及那座遇难前还在里面工作的、作为志愿军司令部作战室的小木房……还有同志告诉我，岸英牺牲那天，美机来得非常突然，它们先从大榆洞的上空飞过，没有做盘旋和侦察，却又突然飞返。这时，岸英还在作战室，听到飞机的轰鸣，岸英冲了出来，往防空洞跑去，但凝固汽油弹已经落下，熊熊的烈焰吞没了他……从此，在我的脑海中经常出现这个我从没到过的小山坳。夜里，在梦中，不知多少次来到这个似乎已经十分熟悉的地方，我在这里四处寻找、徘徊、游荡，只是盼望能见到岸英，哪怕与岸英只是擦肩而过，只是远远地看一眼岸英那逐渐消失在远方的背影……

这些年来，我一直没有寻找到去大榆洞的机会，这之间的坎坎坷坷自然难以尽述，但主要原因是，我一直记着父亲的话，不要给朝鲜政府添麻烦。父亲一向对子女要求严格，绝不允许子女以他的名义向组织上提要求、办事情。我几次扫墓，或者是跟随国家和军队的代表团出去，或者是自费参加旅游团出去。这次组建毛岸英烈士亲属代表团时，我突然意识到必须提出请求，到大榆洞去寻访烈士牺牲的具体地点，这也许是我此生最后一次机会了，否则我将抱憾终生，对不住父亲，对不住岸英，也对不住我自己。我提出了请求，并再一次拜访了赵南起同志，他一遍又一遍地向我讲述了那个小山坳中的每一道沟沟坎坎、矿洞、猫耳洞、轰炸前的作战室、与岸英同住的小木房……

5 月 12 日清晨，也就是我们到达朝鲜的第二天，在我国驻朝武官杨锡联将军夫妇的带领下，我及四个孩子乘车向大榆洞奔去。

经过近四个小时的车程，大榆洞终于到了。下车后最先映入眼帘的是志愿军司令部后来既做指挥部又做防空洞的矿洞口。我虽从未到过大榆洞，但是我却感到我对它是那么的熟悉。我沿着熟悉的矿洞、熟悉的小路、熟悉的小山坡找到了小山坡上的一块小平台，小平台上长着几株大松树。解说员告诉我，这座小平台就是当年被凝固汽油弹烧毁的那座小木房，也就是当年志愿军司令部作战室的基址。

我沿着小平台向山上走去，又找到了据说是当年彭德怀同志的住处和矿道的另一个出口。我觉得我们走了很远很远。山上山下苍松翠柏，浓绿笼罩着整座整座的山坡和山下的小沟。人若没有记忆，谁也不会想到五十多年前这里曾经遭遇过一场烈火的洗劫，在这场烈火中曾经有人为了保卫和平而失去了生命。和平，只有在这种强烈的对比下人们才会倍感珍惜。

我从山上眺望，山下的一切都与赵南起同志描述的一一吻合。

但我还在徘徊……

在哪里啊？岸英，你到底倒在哪里啊？我的心在悲痛中呼喊！我沿着原路缓缓地踱回平台，仍在不断地寻找，希望能有新的发现。武官杨锡联将军慢慢地对我说："看来就在这小平台周边三十米之内了。"我默默地点了点头。是啊！五十六年前的事了，考虑到这漫长的岁月，这已经够精确了。朝鲜的同志说："朝鲜的山山水水遍染着中国人民志愿军的鲜血！"数十万烈士为了和平奉献了他们的生命，今天又能到哪里去寻找他们倒下的地方呢？

就是这里吧。站在这小小的平台前，望着罩在平台上的那层厚厚的松针，想着松针下那被烧焦了的浸透了岸英鲜血的泥土，我再一次感受到"心碎"这两个字的分量，它重得使人无法承受，它所蕴含的决不仅仅是悲痛、悲伤和悲愤。此时，我不禁回想起岸英曾带着浓浓的诗意对我说过："大地是人类的母亲。"

岸英，他正是在朝鲜母亲的怀抱中流尽了最后一滴鲜血，献出了最宝贵的年轻的生命。岸英，正是在烈焰燃烧，在他的生命处在极度痛苦的时候，朝鲜母亲将他拥入自己的怀抱。

我将一束鲜花献给了这块土地，将一杯家乡的醇酒缓缓地洒向了这块土地，带着我的泪水和思念，也带着我的祝愿。我终于找到了我心中的圣地！我终于完成了父亲四十多年前对我的嘱托！

5 月 14 日，我们全团奔赴桧仓志愿军烈士陵园，这里安葬着一百三十四位志愿军烈士。当我们到达陵园时，朝方早已做好了各方面的准备。礼兵伫立在各自的岗位上。为了表达对英烈的崇敬之情，全团人员簇拥着花圈沿着那象征着二百四十万志愿军战士的二百四十级石阶缓缓而上。在向烈士们敬献花圈和默哀后，我代表全团成员向安息在这个陵园中的烈士及牺牲在伟大的抗美援朝战争中的数十万中朝烈士表达最崇高的敬意！向在金正日总书记领导下的伟大的朝鲜人民致以最诚挚的祝福！

我在祭文中，禁不住向岸英倾诉我的悲痛和思念。

我对岸英说：“岸英，你离开我已经五十六年了，但我却仅仅给你扫过四次墓，今天是第五次。可是岸英，你知道吗？多少次当我苦苦地思念你时，虽然我们相隔万水千山，你的陵墓都会在我眼前出现。我多么羡慕那些能常常在亡夫的墓前倾诉心中思念的妻子！”

“岸英，记得你赴朝的前夜再三叮嘱我，要我每个周末都去看望爸爸；爸爸生前，曾托我代他向你问好。要我告诉你，他想念你，他爱你，但是他无法来看你。现在爸爸也去了，已经离开我们三十个年头了。岸英，我常想，要是真有另一个世界该多好啊！岸英，要是真有另一个世界，请你代我问候爸爸，请你代我照顾爸爸。请你告诉爸爸，我想念他老人家，非常非常想念。”

“岸英，今天我带着孩子们前来给你扫墓，他们崇敬你、思念你。我老了，已经不是当年的思齐了。岸英，一旦我因年迈或疾病不能再来给你扫墓，他们会代我来的，你永远都是他们的亲人！”

“为了捍卫世界和平，为了维护人类的正义事业，为了捍卫朝鲜的独立自由，岸英，你和你的战友们献出了宝贵的生命。你们的牺牲已化作一种崇高的精神，成为中华民族不畏强敌、不畏艰险、百折不挠精神的一部分。”

“岸英，我要告慰你的是，你和你的战友们可以安息了。今天的中国已不再是20世纪初那个羸弱的中国，以胡锦涛同志为总书记的党中央继承和发扬了我党一贯的优良传统，正在带领全国人民努力建设我们的祖国。我深信我们的祖国必将日益富强、国泰民安。”

泪水伴着我读完祭文。为了能在人们散去之后，再返回来与岸英独处一会儿，我匆匆地走下了台阶，种植下朝方早已为我备下的那棵柏树苗，我在心中默默祝愿，愿它能枝叶茂盛，愿它能万年长青，愿它能替我永远陪伴岸英、永远守护安息在这里的一百三十四位烈士！

(2006 年 5 月 27 日)

学贯中西一寿翁

冯其庸

今天早上9时20分，我接到电话，说季羡林先生去世了。我当时直觉的反应是“不可能”，一定是搞错了。我要他们核实，但五分钟后又来电话说核实过了，确是季羡林先生。这一下，我几乎懵了。

我已经记不清是哪一年与季老有交往的了，反正几十年了，在我的脑子里都是一连串的往事：有一年，我带着雕塑家纪峰到未名湖畔季老家里，告诉他这是青年雕塑家纪峰，来给你做一个像。季老只是微微点头，仍旧与我说话。在旁边的李玉洁老师却心里犯嘀咕，这么年轻的人，能行吗？这是她的心里话，没有说出来。我与季老随便说着，大约有半个小时过去了，却见到纪峰手里一个活生生的季老的头像，季老说还没有看到他塑呢，怎么就出来了，真像啊！这时李老师就说出了上面这段心里话，然后说想不到真能，像极了，比以前别人塑的都好。之后，季老一连要纪峰为他做了三个像，一个是与真人一样大的坐在门外未名湖边的像，一个是比真人还要大一点的站像，我为这个站像题了一首诗，刻在像后，诗云：

学贯东西一寿翁。文章道德警顽聋。
昆仑北海漫相拟，毕竟何如此真龙。

隔了好几年，季老要我将此诗写成小幅，装在镜框里，这就是直到现在还放在他病房里的那首诗。

2005 年 9 月中，我到医院看季老，告诉他中国人民大学创建了“国学院”，要我回去任院长，我说我想在国学院里增设“西域历史语言研究所”，从事中国西部文化、历史、语言、民俗、艺术方面的研究，其中特别是西域中古时期的多种语言，急需培养人才继承下去，以应国家将来不时之需，因为西部是西方敌对势力觊觎的地方，不会永久安静的，我们得有所准备。为此我写了一封信给胡总书记和温总理，我说希望季老能支持这件事，我们一起签名。季老说，这是他多年的愿望，但一直没能实现。这时，李玉洁老师就说，那你就签名吧，不是现在有机会实现了吗。于是李老师就把我打印好的信放在季老的面前，季老大体看了一遍，就在信上签了名。等到李老师拿给我看时，却发现季老把名字签在我的后边，明明在我的名字前面空了很多，是留给他签名的，他却偏签在我的后面。我对季老说，这样不好吧。季老说，你是国学院院长，你带头，我支持你。

这封信是9月20日左右送上去的，9月24日我就到了乌鲁木齐，26日我与中央电视台的同志一起从米兰进入罗布泊去楼兰，10月1日，我们到达罗布泊。我在营帐里利用卫星电话给北京通话，家里告诉我，胡总书记和温总理已经批示了，并要求高教部和财政部大力支持，这样我们的“西域历史语言研究所”在党中央的大力支持下就正式成立了。我在大沙漠里停留了十七天，历经罗布泊、楼兰、龙城、白龙堆、三陇沙直到进玉门关到敦煌，我此行的目的是确证玄奘取经东归入长安前在西域的最后一段路程，是经罗布泊、楼兰然后入玉门关的。调查的结果确证了这一点。回到北京后我急忙去看季老，把胡总书记、温总理的批示告诉了他，他也非常高兴。我还把我去罗布泊、楼兰调查玄奘的归路，证实与玄奘《大唐西域记》里所记一致告诉了他，他尤为高兴，说当年校注《大唐西域记》时，就是无法去西域实地调查，这次总算完了这个宿愿。

还有一次我去看季老时，是与纪峰、海英一起去的，我们还带了一台小型的摄像机，当季老见到我时，非常高兴，他告诉我，他在医院里是“假冒伪劣”，因为他没有病，却冒充病人，岂非假冒伪劣！他还说，他在医院里已完成了一部八十万字的《糖史》，详细地记述了糖传入中国的历史过程。他告诉我，他的书都已捐出去了，现在全凭记忆，他的脑子还好，还能做点儿事，否则在医院里就不好过了。

我问到他的身体时，他十分有信心地说，活过一百岁再多一点儿，看来没有什么问题。他说他没有病，就是腿不能走路，其他都无问题。我看他的身体和精神状态，也觉得活过一百岁是不成问题的。

我每次去医院时，谈话的时间总要超过规定的时间，这次超过得更多了，所以医院就来干预了，但季老却非常不高兴地说，他想多谈一些时间，希望他们不要管得太死。

所以在我的脑子里，认为季老总要活一百多岁，根本没有想到会有什么意外。哪知天总是不能遂人愿的，传来了这个不幸的消息。据说，他走得很安详，就像睡着一样。

也许，季老真是睡着了，愿季老睡得安安稳稳，别再打扰他了。

(2006年7月20日)

彩云长在有新天

——写在父亲毛泽东逝世三十周年之际

毛岸青　邵　华

又是一年秋风劲，又是一年九月九。

转眼间，父亲毛泽东已离开我们三十年了。回想在一起生活的岁月里，我们亲身领略了长辈的慈爱和师长般的关怀；离开您的日子，我们承受着失去亲人的痛苦和无法弥补的遗憾。三十年过去了，我们仍无法用泪水和语言，表达我们对您的无限热爱和无穷思念，只好借用您“彩云长在有新天”的诗句为题，来诉说和寄托我们的万般崇敬。

您与您的战友为中国人民的解放事业做出了杰出的贡献。您不畏艰难困苦的毅力、勇往直前的意志、铲除丑恶的决心、大公无私的情怀、化繁为简的艺术和白手起家、改天换地、创造奇迹的热忱，处处绽放出革命英雄主义和革命乐观主义的光芒。您不怕鬼、不信邪、不服压，勇敢向神权、帝制、强权等控制人们思想的“妖魔鬼怪”挑战，取而代之的是凝聚民心的为人民服务、实事求是、自己动手、自力更生这些精神支柱，是引以为豪的井冈山精神、长征精神、延安精神、西柏坡精神这些精神旗帜，塑造出千锤百炼的红军、八路军、新四军及董存瑞、黄继光、雷锋、王铁人、焦裕禄等一大批传奇群体、英雄模范，是举世瞩目的原子弹、氢弹、人造卫星等唱响了民族扬眉吐气的赞歌。也正是这些特殊的材料，共同构筑了毛泽东时代的瑰丽史诗和不朽丰碑！

您始终热爱人民，完全服务人民，让人民做了国家真正的主人；因为您始终热爱祖国，一生为了祖国的崛起，敢想敢干，一切为了国家的强大，敢打敢拼；

因为您集农民、军人、诗人、公仆、哲学家、预言家、史学家、外交家、书法家等于一身，克己奉公，到死方休。正如邓小平所说的，如果没有毛泽东同志的卓越领导，中国革命有极大的可能到现在还没有胜利，我们党就还在黑暗中苦斗。您无愧于中华民族，无愧于革命先烈，无愧于各族人民的爱戴和全世界的尊重。

音容笑貌，铭记心头。我们经常听到老元帅、老红军们说，开慧妈妈牺牲的消息传到第一次反“围剿”的前线，您以极度的痛苦挥泪写下了“开慧之死，百身莫赎”的悼文。在妈妈就义二十七年后的1957年，您还写下了《蝶恋花·答李淑一》这首赞美爱情的感人诗篇。有一次，邵华请求您把这首诗重抄一遍以作纪念，您竟将原诗“我失骄杨君失柳”写成“我失杨花君失柳”，并自称这里称杨花也很贴切。我们记得，岸英哥哥作为您心爱的长子，第一个报名加入了中国人民志愿军。三十七天后，二十八岁的哥哥献身于朝鲜战场。在哥哥牺牲两年八个月零十八天的漫长日夜里，您以超人的毅力强忍老年丧子之痛，一起与亲家张文秋妈妈“共守同盟”瞒哄思齐姐姐，而当不得不将这个噩梦揭开时，您大滴大滴的眼泪涌了出来，两手冰凉，自言自语道：“谁让他是毛泽东的儿子呢！”哥哥岸英走后，您常吟咏《长亭怨慢》：“昔年种柳，依依汉南。今看摇落，凄怆江潭。树犹如此，人何以堪？”湖南的同志记得，您第一次回韶山的一大早，不待警卫人员起床，便孤身一人大步走向爷爷奶奶的墓地，游子之情赤子之心无遮无拦。我们记得，1953年朝鲜停战签字的消息传来，您兴奋异常地在院子里清着嗓子唱了一曲京戏。我们记得，当您啃着警卫人员从老家带来的难以下咽的窝窝头时，哽咽着泪流满面：“吃，你们都吃，都要吃一吃！这就是农民的口粮，这就是种田人吃的口粮……”工作人员记得，当您看到唐山大地震伤亡几十万人的情况通报，边签字边落泪，直至号啕大哭……

高风亮节，万民敬仰。您为中国革命献出了六位亲人，开慧妈妈为了不出卖党不背叛您而第一个光荣牺牲，接着三叔毛泽覃战场就义，二叔毛泽民惨遭毒害……岸青是您三个儿子中唯一的幸存者，而在岸青童年记忆中，对您的概念相当模糊，记得最多的是开慧妈妈的温馨和您远走高飞的故事，是妈妈牺牲时天昏地暗的惊恐，是到处通缉您的喧嚣，是与哥哥岸英、弟弟岸龙流浪上海滩遭受欺负毒打的日子，是一声声“爸爸你在哪里？救救我们！”这样撕心裂肺的呼唤！岸英哥哥在苏联军校毕业，是参加过苏联二战大反击的中尉军官，受到斯大林当面嘉奖，1946 年回国后您坚决不让哥哥担任领导职务，而是去陕北农村上“劳动大学”。无独有偶，岸青 1947 年从苏联回国后，您明知岸青身体不好，明知黑龙江克山县流行严重的“克山病”，还常有土匪出没，却执意让岸青以“杨永寿”这个流浪时的化名和烈士子女的身份，冒着零下三十多摄氏度的严寒，从 10 月至次年 5 月到克山县参加土改试点的全过程。岸青牢记您的嘱咐，扑下身子与农民组织互助组，同吃、同住、同劳动，并主动利用精通俄语、熟练使用算盘和会演奏多种乐器的特长，想方设法宣传政策、活跃农村生活，而您却一直压着这事不让公开。

克己奉公，爱留人间。您从不主张让子女当官、为子女存款，也没有一个亲属受到特殊照顾。1937 年 11 月，您在延安复信您表兄文运昌，“并无薪水，不宜来此”。1949 年刚进京，便收到舅舅杨开智希望在北京安排工作的信。10 月 9 日，您回信：“在湘听候中共湖南省委分配你合乎你能力的工作，不要有任何奢望，不要来北京。湖南省委派你什么工作就做什么工作，一切按正常规矩办事，不要使政府为难。”同年 10 月，表舅向立三来信希望为他的另一位亲戚在长沙谋个“厅长方面位置”，您让岸英代您写信：“新中国之所以不同于旧中国，共产党之所以不同于国民党，毛泽东之所以不同于蒋介石，毛泽东的子女妻舅之所以不同于蒋介石的子女妻舅，除了其他更基本的原因，正在于此：皇亲贵戚仗势发财，少数人统治多数人的时代一去不复返了。靠自己的劳动和才能吃饭的时代已经来临了。”江泽民同志在韶山看到岸英哥哥这封信后，曾感慨万千地说：“如果我们每个共产党员，都像毛岸英烈士信上所写的那样，我们的党一定兴旺发达。”而在自己日常生活上，您总是抠来抠去，一件衣服一穿就是几十年也舍不得扔掉，经常以“我岁数大了，穿旧衣服舒服”为由不做新衣。您有两件毛巾布做的睡衣，时间长了到处都是窟窿没法缝补，工作人员趁您休息换了一件新睡衣，您发现后很不高兴，一再追问旧睡衣哪里去了，工作人员无奈只好物归原主方才罢休，这两件睡衣一直陪着您直到您逝世。后来，人们数了数，两件睡衣分别打着五十九块和六十七块补丁。

日月如丸，历久弥珍。邵华的父亲陈振亚在新疆遇难后，邵华姐妹三人跟随妈妈张文秋，度过了四年的铁窗生涯，面对敌人的严刑拷打、威胁利诱，宁死不屈，邵华和一起被关押的二十多位小朋友从此有了“小八路”的美誉。若没有您和周恩来的营救，邵华一家和一百多名共产党员不可能于1946年6月回到延安，跟随革命队伍转战南北。难忘幸福时光。当年，思齐姐姐和岸英哥哥结婚后，被戏称为“拖尾巴虫”的邵华时常跑进中南海，邵华从此学会了照相，为您留下了许多珍贵的镜头。正是您亲自征求亲家张文秋妈妈的意见，才成就了共和国双重亲家的佳话。难忘“文化大革命”时，我们遭“四人帮”诬陷，被隔离到北京西郊的山脚下，除了看书学习，就是负责铲平一个又一个坟头。漫漫长夜，我们期待着像从前一样围绕您身旁聆听教诲，说古论今，品诗赏词，设法尽点孝心，享受家人团聚的天伦之乐，谁知等到的却是与您永诀的噩耗！在为您治丧期间，我们一家三口被“四人帮”排斥在外，没有资格为您老人家守灵，不能列入遗体告别的亲属名单和行列，只能在家里设下灵堂，只能和群众一起在天安门广场与您的遗体告别。三十年了，这种遗憾和内疚无法抚平，时时涌上心头，漫上眉间。

彩云长在，为您而歌。您离开我们的日子越久，我们的思念越深，敬意越浓。当时我们年轻，还体验不到您的思想精髓，还理解不到您的治政奥妙，还意识不到您的人格魅力，甚至还展望不到您产生的久远影响。离开了您的日子，我们静对历史、面对现实，才逐渐认识到您所从事的伟业多么光彩，毕生的主张多么鲜明，精神的启迪多么深切，引领的道路多么宽阔！为了学习宣传您的光辉思想，实践您的亲切教诲，感受祖国的历史巨变，我们带着新宇回到故乡韶山，一次次寻访根据地，重走长征路，记录红色革命史，累计编著出版文学作品和研究专著六十余部两千余万字，编著和出版摄影专辑、影视作品二十余部。其中，在纪念开慧妈妈诞辰九十周年主编的《娇杨》画册，在纪念您百岁和一百一十周年诞辰主编的《中国出了个毛泽东(画卷)》、《中国出了个毛泽东》(系列丛书)，“我们的父辈丛书”还获得了第八届中国图书奖和首届“青年优秀图书奖”。今年，我们还主编了《诗人毛泽东》和《毛泽东诗词邮票（珍藏册）》，并结合纪念建党八十五周年和长征胜利七十周年，为您和伟大的党谱写了系列歌曲。这些弘扬红色文化的作品，都以其教育意义深刻得到社会的广泛认同。我们还最想告诉您的是，儿女们现在都心随您愿，在党和人民的关怀中健康成长。我们的孩子新宇在您离别时只有六岁，他喜欢您给他取的“新宇”这个名字，更喜欢研究您的思想，立志潜心学问，获得了博士学位，编著和发表了近千万字的专著和文章。代表作《毛泽东进攻战略思想研究》

获得了全国百名优秀博士论文奖；《爷爷毛泽东》发行量超过十万册，还获得了第八届共青团精神文明建设“五个一工程”作品奖。您的重孙小东东在您诞辰一百一十周年之际的2003年12月26日出生了，现在他已上幼儿园念书识字啦，会用稚嫩童声朗诵您的诗作、为您咿呀唱歌……敬爱的父亲，您离开我们的日子越久，我们的思念越深，敬意越浓。三十年了，斗转星移，岁月更替，我们夫妇俩已步入老年，纵有一次次缅怀，纵有千言万语，都难以表达您对我们的养育之恩、关爱之情，只有将我们为您创作的歌曲——《父亲》，深深地藏在心里：

夜深人静的时候／总是最想你的时候／闭上眼睛／历历往事涌上心头／你慈祥的目光／是一份爱的暖流……

你总是告诉我／风风雨雨要勇敢接受／坎坎坷坷要坚强追求／无论走多远啊无论走多久／梦里总有你向我不停地挥手。

夜深人静的时候／总是最想你的时候／紧握你手／千般叮嘱在我心头／你亲切的关怀始终在我身后。

你总是告诉我／意志如铁壮志不言愁／坚定信仰百折不回头／无论走多远啊无论走多久／身后总有你陪我默默一起走！

毛主席纪念堂自1977年9月9日开放以来，至今已接待了一亿四千多万中外瞻仰者；一盒普通的《红太阳》系列的歌曲磁带，创下了一百万盒的销售纪录，一本美国人特里尔著的《毛泽东传》在中国发行量达到一百二十万册；各种红色旅游、红色收藏热潮迭起，迅速发展为一个新兴产业并引发全球的毛泽东研究热、影视热、收藏热等文化大潮；各地群众、企业自发为您修建纪念馆和举办图片展、资料展、歌咏比赛、诗词朗诵会、舞蹈音乐会等各种文化主题活动；"毛泽东纪念馆网站"开通两年访问量超过六百万人次；在香港、澳门回归，在"神舟"五号、"神舟"六号上天，在三峡大坝落成，在青藏铁路开通等大喜的日子里，我们格外思念您！

长江后浪推前浪，长征接力有来人。在中国特色社会主义建设的征程中，党和人民始终以您为荣、为您而歌。在您诞辰一百周年之际，江泽民同志书写了“毛泽东同志永远活在人民心中”的题词；在您诞辰一百一十周年之际，胡锦涛总书记在讲话中指出“在任何时候任何情况下，我们都要始终高举毛泽东思想的伟大旗帜”。这些树旗帜、励斗志的亲切话语，必将激励着中华儿女再接再厉、高歌猛进，走向新的辉煌！

(2006 年 9 月 9 日)

怀念赵树理叔叔

舒　立

老舍先生和赵树理叔叔的交情极深，情同手足。新中国成立初期，应周恩来总理之邀老舍从大洋彼岸的国际大都市纽约返京，赵叔从中国山西的偏僻小乡村来京，虽然这一洋一土截然不同、差异甚大，但他俩却一见如故。1950年成立了"北京市文联"，老舍任主席，赵叔任副主席。"文联"一成立就把繁荣大众文艺定为首要工作，为此创编了《说说唱唱》刊物，赵叔任主编，老舍任编辑。俩人除为刊物积极组稿外，还自己动手写些相声、鼓词之类的稿件。另外俩人还经常一起到北京天桥一带去走访那些在当地演出的一些艺人并设法改善他们的工作生活条件，这样使老北京的宝贵民族文化遗产得以保护和发扬，从此也开始了俩人长达数年的密切合作并使他们成了志同道合的莫逆好友。

老舍先生是个出了名的好交际的人，好交朋友，特好客，只要他在家，屋里就经常是高朋满座，三教九流各行各业的人络绎不绝。在来客中不乏政界高官、高级知识分子、名演员等，这些人多是衣冠楚楚，不少人还是西服革履的很是讲究。至于来访的普通人，他们的穿着虽然一般，但也个个整整齐齐有模有样的。唯独赵叔与众不同，太个别、太特殊了，他给我留下的印象太深刻了，以至于五十年后的今天，他的容貌仍历历在目。赵叔从来都是一种打扮：头上戴一顶蓝布人民帽，身穿一套蓝布制服，脚上穿一双家制黑布鞋，衣服还经常是皱皱巴巴的，一点儿也不挺括，这一身打扮哪像一个作家呀，简直就是一个活脱脱的老农呀！

最滑稽的是他的那顶布制的帽子，软塌塌地戴在头上，我从来没看他摘下来过。赵叔是家里的老朋友了，也是家里的常客，每每来家时，他从来不脱帽，到人家里做客不脱帽倒是无关紧要小事一桩，可是当他出席重要的会议在主席台上就座时还戴着帽子可就不一般了。据说赵叔到国外访问时，到剧院看演出要求脱帽，对此赵叔宁肯放弃看戏！听到这条传闻我是绝对相信不疑的。

在我的记忆中，像赵叔不爱脱帽之类的乐子事还真有不少，比如他从不肯睡软床。他的理由还挺充分：躺在软床上睡不着觉。每当赵叔出差或出国访问时，如何睡觉就成了一个难题，因为一般宾馆、饭店的客房里大都提供的是软床，有的还是“席梦思”，要想找到硬板床根本不可能。赵叔又是一个不愿意给别人添麻烦的万事不求人的主儿，到了晚上关好房门后他就开始对着松软的大床犯愁，最后发现铺在地上的地毯不错，软硬合适躺在上面还挺舒服，就在地上睡了，好主意！不久，这件事就在朋友中迅速传开了，又成了赵叔的一件乐事。

我接触过的乡土作家不算少，但像赵叔这么“土”的却找不到第二个。赵树理就是赵树理，他是全中国独一无二的“农民”作家，堪称乡土作家第一人。或许有人会嫌弃赵叔太“老土”、太“老农”，可老爸从不这样看，这肯定跟他也是出身贫苦劳动人民家庭有密切关系，他俩和劳动人民共有一种天生的、难以割舍的、千丝万缕的情结。虽然老爸有多年的英美生活经历，有时还洋装穿在身，但他俩的心是相通的，俩人合得来、谈得拢。赵叔经常来家和老爸促膝长谈，时常都会有爽朗的笑声从客厅里传出来。作为孩童的我是懂规矩的，知道大人说话时小孩是不能听的，他们到底都谈些什么不得而知。其实即使打破此规矩，敞开让我听也是一句都听不懂，因为赵叔说的普通话山西味儿太重，估计只有山西人才能听得懂。我一直纳闷儿，老爸怎么能听得懂呢？

新中国成立初期老爸对收藏瓷器很感兴趣，赵叔知道后特地送给老爸一个大桃瓶。我记得那是一个下午，赵叔来了，胳膊下夹着一个大瓷瓶，光溜溜的外面什么包装也没有，别说漂亮的锦盒啦，就是最起码的包装纸也没有。大家赶忙接过来进屋放在桌上。这个瓷瓶真是又大又好，下面是足球大小的圆球状，上部有个细长的圆筒，白色底釉上画了九个鲜艳的大桃，整体底釉色泽均匀、细腻、光亮，九个大桃画工精细、色彩鲜艳，在绿叶的映衬下真是招人喜欢。瓷瓶古朴的造型和工细的图案反差极大，一简一繁、一拙一巧，当二者组合成一体，非但不别扭，反而给人一种舒服、大气的感觉，透着一种古朴的美，这要是个真古董那非得价值连城不可，就凭赵叔的财力根本买不起。赵叔是个非常简朴的人，平时一贯省吃俭用，把大部分收入都支援家乡建设了，可现在居然能花钱买个大瓷瓶，真是太不易了，大家被赵叔的这种质朴的情谊深深感动，立刻就把它摆放到客厅最显眼的位置上，而且一摆就是十几年。现在仍然陈列在故居原来的位置上。

（2006 年 9 月 23 日）

郁风大姐走好

黄宗英

郁风在我心目中，永远是盛开的大花朵。净白的水仙，粉色的茶花，大团的黄菊花，奔放的映山红。郁风擅长画花卉，用鲜艳的色彩，她本人一生都是盛花期的花朵，水灵灵开放着、开放着。

我再也找不到一位比她更美丽，更多才多艺，更热情，更善良，更有魅力的一代女杰了。我崇拜她，喜爱她。想着她，我的心就滋润温暖。

我喜欢读她的散文，清净我的身心。我喜欢她的绘画，引发我的遐想。我喜欢亲近她，聆听她的谈吐，像沐坐在春风里。每当我彷徨、沮丧，想起她拄着一根拐杖还天南地北五洲四洋地奔跑，我就不敢怠惰后退。

她笑迎人生的坎坷，她放不开的是他人的苦难。在赵丹垂危之际，她与黄苗子双双作为赵丹参加中国美术家协会会员的介绍人，入会日期是1980年10月9日。会员证送到北京医院，正是10月10日上午，为阿丹永别送行的日子。十三年后，冯亦代垂危之际，恰逢她出国前夕，她让妹夫送来一笔款项，让亦代在最后的日子里能开开心心。如此友情岂能相忘。

郁风欣赏我的大白话的散文，她有时会剪寄给国外的华文报刊去登载(不付酬)，她的欣赏是给我的最大奖励，她多忙啊，百忙里从不忘勉励后进。

老话说：清明前后要带走一批人的。这不见得是迷信，只因气候乍暖还寒，阴晴不定，气象变化多端，衰老病弱之人顶不住这一坎儿而已，郁风活着，我心里充充实实，她走了，我心里空空落落，也惦记着苗子。

总之，走的走了，活着的要更好地活着，才是对好姐姐郁风最好的纪念。

(2007 年 5 月 8 日)

中苏文学的架桥人

——写在曹靖华先生诞辰一百一十周年之际

高　莽

今年8月11日是曹靖华诞辰一百一十周年，9月8日是他逝世二十周年。曹靖华是五四运动以后成长起来的一位革命文艺家，是鲁迅先生的学生和战友，享有翻译家、作家和教授的盛誉。

他是向我国介绍苏联文学的先驱，同时又是把我国现代文学推荐给苏联读者的第一人。

直到20世纪二三十年代，俄罗斯汉学家们还沉湎于中国古典文学研究中，无人注意中国“五四”以后的新文化。1924年青年学者鲍·瓦西里耶夫从列宁格勒来到中国，他热爱中国，给自己起了一个中国名字王希礼。他来到中国后，在总领事馆工作，先后到过北平、杭州、上海、开封等地。王希礼在开封国民军第二军随苏联军事顾问加伦将军工作时与在那里担任翻译的曹靖华结识。那时他们都风华正茂，曹靖华二十七岁，比王希礼年长两岁。二人喜爱文学，共同的兴趣把他们联系起来。曹靖华已在从事业余文学活动，译过契诃夫和屠格涅夫的独幕剧等。王希礼研究的是中国古典文学。曹靖华向王希礼推荐鲁迅先生的《阿Q正传》。从未接触过新文学的王希礼读后甚为兴奋，爱不释手，决心将它译成俄文，那是1925年夏天。

王希礼动手翻译时，立刻感到困难重重，遇到一些难题，如白话中新的语汇、中国赌博中的各种名称。曹靖华那时已和鲁迅先生相识，便让王希礼把所有疑难开列出来，写信给鲁迅先生求教。鲁迅先生不仅做了详尽的解答，还专为解释赌博方法绘了一张图，按图说明“天门”等的位置及如何赌法，而且还应邀为译者写了生平第一篇自传。这是鲁迅先生最翔实地解说《阿Q正传》的第一手材料。王希礼翻译的《阿Q正传》于1929年在列宁格勒出版。这是中国新文学被介绍到苏联的第一篇，它引起很多苏联作家的重视。

曹靖华第二次流亡苏联时，是1927年秋至1933年秋。他和王希礼都在列宁格勒工作，肯定见过面，可惜曹先生在这方面没有留下他与王希礼交往的文字资料。1961年曹靖华在一篇文章中说道：“在中国大革命前夕，好像第一只春燕，衔着友谊的花蕾，在风雨交加中，冲破了封建军阀的天罗地网，横越浩瀚的蒙古沙漠，飞到苏联的，是《阿Q正传》。”鲁迅先生的作品是春燕，曹靖华和王希礼又何尝不是春燕？

从《阿Q正传》开始，苏联汉学界有识之士才把注意力移到我国现当代文学创作上。王希礼本人于1932年撰写了《帝国主义时代中国文学中的外国影响》，

1934年又发表了有关中国左翼文学的评论文章，刊登在苏联科学院东方学研究所的刊物上。这寥若晨星的东西不能不说是他同曹靖华接触的结果。那时在苏联终于有人开始对中国新文化发生了兴趣。可是谁会想到这位具有敏感观点的王希礼，这位在1936年成为教授的王希礼，这位第一个把中国现代文学巨作翻译给苏联读者的王希礼，竟在苏联大清洗年代里被处决。那一天与他同时被处决的还有另外九位东方学者。

历史何其残酷，何其悲凉！从此，苏联刚刚开始研究翻译中国新文学的势头被扼杀了，又过了十几年后，在新的历史条件下，这项研究工作才得以慢慢恢复。但我们永远不该忘记几位开拓者的功绩！

曹靖华先生是从俄罗斯古典文学开始自己的翻译事业的。但他很快就把重点转向十月革命后的新的苏维埃文学。在莫斯科和列宁格勒居住期间，他有机会有条件与同辈或老一辈苏联作家们建立起直接联系和通信关系。

20世纪50年代，我在中苏友好协会工作期间，经常见到曹老，聆听他的教诲，为他担任翻译。曹老兴致高涨时，用浓重的河南口音回忆自己的往事，与苏联作家们的接触，如绥拉菲摩维奇、阿·托尔斯泰、鲍·拉夫列尼约夫、费定、卡达耶夫、法捷耶夫、潘诺娃等人。现在回想起来，悔恨自己当时没有做详细的记录，很多细节都遗忘了。曹老在不同时期翻译过他们中间一些人的不朽著作，如《铁流》《第四十一》《保卫察里津》《年与城》等，二十年当中共计译了四十余部作品。

曹老曾经说过：苏联作家中我最爱的是鲍·拉夫列尼约夫。1927 年，曹靖华在列宁格勒任教期间，读到鲍·拉夫列尼约夫的中篇小说《第四十一》，感到故事情节新颖、曲折。曹靖华读后颇为喜爱。他觉得以这种形式反映革命风暴和国内战争的苏联文学作品一定会对斗争中的中国人民有启发作用。

在一个隆冬的日子，曹靖华冒着鹅毛大雪，走访了这位比自己年长六岁的作家。一见面，身材高挑、戴着眼镜的鲍·拉夫列尼约夫，便紧紧握住留着平头、个子敦实的曹靖华的手，话语就如同开了闸门的洪水，滔滔不绝，喷涌出来。

“……啊，中国人！敦厚真诚，勤劳勇敢！中国人！一颗向往光明的心总在头脑里燃烧着！中国人！……”他们虽然初次见面，却像是相识已久的老友。

他们谈到中国劳动者怎样逃出军阀统治的旧中国，怎样参加了苏联红军，怎样和俄罗斯劳苦大众一起斗争。他们谈起年轻的苏联文学作品中怎样留下了这些中国人民的形象。如伊凡诺夫的《铁甲列车 Nr.14–69》里的中国人辛秉武。这个为解放俄罗斯兄弟，同时也为解放自己的勇敢的中国汉子，怎样为了保卫苏维埃政权，用自己的身躯阻挡镇压人民的火车的行进，这是何等的壮举啊！这是苏联新文学对我国子弟的赞颂。

他们二人深深感受到文学的巨大力量。鲍·拉夫列尼约夫不由得说出：“文学！这是友谊树上的第一朵花蕾！”

那天，他们从俄罗斯古典文学谈到彼得堡风景的优美绮丽，谈到鲍·拉夫列尼约夫参加过的内战，谈到反映这内战的苏联文学，最后落到他的作品的汉语介绍上。“我的作品将用汉文出版。这对我是莫大的喜悦！倘使它能对我们这两大民族的友谊有一点促进的话，这将是我毕生的光荣和愉快。”鲍·拉夫列尼约夫那消瘦的脸上泛起一片得意的微笑。

鲍·拉夫列尼约夫很重视自己的《第四十一》，特别是它与中国的关系，他先后为汉文译本《第四十一》写过两次序，间隔近三十年。

在第一篇的“序”中，他写道：文学就是友谊树上的第一朵花蕾。我们的作品——生养在战争情况中和向着新生活建设的我们的青年的俄国文学，能得中国读者的注意，这在我们自己是深以为光荣的。

在第二篇“序”中，他说：在以往的岁月里，在中国人民为了从本国和外国的掠夺者的枷锁里解放出来，开始了伟大斗争的时候，你们的父兄曾读过这本小说……

这部作品在斗争中帮助过他们……

20 世纪 60 年代初，“文化大革命”前夕，我国文艺界开展了一场所谓批判修正主义思潮的运动，作为批判对象，内部放映过一些苏联影片。记得在北京市中苏友好协会礼堂里放映苏联根据小说《第四十一》拍摄的电影时，说明这是一部“阶级调和论的大毒草”。那天，我陪着曹老坐在小阁楼上，放映完后，曹老先说了一句：“电影对小说有些改动……”然后气愤地加了一句：“怎能对这样一部小说胡乱批判呢？”他好像还有话要说，但觉得时间和地点都不合适，便把怨气咽了下去。

曹老为沟通中苏文学呕心沥血，五十岁以后放下译笔，致力于教育，培养俄罗斯语言文学方面的人才。如今，他的桃李遍布神州。

今天，不但我们这些专门从事俄苏文学研究与翻译的工作者缅怀自己杰出的先师，参加过长征、抗日战争和解放战争的老战士们及新一代的广大读者们，也都深深感激这位为民族解放而盗来天火的默默无闻的勇士、中苏文学的架桥人。

(2007 年 8 月 14 日)

儒雅君子

宫洁民

上海电影制片厂（以下简称“上影厂”）著名表演艺术家孙道临在 2007 年 12 月 28 日凌晨辞世了。

作为他的友人，听到这个噩耗心里有说不出的悲痛。

我和孙道临是 20 世纪 70 年代末期结识的。当年他为上影厂一部故事片专程来八一电影制片厂物色演员，那时我在剧团担任团长。我们一见如故，从那次以后，一直书信往来，这位演员是一位德艺双馨、德高望重的长者。为他送行那天，上影厂的老演员张瑞芳、秦怡等一个个都默默地回忆着他从影以来的逸闻趣事。

上影厂拍摄《不夜城》那年，有一件事很值得敬佩。影片刚一开机，有位姑娘每天站在电影拍摄地门口等着要见孙道临。有关人士耐心规劝不起作用，后来白杨出面才把那位姑娘劝走。自此以后，大伙就誉称孙道临是“儒雅君子”。

孙道临出生于老北京一个书香门第，在燕京大学读书期间，受同窗好友黄宗江的影响，逐渐走上电影的道路。20 世纪 30 年代，先后在《大团圆》《乌鸦与麻雀》《民主青年进行曲》等影片中饰演角色。新中国成立后，参加多部影片的拍摄。他在《不夜城》中饰演资本家，民族特色鲜明，上镜头时角色到位；在《革命家庭》中饰演江海清，刚强、忠诚；在《渡江侦察记》中饰演李连长，英勇、机智；在《永不消逝的电波》中饰演李侠，坚毅、敏锐；在《早春二月》中饰演萧涧秋，又是那样彷徨而后觉醒。他所扮演的角色性格，都是那么的鲜明。

孙道临不仅拍电影出众，为译制片配音同样出色。他有一副得天独厚的好嗓子，50年代，上影厂译制《王子复仇记》时，他为王子的配音，非常成功。他根据王子喜怒哀乐的感情变化，恰当地运用音调、音强、音高和音律，配出音来，浑厚、含蓄、声洪气足。这部译制片播放时，产生了最佳效应。

孙道临结婚较晚。他的友人总是常常说起他和越剧演员王文娟的那段姻缘。王文娟是浙江嵊县人，50年代，由她主演的《春香传》《红楼梦》《追鱼》是越剧的里程碑。她一心演戏，到50年代末，年过三十还未婚配，孙道临迷恋越剧，几乎被越剧醉倒，只要有空闲，就去观看王文娟主演的剧目。有一次，孙道临直率地去找黄宗江和黄宗英兄妹，说自己年近四十，要他们帮助物色对象。黄宗江听了满口答应，用京剧道白回答说："算来只有越剧团王文娟还待字闺中，不知你意下如何？如合得来，这大媒我包下来了。"很巧，孙道临的心事又被另一位热心人观察出来，她就是孙道临的同事张瑞芳。在几位好心人的帮助下，60年代初，两位大龄男女喜结良缘，婚后生活十分美满，在上海电影界传为佳话。

80年代，孙道临夫妇虽然都已年近古稀，但艺术创作一直不停。不久，夫妇二人携手合作，把越剧《孟丽君》移植到荧屏。这部由王文娟主演的电视连续剧在上海首播时，受到社会各界广泛赞许。更值得称道的是，不久前，孙道临又为执导一部影片《詹天佑》倾尽心血。这部人称“铁路之父”的新片，引起中央领导和影界名家的热情赞扬。

(2008年1月12日)

爱能延续生命

苑　茵

老伴儿叶君健离开我九年多了。我们在一起度过了半个多世纪。在我们的共同生命历程中所经历过的风风雨雨、坎坎坷坷，恰恰都是中华民族历尽沧桑、饱经忧患、不屈不挠、奋发图强的历史时期。

老伴儿生前从来没有提到过死和身后事，总是在自强不息地工作和创作，只是在病中和孩子们谈过我们叶家的家风，希望后代们能够传承，他的家风遗训是：

“与人为善，绝不害人；以勤勤恳恳的劳动和真才实学养家糊口、安身立命，并保持住自己做人的尊严。”

总结老伴儿的一生，作为一名中国农民的儿子，他也正是这么走过来的。

1999年1月5日，叶君健离我而去，我当时的精神支柱骤然坍塌！多年在患难中酿造成的深爱，永远深深地刻印在我的心间！这些年，我在精神上感到孤寂和痛苦，而无尽的思念就像喝不完的苦水。

为了解决我对老伴儿的思念和随之而来的苦恼，二儿子为我在郊区昌平租下一块地方，除住房外，还有一个温室大棚和半亩地。

离开了城市的车水马龙和喧嚣，我的生活也有了很大的改变。

我每日黎明即起，来到园中，小英已经在那里锄地松土，喂过了孔雀和鸡。我们还给每只孔雀起了名字，公的叫多多，母的叫格格，小的叫崽崽；我们还为它们盖了个西双版纳式的竹楼作窝。

每当我来到它们的竹楼，丢进去几片嫩叶子时，它们便一拥而上，顿时便把那些叶子吃得一干二净，然后就转到我的面前，这时我拍拍手对它们说："多多，为我跳个舞吧！"

多多便抖开它的翅膀，像扇面那样展开了它那美丽的翅屏。这时我真想骑在它的背上，飞向天空。我想起了老伴儿在二战期间在英国用英文出版的一本书《雁南飞》，那是他在异国他乡为抒发对祖国和妻儿的思念之情而写的。我搬回了原来住的单独房，我的活动空间缩小了，住房里在整个冬天都没有透进来的阳光。我怀念在明媚阳光下开屏的那些美丽的孔雀，它们那些可爱的千姿百态，在我的脑海中久久不能离去，我开始用笔将它们画下来，以慰藉我怀念它们的心情。

同时，从八十五岁开始，我还用颤抖的手写下了一部三四十万字的长篇。另外，为了变换脑筋，我还交替着写了一本姥姥、奶奶和母亲们怎样教育孩子的集子。集子暂时想取名叫《新爱的教育》，希望能够送给姥姥、奶奶和母亲们阅读。因为我的老伴儿花了四十多年的心血，将《安徒生童话》介绍给中国的几代儿童，当时我只能做他的绿叶，为他抄写誊清满篇改动的译稿。我希望能继续老伴儿的脚步，为儿童文学添一把绿叶。

我的大孙子是我一手带大的，我曾经在总结培育他的经验的基础上，写过一本书叫《二度童年》。现在我又增加了二十多篇富于哲理的小故事，都是关于怎样做人、怎样学习、怎样奋斗的例子，希望能够给我们的下一代一些启迪，以提高他们的素质。

我的年龄像流水般地已经进入了倒计时，我还要只争朝夕，把我对老伴儿的爱化作力量，送给孩子们，奉献给祖国。正如老伴儿经常对我说的："一个人活着不只是为了吃饭、睡觉、生孩子，而是应该有所追求和创造，并为此而奋斗到底。"

在这些年里，中国又发生了很大的变化。我的生活像竹节拔高，一天天地提上去。但是我总是想起他生前勤勤恳恳地工作和生活的情景。

关于我们俩的这个回忆录已写完初稿，它将作为我的子女们了解父母的一本"史书"，从中知道他们的父母是怎样的人，而他们也应该明确将怎样做人。如果能够出版，给读者一点儿启发或借鉴，了解我们那个时代的人的生活、人生哲学和思想，我就很满足了。

(2008年2月25日)

送别与怀念

晓　风

4 月 29 日中午，当我站在贾植芳叔叔的遗体面前向他告别时，似乎又听到了他那浓重的山西口音在叫我：“晓风，你还好吗？”那是我每年除夕或大年初一向他拜年时在电话里听到的声音。这时，我不禁悲从中来，难以自抑。

贾叔叔和他的夫人任敏阿姨，是我们家的老朋友，也是我们兄妹最熟悉和敬爱的长辈。他与我父亲胡风的友谊要追溯到1937年。那时，他以文学青年的身份，用笔名“杨力”向父亲所编的《工作与学习丛刊》投稿小说《人的悲哀》，父亲发表了它。20世纪80年代，父亲在回忆录中是这样写的：“发表了贾植芳的小说《人的悲哀》和曹白的散文《殇音》，当是表现了人民的生活困苦和求生渴望，都是第一次和读者见面。但他们当时业余写的作品，到了四十多年后的今天，也还对读者有益。”这之后，贾植芳叔叔在父亲所主编的《七月》和《希望》上发表了多篇文章，成了这两个刊物的主要作者之一，也从此结下了他俩近半个世纪相濡以沫的友谊。

他们见面已是1939年的11月了。贾叔叔曾在《我与胡风同志相濡以沫的情谊》一文中回忆了当时的细节。我也从父亲的日记中找到了相关记载：“1939年11月16日，得贾植芳信。”“1939年11月21日，访贾植芳，同和他同住的几个留日学生一道吃午饭。”这次见面，他们彼此都留下了深刻的印象。

到了1946年9月，贾叔叔和任阿姨从徐州来上海，一时找不到住处，便在我家住了约半年的光景。贾叔叔和父亲在楼下搭临时铺，阿姨则和我们睡一屋。这时，自两岁起便与父母分开的我，刚与父母团聚不久，对他们觉得生疏，总是怯生生地，不大说话，也没有笑容。自从贾叔叔和任阿姨来到我家，他们的欢声笑语让我放松了不少，也不由得高兴了起来。后来，贾叔叔在为拙著《九死未悔——胡风传》所写序言《历史的经验值得注意》中提到，有一次，我在他家住，发起了烧，弄得他二人一个晚上都陪护着我，唯恐我病重。我虽然记不得此事，但每读到此，心中都是暖暖的。

我父母与叔叔阿姨过从甚密，他们没有子女，将我们兄妹就当作自己的儿女一样。1953 年夏，我家从上海迁居至京，两家的联系少多了，但每当有人来京时，他们总要给我们，尤其是弟弟晓山带上些上海的点心等。

很快，那场灾难就降临到了我父母及这些叔叔阿姨的头上。他们和我父亲的友谊及对真理和理想的忠实，使他们都经历了二十多年苦难的历程……

二十多年过去了，其中贾叔叔受到的苦难自不必多说，他都靠着乐天和坚强挺了过来。1981年，父亲到上海治疗精神疾病。贾叔叔夫妇带养女贾英和几位朋友一起前往医院看望。这是他们二十多年后的第一次重逢。当父亲看到贾叔叔，一直没有什么表情的脸上忽然现出了笑容。看得出，就在这一刻，往昔的感情又回到了他的心头。

1985年6月，父亲因病去世，贾叔叔立即写了深情的怀念文章，发表在香港的《良友画报》上。到了炎热的8月，他又与任阿姨赶到北京，来送老友最后一程。七个月后，胡风追悼会隆重召开，贾叔叔和任阿姨又冒着北方1月的严寒再次来到北京。当我看到这位年事已高的长辈风尘仆仆地又一次来参加丧事，几个月来，我第一次流下了眼泪，止不住地哭了起来。

五年一次的全国作协代表大会，他都来参加，住在离我家很近的京西宾馆，晚上就会来看望我们。但由于宾馆里的暖气太热，他不适应，每次回去后他都要感冒一次。来过两次后，他不敢再来参加了。不过，还是常来信问候母亲和我们。

他的字和他的讲话一样，有着特殊的贾氏风格，七杈八丫地，如同天书一般，非常难认。倒是我在母亲的引导下，认他那天书已不在话下了。但他越近年迈字越草，连我母亲也难以辨认了。我看到的最后一封信是托他的侄外孙女罗晓荷给我带来的，时间是 2005 年 8 月 27 日。他想得很周到，怕我不认得，还特地让晓荷写了个“翻译”稿。信中除了向我介绍晓荷，给我带来了两本书，还一再向我们兄妹三家问好，仍一如既往地关爱着我们。

他曾两次为我的书写序言。这不但是对我的工作的肯定和支持，更是对我所从事的中国现代文学研究事业的重视。2003 年 3 月，我即将在美国出版《我的父亲胡风——虽九死其犹未悔》一书，我向叔叔表达了出版方想让他为此书写序的意愿。我对他说，只要简单写上几句就行，或者，就让学生按他的意思来写吧。很快，他将序文写好，交给了出版方。后来，我才知道，他刚刚大病初愈，却为了我坚持要亲自提笔写文。为此，我一直感到歉疚，抱愧不已。

今年，我们已先后失去了两位长辈：耿庸叔叔和彭燕郊叔叔。现在，贾植芳叔叔又走了。眼看着那个年代渐行渐远，长辈们的相继离去带走了一段渐渐要被人忘却的历史。但为了我们的今天，更为了我们的未来，我们不能忘却过去那段历史，更不能忘却贾叔叔！谨以此小文作为心香一瓣献于贾叔叔的灵前，表达我的哀思与怀念！

（2008年6月28日）

“画痴”张守义

鹿耀世

张守义先生刚刚去世了。回忆起他的桩桩往事，令人唏嘘。

张守义是大名鼎鼎的书籍装帧家，也被同行称为“画痴”。他在进入创作构思时，往往如醉如痴，一张张草图或墨稿瞬间能铺天盖地：柜上贴着，墙上挂着，桌上摆着，地上摊着……他手里捏着笔，站在纸里端详着，一会儿踮着脚往墙上的稿子添上一盏街灯，一会儿又蹲下身子，将地上草图的两株树抹去……这时候，要有同事来问他什么事儿，他往往神不守舍地敷衍两句，过后，一准儿忘得一干二净。他在平时，给人的精神状态是病弱、迟钝、疲惫，然而，若和他谈起装帧艺术的创作规律，他很快会振作起来，以无数次生动的设计实践来印证、阐发文艺创作的规律和美学原理。他以小说、摄影、绘画、书法、雕塑等一系列姐妹艺术的表现手法为例，恰如其分、举一反三地说明了封面设计重在立意、重在设计、重在神似的必要性。

张守义先后为冰心、艾青、刘白羽、白桦、李瑛、邹荻帆等人设计了一批出色的封面，受到文学界、装帧界的广泛好评，也吸引了更多的作家接踵而来。在设计《春天的竖琴》封面时，张守义翻阅了积累的桂林风光速写，有了新的立意。在封面正中，以大胆破格的寥寥几笔画出了亭亭玉立的山峰和水中清晰的倒影，使人眼前浮现出挺秀的竖琴造型，还仿佛听到了江水荡漾的声音。为了这件约稿，著名老诗人晏明登门造访，上下五楼有好几次了，这回见到了效果图，十分喜悦。

不过他总是觉得封面的颜色太淡，美中不足。于是他和张守义商量：是否改得浓一点儿、红一点儿？张守义出于色调对比的需要，没有同意作者意见，却答应再推敲一下。过了几天，张守义拿出有着十二个不同色调小太阳的构图请作者审看并任选一种，老诗人被感动了。

设计罗马尼亚名著《什特凡大公》封面时，张守义想用什么表现什特凡大公的权势，可想了几天也想不出来。有一天到印刷厂看样，他顺手把提包和帽子放在地上，一位师傅马上捡起帽子，掸掸土说："老张，你对帽子太不仗义了……"这件小事使他醒悟到：帽子不仅暗示人的身份，也象征了人的尊严，那么，对于大公呢？在坐车回家的路上，公共汽车抛了锚，可他的思绪一直没间断。在他和乘客们下来推车的时刻，他眼前忽然一亮：皇帝的金冠、皇后的凤冠都很重，为什么他们都顶在头上呢？从古至今帽子都是有象征性的，嘿，就用皇冠"特写"来象征什特凡大公的权势！这时汽车打着了火，乘客们一拥而上，车开动了。车上的小青年见他还若有所思地站在原处，都笑了。张守义呢，因为苦苦追求的灵感忽然闪现，也笑了。不久，护封、封面、扉页独具一格的《什特凡大公》的整体设计完成了。怎样使外国文学书籍封面上的人物形象神态各异而不雷同呢？张守义想，要细致入微地描绘每个人的一颦一笑，最好是面对面地反复观察。一次，他受邀参加一个专业会议，住在一家外宾很多的饭店。他发现电梯间里各式各样的外国人很多。这不是观察人像的最好机会吗？他以卓别林的闪电步伐一下子迈进了电梯间。从一楼驾云似的上升到了最高层，又从最高层飘然而下……回到客房，他那速写笔飞快地在本子上跳动着，默默记下了一个个生动的形象。不知哪一天，这些形象会以非凡的神采出现在他的插图作品中。

前不久，张守义拿出一张封面给我看，只见淡雅的构图之中，亦藏亦露地布满了俏丽的花卉，那结构、形态新颖极了。一问，才知是一丛干枯的野花经他复印处理后，才成为这样的画面。“我这是偶然得之。”原来一次他去外地讲课，分别晚会上，他那略带嘶哑的高亢的陕北信天游和深沉的日本八木小调，激起热烈掌声。最后，他压轴的一曲《路边的野花不要采》将晚会推向高潮。次日，几位女士从山上采集了一丛野花送给了大家喜欢的张守义老师。

(2008 年 11 月 22 日)

妈妈睡了

臧小平

2009 年 2 月 5 日，我亲爱的妈妈郑曼老人睡了，永远地安睡了。凝望着她那与肺癌搏斗了四年半之久，依然慈爱而坚毅的脸，我的泪水滂沱而下。妈妈呀妈妈，此刻，我记起了多少您入睡后的容颜……

妈妈睡了，那是二十年前，在北京市中医医院。坐在人声嘈杂的候诊大厅的椅子里，妈妈睡了。两鬓如霜的头微微后仰，靠在洁白的墙上，慈祥的面庞掩盖不住担忧和疲惫。那时，身为长女的我疾患缠身，于是，七十岁的妈妈陪着四十岁的女儿四处求医的情景，令多少医生发出由衷的感叹！在我生病这段长达二十多年的岁月中，妈妈浓浓的母爱和深深的牵挂，时时伴随着我，激励着我。经济上困难了，她会和爸爸一起，及时送上双亲的关爱；几次我要做手术时，年迈的妈妈几乎天天风雨无阻地倒几次车去看望我，把好菜好饭亲手喂到我的嘴边。后来，我的作品间或问世，她总是非常高兴地对我谈起她的感想，提出中肯的意见。就在生命最后的日子里，老人还在电话中言语艰难地问起我和我女儿的情况，其情之深之切，几次令我哽咽难言……

妈妈睡了，那是在赵堂子胡同旧居一个炎夏的午后。她带病去北京协和医院，看望一位住院的老同事，得知同病房一个正读初中的孩子，由于缺少医药费，全家人一筹莫展。善良的妈妈从来看不得别人受苦受难，冒着7月灼热的烈日，她吃力地走回家中，立即去银行取了钱，执意要再一次去医院，将她的这份心意送到孩子手边。望着她那被晒得赤红的汗津津的脸，听着老人略带喘息的话语，我在巨大的感动之中，坚决将她扶倒在床上。直到家中的阿姨帮她实现了心愿，妈妈这才释然地闭上了双眼。我知道，她的心中盛满了博大的爱；她的一生，把这爱洒在了多少人的心田。记得十九岁的妈妈刚从浙江台州中学简易师范毕业，就与几位志同道合的同学奔赴农村，在生活非常艰苦的情况下，无偿地为贫苦农民的孩子，尤其是女孩子传播知识，教授文化。这份爱心，矢志不渝地贯穿了她的一生。直到晚年，生活节俭得近乎苛刻的她，不但一届届地资助了大中小学贫困生，而且于近年在贵州捐建了一所希望小学。就在妈妈临终前，她还叮嘱家人，不要忘了给她帮助的孩子寄去学费。亲爱的妈妈，您看到了吗？一位您资助过的女大学生，也赶来参加了告别仪式。当年，您从晚辈口中得知这个女孩来自贫困地区，生活艰难，就主动联系她，帮助她解决了大学期间的一些困难。如今，她已在北京有了一份自己的事业和美满的家庭。一大捧洁白的鲜花，浸透着她对您的敬爱和感念；按照家乡送别家中老人的风俗，她还带来了一把大大的新伞。她祈望它能为您遮风避雨，送您步入天堂，永远祥和平安！

妈妈睡了，在北京协和医院我爸爸病房中，那由三张高低不平的窄窄椅子拼成的“床”上，妈妈睡了。过度的辛劳瘦削了她的脸庞，飞雪般的白发无情地扩充着它的地盘。睡梦中的妈妈依旧十分警醒，微小的响动就能令她睁开双眼。在不分昼夜倾力付出照顾爸爸的日子里，在这张连翻身都很困难的“床”上，年近八十的妈妈，一睡就是几年！北京协和医院一位目睹这情景，并且给我的双亲都看过病的老专家，在妈妈去世后，拉着我的手动情地说：“我一生中接触过无数病人和他们的家属，像你妈妈这样的好人，我今后不会再遇见！”是啊，自从1942年，妈妈毅然与生活艰辛并且随时可能遭受国民党反动派迫害的爸爸结合后，妈妈始终全力支持爸爸的文学事业。那一件件感人的故事，贯穿在他们婚后六十二年的人生长河中。尤其是爸爸1995年病重住进医院，妈妈无私忘我倾尽心力，日夜不离地陪护在爸爸左右，直到2004年2月5日爸爸辞别人间。无数亲友万端感慨地说着同一句话：“没有郑曼同志多年来的精心照料，原来就多病的克家老，不会活到九十九岁高龄。这是她对中国文学事业的特殊贡献！”在爸爸离去半年后，妈妈就查出患有肺癌并已经扩散。她坚毅、乐观地面对着死亡的挑衅，依旧在为爸爸的事情出力奉献……中国自古流传下来一句话：恩爱夫妻不能同年同月生，但愿同月同日死。亲爱的妈妈，是天堂中的爸爸想念您了，在他去世整整五周年的 2 月 5 日，他又把您接到了自己身边。无尽的悲恸中，我不禁惊叹人间真情的完满美好，我至亲至爱的爸爸妈妈，从此相守相伴直到永远。

妈妈睡了，在鲜花丛中，在党旗的覆盖下，在人们对她的怀念和称颂中，永远地安睡了。我不禁想起了爸爸所写的被万千次传诵的诗句：“有的人死了，他还活着。”就让我把爸爸的这句诗，敬献给他最亲爱的人生伴侣。因为，已经安睡的妈妈，会永远活在我和爱她念她的人们心间。

（2009 年 4 月 4 日）

春风中的送别

徐惟诚　　李庚辰

百岁老人高扬走了。暖暖的春风中我们送别他，心里充满了恋情和思念。在中华民族翻天覆地的大变革中，他的顽强生命整整穿越了一个世纪！

作为杂文同人，我们不能忘怀高扬同志对杂文事业的热心支持和为推进杂文的复兴与繁荣做出的突出贡献。在组织杂文队伍、培养杂文作者，创办杂文报刊、扩大杂文领地，繁荣杂文作品、引领杂文提高，呼吁杂文的生存权、扩大杂文的普及性等方面，他率先做出了一系列开创性的工作，赢得了杂文界的尊重。说到新时期杂文的振兴，大家都要谈到他，不忘先行者的功德。他既是一位卓有政绩的老人，也是一位卓有文绩的老人——曾产生过轰动效应的报告文学《省委第一书记》，彰显了他的政绩；新时期杂文振兴的史册，记载上了他的文绩。

高扬热心支持杂文事业，他视杂文事业为党的思想解放事业，鼓励杂文为改革开放鼓与呼。他倡导的杂文方向，与思想解放的方向是一致的。他引领杂文发挥功能，与改革开放的步伐是并进的。

1982年至1985年，高扬任河北省委第一书记。在他的倡导和支持下，成立了河北省杂文学会，他任名誉会长；接着又提议创办了《杂文报》、《杂文界》（后改名《杂文月刊》），给新时期的杂文繁荣提供先驱阵地。有了组织，有了报刊，鼓励历经磨难的杂文作家振奋精神，大胆作为，重新拿起笔来，投入杂文创作。因此，培养了一大批新一代的杂文作者、杂文爱好者，为杂文队伍不断注入新鲜血液。今天活跃在杂文领域的中青一代，绝大多数以《杂文报》《杂文月刊》为阵地发表作品，相互交流和切磋。二十多年来，一报一刊一再增加版面和页码，发表杂文二十余万篇。同时，促使杂文向民众普及，向中学生、大学生普及，增强和提高了广大读者阅读杂文的兴趣和爱好，扩大了杂文的社会影响。

20世纪80年代初，改革开放波澜乍起，思想观念需要解放，精神枷锁需要打碎，文化禁锢需要冲破，但当时阻力重重，举步维艰。杂文被鲁迅誉为匕首、投枪，在思想文化领域的先锋作用相当重要。高扬对杂文的支持，是选择一个突破口，以推动当时的思想解放运动，让其在改革开放中发挥先锋作用。他拿起笔来，积极撰写杂文，发表了《关于写杂文的三点意见》及《论诬告》《“急躁情绪”赞》等，为挣脱僵化思想，发挥了引领作用。

1986年下半年，高扬从河北调回北京，任中央党校校长，担负全党思想理论教育和研究的领导重任。

应北京杂文学会之邀，他高兴地担任了学会顾问。他不做挂名顾问，对学会工作非常热心，既顾且问。杂文学会搞活动，凡有邀请，他尽力抽时间参加，还要即席讲话，一以贯之，全力支持和参与北京杂文学会的工作。

北京同心出版社出版《高扬杂文散文集》，在其举办的研讨会上，大家认为，高扬的杂文随笔虽然不多，但写一篇是一篇，篇篇见功力；思想深刻，及时发现和提出带倾向性的社会问题；文字老练，行文简洁，有杂文味，让人爱读。他的杂文言大事，言要事，言全党全民关注的带倾向性的事。一个时期，一些杂文陷入“小”的圈子，言小事，言琐事，有损杂文战斗力的发挥。“小”字号的杂文，有点也好，但不宜形成风气，要从整体上提高杂文风骨，振兴杂文精神，以使杂文更好地贴近现实，贴进社会，贴近人民。

二十二年前，高扬在一次杂文座谈会上呼吁：“我有生命力！我有生存权！”这里的“我”，是指杂文学会和杂文报刊。任何事物的生存与发展，都与作为相关联，有作为才能有生命力，有作为必然有生存权。在思想解放运动中，在改革开放进程中，杂文正如高扬所言，赢得了生存权，显示了生命力，健康蓬勃地向前发展。

《高扬同志生平》短短的简介中，却写了一大节他对杂文的关爱。作为党的高级干部，在离开这个世界的时刻，人们将杂文事业写入他的生平，想来他是会高兴的吧。

祝愿高老带着杂文风骨，在春风里一路走好！

(2009 年 4 月 25 日)

含泪忆斤澜

邓友梅

林斤澜大哥走了。永别之痛，万箭插心，哀伤之情，难以言表。

新中国成立之初，我俩在北京人民艺术剧院创作组工作，都还没发表过什么作品。1951 年奉派参加“中央土改团”，分赴安徽和湖南参加土改。我们在外地期间，北京人艺进行改组，创作组取消了。我先回京，被调到了北京文联。过了些天，我上王府井大街，意外地见斤澜迎面走来。我问他何时回来的，现在要去哪里。他说刚回来三天，人艺要他自己寻找工作单位。他想请延边朋友帮忙在那里找个工作。我说："你这温州人到朝鲜族自治州搞写作，未必合适吧？我给你去游说一下看，要能叫你来北京文联，就不必去延边了。"他无可无不可地说："试试吧。"

我找到文联领导、老诗人王亚平，吹呼了一通林斤澜的人品和才能，提议把林斤澜调到文联来。他叫我写了份建议书，然后在上边批了"此人可用"四个字，决定了斤澜此后的人生旅程。

我二人以兄弟之交，结伴走过半个多世纪。他不仅在写作上给我启发，在生活上也给我帮助。

我母亲在世时对斤澜则充满感激。我定成右派后被发配到外地改造，一些熟人为划清界限不再与我来往。斤澜当时上有老下有小，他母亲有病，女儿是能闹哄的孩子，妻谷叶天天上班。许多事都由他顶着。可每逢年节他必带着礼品来看望我母亲，劝解老人对我的担心，感动得老人热泪盈眶。老人去世前不久还跟我说：

“你再忙也要去看看斤澜，忘了谁也不能忘了这个好人呀……”

人是好人，可他很长一段境遇却用不上这个“好”字！

他是国统区的中共地下党员，抗战胜利后赴台湾从事地下工作，参加过“二二八”斗争。后被叛徒出卖，被关进国民党军事监狱，性命难保。幸而叛徒的父亲还有良心，觉得儿子害出人命太损阴丧德，极力补救，花钱买通台官员，保他出狱改为“狱外监管”，台官员本打算收完钱过几天再把他抓进去的，不知斤澜弟弟是海船上的大副，出狱后由弟弟把他和未婚妻谷叶藏进锅炉舱中，连夜逃到上海。没想到新中国成立后这成了他的“重大历史问题”，他的交代虽清楚，但在大陆找不到证明人。不仅未能恢复党籍，而且政治上被定为怀疑、观察的对象。那时我很为他此事着急。他却笑哈哈地说：“不急，台湾总会解放，台湾一解放就解决了。”

没等来台湾解放，却等来了反右派斗争。当时北京文联的一位“头人”心中预定了右派分子名单，他的名字排在我前边。“引蛇出洞”时一再动员他“解除顾虑，大鸣大放”。但他谨言慎行，自己不说话，别人说什么他也概不表态。此外，他刚出生的女儿也帮了忙。在鸣放最激烈的那场会上，忽然医院来电话说：给他女儿布谷开的药拿错了，情况紧急，叫他赶快带着药抱孩子来诊断！这次会他侥幸缺了席，结果凡在这次会上发言的人，后来大部分被划入了另册，包括我和汪曾祺。在批判我时，领导人提醒他：“考验你的时候到了。跟邓友梅划不划清界限，对你有决定性的意义！”尽管如此，在批斗我时他仍然一语未发。

没抓到把柄，无法戴帽子，没戴帽也得算“漏网右派”！北京文联领导带头写文章批判他的作品；一有风吹草动就先审查这个漏网之鱼。“文化大革命”期间的险恶处境就更不必说了。他心绞痛反复发作中还叫他下乡劳动。幸好碰上主治大夫李蕙薪也是作家，顶住风头，严格按医学规范证明他必须停止劳动，单位才把他从乡下召回。同时调出机关，“下放”到一个电影院去为观众领座。好在电影院的职工很友善，知道他病情后，交了病假条就不用上班了。这样才保住一条命。

这漫长困苦的人生道路，林斤澜的政治理想和文学追求从未动摇。他以冷静、乐观的心态面对生活。多么无理的刁难、意外的苦恼他都能哈哈一笑了之。他这不露锋芒，轻松而坚定的作风，对我起了劝导、示范、化解和鼓励作用。在我最悲观、消沉的时刻，只要和他喝喝酒、聊聊天，听他哈哈一笑，立即轻松起来，增加了勇气和信心。

我也曾经怀疑他那哈哈的笑声是否盲目乐观，过于自信的体现。

结果，历史证明了他的乐观自信是有科学根据的。虽然他没等到两岸统一，但十一届三中全会后，党组织根据他多年的实际表现，为他的历史问题作出结论，接收他重新入党。随着改革开放带来的文艺复兴，他以前的作品像出土文物般引起全国重视，而一篇篇新作潮涌般喷发不止，掀起一次次斤澜热。被选为北京文联副主席，又当上了《北京文学》的主编。处境与从前虽有天地之差，他的为人却一成不变，不钻名利之网，只以雕文为乐，只求做闹市中散淡的人。

他在公开场合常常以笑代言，但好友之间交流则有话直说。“文化大革命”结束后有一阵汪曾祺心情低落，放弃写作，他又劝汪曾祺写小说，我们要等他一起出选集；我倒霉时他劝我坚定信心，乐观等待；我复出后当选中国作协理事，调任作协书记处书记，在北京文联欢送会上，庆贺声中唯有他直率地说：“调他去当书记，对友梅和工作来说，都未见得是好事。是得是失很难说。恐怕还是失多得少……”像这样真诚的朋友一生能有几个？

对他的文学成就作评论，我没这个水平，谈点个人交往中的小零碎作为纪念。放心走吧，斤澜兄。

(2009 年 5 月 18 日)

送别何满子

王春瑜

5月8日，何满子先生病逝，终年九十岁，已享高寿。中国古典文学界痛失一位专家，杂文界更痛失前辈，作为他的文坛同道，谊兼师友，我的心仍悲凉久之，难以平静。

何老有颗赤子之心，坦诚、热烈，数十年如一日。六十三年前，我还是初小学生，邻人送我一本残破的小开本《成语小字典》，署名何满子编，当时我很纳闷，这个名字怪怪的，不知道跟《唐诗三百首》中的“一声何满子，双泪落君前”有什么关系。直到十几年前，我给他打电话，提起此事，何老一惊，说：“你居然在盐城水乡还读过这本小书！真是‘哪壶不开提哪壶’，当时我穷得很，编这本小书纯粹是为了弄几个钱花花，没花多大气力，没有价值。”2000年，我替广东人民出版社主编《南腔北调丛书》，内收何老杂文集《千年虫》，我给此书写了四百字的前言，末行是：“正是：一声何满子，杂文到眼前。”我在电话中向他说明此意，他听了哈哈大笑，说：“你抬举我了！这就像‘说到曹操，曹操就到’，我哪有这么大的本事。”其实，何老是过谦了，他是江南才子型的学者、杂文家，写杂文的速度颇为惊人。20世纪80年代，他应邀到江苏连云港小住，一个星期内居然连续写了十八篇批评性文章，全部发表了。90年代初，他曾在《漫画世界》辟专栏《拟〈无花的蔷薇〉》，维持六年之久，写了四百五十多篇短小、犀利、直指时弊的杂文，受到读者的喜爱。当时有人重排“五四”以来新文学座次，把张爱玲等捧上天，而鲁迅、郭沫若、茅盾、巴金等文学巨匠，则遭贬抑。何老在专栏中斥责这样的新座次，不过是像旧时乡下的大仙庙，“狐狸、獐子、黄鼠狼、刺猬……皆登仙班矣”。真是一针见血，令人忍俊不禁。他著文坚决反对文化界掀起的“周作人热”“张爱玲热”。对后者，他还给包括我在内的多个文友写信，呼吁共同抵制，著文批判。他也反对武侠小说热，曾告诫我不要参加评点武侠小说。他认为武侠小说不论新旧，都是为旧文化续命的。何老的这一观点，是否有失偏颇，姑且不论，但他旗帜鲜明，心胸坦荡，令人钦敬。他痛恨腐败，不断写杂文抨击。1999 年，他还在《漫画世界》连载《K 长官轶事》，后请画家张静插图，由上海书店出版社出版。何老塑造了一个贪污腐败的高官，其妻、女、二奶、秘书、司机等钩心斗角，寡廉鲜耻，故事曲折，笔墨酣畅，全不像时已八十岁的老翁所作。我曾当面对他说：“不了解您的读者，看了这本书，还以为您是二十几岁的青年作家呢。”何老听后不禁莞尔。

何老意志的坚韧，在当今学界、文苑，实为榜样。

他是个自学成才者。八岁上过私塾，后又上过一个学期的初中和一个学期的高中。但是，他博览群书，十八岁以前，已读完“前四史”和《资治通鉴》，三十岁以前，陆续读完《二十四史》和《清史稿》。直到晚年，何老都坚持每年将《鲁迅全集》通读一遍，著文说：“一百年后，人们评价鲁迅，肯定比我们今天对鲁迅的评价还要高。”没有坚韧不拔的意志，他怎能读这么多书？更遑论他还读了大量古今中外的书。他十二岁就开始发表作品，著述不辍，1955年后被打入另册，剥夺了二十年的写作权利。待身份得到改正后重返文坛，已届花甲之年，仍勤奋写作，先后出版学术专著十三种，杂文集逾二十种，诗集、口述自传各一种，真是硕果累累。

何老笃于友情。读了他深情回忆亡友冼星海、吕荧、傅斯年、芦甸、张维华、李俊民、石西民等人的文章，他们的高风亮节、学问才华，鲜活地展现在我们的眼前。即以我而论，作为他的后学、友人，十多年来，一直得到他的关爱。我的短杂文结集《新世说》，请何老作短序，他写了几百字，发挥鲁迅的话，说如果我指摘时弊的文字“葆有生命，就说明时弊已成痼疾，岂不可悲？愿申此意，并以王兄的作品为世道隆替的验证”。鞭辟入里，发人深省。去年我出版杂文合集，何老又是诗人、书法家，我请何老用毛笔写首打油诗作序，好让读者同时能欣赏他的墨宝。他很快寄来《缀短歌题王春瑜杂文合集》：“惯援史籍做文章，明史更为老本行。揭古议今时骏刻，幸而不逢申斥如当年之‘劝君莫骂秦始皇’。”此短歌不仅隽永有味，书法更豪放中透着俊朗。

何老走了。据说天堂的路很遥远。我看何老未必在乎天堂。如果他地下有知，一定庆幸与他的知友王元化、贾植芳二老重聚，把酒论文坛，论天下，剧谈终宵，“不知东方之既白”。

(2009 年 5 月 25 日)

怀念丁聪

方　成

九十三岁的丁聪老大哥5月26日走了！不胜怀念。

丁聪就是很令人怀念，尤其是令漫画界和漫画爱好者们怀念的朋友。1946年我到上海从事漫画工作，他是我最早认识的老漫画家。他只长我两岁，可他在漫画界出道早，还是他和米谷、张文元的漫画把我从四川引到上海去画漫画的，在那里和他相识。后来我和他又同在香港、北京两地，六十多年来，一直在艺术创作中共事与交往。我敬佩他的人品和他的艺术，从二十年前我就开始写过文章向报刊广大读者介绍他和他的艺术，其中一篇题为《好人丁聪》。

谁和丁聪先生见过，就会感觉到他那平和的性格与对人友善的风度。他和夫人沈峻在一起时，向朋友介绍，昵称她“家长”。他走在哪里，这位家长也总在哪里。

漫画是画家们用作评议的画，又是用夸张技法画出，寓庄于谐，滑稽动人的。一般画法多偏于粗放，而丁聪画得十分精细。因为他随父亲从小就画，又勤作速写，即使在恶劣条件下也一样，画笔是不肯停的。他作画又极用心，凡白描、水彩，都是一笔一画，一丝不苟，处处精细，而且看来都带有漫画特色。漫画主要是为作社会评议的。在国民党统治下的旧时代，丁聪是位民主斗士，对那时存在种种反动和腐败现象进行尖刻的抨击。到现在，对仍存在的陈腐思想作风，依然加以讽刺。他精于作速写肖像，画得个个神似，也同样画得一丝不苟。社会生活丰富多彩，他所作那些描绘生活情趣的幽默画也极多。他为《读书》杂志每期作画，后来仍与作家陈四益不断合作，陈家评议的幽默诗文与丁家漫画相配合，更引读者瞩目。

丁聪生活上有他的爱好：爱吃肉，不爱水果蔬菜，鱼刺多他不爱。平时不爱动，体胖，可乌云黑发满头，行动稳健。我只听说他病过一回，就减肥了。

正直、严肃的漫画艺术家，总是和人民大众立场一致的，也会是大众的代言人，为维护社会进步与大众权益说话，并为此而对反动势力进行斗争的。丁聪正是这样的艺术家。

丁聪先生以耄耋高龄逝世，虽是自然规律所致，难以违抗，但人们念及与他多年神交和友好之情，自然深为惋惜！

我深切怀念可敬可爱的丁聪大哥！

(2009 年 6 月 6 日)

哭罗京

鲁景超

最后见到他是今年的大年初五，这是79届播音系多年如一聚会的日子。老同学几乎都凑齐了，虽然谁也没说破，但彼此心照不宣，罗京患的是癌症，今后怕是见一面就少一面了。昔日小班长依旧早早到场，虽然消瘦了些，但令人不敢相信的是，刚刚做完化疗的他看上去精气神很足。见同学们欲言又止，表情凝重，他用一句都熟悉的台词打破沉寂："报告大家一个好消息，列宁同志已经不咳嗽了！”接着，又像往常一样张罗这张罗那，他谈笑风生，妙语连珠，逗得同学们开怀捧腹。

一时间，我们甚至忘了他是一个病人，烟民开始吞云吐雾，学播音的个个宽音大嗓，满屋子人炸了庙似的抢着说开了。罗京意味深长地笑了笑，用他特有的高音压住了众声喧哗：“1979 年咱们一起走进广院，整整三十年了，人生有几个三十年啊！大伙商量商量咱班搞个什么有点儿意义的活动，好好纪念纪念。到时候再忙都得来，谁也不能少！”他的话顿时让大家激动起来，吉林电视台的杨光建议去看看他工作的“乡村频道”，贵州的同学建议去西部建个希望小学，我们几个当教师的则邀请大家回母校鼓励鼓励年轻的后生晚辈们……

不知不觉天已很晚了，细心的李瑞英提醒大家该让罗京回去休息了。到了这时，一丝悲凉才又涌上心头。看着他笑眯眯地站在同学们中间，我心里疼得厉害，不争气的眼泪止不住流了下来。罗京走到我身边，轻轻叫了声“大姐”，像是安慰我说：“过几天我还要接受一个新的治疗方案，没事，你放心。今年是我的本命年，咱老妈九十四了吧？她可是个有福的人，我想求老人家织件大红颜色的毛衣，等病好了我穿着它上《新闻联播》。”

从第二天起，我的老母亲就一针一线地织啊织啊，她说：“我得快着点儿，早一天织好，罗京好早一天穿着它上《新闻联播》。老了以后看东西忒费劲，这些年就是靠听这几个孩子的声儿了解国家大事的，我的日子里已经离不开他们的声音了。”毛衣早就织好了，就是你要的大红颜色，母亲把它摆在床头，每天都要抚摸几遍，她还总是问我：“罗京快来取它了吧？告诉这孩子我可等得有点着急了呀！”弟弟啊，你知道吗？那一针一线里寄托的是一个普通老人对你的祈盼，也是对你们所从事的那份工作的无比感激！

三十年前，我们迎着春风走进校园。79届播音班中，有工人、猎手、士兵，也有像罗京、李瑞英这样的高中毕业生，年龄虽说参差不齐，但因为有着共同的抱负和追求，同学们相处得十分融洽和快乐。罗京是班里的小弟弟，可他少年持重、厚道随和、乐于助人，于是很快就得到大家的信任，被公推为“小班长”。“小班长”的形象印在我脑海中的：是每天抱回一大摞信、报，然后一份份分到大伙手上；是从教室跑到宿舍，追着发戏票、饭票、洗澡票，再一个个钢镚儿一张张毛票地数；是谁生病了，忙前忙后地找车送医院，接着还得顿顿打饭送饭……我们这些当哥哥姐姐的本该照顾小的，却让做弟弟的净为我们忙乎。有一回我悄悄跟罗京说:“别谁让你干什么就傻帮忙,要学会说不。”他忽闪着大眼睛，嘿嘿一笑说：“没事，只要大家高兴就行。”的确，这四年是我们最高兴的日子，现在想想，这和我们有一个热心的“小班长”有着直接的关系。

1983年，作为我们当中优秀的代表，罗京进入中央电视台，担任《新闻联播》节目主播。二十六年来，他准确、庄重、大气地完成了不同历史阶段“传达政令、传播信息”的重任，用具有中国气派的声音和形象，让中国了解世界，让世界了解中国，在党和政府与人民群众之间、在中国和世界之间架起了一道电波的虹桥。曾经有人问我："罗京的声音中为什么有一种特殊的魅力？"我说："因为他始终是在用一颗善良和公正的心播音，用真挚和美好的感情播音，用全部热血和生命播音！"

此刻，我的母亲一针一线织就的那件大红毛衣仍静静地摆在床头，可我那亲爱的小弟弟、"小班长"却匆忙远去。安息吧，我们为有你这样的好同学、新闻队伍为有你这样的好同志而骄傲！

（2009年6月13日）

远去的话剧大家

蓝天野

欧阳山尊是一位大艺术家，从大的方面来说，他对中国话剧百年历史做出了巨大的贡献；从小的方面来说，他对北京人艺的发展、建设起到了很大的作用。我们最近常回顾北京人艺建院之初的“四巨头”会谈，这个会谈给北京人艺勾画出一个高起点的蓝图。这四位领导人中，当时山尊是唯一去过苏联，看过莫斯科艺术剧院演出的人，也是“四巨头”中最后一位离开我们的人。欧阳山尊为人表里如一，他心中有话必然要吐露出来，非常坦诚。而且他这个人从来不记仇。在他的面前从来没有困难。

欧阳山尊的专职工作是导演，大家都说他的戏很大气，这种大气来自他的文化修养，来自他的人格魅力。他曾在白区、解放区工作过，参加过“延安文艺座谈会”，给毛主席写过信，毛主席也给他回了信。我记得在很长一个时期——他住在史家胡同的时候，住在首都剧场的时候，毛主席给他的这封回信一直都压在他书桌的玻璃板底下。直到20世纪60年代初，中央决定将领导人的手迹集中起来放进档案馆。正是由于山尊有这样丰厚的人生经历，加之他戏剧世家的深厚根基，使得他的作品磅礴大气。所以我说山尊同志搞的话剧是“大戏”，山尊是一个搞“大戏”的人。

我想起几件小事。1956年，山尊同志从中央戏剧学院导训班回到剧院做副总导演、副院长，我从中央戏剧学院表训班回来。当时剧院有个想法，就是由我来主持办一个剧院的演员训练班，参加这个班学习的有年轻演员，也有很多在当时就已经很有经验、很有成就的演员。我把自己的教学计划向几位院领导——焦菊隐先生、山尊、起扬汇报，请他们审查我的办班和教学计划，得到了他们的鼓励。山尊同志跟我讲了两点：第一，按照你自己的想法去教、去做；第二，不要有顾虑，要大胆地去教。我一直都是按照山尊的这个嘱咐去进行剧院演员训练班的教学工作。还有一件事也是在20世纪50年代，剧院排苏联作家鲍哥廷的名著《带枪的人》。当时很多人都认为田冲是很适合演主要角色雪特林的，觉得他是一位很有激情、很有创造力的演员。但是在建组过程中，听说山尊不想找田冲演雪特林。其实大家也都知道田冲在表演上有个弱点——发挥不稳定。本来这个事跟我也没什么关系，可我冲动之下去找了山尊。我当时年轻、幼稚，跟山尊同志吵了起来，甚至向他拍了桌子。山尊同志却非常耐心地对待我，给我倒茶，跟我聊天，直到最后才跟我说："你总得让我考虑一下吧。"我们都说山尊同志脾气不好，可是只要你真的跟他接触了以后就会发现，他实际上是一位性格热情，对待工作、同事都非常耐心的老领导、老大哥。当时他的做法让我心里觉得自己没有涵养，太幼稚了。最后，还是让田冲饰演了雪特林这个角色。在山尊同志的带领下，《带枪的人》演出非常成功，算得上辉煌。我一直认为，北京人艺这台演出无论从导演还是从演员来讲，都超过了当时苏联的同名电影，这就是山尊同志排出来的“大戏”。

我难以忘记和山尊同志的最后一次见面。听说他病了，我跟狄辛在今年春节前到医院去看他。当时他很虚弱，坐在轮椅上，不过还能够讲话。我们说了很多，最后说到春节快到了，明后天就是剧院为离退休老同志举办春节团拜会的日子。山尊同志很轻地对我说：“你一定要帮我向每一位同志问好。”就这样轻轻地说了三次。过两天我参加团拜会时没有站在话筒前向大家说这句话，我只是尽量向我见到的人说一句“山尊惦记着大家，问大家好”，但是我没有做到向每一位同志问好。此刻，我要代他向大家致一声迟到的问候：山尊问每一位同志好！

（2009 年 8 月 1 日）

可诵的诗

——悼宪益老友

黄苗子

著名翻译家杨宪益先生，不但肚子里有地地道道的洋墨水，并且学富五车，还有一肚皮诗词歌赋，经史文章的土学问。他的旧诗不但很有功力，而且出奇制胜，读来忍俊不禁。

他家二小姐为了给病中的老妈解闷，送来一只白猫，老先生日对此猫，诗兴大发，写出“欲慰慈怀解寂寥，女儿携赠白狸猫；只尝美国鲜虾粒，不顾燕京土蛋糕……”之句，把娇养宠物性格，描写入妙。“物”一旦受“宠”，自然贪图高级享受，土蛋糕嘛，不屑一顾了。

老先生看见一只冬眠的乌龟，意有所感，便即兴写了一首七绝：

冬龟不动不呜呼，免触霉头体自舒；
或竟被人当废物，一朝扫进化灰炉。

乌龟藏头缩尾，不敢乱说乱动，原以为可以韬光养晦，过个安静日子，但人事不常，一朝被人认作“废物”，送进了化灰炉，原来“不呜呼”的，也就从此呜呼了。

杨宪益原住在北京西区百万庄，1993年，他写过《百万庄路景诗》七律一首：

马尾沟西百万庄，几家歇业几家忙；

菜摊整顿先开路，书贩巡查怕扫黄。
起哄争看猴演戏，美容生怕鬼梳妆；
花农生意偏清淡，闲坐街边看夕阳。

写街景，却反映了在演变中的都市风貌，既有景，亦有情，这样的诗作，可谓白描高手。

前几年，香港大学授予杨宪益名誉文学博士学位，他写了一首诗，答谢香港大学给他寄来的博士衣帽，后两句是："而今模特方时髦，潇洒何妨走一回。"荣誉当前，他只愿做一个穿时髦衣服的模特儿。这和他的《自题画像》那头四句"少小欠风流，而今糟老头，学成半瓶醋，诗打一缸油"同样洒脱，读之可以下酒。

杨诗还有许多妙句："好汉最长窝里斗，老夫怕吃眼前亏"（《开会偶成》）；"卅载辛勤真译匠，半生漂泊假洋人"（《自嘲》）；"待我闭门装隐士，看人下海耍英雄"（《迁居》）；"穷摸屁股撩狂虎，大闹天宫笑孽猴"（《昏夜》）……这些句子不但对仗工整，而且情文并茂。

清初傅青主的朋友、大学者李天生被皇帝叫去考博学鸿词科（朝廷给知识分子安排的功名），辞未受官，回到山西给傅青主讲，有人写打油诗嘲笑“举鸿博”的事，他说，只是“叶公懵懂遭龙吓，冯妇痴呆被虎欺”两句，最巧毒可笑。傅青主说：“天生，忘了你也是被录取中的？”李天生讷讷地说：“此诗实有可诵处也。”

杨宪益的诗，不知怎的，读来读去，也都觉得大“有可诵处”。

乃迭仙逝，我曾写一《鹧鸪天——慰宪益》：“万里姻缘梦亦诗，今生了却爱和痴；明知此恨人人有，倘记《浮生》字字奇。撄虎吻，泣牛衣，百年多事几多时。相同君体他朝化，且唱庄周扣钵词。”

宪益夫人戴乃迭女士，英国籍，万里情深，终生相守，暮年永诀，痴爱同归幻天。“明知此恨人人有”，是元稹《遣悲怀》句。清沈复的名著《浮生六记》，记与夫人生平恩爱。“牛衣对泣”汉王章夫妇故事；宪益夫妇曾遭“浩劫”，故以“虎吻”对之。“百年”句，用同上元稹诗句。香港一坟场门联：“今日吾躯归故土；

它朝君体也相同”，语虽怪却坦率。

翻捡出这首词，以纪念宪益、乃迭老友。

(2009 年 12 月 2 日)

相信生活，相信爱

铁　凝

汪曾祺老离开我们十三年了，但他的文学和人格，他用小说、散文、戏剧、书画为人间创造的温暖、爱意、良知和诚心却始终伴随着我们。

汪曾祺先生总让我想到母语无与伦比的优美和筋道。他对中国文坛的影响，尤其是对中青年一代作家的影响是大而深刻的。一位青年评论家曾这样写道："在风行现代派的20世纪80年代，汪曾祺以其优美的文字和叙述唤起了年轻一代对母语的感情，唤起了他们对母语的重新热爱，唤起了他们对民族文化的热爱……他用非常中国化的文风征服了不同年龄、不同文化的人，因而又显出特别的‘新潮’，让年轻的人重新树立了对汉语的信心。”他像一股清风刮过当时的中国文坛，在浩如烟海的短篇小说里，他那些初读似水再读似酒的名篇，无可争辩地占据着独特隽永、光彩常在的位置。能够靠纯粹的文学本身而获得无数读者长久怀念的作家真正是幸福的。

汪曾祺先生总让我想到“真性情”。这是一个饱含真性情的老人，一个对日常生活有着不倦兴趣的老人。他从不敷衍生活的“常态”，并从这“常态”里为我们发掘出悲悯人性、赞美生命的金子。让我们知道，小说是可以这样写！窃以为，一个人不能将真性情投入生活，又如何真挚为文？有句俗语叫作人生如戏，戏如人生。但在汪老这里却并非如此。他的人生也坎坷颇多，他却不容他的人生如“戏”；他当然写戏，却从未把个人的生活戏剧化。他的人生就是人生，就像他始终不喜欢一个形容叫作“作家去一个地方体验生活，”他更愿意说去一个地方生活。后者更多了一分不计功利的踏实和诚朴，也就说不定离文学的本质更近。一个通身洋溢着人间烟火气的真性情的作家，方能赢得读者发自内心亲敬交加的感情。这又何尝不是一种境界呢。能达此境界的作家为数不多，汪老当是这少数人之一。

汪曾祺先生总让我想到“相信生活，相信爱”。因为，他就是相信生活也相信爱的，特别当他在苦难和坎坷境遇中。他曾被迫离别家人，下放到坝上草原的一个小县劳动，在那里画马铃薯，种马铃薯，吃马铃薯。但他从未控诉过那里的生活，他也从不放大自己的苦难。他只是自嘲地写过，他如何从对圆头圆脑的马铃薯无从下笔，竟然达到一种想画不像都不行的熟练程度。他还自豪地告诉我们，全中国像他那样，吃过那么多品种的马铃薯的人，怕是不多见呢。这并不是说，汪曾祺被苦难所麻木。相反，他深知人性的复杂和世界的艰深。他的不凡在于，和所有这些相比，他更相信并尊重生命那健康的韧性，他更相信爱的力量对世界的意义。我想说，实际上汪曾祺先生的心对世界是整个开放的，因此在故事的小格局里，他有能力呈现心灵的大气象。他曾在一篇散文中记述过他在那个草原小县的一件事：有一天他采到一朵大蘑菇，他把它带回宿舍精心晾干收藏起来。待到年节回北京与家人短暂团聚时，他将这朵蘑菇背回了家，并亲手为家人烹制了一份极其鲜美的汤，那汤给全家带来了意外的欢乐。

去年 5 月，汪曾祺先生忌日的第二天，我去福田公墓为汪曾祺先生献花。那天太阳很好，墓园十分安静。我随着立在路边的指示牌的引导，寻找汪老的墓碑。我终于在一面指示牌上看见了汪老的名字，那上面标明他的位置在“沟北二组”。“沟北二组”，这是一个让我感到生疏的称谓。我环顾四周，原来一排排墓碑被一行行生机勃勃的桃树环绕。几位农人模样的男子正散站在树下仔细地修剪桃枝。从前这公墓说不定就是村子里的一片桃园吧？而此时的汪老，就仿佛成了这个村庄被编入“沟北二组”的一名普通村民。记得有一篇写汪老的文章里说，汪老是当代中国最具名士气质的文人。以汪老的人生态度，以他的真性情，“名士”“村民”或者都不重要，若硬要比较，也许汪老更看重过往生命的平实和普通。我在汪曾祺先生与夫人合葬的简朴的墓碑前献上鲜花，我再次确信，汪老他早就坦然领受了头顶上这个再寻常不过的新身份，这儿离有生命的树和孕育生命的泥土最近。走出墓地时我才发现进门处还有一则“扫墓须知”，其中一条写道：“有献鲜花者，务请将花撕成花瓣撒在墓碑四周以防被窃。”但我没有返回“沟北二组”把鲜花撕成花瓣——心意已经在那儿，谁又能真的偷走呢？

今天，在汪曾祺先生的家乡，怀念他、热爱他的人们以这样的规模和如此的隆重来追忆这位中国现代文学的杰出人物，这一方水土的文化财富，使我感受到高邮润泽、悠远的文化积淀；我也愈加觉得，一个民族，一座城市，是不能没有如汪老这样一些让我们亲敬交加的人呼吸其中的。也因此，这纪念活动的意义将会超出文学本身。它不仅让我们在21世纪这个竞争的压力大于人与人之间美好情感相互赠予的时代，依然相信生活、相信爱，也唤起我们思索：在经济全球化的大背景之下，我们当怎样珍视和传承独属于我们民族的优雅的精神遗产，当怎样积攒和建设理性而积极的文化自信。

（2010 年 3 月 24 日）

怀念华君武

方　成

6月13日，华君武走了，我很怀念！

在《人民日报》编辑部，我和华君武共事多年。他任文艺部主任和美术组组长，我在美术组任编辑。

我和华君武相识较早。我原来是大学化学系1942年毕业生，在大学曾办过壁报，学会漫画创作。毕业后，在四川乐山县黄海化工研究社工作四年。1946年辞职赴上海从事漫画工作，以此为生。平时我常看上海出版的《西风》杂志，那里常转载英美著名连环漫画，那是我作画参考与学习的样板。所以我一到上海，先去拜访《西风》主编黄嘉音先生。他原先是漫画家，听说我将赴北京，就把我介绍给在那里工作的华君武先生。我到了北京，就带着他送华君武的礼品找到华君武，相识了。华君武当时是《人民日报》美术组组长，我是《新民报》美术编辑，住在东华门附近万庆馆胡同一号宿舍。我们两人常在一起散步，在我宿舍里画过画，不时在附近的“馄饨侯”小摊上喝酒聊天。

后来，我进了《人民日报》，在美术组上班，华君武成了我的领导，我们之间便成为上下级的关系，就和原先不同了：他不会再来我家，我更不便上他家去，也不在一起散步随便聊天。几年后，他调离报社，任中国美术家协会秘书长，我们之间的来往也渐渐少了。

1951年我进《人民日报》，时值朝鲜战争，我国支持朝鲜。漫画是评论艺术，报刊宣传自然需用漫画。1946—1947年我在上海所作漫画，是以国内现实为题材作幽默、讽刺画。现在评议战争，还须表明我国政治立场，对这种创作我缺乏经验。华君武经验丰富，在他指导下，我很快就适应了。

和华君武相处多年，对他相当了解。他作风严肃，有“老八路”风采。工作和生活上他都很严肃，虽然也常开开玩笑，但从不随便嘻嘻哈哈的。他的漫画笔墨精简，寥寥几笔成形，显得厚重有力，而所作人物仪态幽默，讽刺就很尖刻，有他明显的艺术风格，一看就是华君武的作品。我国漫画是从西方漫画学来的，我国国情和西方国情不同，漫画创作与画法自然不同，在这方面各地漫画家就参阅《人民日报》发的作品，这些作品都是经过华君武审阅的。由此可见，我国漫画艺术发展，可说最初是在华君武领导下进行的，华君武的功劳不可忘。

(2010 年 6 月 21 日)

夫子肝肠魏晋骨

——怀念郭预衡先生

万光治

8月5日，郭预衡先生辞世。去年写诗四首，以期今年为先生寿。不料一鹤西去，竟成挽诗！

“夫子肝肠魏晋骨”是诗的开头。得先生亲炙三十二年，从开始的敬畏，到后来的爱戴，先生于我，是一本读不完的厚重大书。先生尝言，平生治学，服膺鲁迅。鲁迅的杂文，冷峻峭刻，源于对历史和世情入骨三分的洞察。以此而论，鲁迅堪称智者。但鲁迅对国家民族饱满的热情，使其贯注于杂文的爱之深，恨之切，宛如冷峻峭刻下涌动的地火。以此而论，鲁迅又是仁者。智者而兼仁者是先生这一辈学人的追求。《中国散文史》是先生晚年的力作。其体例神似《史记》，笔法却深得鲁迅韵致。如黄宗羲《万里寻兄记》由其六世祖苦寻长兄，论及明代英宗、景帝的争夺帝位，感慨说天地纲常，反在草野。先生于此，又有进一步的发挥："这样的人情世态，自古而有。'兄弟二人，不能兼容'，在帝王之家，也不始于景帝、英宗。宗羲熟于历代之史，对此不应不知；知而浩叹者，盖心有所激，不能自已。"不谙熟历史者，立论不能如此；于历史无所批判者，立论更不能如此。又如先生论顾炎武《廉耻》：炎武"有慨于'沧海横流，风雨如晦之日'，难得始终如一的'自好之士'。纵有'一二自好之士'，亦或'改行于中道，失身于暮年'。这样的人，也正是此文所称'阉然媚于世者'，士大夫之'无耻'者"。

专制之下，文人全其节者，本来不多。易代之际，文人终其节者，尤为不易。暮年能抱节以终者，更属罕见。在先生笔下，炎武不只是冷静的学者，也是有血性、有个性的男人。以此可见，人生的历练、深厚的学识、仁人的情怀及烛照世事、洞悉人生的冷峻目光，使《中国散文史》充满历史沧桑感，成为迄今为止思想最深刻、情感最充沛的文学专史，虽不必溢美为“史家绝唱”，称作“无韵《离骚》”，却是当之无愧！

先生的仁人情怀，还表现在他醇厚的伦理亲情。读研期间，与先生见面，往往另屋有响动，先生总是抱歉说，你们稍候。如此往复数次，神态依然自若。后来才知道，先生的父亲因老年病性情狂躁，常需先生安抚。先生对父母尽责尽孝，直到他们以高龄辞世。20世纪80年代以来，师母常在香港等地讲学，家务皆由先生承担。后来接送孙女上学、讲故事，更是先生日常的功课。先生与师母相敬如宾，共同承担亲情的责任。先生居所局促，除了极旧的家具，就是满墙、满床、满桌椅的书籍；人在其间，难以周旋。师母说，过去因居室狭小，也因工作需要，她一直住集体宿舍。为便于相互照顾，妹夫住楼上三居室中的两间。后来学校安排先生住小红楼，先生选择放弃。为使老人经常与女儿相守，请求学校将另一间屋分给妹夫，之后办理产权，也就办在他们名下。师母的解释，是希望我们知道学校对先生已很关照，但言谈间流露出相濡以沫的亲情，却令我倍感温馨。先生一生，负担极重，付出最多，却任劳任怨。对先生来说，既为应做之事，就应以自然平和的心态去做，何来“劳”与“怨”？因有这样的心态，先生晚年乃能兼顾家事和学术，成就不凡。先生病中，师母、儿子、媳妇给他以无微不至的照顾。先生以身为教，子孙耳濡目染，淳厚家风，方能世代相承！

先生对于学生，亦复充满真情。一天，系办公室老师赶来图书馆，说是先生的父亲住院。我和宪光赶到医院，先生挡在门外，不容斟酌地说：“你们年龄大，读书不容易，我自己能对付！”不久先生的父亲故去，直到丧事办完，我们竟全然不知！先生诲人，循循善诱。

我最初将硕士论文定位为《文心雕龙》研究。先生说，先仔细读吧，读书过程中想法或有改变。果然，读到《明诗》，对嵇康又有了兴趣，先生依然以此相回应。然而当我由魏晋赋上溯比较，就汉赋有了较为具体的想法，又向先生大谈汉赋如何。这次先生却说：行，你就按自己的想法去做。并且提出建议，开列参考书目。以此可见，先生总是很耐心地引导学生认真读书和思考；学生该做什么题目，全在于他能否发现问题，形成见解。有此水到渠成，教学双方，皆获主动。这样的指导方法，科学而民主，使我终生受用。1981 年我毕业回川，因工作需要常去北京，从一些细小之事，更感受到先生的关怀。过去每次告别，先生总是送到楼下拐角处。1995 年我将去偏远之地考察，先生再三以安全相叮嘱，且送我到学校东门。我上车回头，先生居然还在目送，不由想起朱自清的《背影》。一次与先生谈到家母高寿，或与服用人参有关，意在劝先生不妨一试，不料先生竟常以人参惠我。有一年与同事登门，先生赐宴。之后那位同事感动地说，当你埋头吃鱼，先生拄筷于碟，看着你问，如何？你说，好吃。此刻的先生，真像慈祥的父亲！

去年9月，家母永去；今年8月，先生长逝。自己虽年近古稀，跪拜于先生灵前，真有孤独无依的悲哀！

(2010年10月9日)

最难风雨故人来

李仁臣

那么鲜活的一个生命，那么和善的一张面孔，那么亲近的一个人，怎么说走就走了呢？

老范走得太突然了！一个多月前，我听说老范住进北京医院了，便马上赶去看他。他见了我，很高兴，依然用那双明澈的大眼睛传递着他的友善。那时，他已沉疴在身，却依然精神焕发。他的病房里没有鲜花，没有杂物，干干净净，唯有床头茶几上堆着一摞书，有六七本之多，平装的、精装的，拿来一看，竟全是动漫，有蔡志忠的，有朱德庸的，有吉米的，风格各异，内容轻松。“都是学生们送的……”老范解释。我问他：“你看吗？”他笑答：“太深了……”淡淡的三个字，把我和他都给说笑了。病榻上的老范，思想依然是那么鲜活；苦难中的老范，精神依然是那么乐观。我体察到他心中的快意，却怎么也想不到一个月后，他竟作别人间。再也听不到他打来的电话了，再也欣赏不到他笔下清逸的山水、隽秀的书法了……

我旋即打电话给范曾，范曾闻讯甚悲。五分钟后，范先生发来短信：“哭宗兄范敬宜为社稷，鞠躬尽瘁，我哭当今丧大笔；绍箕裘，沥血涂肝，谁归故里祀宗兄。庚寅范曾敬挽。”短短一联，尽抒悲怀，感人至深。老范是一个新闻大家，深受广大读者和各方面朋友的爱戴，对于他的离去，有太多的人有话要说。

我和老范的交情，凡二十余载。1986年年初，老范时任文化部外文出版局局长兼党组书记，我在《人民日报》评论部当副主任。我们俩的名字同时出现在一张名单上。这张名单是中组部青年干部局召开的一个座谈会的出席者，在老范的名字后边还有个括号，内注“范仲淹二十八代孙”。及至名单发到我们手上，括号内的这一行字被墨涂掉了，不过映着光线一看，字字均显。那次的座谈会是时任中组部部长的尉健行主持的，假中组部招待所召开。中午，中组部青年干部局局长李志民还请与会者吃涮羊肉，气氛热烈，思想活跃。

1993年9月，老范由《经济日报》总编辑调任《人民日报》总编辑，那时的老范已经六十二岁，只是人们在意的不是他的年龄，而是他给当时的《人民日报》带来了一股清风：思想活跃，谈吐儒雅，平易近人，文质彬彬。大家觉得来了一位真正在行的总编，一位很快被编辑、记者接纳，被照排车间工人接纳，被食堂、车队师傅们接纳的总编，大家习惯于叫他老范，而很少有人叫他“老总”甚或“老板”的。

老范给人的最初印象是“江南才子”，写得一手好文章，写得一笔好字，神清气爽，赏心悦目，灵动深邃。可是谁如果认为他仅仅是一介书生，那就大谬不然了。

老范的宏观视野，磅礴大气，是在不动声色中表现出来的，驾轻就熟地担当着总编辑的角色。老范到《人民日报》上任三个月，就语出不凡，提出要搞一组系列报道。这组报道呼应中共中央刚刚召开的十四届三中全会精神，回答在全国范围内改革开放进入关键时刻的大势如何。决定在整个编辑部统一调配部署，派出五路记者，由两位副总编辑和一位编委亲自带队，分赴东边的山东，西边的甘肃，南边的广东，北边的黑龙江、吉林、辽宁，中部的河南，深入采访在东西南北中打响的这场改革攻坚战。老范则坐镇编辑部指挥，等待前方消息。我带队首发山东。我知道老范期许甚高，不敢懈怠。稿子写成后传给老范，他亲自阅改，亲自安排在头版头条，通栏，配压题照片，版面效果十分突出。老范满含深情地写了《一掬“热土”献读者——开篇的话》。文章见报的那天，适逢全国宣传工作会议召开，朱镕基副总理到会讲话，他高度评价了《人民日报》的这组报道，逐字逐句读了老范写的“开篇的话”。这就是1994年年初，在全国新闻界产生重大影响的“来自东西南北中的报告”，这就是“江南才子”大局观、新闻观的生动体现。

老范“把政治家的深沉思考与文学家的飞扬文采融合起来”，为报社同人做出了榜样，他把对上负责和对下负责结合起来，把眼睛向上与眼睛向下结合起来。他有政治家的眼光，又有普通民众的情怀。“来自东西南北中的报告”体现了中央的精神，回答了人民群众的关切，就连组织这组报道的点子，总题目中核心的“东西南北中”五个字，也是老范在读者来信中发现的。上下呼应的火花，在老范那里成就了报纸版面上的神来之笔。

往往容易擦肩而过的现象，在老范那里没有失之交臂，而是被他及时捕捉、深入发掘，变成具有普遍指导意义的新闻作品，变成影响深远的头版头条。最典型的莫过于1979年发表的《莫把开头当过头》。他在深入辽宁农村采访中，发现广大农民由衷地欢迎“包产到户”，热烈拥护党的十一届三中全会开始的农村改革，但在上层却有另一种怀疑、抵触的声音，认为农村改革“过头了”。当时农村改革遇到波折，这个问题需要及时给予回答。老范在他的短文中旗帜鲜明地提出农村改革刚刚开始，千万不能把开头当成过头，澄清了社会上对党的十一届三中全会路线的一些模糊认识，在当时起到了帮助人们分清是非、正本清源的作用。这篇报道在《人民日报》头版头条予以转载，在全国范围内一石激起千层浪。

令人难以置信的是，老范写这篇报道时他的右派身份还没有被改正呢！

2009年1月20日，我在广东佛山接到老范的电话，起因是他收到了我寄的贺卡，特来电致意。他说现在有些冠以某某单位的贺卡印得太差，没有品位，像推销自己单位似的。贺卡还是应该有文化内涵的。接着又说最近出了本书，等我回去就送给我。他说这是本新闻作品集，分三个时期，其中经历坎坎坷坷，到最后还是迎来了新闻生涯的高潮。他说他二十六岁时被划为右派，一顶帽子一戴就是二十年。写《莫把开头当过头》之前下乡采访，开出的介绍信上他的身份不是“本报记者”，而是“本报工作人员”，因为他的右派身份还没有改正呢。老范 1978 年 3 月加入中国共产党，1984 年 9 月担任外文出版局局长兼党组书记，他的右派身份是 1985 年经组织上复查后予以改正的。在那天的电话中，老范说：“右派身份没改正入党的，全国就三个人。一个是朱镕基，一个是王蒙，他们两个是恢复党籍，我是入党，是在农村最基层解决的，这在国内是独一份。”《莫把开头当过头》发表后，当时的总书记胡耀邦也看了，还说：右派里有不少是有能力的人。老范感慨：“我五十岁才重新复出，这真是个奇迹。我的故事太多，挺传奇的。”那天老范在电话里聊得挺长，不知为什么，我一面听他在电话里讲，一面在便笺纸上做了些记录，不然一个电话也记不得这么多内容。我说我觉得老范真不容易，工作那么繁重，仍笔耕不辍，像《总编辑手记》《敬宜笔记》那么受欢迎。这次又出了新作，真是羡慕他的功底，羡慕他的精力。他说：“都是零零碎碎的，没有系统地写点东西，整天都忙于事务性工作了。”是的，主持一张中央党报的编务，得占用多少的时间和精力，很多都是在为人做嫁衣裳。就在这日复一日的事务性工作中，他提携后学，帮助他人，付出了多少智慧。他给人家改标题，润色文章，画龙点睛，使别人的作品更加光鲜，而他却隐于背后，默默然，欣欣然，笑看别人的收获。他用自己的智慧惠及他人，为他人导行，使他人快乐。在他看来，“使人快乐，自己快乐”。那些编辑、记者，那些晚辈、学生，为什么那么喜欢和老范交往？为什么由衷地爱戴老范？因为从他身上感受到两种魅力：人格魅力和才学魅力。才情兼备的良师益友，自然受人敬重。

老范办报，堪称大师。老范的才学是多方面的，诗、书、画三绝，家学渊源，造诣极高，就连英语，也甚精通。早年，他就读于上海圣约翰大学，这是一间教会学堂，授课多用英语，那时打下的英语功底使他六十多岁时因此而重放光华。记得是在他担任《人民日报》总编辑后，有一年元旦之际，人民日报社在北京中国大酒店举行新年招待会，邀请世界各大媒体驻华记者及夫人出席，《人民日报》编委会全体编委成员一色西装领带，在台上列队欢迎来宾。作为我们领导班子的代表，老范发表了一篇热情洋溢的讲话，纯熟地使用中、英文两种语言，介绍《人民日报》，介绍每一位编委成员，既有中规中矩的内容，又不时风趣地做个性化的描述，显得轻松活泼，不时引发外宾友好的笑声、掌声。老范的流利英语为那天的招待会增色不少，从一个新的侧面展现了《人民日报》的形象。

老范是一个给别人带来笑声的人，与人交往总以笑脸相迎。老范登得厅堂，下得厨房。他是大家学者，却又是普通百姓。穿件大汗衫，蹬辆自行车，上街买菜是常有的事。有次他和我说：今天买菜被人家说了一顿。我问他：说你什么？他说不小心车轮碰到前面人的脚后跟，那人回过头来看看他，说："老同志，技术不错嘛！"听他这样说，我们都笑了。老范是一个多么热爱生活的人啊！1997年人民日报社华南分社成立，我兼任分社社长，他代表总社编委会前往广州出席分社揭牌仪式。公干之余，老范谁也没告诉，自己搭上一辆摩的去逛羊城吃夜宵了。刚刚他还是西装革履出现在聚光灯下，转瞬这位正部级干部就随风驰电掣的摩的走街串巷，吹拂珠江之风，感受南国风情，这是何等的情怀。我想，这对他来说，或许是一种精神上的奢侈，他多么渴望属于自己的空间，属于自己的小乐趣，属于自己的自由！

老范经历了多少磨难！政治上的、精神上的、生活上的、身体上的，有很多是常人所看不到的，体会不到的，而且时间那么长。可是，你与老范相处，你听到他埋怨过吗？你听到他发过牢骚吗？你听他骂过谁吗？没有，一次也没有。这就是赤子，这就是君子。

2009 年 1 月 20 日那天，他在电话里听我咳嗽，便关切地说："你也要多注意身体，别太累了。"他问我今年多少岁了，我说过了六十七岁了。他说："我是六十七岁退下来的，那时感到自己还像个小伙子似的。但是年龄不饶人，到什么年龄什么问题就出来了，在不知不觉中，并没有什么先兆，并不可预测。"现在来看这段话，老范是个多么明白的人啊！

可就是在他六十七岁从《人民日报》总编辑岗位上退下来的几年后，受清华大学之聘，出任清华大学新闻与传播学院首任院长。这对他、对清华都是一项开创性的工作，原本闲不住的老范更忙了，也更充实了，他全身心地投入到新闻教育中去。晚年的老范，一谈到他的学生，就特别阳光。他说："学生单纯，和他们在一起没有那么多事。"他说的那些"事"，不是操劳，操劳他是不怕的。办报操劳，办学也操劳，多少烦忧需要他这个非挂名院长去排解。不求人的老范开始求人。他找过我，肯定也找过他不少的朋友，不为别的，就是请你给他的学生们讲两课，请你帮他的学生看看某一专题的作业，请你想办法选择一些写得好的作业在报上一用，也算是支持培养新闻后学。凡是老范开口，大家都应承。

我们一直认为，老范的院长要继续当下去，因为他在学生中是那么快乐。我们一直认为，老范的文章要继续写下去，老范的画要继续画下去，好像老范的才情是取之不竭的涌泉。上次我去看他，他还说要画一张更好的画给我，因为过去他曾有一画相赠，画的是一幅山景，层峦叠嶂，村舍错落，一老者依窗而坐，目迎沿山径攀援而上的访客，最令我感动的是画的题名：《最难风雨故人来》，寓意深远。他有一次在电话里和我说："我们五年相处，虽然有时环境不如意，但我们是心心相映的，这很难得。"回想与老范的交往，真是"最难风雨故人来"。这幅画成了我最珍贵的收藏。老范，你送给我的就是最好最好的一幅画。

五年前，《人民日报》另一位老总编李庄去世，我经历过这样一次悲痛，写成《真舍不得你走》悼念他。当时，我拿了这篇文章请老范过目。很快，老范用大信封将文章退来，改了几处，非常准确。老范在电话里说："老李，到时候，你能不能给我也写一篇这样的文章？"我说："老范，你好着呢，可不能说这样的话。"想不到，如今此话竟一语成谶！

老范，我们为你祈福！

老范，我们永远怀念你！

（2010 年 12 月 11 日）

他步入了自己建造的天堂

——悼史铁生

叶廷芳

2010 年的最后一个早晨，接到的第一个电话却是一个意想不到的噩耗：我的年轻朋友史铁生因患脑溢血突然病故！我一时懵了，半天说不出话来！自从结识铁生的近二十年来，几乎每年春节前后都要去看望他。鉴于再过四天（1 月 4 日）就是他的花甲大寿了，拟在元旦期间前去祝贺。真没想到他这样匆匆地就离开了我们！怎能不令人格外悲痛和遗憾。

铁生这一生过得很沉重，但也活得很尊严、很充实。他曾不止一次遭到命运的残酷袭击，一再被命运推入地狱，他也一再奋起和命运进行了勇猛的搏斗，一再把命运击退，最后成了我们时代的强者，成了一名优秀的作家和作家队伍中少有的思想者，从而受到广大读者的喜爱和崇敬。

铁生原本有壮实的体格，很高的天赋，却生不逢时，在清华附中还没有读完初中，就被那股“接受再教育”的浪潮席卷到延安农村“插队”。凭着青少年的单纯与时代氛围，他并不拒绝这样的“教育”。谁想到正当他青春焕发的年龄会祸从天降：一场病魔的突袭使他的下肢截瘫了！这时他才二十一岁，从此他终身与轮椅为伴！就像当年贝多芬发生耳聋时一度情绪低沉，甚至给亲属写下遗书那样，还没有掌握任何职业手段的史铁生也避免不了这一心路历程，就在他与地坛相依相伴、忧伤、落寞的那些岁月里，死神就曾企图靠近他。但恰恰是这一时刻，成为史铁生命运的转捩点，就是说他在与死神的对话中，对生与死的问题进行了深层次的哲学思考，并且得出结论：人生的价值在于超越那种低层次的生物欲望，升华到高层次的精神追求。这时我们从史铁生那里仿佛听到当年贝多芬那一声惊天动地的怒吼："我要扼住命运的咽喉，不让他毁灭我！"于是残疾知青史铁生遁入历史的帷幕，而作家史铁生则呱呱坠地了！从此书写成了他的职业，不，使命！他让书写忠实记录着他的每一个难忘的记忆和严肃的思考。由于当年他插队的真诚，"使后来的写作获益匪浅"，"那些艰苦而欢乐的插队生活却总是萦绕在我心中"，使他所写的内容总是那些"从心中流出来的东西"，因而具有格外感人的力量。无怪乎他的早期作品诸如《我与地坛》《我那遥远的清平湾》等一问世，马上就引起热烈的反响，使他一举成名。

然而命运一直对他穷追不舍，用他自己的话说："恶浪一直在他脑际咆哮。"就在他顺利地写出第一批出色的散文和短篇小说以后不久，一个更大的浪头打了过来：令人骇然的尿毒症！且不说医生的那句咒语：此病若治疗得当最多可活二十年！而所谓治疗，每三天一次的透析，只是手术后的第一天身体稍感轻松，可以写写东西。可第二、第三天则越来越难受。然而就在这样恶劣的境遇中，铁生依然顽强地坚持写作，至2006年和2007年先后出版了两部重要的长篇小说，即《我的丁一之旅》和《务虚笔记》。而这两部著作都是思考型的、较抽象的作品。它们没有像前面提及的他的散文和短篇小说那样好评如潮，但这并不说明它们不够档次，恰恰相反，是评论家普遍够不上它们的档次，人们只能望而却步，或浅尝辄止，或且战且退。这不奇怪，试想，我们队伍中有谁像书中的“我”那样，对于当代人的生存境况，对于生命的真谛尤其是“生”与“死”这个永恒的命题，进行过这样锲而不舍的追问？有谁像此书的作者那样，在形而下的地狱深处滚了一次又一次，在死亡的边缘走了一圈又一圈，从而在形而上的境界跃上一层又一层？难怪铁生批评“中国文坛的悲哀常在于……作家的危机感多停留在社会层面上，对人本的困境太少觉察”，他们“从不问灵魂在黑夜里怎样号啕”。这里涉及的实际上是现代哲人们，首先是存在哲学的思想家们所关注的主题，即个体生命的存在形式和过程。

但与致力于“阐述”这个过程的存在哲学家的书写方式不同，史铁生的书写特点是“描述”这个过程。而在描述他的思考过程方面，他追求一种“有意味的形式”，一种可意会而不可言传的况味。因此他不把他的思考过程写得一清二楚，明白无误，而是躲躲闪闪、似有若无、似是而非，造成一种猜谜式的审美效应。用他自己的话说：“叙事的浑浊，况味的甜美。”怪不得他抱怨有的爱揭谜底的心理分析评论家，“这样发展下去人还有什么谜可猜呢？而无谜可猜的世界才真正是一个可怕的世界呢”。就像存在哲学家们大多善于将玄奥的哲学思考化为书写的审美游戏，史铁生也热心于将他的生命伦理的思辨编织成猜谜式的“好玩”。可以说，谜语效应乃是史铁生长篇小说的主要美学特征和艺术魅力之所在。有的读者甚至批评家一见“晦涩”

就不肯细心琢磨，弃书而去，不免可惜了！

纵观史铁生的一生，用得着尼采的那句名言：只有经历过地狱磨难的人才有建造天堂的力量。这句话在卡夫卡那里也引起回响：只有那来自地狱深处的声音才是最美妙的歌声。史铁生在创作上取得的非同凡响的成就，正是他用生命建造成的天堂。让我们列队护送他步入这庄严的、象征精神财富的天堂吧。

（2011 年 1 月 12 日）

散尽千金情义间

王大豪

去年8月18日，文化老人唐瑜先生以九十八岁高龄谢世。等办完了后事，家人才告知为数很少的几位友人。老人就这样静悄悄地淡出了历史，来无影去无踪，潇洒飘逸，一如清风一阵。

唐瑜先生是一位不愿意做名人的名人，他真正做到了低调做人——只愿做一个“草根”、一个“平常人”。

现在五六十岁以上的人，特别是经历过“文化大革命”的人，都或多或少听说过那个年代曾经一度被“四人帮”渲染得沸沸扬扬、骇人听闻、谈虎色变的“二流堂”大案，许多文化界的知名人士被卷入此案，遭受残酷迫害；而这个所谓“二流堂”的“堂主”即唐瑜先生。

真有这么一个“二流堂”吗？这堂里都有哪些人？干些什么？说来可笑可叹，那根本就是一句玩笑话在不经意间酿成的一场灾难。

话要从抗战时期的“陪都”——重庆说起，全面抗战爆发和国共抗日统一战线建立后，许多文化界的优秀俊杰都云集到战时的重庆，一时间热闹非凡，抗战救国，热情高涨；可是不少人的吃和住成了难题。这时的唐瑜先生正当年，一腔热血一片真情，他慷慨解囊，出资租地，亲自动手设计，盖了两处房子（四川特有的竹泥结构的房子）。房子盖起来了，得起个名字，文人多才思，于是取名为“依庐”和“碧庐”。夏衍、吴祖光、盛家伦、吕恩、高汾、方菁、沈求我等许多文化人就住在了这里。不光住这里，吃饭也在这里；这还不算，唐先生还常邀更多的文化界朋友到这里雅聚，高谈阔论，纵横国是，唐先生作为东道主还邀大家留下吃饭、喝咖啡，这在艰苦的战时重庆着实不易，本来这么多人就没有合适的聚会场所又没钱下馆子，这一来，很自然这里就成了当时重庆进步文化人经常聚会的地方。与此同时，中共也通过这里的聚会活动团结更多的文化界进步朋友。

有一回郭沫若和徐冰来这里和大家相聚，谈起了在延安演出的秧歌剧《兄妹开荒》，剧中有一个“二流子”的词，大家都觉得很有趣，因为文化人生活方式比较自由、散淡，于是，郭沫若就和大家调侃道：这里就起个名字叫“二流堂”吧！大家众口同声叫好，于是请郭沫若题写“堂名”，可惜一时找不到纸笔。字虽没题成，可是“二流堂”这个“堂名”就这么叫开了——这就是故事的开始——不过是一句玩笑话，却引出了耸人听闻的故事。因为唐瑜热情好客，喜欢张罗，为人慷慨，仗义疏财，“堂主”之名就落到他头上。

可是，谁也没想到，十几年后，这位“堂主”唐瑜，却在“文化大革命”中为这事吃尽了苦头，他的耳朵就是那年头被那些所谓“专案人员”重击下打聋的，晚年后完全失聪。

粉碎“四人帮”以后，迎来了改革开放年代。唐老这时候真是老人了，可是他仍“顽疾不改”，又一次次做东邀请幸存下来的文化界朋友们聚会，浊酒喜相逢，都付笑谈中。唐老对过往的灾难处之淡然，逢人也决不再提“二流堂”，人要问起也不再作答。不过，他倒是写了一本书，书名叫《二流堂纪事》（三联书店2005年出版），人们或许以为唐老会在书中倾诉那些苦难的经历，看了书才知道，书里都是一篇篇短小的文章，行文轻松、幽默、自由、散淡，一如其人。

人们以为唐瑜先生是一位富人。其实不然，他自己没什么钱，不过，他倒是有一个富有的哥哥，一位旅居缅甸的华侨，在缅甸苦苦经营，挣了钱就慷慨资助兄弟，唐瑜的钱就是这么来的。他哥哥还送了两辆卡车和好多吃、用的物资，开到重庆，唐瑜就把这两辆车和东西全卖了，换成钱来助人，所以人们称他有“孟尝遗风”，他也乐此不疲。夏衍先生曾感慨地说：“唐瑜是带着钱来革命的。”唐老自己一辈子两袖清风，不置财产。可是作家邵燕祥说：“唐瑜是一个精神大富翁。”说得真好。

唐老重情义。在他的众多朋友中与他感情最为笃深的是潘汉年和夏衍、陈沂等文化人兼革命家。特别是潘汉年，是青年时代的唐瑜踏进社会走上革命进步道路的领路人，是唐瑜的良师、挚友、同志。也正是因为他们之间几十年生死相依情同手足的情谊，唐老对潘汉年长达二十七年蒙冤寄予极大的同情。1963 年潘汉年和夫人董慧曾被暂时“假释”，住在北京南郊一个农场，夫妇俩可以进城来走动走动，但是他们不能去看望朋友，因为他们不愿意“连累”人给别人添“麻烦”；而过去的熟人、朋友这时候也慑于政治压力避之唯恐不及。可是这时候的唐瑜无所顾忌一如既往与潘董夫妇交游。这样，每到星期天潘董夫妇进城来就到唐瑜家做客。我们可以想象这样的欢聚给身在沉冤中的潘董夫妇那悲苦的心灵带来了多大的慰藉啊！时穷节乃见，患难见真情，经历过那个年代的人都应该能够从中感受到唐瑜先生的高尚人格、道德勇气和正义良知！

潘汉年是在1977年含冤辞世的，他没有看到自己得到昭雪的那一天；两年后，夫人董慧也谢世了。1982年，中央正式给潘董夫妇平反昭雪，他们在天之灵终于可以平静地安息了。为了纪念潘汉年，唐老自己出资在潘汉年的家乡江苏宜兴办了两个少年儿童艺术室，还努力促成了“潘汉年希望小学”的建立。

直到2001年，我和友人罗元培、刘建和（均是唐老的挚友）等前去拜望年迈的唐老。在交谈中，唐老再次谈到他的恩师潘汉年。他说了一件事：1963年，潘汉年夫妇被“假释”期间，来他家做客，很感慨地告诉他说，夫妇俩日前逛颐和园，恰好碰到陈毅（时任国务院副总理兼外交部长）正陪同外宾游览，在园中巧遇，夫妇俩一时间很拘谨；陈毅却与夫妇俩热情握手交谈，问候冷暖。陈毅对潘汉年说，自己当时并没有想到事情竟会有那么严重的结果（指1955年发生的潘汉年案），言辞中似有一种难言的歉意和苦衷……唐老说这件事时竟老泪纵横，令我们几位友人深深感动。他对故人潘汉年的情谊，对他们夫妇命运的同情，一言难尽……

我们作为晚辈友人，后来的十来年中时常相约去看望唐老夫妇，他们居住在京郊回龙观云趣园，过着平淡、安详、宁谧的生活。因为唐老耳朵已经失聪，加上视力也已经很弱，所以与他交谈变得很困难，要靠书写来表达，字还要写得很大他才能看清，但只要看清了，他就会马上回答，侃侃而谈，思维敏捷。

唐老夫人李德秀在去年 1 月先他而去了；半年后，老人也随之而走了。他的谢世可以说是一个文化时代的终结，因为与他同时代的文化俊杰、精英人才都差不多相继走了。

(2011 年 5 月 16 日)

他在疾风里扬着头

——忆念彦涵先生

广　军

这天早晨，开启手机，看到的第一个信息竟是李军发来的："彦涵先生于2011年9月26日与世长辞。"我心上一堵。

8月7日，我还同青岛美协主席杨越去北京协和医院探望过他。那天，是彦涵先生的长子彦冰当值，老二彦东因陪护劳累过度，自己也弄得脑供血不足，还得打吊针。于是，彦冰从成都过来接替。彦东媳妇李军忙里忙外，一时要熬个鸡汤什么的给老公公送去增加些营养，一时还要把婆婆从养老院里领出来，再陪了去看望彦涵先生。

走进病房，我们跟彦冰打了个招呼，就走近先生的病榻旁，我说："先生，我来了，是我。我来看望您……"先生显然是听不大清楚了。彦冰说："爸爸原来有一个耳朵就重听，现在更不行了，说话也说不清楚，但是，能看见。"说着，他拿过一个小书写板，在上面把我的名字和我说的那些话写上去，就见彦涵先生把两手合起来上下拱了几下，我赶紧伸过手去握住他的手。那手和手臂明显的消瘦，也不似往日的温热，只有他那一双眼睛却是非常的明亮，望得很远的样子。

听彦冰说，前月，先生的眼睛因为白内障已经失明。"是弟弟做出决定，一定给爸爸做摘除手术，想的是不能让爸爸临了眼前一片黑暗。"手术很成功，先生也高兴，那几天居然下床走动起来。

不记得是前年还是更早，我在外地出差时接到李军的短信，说彦涵先生病危。我没再问，就把她的短信转发给很多版画家，我这么一紧张，大家也跟着紧张。原来先生是要做心脏手术，李军又发过来一条短信说，进手术室前，先生跟候在旁边的孙子要过纸和笔，写下三个字："老八路。"

我问李军，啥意思？她说，大家猜了，可能是"我是个战士，不会轻易倒下"的意思吧。我想也是。

时间过得真快。去年，彦涵先生在国家大剧院还举办了一个"从艺七十五周年"的大型画展，开幕式上我也讲了话，表示祝贺。我说："彦涵先生是我的老师，大约也是在座的许多人的老师。虽然，有句话说'青出于蓝而胜于蓝'，但是，实际上，无论是做人还是做艺术，我们之中还没有谁能超过他。在做人方面，他告诉我们，活着不是人生的目的，但是，必须坚强地活着，还要活得有意义；要奋斗，要在枪林弹雨之中坚守信念，永远地爱这个国家，爱她的人民；要诚实，要有尊严。在艺术方面，先生遵循发展的规律，不停歇地不动摇地探索，不断地取得成就，又不满足，最终走近了理想。因此，他能一直跑在我们的前头，绊倒了也能站起来，高高地举着大旗。我们情愿以他为榜样，跟着他冲锋陷阵，他永远是我们的‘老团长’！记得先生在中国美术馆办展的那一次，我也曾致辞，今天，我仍以一贯的尊崇向他祝贺，祝先生艺术成功，祝先生身体健康！热切地希望‘老八路’仍然站在我们队伍的前头，带领我们继续前进！”

每一次致辞，我都会激动，因为是以真情去讲真实，就会激动。

2000 年，我到石景山鲁谷那边彦涵先生家去看望他，听说，这套房子是儿子买下给他的，我一直没去过。闲谈中说到“主旋律”的问题，先生说：“我最有发言权，我知道什么是‘主旋律’。不要战争是，拯救我们的地球是，让老百姓过安稳的好日子是，爱护我们的下一代是，要给人以尊严是……”

先生举了许多的例子来说明，给了我很大的启发。我不认为这是他在新世纪里产生出来的想法。比如“不要战争”这一点，当初，这个苏北农村贫苦人家的孩子，千辛万苦地考上了杭州艺专，却因为日本侵略中国、发动战争，便义不容辞地放弃了学业，放弃了回乡下做一名美术老师的愿望，奔赴了延安。

他像战士一样参加抗日战争和解放战争，在枪林弹雨中出生入死。在他蹲在地上就着盐水煮土豆片吃小米饭时，在他铺稻草睡土炕、因为没有冬衣而瑟瑟发抖时，他想的是什么？还不就是不要战争吗？还不就是为了建立一个没有剥削、没有压迫、有饭吃、有衣穿、有工作的新中国吗？因此，他说这是“主旋律”。他对于战争的体会和对其他许多方面的体会，远比我们深切，因此也远比我们有资格说。

我曾经在唐山大地震一年以后的某一天，到他在后海南岸大院里的那个家看望他。靠北墙有一间平房归彦涵先生老两口儿住，印象里只有十几平方米，一张木制双人床占了大半，床是双层的（为了避震），上面堆满了刻过的木刻板和书籍什么的，床和墙之间，挂了一块布帘子，先生说，公厕离得远，自备了一个马桶摆在那里，权当“卫生间”了。床对面是一张小学生用的课桌，那就是先生的工作台。我不曾想到我们中央美术学院版画系的第一任主任、我们心目中有英雄气质的版画家，境遇竟是这样的。

1957年，先生为也是从延安来的老领导仗义执言了一回，便成了右派，二十一年里孩子长大了，生活却没有多大变化。是谁把一位忠实于党、忠实于国家、忠实于人民的这么了不起的画家按倒在地的？追问已经不可能。

1993年，我同系主任谭权书去给两位在版画系任教过的老师“送温暖”。买了鲜花、水果，表的是一份心意。

从第一位老师家出来，我俩都感到那里已经足够温暖，等来到复兴门彦涵先生的新家，对比之下，我们感慨居所仍是逼仄。老谭说，来对了。但是，当看到先生正在印画，脸上的表情是那么满足，那么泰和，我们才多了一份慰藉，更增添了一份崇敬。

过去，有人称他是“趴在地上战斗的战士”，这个称谓让人心里感到酸楚。趴在地上还战斗什么？我想，那只是同自己的命运抗争吧，要战胜怯懦，战胜消沉，战胜信念的动摇，战胜疾病和困难重重……趴在地上，还要让自己的艺术抬起头来。所以，当1978年可以站起身的那一刻，创作的欲望像火一样燃烧起来，生命力也偾张如火山一般。

走出高干病房，我跟彦涵先生说，我过些天再来看他，不承想，这竟是最后的见面。

二十一年的苦难，先生说，他还要感谢！

我心中的彦涵先生永远是高大的，他在疾风里扬着头，挺拔地站立着，回望走过的一生，回望远远的家乡，回望亲人、朋友，回望那一幅幅未曾作完的图画……

（2011年10月17日）

做客白杨家

李德润

日记载：1995 年 2 月 24 日，做客白杨家。

那天上午，白杨从家里给编辑部打来电话，说她有一篇悼念夏公（衍）的文章，希望在《人民日报》上发表。多年不见，我一报名字，她便亲切地说：“记得，记得！我把名片放在上海家里了，想找你不知电话了。”

夏公于 1995 年 2 月 6 日在北京仙逝，正想组织悼念夏公的文章，真是求之不得。

在电话中，白杨告诉了我她北京家的地址。

这是一座小四合院，红漆大门。灰色影壁上，两面分别书有“福”“寿”尺幅大字，春风春雨中，院内新栽两棵桃树的枝条上，已冒出一粒粒花苞。一个小伙子把我们引到坐北朝南的客厅里，端上茶，说老人家有点事儿，请稍等。客厅里少有装饰，两盆盛开的蝴蝶兰和一株绿萝为室内增添了一派勃勃生气。几分钟过后，他把我让进白杨的卧室里。见老人家正坐在轮椅上，她热情地跟我握手、让座。她告诉我：“脑血栓一场大病左半身已不听使唤，右半身也行动不便，只有右手还运动自由。”想到银幕上的多姿形象，看到眼前的这种情形，我心里很不是滋味。

“病中惊闻公化鹤，庭前暗泣泪凝霜。”我抓紧时间看过她写的哀悼夏公的文章后说：“很好，争取早点儿发表。”这时，她让身旁的小姑娘推她到绿萝旁，说：“合个影吧，作个纪念！”之后，我们便随便地聊了起来，我说：“看过您写的诗，很有激情。印象中您还喜欢画画。”“我不画画，很喜欢写些字。”说着，她让人把最近给山东一碑林写的“艺术无价”四个行书大字条幅展示给我看。

说话间，一位上了年纪的老妈妈端来两碗汤圆。白杨说：“这是从上海特意带来的，你尝尝，要比北京的好吃。”我吃了两个。“是不是不爱吃呀？”白杨说，“你不吃完，她还以为她做得不好呢！”我赶紧说：“不是。”随即把一碗吃完。“现在这样的老人很难找了，就像自己的家人一样。”我颇有感触。白杨说：“是啊，她已跟我二十多年了，还有这个小姑娘侍候着我，像‘小妈妈’一样管得我很严。我们是四人小组，都是从上海过来的。”

近午，我起身告别，白杨说：“就在这里吃吧，北京的涮羊肉不错，东西都是现成的。”我说：“我更喜欢吃上海的饭菜。”“那好呀，到上海到我家，专门给你们做上海的饭菜。”白杨笑道。

文章《哀悼夏公》见报后，又接到白杨的电话，说她在全国政协八届三次会议上有一个书面发言，要我看看。3 月 6 日下午我又如约前往。白杨仍坐在轮椅上等着我。一落座，她便让身旁的小伙子拿来上好的香蕉让我吃。我认真地看着老人家的发言稿。在一千五百多字书面发言中，白杨谈了多方面的意见。她特别谈了当前文化艺术事业发展中出现的一些不容忽视的“三俗”问题，她建议，在积极、热情地鼓励作家、艺术家创作健康向上作品的同时，加强党的领导，推动有关部门花更大力气净化文化市场，不要让那些低级下流的作品来毒害人们，尤其是青少年的思想。她说，现在党中央和有关部门领导非常重视抓艺术精品。出精品首先要有一种精神，要有呕心沥血、精益求精的精神才能出精品；出精品要有点献身精神、敬业精神；出精品要人力、物力、财力集中，重点作品重点投入。她非常反对拜金主义。她说：“1981 年随全国政协代表团访问美国，在华盛顿，有位美国记者问我：‘像你这样的大明星，在我们这儿待遇是很高的，很有钱，你对此有什么感想？’我坦然回答说：‘是的，我很清楚这一点，但我想的是十亿中国人民，所以我感到很富有。’我想，作为一个有数亿观众的中国电影演员，这种精神的报酬是无法用金钱来计算的。”她用自己几十年的艺术实践经验来鼓励同行：“一个革命的文艺工作者，要想日新其业，年有建树，最重要的就是要用正确的思想武装自己的头脑，就得深深地扎根于广大人民群众的伟大实践中。”

读罢发言稿，我深为白杨同志的高度社会责任感所感动。我对她说，希望我们国家有更多像您这样的大明星。临别时，白杨让小姑娘拿来两本她从艺六十周年纪念册，并为我题了字。

白杨，原名杨成芳，1920年生于北京，和大作家杨沫是亲姐妹。她1934年后参加了左翼剧联领导的文艺团体，开始职业演员生涯。因主演话剧《茶花女》而崭露头角。而后入上海明星公司，主演了成名之作电影《十字街头》。接着她又主演了多部进步影片。在左联地下党的帮助下，白杨深切意识到作为一个演员所肩负的社会责任。抗战爆发后，白杨随影人剧团从上海出发，将抗日救亡剧一路演到山城重庆、蓉城成都、春城昆明。在重庆，白杨住的是陋室，吃的是粗粮，喝的是浑浊的长江水，与十里洋场有天壤之别。这期间，白杨主演了《屈原》《雷雨》《日出》《天国春秋》及《复活》《罗密欧与朱丽叶》等中外名剧，与舒绣文、张瑞芳、秦怡一起被誉为话剧舞台上的“四大名旦”。在夏衍的剧作《法西斯细菌》中，白杨饰演日本妇女静子的角色，夏公观后，在她保存的剧本上题字道：“你光辉的演技给我留下了愉悦的回忆。”抗日战争胜利后，白杨回到上海，在党领导下的昆仑影业公司主演《八千里路云和月》《一江春水向东流》等影片，轰动全国，饮誉海外。

新中国成立后，白杨又先后主演了《为了和平》《祝福》《春满人间》等影片，声名远播。

白杨在她六十多年的艺术生涯中，塑造了众多具有鲜明个性的艺术形象，形成了优美、自然、含蓄的表演风格，在中国电影史上写下光辉一页，20世纪60年代初被评为中国二十二位电影明星之一。文艺界老前辈、当时左联地下党领导人之一阳翰笙在《白杨的路》一文中曾这样评价白杨：“60年来，在风云变幻、滚滚滔滔的影剧发展长河中，白杨始终听党的话，不断有所建树，实在难能可贵。”

如今，白杨已离开我们十五年了。但白杨和她所创造的银幕形象，人们不会忘记；白杨的精神将永远激励着后来者。

（2012 年 2 月 11 日）

曲终情未了

王　蒙

与我相识六十年，婚姻五十五载的芳走了。

在家中自设的灵堂里，我选了两首背景哀乐：一首是舒曼《童年情景》里的《梦幻曲》，一首是苏联歌曲、索洛维约夫·谢多伊的《海港之夜》。

《梦幻曲》，为这个名称，它曾经受到过我们的文艺作品的事出有因、察无正理的嘲笑。1984 年我率中国电影代表团到达当时属于苏联的塔什干，与参加塔什干电影节的各国代表团一起，参谒纪念二战烈士的“无名烈士墓”，当时属苏联的乌兹别克加盟共和国的乐队，在墓地圣火前演奏的正是此《梦幻曲》。它如思如诉，如忆如祝，如祷如泣，如升华如回顾。它自己构建了一个庄严、多情、沉潜、高远、恒久的世界，其中任何一点儿声息都是饱满而又绵延、明澈而又深挚。它给我的感觉是“此情可待成追忆，只是当时已惘然”，是“渭城已远波声小”，“天若有情天亦老”。

《海港之夜》是我与芳年轻时最喜爱的苏联歌曲之一，深情而又浪漫，其豪迈中的爱恋与温柔，忧郁中的向往与昂扬，都表现得非常充分。在芳的灵堂里播放这首歌，是对我们的青春年华的回忆，是对那个伟大时代的怀念，是对我们一生的基调的坚守，同样也不无酸甜苦辣与世事变迁、无常有常的咀嚼。

孩子们觉得这后一首歌如果只听一声两声、一句两句，似乎会让不熟悉的人所感莫名，过了两天，停止了它。在与遗体告别的时候，也只放了《梦幻曲》。

往事，生离死别，过去了，生活仍然前行，工作仍然继续，读书、学习、忧思与期盼如芳在时。只是我偶然会想到：到了我的那一天，我会挑选什么乐曲作我的告别之曲、终了之音、倾吐之语呢？

一点儿也不用犹豫，我要的是新疆伊犁地区维吾尔族民歌《黑黑的羊眼睛》。

我永远不会忘记我与芳共度的那个艰难与火热的年代，那种困惑与美妙，那种感动与迷茫，那种亲密与信赖，那种希冀与等待，那种在人民中、在大地上的踏实，尤其是新疆各族人民从那时至今天的深情厚爱。

我深信，人民中间最重要的字是爱，是信任，是情义，是快乐与生机，是生活与日子，是共鸣与交融；不管它是否受到了什么样的病毒与瘴疠的侵染。

前不久，香港卫视就一个新疆题材的长纪录片对我进行采访，我说到我在新疆的生活，我说："新疆各族人民对我恩重如山！"

回想我在新疆的日日夜夜，我流泪了。主持人与台长杨先生流泪了，几个年轻的女孩子——工作人员也沁出了泪水。

回到《黑黑的羊眼睛》上来，歌中唱道：

我的黑黑的羊眼睛啊，
我愿为你献出我的生命，
我深知这爱恋的痛苦焦灼，
我要为你献出我的一生……

在伊犁，人人唱《黑黑的羊眼睛》。在伊犁，尤其是冬天的夜间到凌晨，赶马车去煤矿拉取暖用煤炭给人们送温暖的马车夫深情地歌唱着《黑黑的羊眼睛》。我沉醉于这样的歌，我沉醉于这样歌唱的人们与歌曲的听者，我将以这样的充满爱恋与感恩的歌声，我将以对于爱、信任、情义与奉献的呼唤与记忆，以对于生活与爱情的直到最后一分钟的渴望与赞美，以这样的对于祖国、边疆、中华大地与各族人民的挚爱与祝愿来铺陈我的一生，来问候我的各族兄弟姐妹，来感念我的各族父老乡亲。

(2012 年 5 月 30 日)

在罗公身边

郭　旃

1976年唐山大地震之后，还在余震不息的日子里，刚刚结束北京大学考古专业的学业，我就来到罗哲文先生身边。那时，我被分配到国家文物局下属的文物保护科学技术研究所，担任由国家文物局文物处直接运作的“地震考古组”的副组长，罗老是顾问。

最初见到罗老的印象，就是和善和专业。不多言不多语，让人感受到他的厚道和善心。他的眼里、心里好像都是他手头的工作，兴趣都在观察和收集资料，心思都在专业分析和归纳，总在拍照、记录、琢磨。三言两语，就给人启发，引人思考。我们这些晚辈，几乎没称呼他几天“老罗”，很快便都尊称他为“罗公”，作为最亲近的称谓。

当时，我们的任务是在地震之后，对古建筑位移、损坏情况进行调查和统计，并通过对古籍文献资料的查找和研究，对照推断、分析历史地震的相关参数和危害程度，从而为研究首都周边的地震规律和现象、推进地震预报研究提供参考。为此，我们跟随罗公跑遍了京、津、唐地震现场，也查遍了大江南北的古籍书库。

罗公酷爱摄影，而且拍照技术不逊于专业人员。北京城，乃至全国各地，陆续被拆除的古建筑，他都留有照片，成为记录着跨世纪六七十年历史变迁和文化遗产的珍贵档案。

罗公痴迷业务。1976 年夏季，依然是黑云压城的时候，天天和他在一起，就没听他提起过身边的政治运动，总是一座座古建筑的历史、意义、价值，该如何地去说服当地主管者保护，还有新中国文物保护史上的趣事、名人与辛酸。

比罗公更老的一辈都戏称“小罗”是个“迷糊”，因为他的心思总不在生活琐事，当然，更不在官场和人际关系。二十多岁时，他测绘塔时从半空摔下，幸亏落在柴火堆上，捡回一条命，但从此留下腰疾，以后又多次因拍照而高空遇险。罗公每年都至少会丢一顶帽子，眼镜也丢得不计其数。有一次在宁波考察，汽车开出几十里地了，老人家忽然发觉，刚才拍照换镜头时换下的镜头放在佛像身后忘了拿了。

可是，任何时候想找什么文物资料，就去找罗公。用不了多长时间，他就能从那挤满房间、几无立足之地的文献堆中，找出相应的文字资料、珍贵图片，乃至日期、地点等细节，一清二楚。

他看似“迷糊”，实则是真正的大智若愚。涉及文物保护，没有一件事“迷糊”和退让，哪怕权势咄咄逼人，哪怕极端孤立，他的坚持都是极其明确的，也是非常固执的。北京古城，万里长城，西藏文物，乃至天涯海角的遗产项目，几乎都有他据理力争的记录。

从一个普通的农家子弟成就为大师，罗公靠的是毕生对事业的热情、执着和忠诚。他的勤奋令人望尘莫及。他胸前总是挂着一架或者两架相机，时刻记录。一起出差，连年轻人都承受不住劳累和疲倦的时候，他总在整理资料和照片，在查证、探究。大家都精疲力竭的时候，提出宁可晚休息也要再去补看新发现的文物点的，总是罗公。因此，文物的事情，他总比一般人了解得多，知道得深。

一次在金山岭，大家都要吃饭了，遥望登山拍长城的老人家还伫立在山巅。有同志上去催问，罗公痴迷地说："我在等那片云……"

在新中国文博事业中，留有罗公很多印记：新中国的文物法规、业务规则，无一没有罗公的参与；重大的文物古建筑维修工程，都有罗公的身影；全国重点文物保护单位的设定，历史文化名城、名镇（村）的设立，乃至各个省、市、自治区的相关工作，都回响着罗公的声音。第一批二十四座当时最过硬的历史文化名城的认定，罗公起了至为关键的作用。

对年轻人的奖掖和扶助贯穿了罗公的一生。和善的他少数几次因为人事与人争执得面红耳赤，就是在举荐年轻人遇阻的时候。

我刚从学校毕业到国家最高的文物主管部门，身处众多文物、考古、博物馆界的前辈和师长之中，毫无工作资历却担任了地震考古组的副组长，罗公的支持和帮助是重要因素。

1979年，罗公鼓励我报考恢复高考之后的研究生。1982年毕业，又是罗公找我谈话，并向国家文物局推荐，要我回到文物队伍工作。再回文物局，到了罗公一生的家——文物处，他嘱咐我三件事，一是不要忘了做学问，二是要搞好处内的团结，三是要善待各地来的同志。回顾身边很多人的是非成败，凡追随文化遗产界前辈获成功者，无不契合这三件事；困扰、挫折之时，大多正是因为他们忽略了这样的警示。因此，我把罗公这三句忠告当作座右铭。

20世纪80年代，我随同有文物保护和名城界“三驾马车”美名的单士元、郑孝燮和罗公三老去考察徐州国家历史文化名城申报项目，三老中最年轻但当时也已年过六旬的罗公笑称自己是“六十小弟弟”。近三十年过去了，乐观豁达、从不进医院、大家都认为可以高寿上百的罗公意外离我们而去，令我们感伤。然而他那守望、睿智的双眼，仍然继续关注着我们，关注着他一生钟情持守的事业。

(2012 年 6 月 9 日)

永远乐呵地想你

——回忆父亲黄宗洛

黄海波

家里人都叫他老爹，土土的、憨憨的老爷子。

或许没有人比老爹更希望成功，也或许没有人比老爹更不在意成功，就这样痴痴癫癫、乐乐呵呵地过了一辈子。从他走后铺天盖地的媒体缅怀报道来看，他成功了。但都是关于他如何配合别人成功的故事，且封他为“龙套大师”，他成功了吗？不知道，反正他自己应该也无所谓，自己乐呵别人乐呵就行了。

父亲的演艺之路开始得纯属偶然，跟着他大哥、三姐的步伐，不管三七二十一就去演戏了，不料竟在舞台上蹦跶了一辈子。就像他后来的人生充满着随意性，似乎一切都随缘。不过，对每一桩有缘走进自己生活的事，他都采取了两种态度，一是乐观地对待，二是认真地对待。在这两方面，他却从不惜力。

记忆中，在家的父亲话不多，对于我们是否淘气调皮，成绩是好是坏，几乎是完全不在意的。这一方面是因为有母亲在管着我们，另一方面，则是因为对这些，他真的觉得无所谓。平日不说话，但他一开口，如果没有些怪怪的笑点就不正常，不是学当时扮演角色的方言，就是插科打诨妙趣一下，要不就是完全意想不到的无厘头。这或许和他身处的环境有关。我记得，那时北京人艺所有叔叔、大爷、阿姨们见面就是互相逗，都跟说相声似的，喜欢乐呵。我和哥哥海涛现在的说话习惯都深受老爷子的影响。

父亲对我们两个孩子没有通常所谓的“教育方法”，主要是聚会和出游——只要有机会就带我和哥哥出门，到了一个地方“爱怎么玩就怎么玩”。我因此曾经在英若诚家里把一整杯饮料洒在了郭振清的腿上，这个著名的正派男演员对我笑笑说“小子，这回我记住你了”；在东北的青纱帐小村，和赵丽蓉大妈用唐山话逗过贫嘴；在天津人民饭店，悄悄溜进浴室，躲在正泡在浴缸里裸浴的一名知名老演员身后大喊吓人。那时看到著名演员，去要签名会被人笑掉大牙，因为，第一，演员那时不算啥；第二，大家也都觉得自己不算啥，随便逗随意玩。

有机会就带我们出去，其实是老爹和老娘的共识。受益于老爹的这般开明，初中的时候，有一年暑假陪《茶馆》剧组去北戴河、山海关、秦皇岛等地巡回演出，甚是欢乐。记得全剧组分男女住在剧场上面的两个大房间，大通铺挂上蚊帐，集体生活其乐融融。那天几个年轻的演员（如今也都知名了）约好早上去鸽子窝海滩看日出，早上六点多叫我，我居然困得没起来，他们就毅然出发了。过了十分钟他们又回来了，拉着脸说太阳从路中间出来了，把我给笑得不困了。还有一次在山海关，忽然下起雨，温度骤降，只带了单衣的众人在领导的同意下开箱分衣，把茶馆的戏服给大家分了取暖。于是清晨的山海关大街上，左边是巡捕乙，右边是匪兵甲在游荡……

我好吃好喝的“毛病”，就是在那时留下的。那天是自由活动时间，一位剧组的叔叔从外面回来，啪往桌上摔了个大猪蹄、一瓶老白干儿，竟自大嚼。虽然对小孩来说知道那白酒苦，但是那架势也馋死我了，从此落下了一看见猪蹄膀就想喝口白酒的毛病。话剧一般都是晚上演出，白天没事时，剧场还会放电影，“茶馆”前面拉个大白银幕就开始放映。我到家没事，就跑到台后看免费电影，只不过看到的影像都是反的。老爹的“自由放任”让我拥有快乐童年的同时，也见了无数的世面。如此自由奔放开心的生活恐怕是现在的孩子暑期所没有的。

出门在外对我来说永远是其乐无穷的，回到家里也乐子不少。

话剧演员有个铁定的生活规律，晚睡晚起——夜里十点至十一点下戏，早上九点以后才起床。在我那时候看来，这是个多么令人向往的工作时间啊，关键是有夜宵吃。“夜宵”在我童年的记忆里是个很美妙的词语，因为那意味着在深夜最饿时，你可以陪着爸爸妈妈吃好吃的东西，有时是一碗面，有时则是一块小桃酥或鸡蛋糕。当时我最喜欢的是上海的亲友带来的一种叫“松糕”的、用黏米和豆沙果脯做的米糕，加上椰蓉月饼，要当众表演节目才能得到一块。父母散戏的夜晚也是我们的享乐之夜。

老爷子常把角色带回家里来，虽然总有些不适应，但是乐趣也不少。随着他扮演不同角色，变来变去的口音，让家里不断出现各地的方言；演松二爷，家里自然可以开始养鸟；演宫廷斗鸡，又会多一纸箱的小鸡仔；演绍兴师爷，家里的茴香豆和加饭酒自然是少不了；而演太监，家里人看着他拿兰花指吃点心，自然吃不了几块，剩下的都是俺和俺哥的——倒让我们这群小孩儿得了不少“实惠”。

对老爹的记忆，颇为沮丧的是最近这些年。我因工作关系，在香港已经长住了十年，只有每年两次假期或是利用出差机会回京探望两位老人。每次和他聊天，因体力原因，他的话也不太多了，只有和他对台词、唱歌、叫卖，才能让他兴奋起来……回香港前和他告别，他总是低头不说话，也不拦我。我知道他不愿我走，却依旧是那样淡淡的，无所求的……真对不住，老爹！

我和我哥从小十分努力、争强好胜，而老爹在我们眼中则是一个凡事忍让、十分随意的人，从来不追名逐利，一切随遇而安。我们有时候会希望父亲是个更强硬的人，但现在回想起来，忽然意识到，其实父亲内心的坚毅是不可想象的，是超越了世俗概念的，就像在他的心目中，早已没有什么大角色、小角色之分，没有了如今大家在意的收入或待遇……

有些人一生都和别人攀比，有些人却一生只和自己比，谦卑中追求自我的完善，认真中追求自己的乐观，所以才总会乐呵。

老爹，我们会永远乐呵地想你。

（2012 年 7 月 18 日）

纪念启功先生

袁行霈

今年 7 月 26 日是中央文史研究馆第六任馆长、北京师范大学中文系教授启功先生百岁诞辰。启功先生经历了中华民国建立、军阀混战、抗日战争、解放战争、新中国成立、改革开放等许多重大历史事件，是在这个历史大转折时期出现的不可多得的学者、诗人和艺术家。他上承清末民初的传统，在学术和艺术两方面取得独特的成就，其影响不限于生前，也不限于今天，还将一直延续到将来。七年前他的逝世在社会各界和国内外所引起的震惊，充分证明了他卓越的地位。而七年来他一直是人们津津乐道的话题，不论谁讲学术史，都不能不讲他，不论谁讲艺术史，都不能不讲他。他不仅是历史的见证者，也已成为历史的一部分。

启功先生首先是一位杰出的学者。学问的博大精深，令人叹为观止。他的学术领域涉及中国的文学史、艺术史、历史学、语言学、文字学、佛学、民俗学、敦煌学、文物鉴定学等许多学科。而对清朝典章制度之熟悉、对书画碑帖鉴定之精湛，堪称独步当代。他熟谙古典文献，其学问既来自各种典籍，也来自他本人的见闻和实践，所以他的学问是活的学问，已经化到他的生活之中。在启功先生那里，人即学问，学问即人，一言，一笑，一举手，一投足，莫不透露着学问的真谛。

启功先生作为书法家的地位是公认的，他是20世纪七八十年代以来书坛的领袖和旗帜。他的书法有深厚的传统根底，目验的古代书法精品既多，且有深入的研究，又自出机杼，戛戛独造，法度严整，满纸生辉，形成典雅与遒劲相结合的独特风格，如千仞之高岗，又如云中之白鹤，如霜下之松柏，又如拈花之少女，其外形可效而得其仿佛，其丰富的文化内涵则不可及也。

启功先生的诗作，无疑是诗歌史上的创新，无论是题材还是语言，都别具一格。他说唐诗是喊出来的，宋诗是想出来的，我看他的诗是流出来的，随手拈来，皆成妙趣。他的诗中多有深刻的人生体悟，可见其豁达的胸襟和悲悯的情怀，这是最为动人之处。他曾将自己的诗集称为“俚语”，其实十分高雅，是放下了身段的高士与雅人之作。一味的高雅固然不易，而俚俗的外表与高雅的天骨融而为一更难。明代高启《独庵集序》曰：“诗之要，有曰格、曰意、曰趣而已。格以辨其体，意以达其情，趣以臻其妙也。”启功先生的诗可谓格、意、趣三者具备，其格高、其意深、其趣真，实在不可多得。

启功先生一生坎坷，幼年孤露，青年失学，中年遭难，直到“文化大革命”结束进入老年后才得到施展才能的机会，可惜又患上颈椎病、高血压、心脏病、黄斑病变、前列腺炎，百病缠身，几无宁日。但他坚韧地忍受着各种苦难，笑对人生，泰然处之，时时处处以其特有的诙谐为别人带来快乐。他有菩萨的心肠、深邃的目光、严正的态度和看破红尘的笑容，可敬亦复可爱，可畏亦复可亲。他的言谈有时是饱经沧桑的警策，有时是儿童般的天真与调皮，有洞见，有禅机，有诙谐，有诗意，只需跟他一席谈话，便永难忘怀。

1999年启功先生就任中央文史研究馆馆长，我被同时任命为副馆长。在就任之际的馆员会上，他说自己“何德何能，获此殊荣”，而我更是深感惭愧。启功先生受到馆员们的爱戴，声望很高。我作为他的副手，遇事辄向他请示，遵照他的意思办理，出差前后都向他汇报。虽然我早在1978年就到小乘巷他的寓所拜访过他，并得到他所赐绘画，但我不敢多打搅他，只是把他的著作一部部找来拜读，从中汲取知识和智慧。从1999年开始到他逝世一共六年，是我跟他接触最多的一段时间。我向他说：虽然我不是您的入室弟子，但现在有机会向您好好学习了。的确，六年近距离地接触好比跟他读了“研究生”，专业的学习不多，但如何做人，处处以他为榜样。人们都知道他的和气，只有近距离接触过他的人才知道和气后面的刚正。刚正，这在今天是多么难得的品德啊！

可惜启功先生没有活到期颐之年，否则7月26日将是为他祝寿的日子，现在只能从心底祝祷他在天之灵得大自在。书不尽言，言不尽意，写在纸上的文字，仅仅是一些表面的东西，如果读者能从中感受到一点儿我对启先生的崇敬之情，就十分满意了。

（2012年7月25日）

送别是之大兄

郭启宏

“演员于是之”！这是于是之在卧病前为出版文集题写的书名，也是他自家认可的称谓。好心人大多以为这是“自谦”“低调”，可能出于比较，现如今满大街“一级”“著名”“大师”，“带官衔”“挂奖牌”……不一而足。其实，演员的称谓如同作家、教师，如同士、农、工、商，无所谓谦称、敬称或婉称。据我所知，于是之正作如是想。他说过，最讨嫌“大师”满街走。演员，是他一生为之奋斗且感到无上荣耀的目标。我甚至想，有的人喜欢在“演员”之上冠以“革命”或者“平民”，事实上大可不必。

在于是之的演艺生涯中，无须罗列，从《龙须沟》到《茶馆》，足以呈现一个演员无与伦比的辉煌；倘使演艺生涯继续下去，于是之还会有更大的辉煌。这就是日后于是之念念不忘舞台的原因，即使20世纪90年代《茶馆》绝唱、于是之罹病之后，在那出并不惊人的《冰糖葫芦》里，于是之只是走了个过场，连一句台词都没有，他的夫人李曼宜还是同意让他参加演出，不为别的，只为于是之“欢喜舞台演出的那种感觉”。这就是演员于是之，令无数观众为之倾倒的演员于是之！

我不知道上下各方出于什么原因，于是之于80年代中期，当上北京人艺第一副院长，实际负责全院的领导工作。此后，他的演艺生涯渐告结束。日后不少有识之士深深为他惋惜，于是之本人也觉得“干得很累”。他跟我说过一段令我忧伤的话：“比方说，明天要开个什么会，都谁参加，会上哪位可能提出不同意见，我该如何解释，这主儿可能反驳我，我又该如何说服他，一来二去，睡不好觉了，到了明天，出现的情况偏不是你的设想，事没办成，倒弄了一脖子麻刀……”我能理解于是之的苦衷，当今的领导，只要你真想干点事儿，就必定要摊上“负能量”。放下可以继续辉煌的“演员于是之”，捡起一脖子麻刀的“第一副院长于是之”，有识之士有时扼腕长叹。

然而，事有未必尽然者！要是说起于是之对剧院艺术生产的管理，尤其是剧本创作的管理，绝对是全中国第一流，遍数业界剧院团，恐怕罕有其匹。在下略举几端，或可管中窥豹。

比如，于是之一贯平等待人。他说：“要平等待人，尊重他们（编剧）的劳动。要肯于承认自己不如作者，至少在他所写的题材上，你不如他们懂得多。”又说：“不要因为自己是‘组长’或什么‘长’，就端起架子……”

比如，于是之禁绝一言堂。他多次强调：“作品不是什么人抓出来的，而是作者写出来的。我觉得这个观念很重要，不好颠倒了。”又警示：“千万不能形成那样的局面：你提什么，他就改什么，‘指哪打哪’，叫怎么改就怎么改，这是决然搞不出好作品来的。”

比如，于是之鼓励创新，勇于担当。他说：“创作，是创造性的工作。这就决定了他们总不能太‘安分’，总要探索点新东西。既是探索，就会有成有败，有得有失，有对有错。”

再比如，于是之尊重剧作家，尤其尊重人格。他严格要求自己，“铅笔改稿，定稿别看”。他说：“你改得好，人家定稿时自然吸收；不好，人家就要用橡皮把尊家的字句擦掉。你不再看了，与人方便，他有取舍的自由。”

他是这样说了，也是这样做的。

由于于是之懂得艺术创作规律，按照艺术创作规律办事，当然，北京人艺“小作协”一拨儿中青年剧作家，也个个大有出息，于是，北京人艺在20世纪八九十年代涌现出一拨拨优秀作品，举凡《丹心谱》《绝对信号》《小井胡同》《谁是强者》《狗儿爷涅槃》《红白喜事》

《天下第一楼》《李白》《鸟人》等，都在戏剧界产生了重大的影响，开创了北京人艺新时期的第二次辉煌。从剧目建设的角度看，于是之在这一领域所做出的奉献，绝不次于他本人演艺上的成就。

古人敬称朋友为大兄，恐怕不尽是年龄上的尊长，更多是学识上的服膺，尤其是人格上的钦敬，我每想起是之大兄，景仰之际，总伴随着一种悲凉，不尽是人寿无常，分明是知交零落。曹植诗云："离别永无会，执手将何时？收泪即长路，援笔从此辞。"是之大兄，您走好！

(2013 年 2 月 2 日)

一边落叶一边开花

——怀念诗人雷抒雁

周　明

抒雁走了，走得从容，走得平静，走得让人难以接受。一个朝气蓬勃、激情满怀、有说有笑的抒雁怎么会突然离我们而去？初五的当晚我还打通他的手机，想约时间和阎纲一起去看他，不料家人说：他接不成电话了。我以为他正在治疗，一点儿都没意识到他此时正处在病危期间，当晚后半夜他就安详地走了。

抒雁的去世，无疑是文坛不可弥补的损失。他在诗歌创作上的杰出成就，及近年来一批极富特色的散文、随笔结集的出版，奠定了他在中国文坛应有的重要地位。1979 年，他以敏锐的诗性、激荡的思想与自我反省的批判意识，书写出震惊文坛的长诗《小草在歌唱》，感动了一代人，并成为新时期政治抒情诗最高成就之一，诗人雷抒雁因此名声大震。多少年后，许多人第一次见到雷抒雁时，仍会听到他们说：《小草在歌唱》太感人了，我们到现在还能背下来……

此后，他的新作不断涌现。再后来，他的创作倾向于短小抒情诗，在内容上更注重观照人生的现实。在诗风上，他追求深沉、凝重而又不失飘逸。他始终认为“诗篇不过是诗人心灵的脚印”。近些年，他一边写诗，一边从事散文、随笔的写作。凡是发生比如南方雨雪冰冻灾害、汶川地震等重大事件时，他都有独具特色的诗作发表；他的随笔和散文，有往事的回顾，有对现实的关注，还有针砭时弊、思想深刻的锐利篇章；

故乡八百里秦川，许多风土人情的记忆，也时常出现在他散文的字里行间。2003年，正当他创作力旺盛之时，不幸患了癌症。虽病魔缠身，他却坦然面对！手术后很快恢复了常人的生活、常人的心态。其后的十年间，他深切思考、勤奋笔耕，好诗、美文常见于各大报刊，屡屡获奖。他的创作又获得了大丰收。面对这一切，他平静地说："除兢兢业业地劳动外，哪怕一丝沾沾自喜和夸耀，都将是轻浮和无知的。"他真是文坛兢兢业业的耕耘者，他几乎是以带病的身体和坚韧的意志坚持写作。更令我惊叹的是他为了让"远古的歌声自由歌唱"，竟花了多年时间，完成了一部近四十万字的《诗经读本·国风》。《诗经》是我国第一部诗歌总集。两千多年来专家学者对其注释、解读的版本很多。而抒雁这部厚重的专著，是在他认真研读、翻译、思索的基础上，从新的视角、以新的观点解读"一个民族从远古发出的第一声歌唱旋律"，以便让今天的人们更加认识到中华文化的悠久与灿烂！这是一项了不起的艰辛劳动，一件非凡的文化工程。

此刻，我想起抒雁在20世纪90年代担任《诗刊》副主编时，在1994年为《诗刊》写的一期卷首语中，曾以自拟问答的形式提问：

“没有诗的日子将如之何？”

我们说：无诗的日子如同无盐。

“没有好诗的诗坛将如之何？”

我们说：平庸的诗坛如同灾年。

于是，我们总在向社会呐喊：不可忘记诗！

于是，我们总在催逼诗人，拿出力作！

这岂不是诗人“催逼”自己，要求自己“拿出力作”的最好诉说吗？

抒雁是个乐观主义者。他生性正直、热情、坦诚而达观。即使他不幸患上重症，仍能采取“既来之，则安之，然后战胜它”的乐观态度。从来没和我们谈论他的病、他的痛，总是泰然处之、一切如常。实际上他一直在默默地同病魔做斗争。这几年，我们常在一起开会、参加活动、到各地采风，只要有他在，大家就觉得热闹，觉得和谐、愉快。凡在人群中，他总是有说有笑，气氛活跃。他精明睿智、极富活力、思想锐利、反应敏捷，你在同他讨论某个问题时，只要你话到嘴边，他会马上接茬，迅速反应，让人“甘拜下风”。他幽默，有时候甚至还有点儿淘气。他常常在某些会议上用张信纸或纸条写诗、写感言，这种幽默其实是智慧的表现。2009 年 8 月，我同他在烟台参加中国残联征文活动评委会时，他在会场的休会片刻，利用宾馆的一张信纸，即兴写了一首标题为“送周明兄”的小诗给我。诗里写道：“胡子一刮，精神焕发。说过七十，好像十八。一边落叶，一边开花。人生至此，值啦，值啦……”我和在场的同志看了捧腹大笑。

现在看来，这“一边落叶，一边开花”，不也正是他本人的最好写照吗？想想看，他生病的十年，居然写了那么多的诗和文章。他一定还有满腹文章要写呢！

雷抒雁为人处世很阳光，他热爱生活、怜悯百姓、眷恋家乡。他对于生养他的故乡陕西充满赤子之情，对那片黄土地心里一直充溢着感念之情。其实，我们对家乡的情结同样很浓。在北京的我们这伙“老陕”到了一起，就说家乡的变化，家乡的新事物，家乡又出了什么好作品……只要家乡文艺界有会议、有活动需要我们，我们都会结伴而行。去年《西安晚报》的纪念活动邀请我们回去，都和抒雁说好了，大家一起返乡。后因与另一个要紧会议时间上有冲突，没回成。阎纲、何西来、雷抒雁和我又约定：今年春暖花开时一同回陕西，去感受家乡的新变化。然而，这一计划无法再实现了。

平日，我们几乎三天两头热线联系，或商量事，或对某部作品交换意见，或讨论某个问题，有时电话里聊聊天。每每电话铃声响起，我一接，便听见“老周，我抒雁”，如今，这亲切的声音再也听不到了。

几十年来，我们如兄如弟，生活上相互温暖，事业上互相支持，万万没想到，过早地失去了这样一位好朋友、好兄弟！你说，我如何能接受这残酷的现实？

一个从黄土地、从八百里秦川农家走出的诗人、歌手，激情地歌唱了一生。如今他虽然离开了我们，但他的“小草”仍在歌唱，他的抒情歌声会永远在读者心中回荡。

(2013年2月21日)

最浓最深天山情

王北会

今年5月19日，如果父亲还活着，就是一百周岁了。

父亲王恩茂的名字总是和新疆连在一起。自1949年10月二军（由359旅改编）入疆的那一天起，父亲就把这里当作了他的故乡，把这里的各民族人民当成了他的兄弟姐妹和父老乡亲，把这块土地当作他终身奉献的地方。母亲回忆说："在二军首次开进新疆重镇喀什时，满街的维吾尔族老乡，穿着色彩斑斓的民族服装，成群结队，争先恐后地向部队拥来，有的高呼口号，有的弹琴击鼓，像过盛大的节日一样高兴。许多上了年纪的老人，热泪盈眶，将右手放在胸前，频频向我们施礼，不停地说着我们听不懂的话……”父亲和母亲被眼前的场面深深地震动了。从此，父亲在他视为故乡的新疆和各族人民战斗、工作、生活了四十多年。

父亲能用简单的维语与人交谈，这是父亲从 20 世纪 50 年代进疆早期就每天坚持半个小时学习维语的收获，当时他已经年近四十了，这一点让父亲受益无穷，使他能与新疆各族群众亲密无间。记得 60 年代，一次周末父亲去一位新婚不久的维吾尔族司机艾山家里，一进门父亲就大声喊着艾山的名字，当艾山把新娘介绍给父亲后，父亲改用维语交谈，谈话间错把艾山的新娘说成艾山的岳母，艾山笑着纠正父亲的维语，父亲忙给新娘道歉，大家笑成一团。

1955 年秋，七十多岁的维吾尔族老农库尔班·吐鲁木，这个从前只有一把破水壶的雇农第一次有了自己的土地，获得了大丰收。他打了上百斤馕，晒了杏干，挑了最好的哈密瓜想要骑着毛驴上北京去看毛主席。1957年春，父亲在南疆下乡一个半月，路过库尔班·吐鲁木老人的家乡于田县，一位十二三岁的维吾尔族女孩远远跑来挡住了车，父亲停下车问她有什么事情，她说她父亲库尔班·吐鲁木听说王书记来了，叫她一定要把王书记接到家里。库尔班·吐鲁木向父亲展示他的粮食、土地和房屋，告诉父亲他感谢毛主席给他带来的幸福生活，他只有一个心愿就是要见毛主席，见到毛主席他死也心甘。父亲被深深地感动了，告诉库尔班·吐鲁木老人骑着毛驴上北京时间太长，哈密瓜还没到北京就会坏了，答应老人有机会一定让他到北京去。1958年6月，父亲安排库尔班·吐鲁木加入劳动模范北京参观团到了北京，老人见到了毛主席，并当场向毛主席献了礼物。毛主席亲切地和他握手，他很久也舍不得松开，留下了一个新疆人民和领袖心连心的珍贵历史镜头和一段传遍天山南北的动人故事。

20世纪五六十年代，新疆的道路基本上都是碎石路面。父亲经常乘坐一辆普通的苏式吉普车，只带一位警卫员和一位秘书，在南北疆跑。在调查研究中他和农民一起劳动，一起啃干馕，每逢晚间村民们“偎郎”（跳舞），他坚持从头看到尾，秘书和警卫员都困倦得不行了，他要他们尊重民族风俗习惯，振作精神看到底。舞会结束后，他还要看文件、写东西，经常忙到深夜一两点。

自1969年离开新疆后，父亲无论在哪里都时刻关注着新疆，他与新疆各族人民的联系从未中断。父亲挂念着新疆和新疆人民，也被新疆人民挂念着。1973年秋，有两位素不相识的维吾尔族老人，行程三千六百多公里背着哈密瓜来安徽芜湖看望父亲。母亲这样回忆当时的情景：“他们像久别的亲人一样，双手紧紧握着恩茂的手，用不太流利的汉语讲述他们在‘文化大革命’中所遭受的苦难和对恩茂的思念。望着老人那纯朴的面容和闪着泪花的眼睛，我们的心久久不能平静。恩茂声音颤抖地对老人说：‘感谢你们到这么远的地方来看望身处逆境的我，真太不容易了，新疆的人民群众真是太好了。形势会好起来的，你们会有好日子的。

回去请代我向乡亲们问好。'老人听了这番话，又一次紧握恩茂的手，恋恋不舍地告别了我们。"

1981 年，新疆的少数民族领导干部向中央建议已在吉林省任省委书记的父亲重返新疆主持工作，10 月，中央决定任命父亲为中共新疆维吾尔自治区委员会第一书记。父亲到任时，喀什市刚发生了维吾尔族和汉族冲突的"10 · 30"事件，父亲听取汇报后立即指出，新疆的各族人民是好的，我相信喀什的各族干部和群众是能够处理好"10 · 30"事件的。当父亲的话传到喀什时，集结在艾提朵尔广场的群众听到老书记回来了都非常高兴，他们说："老书记回来了，他是相信我们的，我们更相信他。走啊，回家去，不要再闹了。"这场风波很快就被平息了。重返新疆后不久，已六十八岁的父亲就和时任自治区副主席的阿不冬尼亚孜各自带着警卫员和秘书一行六人，两部吉普车，没有警车，到南疆的各地农村视察了近一个月。路过 1957 年父亲到过的于田县时，父亲随机走进了一户农民家，看到这家农民的生活还和"文化大革命"前一样，父亲流泪了，沉重地对阿不冬尼亚孜说："新中国成立三十多年了，老百姓还过着这样的生活，我们怎么对得起老百姓啊！"在视察中父亲见到一位维吾尔族老人，这位老人告诉父亲，"文化大革命"中他因为保王恩茂挨过斗，胡子也被拔光了。父亲问他有没有见过王恩茂，他说没见过。父亲问为什么没见过还保他，他说王恩茂为我们做好事我为什么不保。阿不冬尼亚孜告诉他，王恩茂就在你眼前。此时父亲和老人都止不住地流下了热泪。

爷爷是土地革命时期江西革命老区的老赤卫队员，把三个儿子献给了革命。1966年爷爷病重，父亲接他到新疆治疗，当他知道自己将不久于人世时，想落叶归根，回江西永新老家。父亲反复劝说爷爷都没有用，直到父亲说要为新疆人民服务到底，新疆就是我的家乡，将来死后也埋在新疆，埋在您的身旁时，爷爷终于同意了父亲的意见，去世后埋在了新疆。弟弟北新在"文化大革命"中死于非命，埋在了爷爷身旁。1981年，父亲在重返新疆后的第一次千人干部大会上对大家讲述了这件事，表示要实现对爷爷许下的诺言，为新疆人民奉献终身，使一些当时不安心在新疆工作的汉族干部坚定了坚守边疆的信念。

我两岁随父亲进疆，除在南京、长春工作了几年外，其余时间都是在新疆上学、当兵、生活。我曾一度因工作不顺心产生了调离新疆的念头，想通过父亲的关系和影响解决，父亲严肃地批评我说，新疆是个好地方，你的爷爷和弟弟都埋在新疆，我死以后也要埋在新疆。我们要求别人艰苦奋斗扎根边疆，如果我们不带头，还怎么能说服和教育别人。在父亲的教育和鼓励下，我决心在这里工作生活一辈子。我的儿子2000年军校毕业，战友和同事已经答应可以留在驻京部队工作，儿子很犹豫。我拿不定主意，把情况告诉了父亲，父亲亲自给我儿子打电话做工作。他说还是回新疆吧，我们一家三代从军，再三代守边，这样多好多光荣啊。于是我的儿子又回到新疆部队服役，继续把青春年华奉献给前辈们难舍难弃的西北边陲。

如今，父亲实现了自己的诺言，永远和他热爱的这片土地融为一体，永远和他热爱的新疆人民在一起。这里有许许多多和他一起进军新疆、献身新疆的359旅将士，有和他休戚与共的各族人民，有长眠于天山脚下的父亲、儿子，更有他奉献一生的新疆梦想。

(2013年5月18日)

永远的闻捷

——纪念著名诗人闻捷诞辰九十周年

周　涛

得知闻捷先生的家乡丹徒建立闻捷纪念馆的消息，真是让人高兴！人们没有忘记他，历史不会忘记他，一位真正的战士和诗人，应该获得这样的荣誉。毁灭文化的年代毁灭了他，重建文明的时代又让他重新站立起来，因为他正是文化的一部分。

新中国成立以来涌现出的一批优秀的诗人作家如赵树理、柳青、郭小川、闻捷、王汶石、峻青……这一大批闪耀着时代光辉、散发着浓郁生活气息的卓越人物，不会被今天遗忘。

他们的名字和作品闪闪发光，就像窗外高高矗立的博格达峰那样晶莹圣洁、直立云端。他们正俯看着今天的人们，以他们的智慧洞彻人心，默然无语。

闻捷，这个名字在我心里存放了半个多世纪。虽然我从未见过他，他也根本不知道我这个人。他是我的启蒙者，我的导师，他活在我的理解和想象中。少有素未谋面的人让我感到如此亲近和难忘。他说，“我思念北京”，我说，“我思念闻捷”。辛弃疾有“不恨古人吾不见，恨古人不见吾狂耳”之语，我也有给闻捷纪念馆的题句，“万幸吾生有君师，长恨君生不知我”。

闻捷，你的《天山牧歌》，你的《吐鲁番情歌》，你的《复仇的火焰》，你的《哈萨克牧人夜送千里驹》，你的《长江万里》……使我这个青年当初如饮琼浆，如哺母汁，急切痛饮，差点儿被呛住。我走上诗的道路，正是因为你的影响和郭小川的影响啊!

闻捷，你的一生是真正诗人的一生，既是拜伦式的英雄传奇，也是普希金式的悲剧毁灭，而正是这些成就了你。新中国的才华横溢的诗歌亮星，就这样陨落了。

但是，中国大地上那些正直善良的人，没有忘记你，哪怕有一代人、两代人忘记你了，相信历史不会忘记。历史的手会拂去灰尘，擦洗污渍，以考古学家的严谨和民族的良知，确认你和你同时代人的卓越贡献。

安息吧，闻捷先生!

(2013 年 6 月 3 日)

诗情难忘

屠　岸

中国的诗歌界群星灿烂的天空，2013年9月29日，一颗璀璨的星陨落了！

诗人牛汉虽已远去，但他的诗作将永在，他的人格风范长留世间。

牛汉是当代中国举足轻重的诗人，创作了许多优秀的甚至杰出的诗歌作品，大大丰富了中国诗歌的宝库。其中不少已成为公认的诗歌经典。他的诗作题材广泛，内容丰厚，反映了他爱祖国、爱人民、爱人类、爱大自然的高洁情怀，体现了他昂首不屈、特立独行的人格魅力。他的诗歌语言朴实无华，初看觉得冲淡平直，但如果再读、三读，便会感受到浓郁的诗味，绵厚的情愫，仿佛醇醪佳酿，沁人心脾。他的诗，简洁中有深沉，朴素中有丰硕，淡泊中有强烈。他的风格是独立不羁与平实亲和的有机结合。

牛汉写了大量描述动物、植物的诗。他总是与大自然进行精神交流，将生命体验赋予宇宙万物。他有一首诗《我是一颗早熟的枣子》："一条小虫／钻进我的胸腔／一口一口／噬咬着我的心灵／／我很快就要死去／在枯凋之前／一夜之间由青变红／仓促地完成了我的一生"。他还写了八首以鹰为题材的诗。他笔下的鹰，永远在飞升，飞升，没有地上的坟；但他又写鹰把身躯埋在沙土中，紧贴着大地母亲。升天和伏地是鹰的两个面，合起来成为一只完整的鹰。这是鹰的魂，也是牛汉的魂！

牛汉是蒙古族人，原名史承汉。我曾问他，为什么用“牛汉”这个笔名？他只是对我微笑。我从此知道，他理解牛，深爱牛。他的诗《为荒原牛塑像》中说：“一头垂死的母牛 / 因孤独因奔波因饥渴 / 倒在茫茫的砂碛上……”这头母牛因一生跋涉，腿脚只剩下筋骨，痛楚地蜷曲着，仿佛“卫护着一个神圣的信念”，这是一头与大地合为一体的牛……他在另一首诗中写道：“我收获了一个个晴天和月夜，/ 地下的山川草木都感激我，/ 哞，我是一头为天地造福的牛。”有人说，牛汉的诗都是现实主义的。不对！牛汉也有如此令人惊异的浪漫主义想象力！这是童话，是寓言，是真正的浪漫，是真正的诗！牛汉心中的牛，既耕地，又耕天，两者合起来，就是“为天地造福”！《耕牛谣》中的第一人称，我，是牛，但又何尝不是牛汉？

牛汉有一首诗：“有人断言：面孔朝向天堂，/ 脚步总走进地狱。/ 我始终不相信。/ 让我不解的是：/ 我的面孔一直朝向地狱，/ 而脚步为什么迈不进天堂？”这里体现出理想与现实之矛盾的深刻哲思。向往光明的人，在现世，总归摆脱不掉黑暗。面对众生苦难的诗家，永远不会坠入虚无缥缈的仙界。诗人自有诗人的向往，但他不会是短视者，他目光如炬，他所向往的在遥远的未来。这首诗是天与地相结合的辩证思维之又一诗语表达。

牛汉胸襟宽广。他尊重并借鉴古今中外各种流派、各种风格的诗歌经典。他崇奉的中国诗人有屈原、陶渊明、李白、杜甫、白居易、李商隐、陆游……他倾心的外国诗人有莎士比亚、歌德、惠特曼、狄金森、里尔克……这会是一张很长的名单。牛汉曾说，各种艺术都是相通的：诗中有画，画中有诗；诗中有音乐，音乐中有诗。牛汉的诗《贝多芬的晚年》，写贝多芬失去听觉后如何感到痛苦和屈辱，又如何从想象中听到雷声、雨声、天籁和地籁，如何用旋律和节奏来创造诗！牛汉的诗《读凡·高画四题》，写凡·高与常春藤、凡·高与土豆、凡·高与教堂、凡·高与向日葵。牛汉从凡·高的画中看到画家的追求，画家的搏击，画家颤动的灵魂，看到画家如何用线条和色彩来创造诗！

我想起一件“公案”。人们曾说牛汉与绿原两位诗人因意见不合而闹翻，竟至互相不说话，形同陌路。这里有误传成分。牛汉曾批评绿原的诗有“理念化”的缺点，绿原似有保留。但人们怎么看不到牛汉对绿原诗作的总体评价？牛汉说：“这些诗（指绿原在早期诗作《童话》之后写的一系列诗作）……已经脱尽《童话》时期那种美丽的幻梦般的情境，进入了一个坚实而广阔的艺术天地；不论从主题还是从形象、节奏看，都具有庄严、深厚、飞跃的特点，真实地再现了时代的精神。”牛汉还说：“我想着重说一下……他的思想感情和精神世界证明，他清醒地感觉到、认识到了作为一个诗人的神圣的历史职责。”以上这些评语，均引自牛汉的文章《荆棘和血液——谈绿原的诗》。这还不能说明问题吗？在外传牛汉和绿原“闹翻”之后的某个春节，人民文学出版社的离退休干部到社里相互拜年，我见到牛汉和绿原在亲切交谈，两人都面带笑容。还有一个动作，给我留下的印象太深刻了：牛汉用右手手指轻轻划了一下绿原的左颊，接着两人哈哈大笑起来。这样的动作，即使在一般朋友之间也不会发生，何况陌路？诗人们可以有不同的诗观，但文人相轻不是人民文学出版社的传统！

绿原早已于2009年9月仙逝。如今牛汉也到了天国，这两位诗人该在天堂倾心交谈诗艺了吧。

我手头存放着人民文学出版社2010年10月出版的《牛汉诗文集》五卷，其一卷、二卷为诗歌卷，三卷、四卷、五卷为散文卷。牛汉不仅是诗人，也是散文家。这五卷诗文，是我永远的精神食粮，也是牛汉留给世人的不朽的文学遗产。

(2013年10月21日)

忆 张 锲

南 丁

张锲走了。张锲走完他的时间，那刻度是2014年1月13日15时47分。他的生命在这个世界上生存、生长、生活、跃动了八十一年，终于安息。没有医院、病床、医疗、重症监护、会诊、抢救等这些折磨自己更折磨亲人的过渡，他的心脏骤然停止跳动，就擂响并推开了那另一个世界之门。那句号画得也真够干脆。

重看张锲2002年冬天由北京寄给我的书法，同样的内容，他写了两幅，可见其认真。是他自作的一首古体诗，诗云：屈指论交四十年 / 星移物换等云烟 / 胸中赤血今犹热 / 头上青丝昨已斑 / 报国有心常自励 / 回春无术恨穹天 / 夜阑卧听潇潇雨 / 魂系淮河岸柳边。

屈指论交四十年。我与张锲相识相交始于 1957 年年初。那年初，我由黄河岸边的河南郑州回淮河岸边的安徽蚌埠老家探亲，并拟在家过春节，与父母兄长姊妹多团聚些时日，顺便写点儿东西。某日，突然一位高大壮实的年轻人来访，自称张奇，是《蚌埠报》文艺组编辑，从他脸上我读到真诚和天真，还有些许腼腆，一个大男孩。他约我为家乡的报纸写篇文字。虽是初次晤面，老乡见老乡，还是相谈甚欢，话题大体上是文学界的状况、副刊日常收到的来稿状况等。张奇说到他们副刊的来稿百分之八十以上皆为揭露社会阴暗面的，并为此感到忧虑。我有同感。我当即答应为副刊写篇短文，并约定来取稿的日子。随后不久，《蚌埠报》副刊便发表了我的随笔《请歌颂光明》。其实，这是我与张奇在彼时彼地共同的感觉与想要说的话。回想当年，张奇刚刚进入二十四岁，我刚刚进入二十六岁，那时的我们是多么年轻啊。

我回郑州后不久，陆续收到父亲寄来的两份《蚌埠报》的剪报，是两篇署名短文，都是批评我那篇随笔的，以为我的观点偏“左”，并不恰当，阻止了人们的言说。我一笑置之，未予答辩。

1957年刮起的那场风暴，张奇与我都未能幸免，我们都被划为右派，我不大清楚张奇被划为右派是因为什么。我与张奇音讯两茫茫，各自在命运中漂泊。

1973年春，我由河南西峡县山区接受贫下中农再教育数年后回到省城郑州不久，收到署名张锲的信，张奇在信中告诉我他已将名字改为张锲，取锲而不舍之意。并说他现在在蚌埠戏曲工作室搞戏剧创作，如今正在南方访问交流，回程时拟在郑州停留看望我。这次相见，已是相别十六年后。我看张锲，虽然天真依旧，那脸上还是涂抹上沧桑与成熟，还有些许忧愁。那年，张锲正好四十岁，有点四十不惑的模样。

20世纪80年代初，张锲是河南的常客，河南改革的热潮感动着他，激励他写出著名的报告文学《热流》。《热流》也感动着河南人，助推着河南的改革热潮。他来就住在省委南院里的省委二所，就餐时有省委领导陪同，受到很高的礼遇。张锲来，当然要告知我，他或来家中小坐，我或去二所看他。80年代初的数次相聚，张锲给我留下的印象是，有释放不完的热情，热情奔放，有挖掘不尽的自信，自信满满。他的生命与这个时代他以为有了完美的契合，所以必定要绽放。那时张锲也到文联系统工作，我们便有了更多的话题。

1984年年末，中国作家第四次代表大会后，张锲由安徽省文联副主席调至中国作家协会书记处任书记。我听到过议论，听到过疑虑，以为张锲并非合适的人选。我也为他担心。但我更坚信，以他对文学的真诚、热情、智慧和锲而不舍，终会无愧于这个岗位，这需要时间证明。

张锲策划并主持的中华文学基金会，便是他对文学真诚热情又充满智慧的创举。中华文学基金会设立的庄重文文学奖、冯牧文学奖和“21世纪文学之星”系列丛书，其目的主要是培育青年作家、青年评论家，为青年作家、青年评论家助力加油，不断为中国当代文学输送新鲜血液。这奖项这丛书刻印着数以百计的作家、评论家的成长足迹。比如中国国内当前唯一诺贝尔文学奖获得者莫言，就曾是冯牧文学奖的得主。我女儿何向阳的第一部文学评论集也是在20世纪90年代列入“21世纪文学之星”丛书出版的。许多作家、评论家，在回望自己的成长时，会念想起中华文学基金会，会念想起中华文学基金会里的那个真诚热情智慧的大个子。时间证明了张锲。

张锲对河南的文学创作情有独钟，特别关注，鼓励有加。1997年年初，张锲动议由中国作家协会在京召开河南省当代文学创作研讨会，那是以中国作家协会的名义召开的一个省的文学创作研讨会的首例。我那时早已从河南省文联的工作岗位上退下，也随同河南十数位作家、评论家与会。那天清晨，刚刚到任的河南省委宣传部部长林炎志也从郑州赶来北京。我们到文采阁会场时，张锲、李凖诸位已在门前迎候。会场上，首都的十数位作家、评论家已经就座，中国作家协会党组书记翟泰丰笑容可掬，在京离职休养的河南省委原书记处书记、高龄的李宝光也与会，向来自河南的文学界朋友致意。研讨会由张锲主持，那时他已是中国作家协会专职副主席、中国文联兼职副主席。张锲依旧透露着真诚、洋溢着热情，对河南的文学创作予以充分肯定。翟泰丰讲话，对河南的文学创作寄予殷切的期望。张炯诸位在京作家、评论家都发表了很好的意见。虽是数九寒冬，但研讨会开得暖意融融。我看着张锲，听着张锲，在他的真诚和热情中，还听到了他的练达，看到了他的风范，作为中国作家协会副主席的风范。这是他的历练给他的，是他的职位和他的身份给他的，也是他的人品给他的。仍然是不失真诚和可爱。

张锲在主持研讨会的开始，竟情不自禁地述说起与我交往多年的友情，他钩沉起四十年前的1957年的那桩往事，说他就因为在他负责编辑的《蚌埠报》副刊上发表了我的随笔《请歌颂光明》，而被划成了右派。理由就是因为你认为这社会一片黑暗没有光明，所以你才发表了这篇《请歌颂光明》。与会诸位大约都熟知这种荒诞逻辑，见怪不惊，一笑置之。我则有点儿吃惊，因为我是第一次听张锲如是说。四十年已经过去，我从未听他当面或在书信中向我如此说过。这是我第一次听说，而且是在这种公开的场合。我在心里叨咕，心想，他是认真的吗？或者他是在描述他和我之间的感情纠结命运相连的一种文学的说法。因为怕干扰了研讨会，我没有将此想法说出，沉默着，好像是我早就知道此事。

2001年冬天，第七次文代会、第六次作代会同时召开，张锲在作代会，我在文代会，只是开幕式和闭幕式后当天晚上的联欢有两次大团聚，大团聚时人头攒动，并未碰到。离京前一天晚上，在电话中与张锲通了话。他当年六十八岁，作协换届，他退了下来。屈指算来，他已在作协工作了十七年。我没有听出他有什么失落之类的情绪，挺放松、挺愉快的。他感谢党和人民对他的厚待。我听出那感谢是真诚的。他说退下后属于自己的时间可能会多些，想写点想写的东西。只是，中华文学基金会的事情，还暂无人接替，还需继续做。此后相当长一段时日，果然还常在媒体上看到他为中华文学基金会的事情而奔忙的身影。

2002年，他寄来那首他自作的古体诗。我懂得他的感慨，他的心情。

2003年，应郑州越秀酒家学术讲座之邀，张锲来郑州，这次是偕夫人鲁景超和十多岁的女儿苗苗一起来，我看到完全属于他个人的欢乐，家庭之乐、天伦之乐。他在学术讲座上讲的依旧是河南的文学创作，如数家珍，感情充沛，这是他解不开的情结。这回我们有多次聚会，某次聚会后，鲁景超悄悄告诉我，张锲是为你而来，为你这位老朋友而来。我心一动，未予回答。我懂得。

此后，张锲又来郑州两次。

第一次是单独来，想不起是因为什么事。情绪甚好，在宾馆里还与鲁景超通了话，我也顺便在电话里向小鲁致意。

第二次，和何建明一起来，说是要共同策划一篇有关河南的报告文学。张锲说，他自己精力不济，只是参与策划，写作要靠建明。这次，我看到他步履蹒跚。那矫健，哪里去了？

此后，未再相见。只是在节日时电话互相问候。他每有新作出版，必寄来。

女儿2008年去中国作协工作，嘱她常去看望她张锲叔叔。女儿常传来张锲的讯息。我知道他的生活。

张锲仙逝后，女儿在电话中告知我，她去家看望，与鲁姨泪眼相对的倾听与诉说，去八宝山告别的情况。还告知我，张锲生前，她某次去看望，张锲曾说起他的被划右派与发表我的随笔《请歌颂光明》的关系。我才知道，张锲说此话是认真的了。但我已无机会与张锲细究此事。也无须细究了。我就感到对张锲怀了一份愧疚。且让这未完全解开的谜与我对张锲的这份愧疚一起存放在我的心底吧。

与鲁景超通话，景超说，没有预兆，事发突然，他太累了。他心衰了。

安息吧，亲人会念想你。朋友会念想你。

我会念想你，张锲老弟。

（2014年3月29日）

妈妈的灯还亮着

——思念父亲彭真、母亲张洁清

傅　彦

今天是妈妈离开我们的第二十一天，民间的讲法是“三七”。已是古稀之年的我打开自己从五岁起就住的小屋的屋门，站在空荡荡的楼道里，对面是妈妈的屋子，妈妈的灯还亮着……

1997 年 4 月 26 日父亲离开了我们。十八年后的

2015年5月27日妈妈去和父亲团聚了。那天，妈妈看着全家三代二十八口人围在她身边，高大、健康、和睦，终于松了口气，放心地走了。

6月2日早晨五点，我在北京医院太平间给妈妈穿衣服。妈妈的脸色依然很好，甚至比躺在医院病床上时还好，好像只是睡着了。北京最好的化妆师说只用轻微的淡妆就好了。我忽然觉得妈妈没走，她是不是只是暂时昏迷？抓住妈妈的手腕，那里没有一点儿生息……

站在空荡荡的走廊里，我回忆起了父母和我说过的点点滴滴，回忆起了和父母在一起的滴滴点点。父母的一生充满了传奇，他们的结合也是一个传奇故事。

父亲祖籍山东，他的爷爷从山东逃荒逃到山西。父亲出生在山西，是种地种到十七岁的农民。十七岁才争取到学校读小学五年级的机会。在那里写出“铲除不平，匡扶正义”八个字。穷苦的经历让他很快接受了传到中国的马克思主义思想，1923年加入了中国共产党，1924年就成了山西第一个中共党组织负责人之一。

1937 年在延安第一次见到了毛主席，从此受毛主席委派奔赴中国革命的重要前沿，历任中共中央晋察冀分局（北方分局）书记，中央党校副校长（毛主席任校长），中央组织部部长、城工部部长。1945 年，党的七大和七届一中全会上，父亲当选为中央委员和中央政治局委员，后又被增补为中央书记处候补书记。毛主席在党的七大的讲话中指出："如果我们把现有的一切根据地都丢了，只要我们有了东北，那么中国革命就有了巩固的基础。"之后，父亲被派往东北，任东北局书记、东北民主联军政委。1948 年，解放战争取得重大胜利，全国解放在即，父亲被任命为北平市市委书记，一干就是十七年。1956 年，在党的八大和八届一中全会上，父亲当选为中央委员、中央政治局委员、中央书记处书记。

而妈妈则完全是另一番出身和经历。1912 年妈妈出生在河北霸县一个大家族。1920 年至 1934 年先后在北平师大附小、师大附中、市立女一中、国立女子师范大学、国立师范大学英语系读书直到大学本科毕业。

就这样一位富家女、英语系毕业的大学生在其姑姑张秀岩的影响下走上了革命道路。她1931年就开始做中共地下党交通员，并加入左联。1936年加入中国共产党。1939年2月进入晋察冀抗日根据地，她主动要求去北方分局党校学习。1939年11月与父亲结婚，先后在分局组织部、城工部工作，担任父亲的秘书等。后来在中央政策研究室工作。1949年2月进入北平。以后一直任父亲政治秘书并曾任中央政法委副秘书长等职。

完全不同的出身和经历，能够结合本已传奇，更传奇的是父母相濡以沫了五十八年！

信仰相同，他们都随时准备为信仰舍弃一切，是五十八年相濡以沫的根本。

1939年北平沦陷后，北平、天津等地的一批中共地下党员和进步青年按北方分局指示来到晋察冀根据地。妈妈认为自己是个知识分子，长期在大城市做地下工作，对党的方针和精神学习得不多，对农村工作也不熟悉，希望能学习一段时间再安排工作，于是主动要求去党校学习。那一年冬天，妈妈得了疟疾，父亲一句极朴实的话感动了妈妈，父亲说："咱们结婚吧，我来照顾你。"妈妈同意了。于是父亲用一副担架把妈妈抬进他的驻地。这种形式的婚礼世界上大概也是绝无仅有。1940 年妈妈怀了哥哥，父亲却接中央指示要立即奔赴延安。去延安要过好几道日军封锁线，根本不可能带妈妈走。妈妈没有任何怨言。父亲临出发时，多少个不放心，他给了妈妈一把小手枪。后来妈妈说如果被日军包围了，她开两枪，一枪给孩子，一枪给自己。这就是我的父母，为了共同信仰，随时准备舍弃一切。

政治上的绝对信任是五十八年相濡以沫的基础。

"文化大革命"，父亲最早被打倒。从父亲 1966 年 12 月 4 日被抓走至 1975 年 5 月被遣送陕西商洛，妈妈 1967 年 7 月 20 日被逮捕至 1975 年 5 月被遣送陕西商洛，父亲和妈妈整整分别了八年半。在狱中父亲坚持学习、锻炼。无论是批斗、逼供，还是单人牢房的可怕的无声，他始终坚持相信党、相信毛主席，更始终在思考着"大事"。在狱中的妈妈，因为父亲坚守党的纪律，且严格维护党的团结，党内的一些事情妈妈并不知晓，在不知这一切为什么，且不知丈夫、儿女下落的情况下，三个月满头黑发变成了白发。但无论是被批斗，还是遭逼供，妈妈坚信父亲决不会反党反毛主席。这种毫不怀疑的坚信，支撑她瘦弱的身子，坚强度过了八年秦城监狱的日子。1975 年，父母在陕西商洛团聚。

对名利、地位、物质的淡泊是五十八年相濡以沫的又一基础。

父亲曾说过：他是“共产党员一名，公民一个”。妈妈的一生何尝不是如此呢？！

1940 年父亲去了延安，妈妈和老弱妇女队伍仍在山西坚持反“扫荡”。11 月底，妈妈在山西盂县一间破房子里生下了哥哥。这时日军摸了过来，村支部书记和一位民兵，不顾自家安危，把妈妈扶上自制的担架，往大山里转移。苦于刚刚生下头胎根本无法自己走路，妈妈只好躺在担架上，但为了减轻重量，她把身上的毯子、被子都掀了下去，因此受了大寒。从此，她浑身关节变形且疼痛难忍伴随了一生。

1949 年，我随父母来到北平，不重样的病菌不停地袭击我，我得了六种传染病，做了两次手术。有一次发高烧，本来注射进口的盘尼西林很快就可退烧，可父亲说："我们是供给制，盘尼西林太贵，就用普通退烧药吧。"我因此足足烧了十五天，要知道父亲时任市委第一书记，且他只有我一个女儿！

供给制改工资制后，父亲和妈妈的工资要供五个孩子、我奶奶、妈妈的继母及侄辈们的学习、生活费用。妈妈的日记中有一部分是开支细目，连气门芯两分钱都记录在案，精打细算。可1955年年底妈妈随父亲出访苏联置装时，为了不给国家添麻烦，不向组织伸手，她去老东安市场旧货店，买了一件旧皮大衣。

1979年年初中央纠正了父亲的身份。父亲被任命为全国人大常委会法制委员会主任。不少人觉得安排不妥，父亲说："只要能工作就行。"又说："计较个人得失就不是共产党员。"妈妈更是淡定不语。

1983年，父亲当选为全国人大常委会委员长，除了为立法、普法、使人大机构更加完善倾注了更多的心血，一切如故，妈妈依旧淡定地做她认为该做的事，依旧慈祥地对待每一位工作人员。多少年后，我们一起回忆时，惊讶地发现，“文化大革命”当“黑帮子弟”时，我们没有低头，没有气馁，没有丧失意志，而父亲当了全国人大常委会委员长，我们也没有因此觉得高人一等。我们没有去批过一张条子或提过一个要求。因为我们有引以为豪的、不求名利的父母给予我们最有价值的精神食粮。

父母五十八年相濡以沫，恩爱令人钦羡。

父亲是条真正的汉子。他以钢铁般的意志为了践行他小学作文里的八个字“铲除不平，匡扶正义”，为了实现入党的誓言，坚持真理，无私奉献了一生。生活中他亦是个坚守诺言的人，同时又是心地善良、很富柔情的汉子。在家庭中，父亲和妈妈间的如此深情，让我这个女儿深深钦羡。

父亲常说：“你们的妈妈是大学生，能干，有智慧，是我耽误了她。”而和父亲结婚后，美貌、高雅、智慧、厚德的妈妈始终坚定地认为做好父亲的秘书并照顾好他的生活是为党工作，她从不以夫人自居，而将五十八年的漫长、跌宕、复杂的夫妻生活的法则处理得十分简单，就是把爱情和革命事业合二为一。

最让我感动的是他们吃饭时的情景。父亲经常吃饭时还在想问题，吃饭狼吞虎咽，等他吃完才发现饭菜已被吃了个精光，而妈妈完全忘了自己还没吃，只是笑望着父亲。

父亲和妈妈是11月24日结婚，几十年来每逢这个日子，无论什么环境，无论什么条件，他们都会小小地纪念一下。而我这个女儿直到1987年才发现这个小秘密：那天父亲忽然让我拿瓶酒，我问今天什么日子，父亲神秘地冲我笑，还是妈妈告诉了我这个几十年的小秘密。

“文化大革命”后期，1975年父母分别从秦城监狱来到陕西商洛，父亲大概第一次完全地属于妈妈，和子女一起过上普通百姓家庭的日子。生活贫苦，心情愉快。回到北京后，父亲、妈妈和我都还很留恋那段日子：父亲砌炉灶、买菜、种菜，甚至帮浑身关节疼痛的妈妈倒水、倒尿盆。妈妈先“解放”，父亲很自然地给妈妈当起了“秘书”……

1979年回到北京这个家后，每年夏天清早，父亲必做一件事：去院子里给妈妈摘回她最喜欢的小瓣兰花悄悄放在妈妈的枕头边。

父亲最后的时光里，已不能说话的他三次望着病房的门，我三次把妈妈请进病房。妈妈拉着父亲的手，两人静静地对望着，我在父亲耳边大声告诉他：“放心吧，我会照顾好妈妈！”父亲放心地走了。父亲说过：“我一生无憾！”其中一定包括与妈妈相濡以沫的五十八年。

我从出生至今，除了“文化大革命”十年，没有离开过父母。妈妈在我眼里永远是那么高雅、端庄、慈祥、淡定。只有两回，让我看到妈妈的不能自持：一回是1991年父亲在山东中风，当我赶到山东时，妈妈大哭。一回是父亲1997年离开我们后的早晨，妈妈和我们抱在一起大哭。这是妈妈对父亲满满爱情的迸发，深情的爱啊……

这样相濡以沫五十八年的革命伴侣、恩爱夫妻，很可能一个前脚走，一个后脚跟。父亲走后，思念深深地环绕着妈妈，我看着妈妈每天精心地擦拭着印着父亲相片的瓷盘，对妈妈说：“妈，老爹还有很多事要你做，为了这个家，你要坚强地活着！”为了这一切，妈妈坚强地工作着、生活着，她整整坚持了十八年！为了父亲的年谱，她整理着几十年来细心记下的日记，那上面记录着父亲每天的活动、会议，记录着父亲每天的血压、体温、身体状况，还有一家老小每天的支出明细。这几十年的心血，为父亲的年谱提供了有据可查的档案，珍贵啊！经过十六年的努力，2002年，经中央批准，出版了内容丰富的《彭真年谱》。

1997年年底，经中央批准，八十五岁的妈妈踏上了香港的土地，她是代父亲完成他的心愿。2002年，九十岁的妈妈出席了一系列父亲百年诞辰的纪念活动：参加了中央召开的纪念彭真同志诞辰一百周年座谈会；参加了北京市委主办的《站在革命和建设的最前线——纪念彭真诞辰100周年展览》；去山西太原参加了经中央批准的彭真生平暨中共太原支部旧址纪念馆的开馆仪式。

2012年，经中央批准，山西侯马开放了彭真故居，他出生的土窑洞还在，窑洞里的炕亦还在。妈妈已整一百岁了，我实在没勇气让她去参加开馆仪式，我们第三代人做了代表。

这十八年她最高兴的莫过于子孙三代人围在她身边。几代人也都知道这一点，有空就陪着她，第四代孙从出生起更担起了陪伴祖奶奶的“工作”。而我也记着对父亲的那一句承诺，十八年来全程陪伴妈妈，照料她的生活、身体，努力维系二十八口人的大家庭的和谐，让妈妈生活在其乐融融中。

2012年，妈妈整一百岁，父亲已经离开她十六年了。父亲的年谱出版了，百年诞辰各种活动举行了，山西的纪念馆、故居建好了，妈妈终于完成了她的工作、任务，她躺倒了。

2015年农历七月妈妈将满一百零三岁。可妈妈脸上没有皱纹，皮肤细嫩如孩童，虽然在病床上躺了三年，身上没有褥疮，体重还长了十公斤，满嘴牙齿只掉了一颗。她静静地躺着，顺从地跟医生、护士、护理人员配合着，说得最多的是：“谢谢！”最后的时刻，她依然是静静的、安详的。弥留之际，我在她耳边大声喊："妈，您放心地走吧。"此时妈妈的脉搏忽然又升回78，我接着大声说："全家二十八口人会和睦相处，您放心吧。到了那边告诉老爹，我们想他！"在我说完这句话后，她的心跳静静地归成一线，脸上没有一丝痛苦，安详、放心地走了。

妈妈，您是一位革命近八十年的始终严于律己的老共产党员。您是我们将爱情和革命事业合二为一、从不以夫人自居的楷模，您是我们慈祥的妈妈、奶奶、祖奶奶。您是一位伟大的妻子、母亲！妈妈美丽地来，美丽地走了。

这些天，我总愿站在那空荡荡的走廊里，望着妈妈屋里的灯光，想着爹、想着妈、想着自己。我忽然觉得自己是幸运的，我为自己有这样的爹和妈自豪，为生在这样一个家感到无比幸福。

妈妈的灯永远亮着……

（2015年7月20日）

已出版图书目录

一、精品栏目荟萃

《副刊面面观》

《心香一瓣》

《纽约客闲话精选集　一》

《多味斋》

《文艺地图之一城风月向来人》

二、个人作品精选

《踏歌行》

《家园与乡愁》

《我画文人肖像》

《茶事一年间》

《好在共一城风雨》

《从第一槌开始》

《碰上的缘分》

《抓在手里的阳光》

本书所收文章，由于年代久远，有些作者难以联系，请见到此书的作者，与编者直接联系。谢谢。

编者邮箱：rmrbyjx@126.com